U0928208

✲

当神已无能为力，那便是魔渡众生。

听雪楼

护花铃

HUHUALING

沧月作品

CangYue

吉林出版集团

北方妇女儿童出版社

目次

听雪楼系列之

护花铃

梦幻空花

一切有为法，如梦幻泡影，如露亦如电。应作如是观。

“香燃尽的时候，如果你还没有回答我，那么就准备着‘诀别’吧……

以澜沧为界，勒住你的战马！如果非要强行吞并整个武林的话，请想想你将要付出的代价——如果你不想她成为月神的祭品的话。”

只听得到话语，然而，努力地看着四周，他却无法看到任何清晰的东西。一切，仿佛是虚幻而扭曲的，似乎隔了一层袅袅升起的水雾——他只看见白茫茫的一片，是无数穿着白袍的人影，一起一伏，不停地做着机械的膜拜状，奇怪的诵唱之声如波涛般传入耳膜——

在巨屋中，在火屋中，
在清点一切岁月的黑暗中，
请神——
告知我的本名！
当月自那一处升起，
众神依次说出他们的名字，
但愿、但愿此时——
我也能记起自己的本名！

声音带着奇异的音韵和唱腔，如潮水一样慢慢进入人的耳膜，从耳至脑、至心……让他渐渐有昏昏沉沉的感觉，一时间，似乎时间已经静止——只看见唯一一点清晰的火光：那檀香的光，在慢慢移动、暗淡下去！

他无法回答，只有冷汗涔涔而下。

“时辰到了……祭典开始！”

那个声音毫不留情地宣布，忽然间，四周变成了血红！火！是四处燃烧的火！

他看不到她——然而却清楚地知道，她被火海吞没了！她在火里……她在火里！

“阿靖！阿靖！”所有的镇定都已经耗尽，他终于忍不住脱口惊呼出来，用力地拨开迷雾，四处寻觅着，对着那虚空中的声音厉声喝道：“——住手！快灭火！放她出来，放她出来！——我答应你们！”

“迟了……已经迟了……”

“焚烧一切的红莲火焰一旦燃起，将烧尽三界里的所有罪孽……”

“住口！让她出来！”他想斩开重重的迷雾，却发现那竟是如水一般地毫不留痕迹……他不知道她在哪里，然而，他知道她在火里……在烈焰的焚烧里！

“放她出来！快让她出来！”他开始失去控制，一直往火焰的深处冲去——

“施主请止步！”

忽然，有什么清冷如水的东西滴了下来，彻骨寒冷，让他神志忽然一清！

“楼主！楼主！醒醒……快醒醒！”陡然有近在咫尺的呼喊，同时感到有人用力地晃动着自己的双肩。听雪楼的主人从噩梦中睁开眼睛，看见的依然是熟悉的书斋里的摆设。桌上桫椤香静静地萦绕——这个中原武林的权力中枢，还是如同往日一样，在外表的安静之下隐藏着说不清的激流暗涌。

听雪楼的现任主人、二十六岁的萧忆情抬起头，看见的是三弟南楚焦急担忧的脸——

“大哥……你被魇住了。刚才你的额头和全身忽然像火烧一样的烫！”南楚一贯沉静的眼睛，也因为看到对方罕见的失态而有了无法掩饰的担心和失措，“明镜大师料得不错，果然是有邪魅入侵！”

“哦？”他却只是淡淡回应了一声，想着方才假寐时候的梦，心里有异样的不安。这几年听雪楼南征北战，扫并大小帮派，终于在中原武林确立了霸主地位——而后，他决定将锋芒直指苗疆，意图消灭苗疆最大的教派——“拜月教”，将澜沧江以南也置于自己的影响力之下。

然而，这次他刚将人马从洛阳总楼派出，不到几天，他却几度受到万里外恐怖的术法攻击。

“幸亏大师及时喝破，楼主你才醒过来——”顺着南楚的目光，他看见了旁边正合十默诵着的老僧——僧人的手上，有一个净瓶，方才自己额上的水，只怕也是这位弹上去的。便是这醍醐灌顶般的一滴甘露，冷彻入骨，让他从那个噩梦中惊醒。

“……心无挂碍，无有恐怖，远离一切颠倒梦想……”老僧不停诵念的，居然是那部号称所有经文之“心”的《般若波罗蜜多心经》！

许久，等老僧念完了以后，缓缓睁开眼睛，他们陡然看见老僧眼中布满了血丝——仿佛火一般的血丝！

“施主，方才你被困在那人用灵力结成的‘界’里头了。”明镜大师声音枯哑，“好厉害的术法……这一次是侥幸，对方没有出全力，要是——唉，只怕贫僧也不能抵挡啊。”

“大师，请问世上果然有所谓的术法和幻力吗？”萧忆情啜了一口茶，滋润了喉咙，更加惊讶地发觉喉咙里居然真的有火的气息！但他只是镇静地继续问，“拜月教的术法，是佛、道、儒中的哪一流派？——中原可有能压制它的方法？”

老僧缓缓摇头：“不瞒施主，拜月教不属于任何流派，传说是以道教为主，结合了远自西域东瀛的术法和苗疆的巫蛊之道，以月为最高神明，以教主为凡世最高领袖。自开创出来后，流传于两广云滇之地已有一百多年，教徒无数，势力庞大。”

“哦。”萧忆情不置可否地点了点头。

“不过据老衲所知，虽然在苗疆信教之人众多，但是大部分人却只是信奉教义的一般教徒而已，连教主都是不修习术法而潜心研究教义之人——真正懂得术法的，教中不会超过十个人，再加上地方偏远，所以，中原对于拜月教的所知很少也不足为奇了。”

萧忆情微微颔首——看来自己一开始就派楼中唯一的女领主舒靖容

带人马远赴大理，这个决定果然没有错误。阿靖也罢了，换了楼中其他人，只怕根本难以应付拜月教这样可怕的对手吧？本来是想借助风雨组织的力量，先除去拜月教里最棘手的人物，但出乎意料的，秋护玉居然拒绝了。

“那么，大师可知道迦若这个人？”他问，神色凝重。

“迦若？”老僧身子一颤，手里的净瓶不自觉地一倾，水溅出了少许。

“就是拜月教的大祭司，听说和教主明河一起掌管拜月教已经五年多。”南楚在一边轻轻补充，“苗人的传言和教徒的描述并不可靠，我们搜集来的资料里，却没有丝毫他的过去历史和师承来历——我们想知道，他究竟是怎样厉害的一个人物？”

“错了……”蓦然间，明镜大师手执念珠，默诵，开口打断了南楚的话，“错了！——他已经不是一个‘人’了！”

不是一个人？……一时间，连萧忆情的脸色都沉了下去，但是，还是不说什么。

“难道他还真的是神不成？”南楚扬眉冷笑，手按上了腰畔的剑柄。

“阿弥陀佛……或许是。”老僧合十，淡淡答道，“灵力如此，看破红尘生死，超出三界五行，他的修为已经到达了飞升之境——在凡人眼里，已经是神了。”

“就是说，以凡人之躯，是根本无法和他相抗衡的吗？”听雪楼主终于发问，目光深沉莫测，“用武学之道，根本不能和术法相对抗吗？”

他一边问，一边蹙起了双眉，有无法掩饰的恐惧感传来——

阿靖！

千里之外的澜沧江畔。

“撤！”眼看着手下一个接一个地倒了下去，钟木华知道这个破庙中的神秘人实在是太厉害，立刻下了命令，“我来断后，快回去禀告靖姑娘！”

顾不上收拾同伴的尸体，听雪楼残余的子弟立刻往外冲去——陡然间，先到门边的一名帮中子弟发出了骇然的喊叫：

“钟老！门、门不见了！”

“蠢材！莫吓破了胆！——听雪楼怎么会有你这样的人！”白发老

人一边全身心地戒备着破庙中那个不知隐身何处的神秘人，一边呵斥着属下慢慢往外面退去，“镇定！快找到出口离开！”

“老天！门、门呢？门真的不见了！”然而，身后楼中子弟们的惊叫更加密集，几乎所有人都发出了惊讶恐怖的呼喊，钟木华终于忍不住回头往门口看了一眼。

老人的脸忽然因为恐惧而抽搐！

——果然，门没有了！在原来进来的地方，门没有了！

“擅闯神庙者——死。”

昏暗破烂的庙里，某一处忽然传来了冷冷的声音，宛如空谷回声般萦绕。

声音方起，钟木华毫不犹豫，闪电般地飞身往声音传来的地方一刀砍了过去！虽然已经六十开外，但这个老人的悍勇还是一如年轻时。

“啊！”惨叫声响起，刀砍中的是血肉之躯——然而，定睛一看，刀上面容扭曲的，居然是自己手下的一名子弟！那个年轻子弟不敢相信地看着同门长老，眼睛因为痛苦而凸出，喃喃：“钟老……为什么、为什么……”

白发老人骇然抽刀，死尸扑倒，血流了一地。身后子弟虽然悍勇，但是看见如此诡异的局面，也不由惊呆在地！

“快逃……快逃啊！不管了，把墙砍倒吧！”终于，有人无法忍受这样的气氛，疯狂地动手开始抽刀往黄土墙上砍去。然而，奇怪的是刀落之处，居然软绵绵的。

“噗！”忽然间，墙里喷出了鲜血！

“为什么……为什么砍我？”墙问，带着震惊和不敢相信，然后缓缓瘫倒——倒地后，竟然化成了并肩作战的听雪楼的同伴！

在人倒下以后，那一道黄土墙还在原来的地方。

拿刀的子弟骇然尖叫，神志昏乱已极，只顾拼命挥刀乱舞，护住周身——“妖怪！妖怪！”

“以汝之血肉，为祭献月神之美酒……”庙里又传来一句轻飘飘的话，扑簌簌一声轻响，角落里忽然飞出了一群五彩的蝴蝶，如幽灵般飞向剩下活着的子弟。

滇中气候温暖，本来就多蝶类，大理更有著名的蝴蝶泉——但是在这样恐怖的夜晚，看见那些美丽不可方物的蝴蝶，每个人心里都冒起了寒意……蝴蝶翩然降临，带着死亡的气息。可是仿佛被定住了一般，所有人只是又恐惧又沉醉地站在原地不动。

钟木华全身冷汗，虽然在心里告诉自己要立刻拔刀，但是偏偏身体却仿佛在沉睡。

蝶在一些子弟身上落下了，然后，从容优雅地展开卷曲的针状尖管，刺入脖子上的动脉……一个子弟、两个子弟……慢慢地，所有人都带着惊惧交加的神色倒下了。

妖怪！妖怪！他一遍遍在心底骇极而呼，可是没办法挪动身体……只有眼睁睁地看着一只绚烂无比的彩蝶，缓缓飞落在自己的肩膀上，吸管慢慢展开——

“唰——”

忽然，他觉得刹那间有一道凌厉至极的剑气破空而来，直斩向他！他不由闭上了眼睛。

“快带子弟们走！”突然，身边有人伸手推了他一下——一推之下，他登时发现身体重新可以移动了。

“靖姑娘！”他惊喜地脱口欢呼，只看见绯色的剑光如同闪电一样在破庙里四处回翔，一只只绚烂的蝴蝶在剑光里被斩为两段。

然而，那些蝴蝶落地后，居然化成了一片片纸灰！

还没有死去的子弟都恢复了知觉，每个人都低声惊呼：“靖姑娘！靖姑娘来了！”

陡然间，似乎战意重新燃起。

“钟老，快带他们走！”斩落了最后一只蝴蝶后，一身绯衣的女子落在破庙堂中，静静地执剑凝视着某一处虚空，头也不回地对属下断然吩咐。

“可是属下怎么可以让姑娘一个人留在这里？”钟木华知道那个神秘人的厉害，不由担心。

“你们在这里也是送死！以你们的能力，又如何能抗拒术法？”阿靖毫不客气地解释了一句，已经不耐烦起来，厉声道，“快走！这里我来对付就行了！我替你们破开了迷障，快走吧！”

钟木华和听雪楼众子弟回头，赫然看见庙门已经重新在原来的位置上出现！

一行人不敢多耽搁，立刻从那个神秘的庙里鱼贯而出。

门外正是满月时分，月华如水，繁星满天。再次呼吸到野外清新的空气和感受到拂面的微风时，所有人都不由深深吸了口气——

“立刻回去告诉楼主，对手的实力比预先想的要强很多！请他立刻加派人手过来！——记住了，一般的武林高手没有用，要派术士和阴阳师过来！”

在退出庙门的时候，钟木华听见了靖姑娘用传音入密吩咐。

“这种撒豆成兵的小伎俩，也只能对付一般人——既然我们碰上了，祭司大人就不要用障眼法躲躲藏藏了，不妨拿出一些真功夫给阿靖看看吧！”空荡荡的庙宇中，绯衣少女负手握剑，轻轻扬眉冷笑，对着空空如也的月神龛说着话。

话音未落，神龛上忽然隐隐约约地现出一个人来——仿佛是烟雾的缓缓凝聚，幻化出了人形。那是一个高大的男子，白袍如雪，漆黑的长发不曾束起，一直垂落到腰际，等到他缓缓转过头来的时候，有宝石的光辉在他发间闪动。

他右手轻轻抬起，凌空画了一个奇异的符号。忽然间，神庙的地上有烈烈的火焰分两路烧了过来，把她围在了火焰中间！

“稍微厉害了一点。不过还是障眼法！”她扬眉继续冷笑，莲足轻抬，安然从火上踏了过去，“这不是真火。只是幻象而已……”

脚步刚踏出火圈，忽然间头顶劲风袭来！——她纵身飞出，半空中如飞燕回翔般凌空一个转身，轻轻巧巧地避了过去，只听一声巨响，一块大石从天而降，已经落在她方才站立的地方！挥剑轻触，完全是金石交击的声音，不是假象。

“飞来石？”她终于颔首，微微笑道，“五行搬运大法——阁下终于露了一点真功夫了。”

“你就是听雪楼的靖姑娘？”白衣人终于开口，声音如同空谷回声一般缥缈，目光惊电般落在庙中那个绯衣女子身上，带了一丝诧异。只是看得一眼，仿佛陡然间有些恍惚，祭司回过手去，按了按额环的宝石，然而眼睛却是穿过了指缝，冷冷地打量着眼前这个女子。

女子微微点头：“迦若祭司，幸会了。”

然而，客套的语气蓦然一转，听雪楼的女领主冷冷道：“方才阁下竟用术法杀我听雪楼子弟！——祭司难道不知，用阴阳术杀害不会术法的普通人，是触犯法家大忌的吗？”

“呵……”似乎被她的责问弄得怔了一下，迦若轻轻抬手，用右手食指抚摩着额环正中的一颗宝石，眼色却有一些复杂，“既然你懂得一点术法的皮毛，就不该不自量力地来向我挑战。听雪楼的野心也未免太大了，中原武林已经在他囊中，萧忆情却居然连滇南漠北之地也要染指……我实在不想和萧忆情为敌，但身为拜月教的祭司，我只有把对月神不敬的人全部杀死！”

淡淡地说着话，陡然间，他头顶出现了三尺灵光！那是修行极深之人才拥有的无上法力的象征——那几乎接近于神的力量！

看到眼前的景象，阿靖的手指暗中用力握紧了剑——她再次发觉面前的人比想象中的更加可怕！即使是她当年的师父，也未曾在术法修为上达到这样的境地啊……

“术法有巨大的反噬作用，施用的法术越高明，那么反过来作用在你身上的也越厉害——要杀我，你自己也一定要付出相当的代价。至少，你要用分血大法那样的阴阳术才能够制住我吧？”虽然掌心里已经有微微的冷汗，但她还是站在那里，从容地对着神龛上那个白衣男子说话。她已经无法后退。面对着术法，首先要意志绝对坚定，一旦出现动摇，便更容易被对方所趁。

迦若的目光再一次闪出了惊讶之意，果然，这个女子是不简单的。

“居然能说出分血大法的名字！听雪楼的靖姑娘，果然名不虚传。可惜……为何你们听雪楼妄图吞并拜月教？而你，为何又站在萧忆情那一方？天意如此……莫怪我毁弃世间英才。”有微微的冷笑从他的嘴角逸出，冰蓝色的眼睛里忽然有闪电般的亮光——

“不用分血大法，一样可以杀了你！”

阿靖下意识地退了一步，手中的剑如同一袭羽衣一般展开，全身笼罩在了绯色的光华之内。然而她的身形方才一动，迦若的双手已经虚合在胸前，做膜拜状，嘴里吐出了奇异的咒语——“可依陀洛阿梵密托安谛。”

这是、这是——

好熟悉的咒语啊……似乎在哪里听过！

已经来不及多想，阿靖的眼中忽然闪现出极其凌厉的杀气。在额环上宝石光辉闪动之际，她已经看见虚空中有烟雾陡然凝结，迅速幻化成了凶猛的异兽之状猛扑而来！

“饕餮！”看见人脸羊身的猛兽露出尖利的獠牙，全身雪白的长毛如风一般舞动，阿靖脱口惊呼——眼前忽然出现的，居然是那种上古传说中食人的魔兽！

他竟然召唤了式神！

她的眼色不易觉察地变了变，瞟了神坛上的迦若一眼，刹那间，似乎有什么微妙的神色变化掠过她的眼眸。然而同时，她手中的血薇剑却是片刻不迟地刺向猛兽，剑尖如同蝉翼一般颤动着展开，瞬间变幻万方，不知攻向何处。

猛兽咆哮、立起，带动的劲风刺得人睁不开眼睛。

阿靖不退反进，手中的剑直刺饕餮颈下的三寸，饕餮的动作居然快得惊人，一转头，立刻用獠牙隔住了剑刃——那样的幻兽，居然用獠牙挡住了锋利无比的血薇剑！饕餮同时大吼，有炎炎的烈火从口中喷出。

她忍不住皱起了眉头，忽然，绯红色的光华从剑刃上瞬间升起，在剑尖吞吐不定——剑气！在不能再进一步的情况下，她用内力将剑气从剑尖生生逼出，闪电一般刺入猛兽的颈下三寸之处！绯红色的剑气，宛如真实的兵刃一般，直刺入幻兽的体内去。

饕餮再次负痛咆哮，跳了起来，口里的烈火更加猛烈，吞吐到方圆三丈的范围。此时，一人一兽的距离已经非常的近，那一瞬间，看着饕餮额头上那一处朱红，蓦然有异常熟悉的感觉在绯衣女子的心中泛起。

阿靖的脸色微微一变，脱口低呼："啊？"

在火焰转为蓝色的瞬间，阿靖足尖一点，已经从地上跃起，凌空回旋，右手中的剑如一片蝉翼般展开，焕发出了绚丽至极的光芒，竟然压过了火光！

剑光横空，矫若游龙惊起，一剑就割断了烈火！——然后，绯红色的剑光如同烟火般散开，聚为三点星光，迅速至极地滑落，顺着凌空一击的去势，刺向饕餮的额头。

面纱扬起，御剑临风的绯衣女子眼神烈烈，眉头微微蹙起，眼色冷冽而倔犟——看入白衣祭司的眼中，连迦若居然都忍不住一怔。

那样的眼神……竟令他内心最深处仿佛有什么蓦然一动。

其实，在看见听雪楼女领主袖中流出那一道绯红色的剑光的刹那，他就有种强烈不安的预感——此次迎战听雪楼，司星女史冰陵曾为他占卜过吉凶，然而，结果却是令拜月教所有人都脸色苍白：

星宿相逢，星沉月黯，大凶。

"海天龙战！真的是你！"

看着那三点飘忽不定的剑光，迦若眼色蓦然剧烈地变了，脱口而出。同时，他抬起了手，想要召唤回式神——那带着宝石指环的手指，居然是颤抖的。然而，已经晚了。

阿靖的剑惊电般地落在了饕餮头上。

然而，听到了大祭司忽然间脱口而出的招式名字，绯衣女子的手也是剧烈地一震。在触及幻兽额头时，她手腕一转，剑柄下压，剑尖平削，只是刷的一声敲击在饕餮的鼻梁上。

“嚏！”出乎意料，那个凶猛的幻兽忽然怔住了，那轻轻一击似乎正搔到了它的痒处，饕餮站在原地，左右摇头，打了个响鼻，然后忍不住地继续喷嚏连连。

“啊？”片刻间，执剑指住猛兽的绯衣女子终于彻底地呆住了，眼神瞬息万变。阿靖的剑在饕餮的双目之间顿住，手仿佛忽然间无力了，剑再也刺不下去。

幻兽的主人仿佛也在那一个刹那被施了定身术，居然忘了趁着这个空当出手。迦若的手抬在半空，指尖微微颤抖，却不知道是指向人还是兽。

然而，阿靖的行动更是反常——她居然完全忘了面对的是如何可怕的对手，也忘了眼前这只幻兽是以人为食的饕餮。她只是抬手，缓慢地摩挲着幻兽雪白的鼻梁和下颌，仿佛看着一只驯养的宠物。

奇怪的是饕餮居然没有一丝凶狠的反应，反而温驯地垂下头，享受似的半眯起了眼睛，凑过来嗅着身边人，似乎认出了什么，眼神越发的驯服和欢跃起来。

“……朱儿？”眼色恍惚了片刻，忽然间，有低低颤抖的两个字，从阿靖的嘴角滑落。

“哧呼　　”饕餮对丁这个称呼表现出了异乎寻常的热情，伸出舌头舔了舔绯衣女子的手，同时将类似人的脸凑了过来，偎在她怀中。

“果然是……”阿靖神色一直是恍惚的，久历江湖，连她的心都变得和剑一样寒冷，此刻的动摇对于她来说真是不可思议的事情。然而，在人脸羊身的饕餮亲热地凑过来时，“当”的一声，血薇剑居然从她剧烈发抖的手中滑落到地面。

阿靖的手，居然已经抓不住她视为生命的血薇。

“天……真的是你？”绯衣女子的手抚摸着幻兽，攀上了那一对蜷曲的角，手心里粗砺的感觉是真真实实的，却依然宛如梦境——那十年前让她曾经死过一次的梦！

幻兽一旦诞生就会选择主人，与主人气脉相通——如果这只幻兽就是朱儿的话……那么它的主人岂不是——

虽然手已经颤抖得不受控制，阿靖却霍然回头。

那么近的距离，一回头，她就看见了拜月教大祭司的眼睛——他的眼睛是中原罕见的深蓝色，犹如深邃而泛着冷光的大海。

果然……是那样的眼睛。

没有错。即使什么都不同了，即使面容已经完全陌生，但是这样的眼神，却是一模一样，从未有过改变——但是，为什么，却是在这个人眼里闪现！仿佛遭遇雷击，阿靖身子猛烈一震，眼神涣散了又凝聚，眼前的人也是模糊了又清晰。

往日最残酷、最痛苦的回忆，忽然间就在眼前来了又去的徘徊。

不可能……不可能是今天这样！——眼前这个人，和十年前那个少年的脸完全不同！怎么……怎么会是他？迦若怎么会是他？

十年过去了，他可以成为任何人，为什么偏偏……偏偏要成为拜月教的大祭司！

海天龙战血玄黄，披发长歌览大荒。

易水萧萧人去也，一天明月白如霜！

忽然间，他仿佛也是在证实什么一样，深深地打量着她。对面的白衣人缓缓吟出了一首诗，熟悉的句读，熟悉的语气——那十年来一直只是在她最隐秘的梦中萦绕的句子！

原来，真的是他……

陡然间，阿靖反而安静了下来，仿佛想说什么，却顿了一下，只是迅速回身，足尖轻踢，“刷”的一声，血薇剑如同血光，从地上一跃而起！

迦若蓦然退开一步，招手唤回了幻兽，剧烈波动后的眼睛刹那间又恢复了平静。仿佛这时才记起对方的身份，眼色冷漠而充满了戒备。饕餮有些恋恋不舍，但是身子还是在主人的操控下变得稀薄，慢慢地淡去、消失。

阿靖反手拔剑，然而却没有进攻的意思，死死地看着面前白衣披发的祭司。忽然清啸一声，抽剑凌空——片刻之间，游走神庙四处，仿佛化身千万，绯红色的光芒陡然间笼罩了整个房间，剑气凌厉得让人不能喘息。

海天龙战。

披发长歌。

易水人去。

明月如霜。

那一个瞬间，剑光横空之处，她一口气挥洒出连续的四式——即使进入江湖闯荡这么多年，这四招，也只在一个人面前使全过——

那还是她两年前在洛阳第一次遇见听雪楼主的时候。那一年，她二十一岁。

收剑，她默然独立，不知道接下来该如何，只是侧头静静看着神坛上那个人——那个白袍黑发的男子，双手结了一个防御术法的手印，看着她当空舞剑——他的额上束着宝石的发环，衣袂上佩戴着苗疆最珍贵的灵草，这个人，仿佛梦幻一般不真实。

是他么？是十年前那个少年么？

难道那个她以为一去不回的最惨烈的回忆，又回来遮住她的眼睛了？

“怎么会是你……听雪楼的靖姑娘？”同样也是不可思议地看着当空舞剑后飘落的女子，看着她手中清光绝世的血薇，迟疑着，仿佛隔了十年的时空，迦若眉目几经变幻，终于在神坛上缓缓叫出了一个名字：

“冥儿。”

他的声音中带着不可思议的震惊和叹息，宛如空谷回声。

然而这一个称呼，并没有引起阿靖的回应。仿佛被这个声音引发了什么回忆，她的手忽然捂住了头，似乎脑中有什么要爆裂开来一样，欲言又止。

蓦地，她转身，从神坛上奔了下去。她要静下来！她要静下来想清楚今天晚上遇到的是怎么一回事！眼前似乎都是幻境——仿佛她一出声，就会惊破所有的迷梦。

心神一失，她再也无法看破那些魔障，一直往那些幻觉中的出口奔去。她的脚步落处，神庙中那些原先不敢撄其剑气的幻蝶纷纷重新飞起，围绕着她，舒展开长长的吸盘来。

然而，那个失神的女子根本懒得去顾及逼近身边的危险。

“去。”蓦然，神坛上的祭司衣袖一拂，一声低叱后，所有的幻景都消失不见。

门依然在原来的地方，绯衣女子的手触到了破旧的木门，然后死命一推，合身冲了出去。她长长的秀发在风中划出了一道弧线——不知是不是错觉，在她转身时，迦若看见她的手从眼角迅速地擦过。

夜色苍茫。

迦若叹息了一声，从神庙里面走了出来，他没有推门，只是轻轻松松地穿过那些土墙，身体已经幻若无物——多年修习术法，灵力惊人，如今的他早已经可以破除一切凡障。

然而，他的内心呢？真的已经破除了一切凡障么？

他不知道。以前他以为自己已经做到了空无一物的境界——至少在十年前那一场噩梦之后，重生的“迦若”无论是在心境还是修行上，都已经提升到了新的境界。而入拜月教以来，修习教中密法，日日静坐观心，早已是不知人世，物我两忘。

但是他发现，在隔了十年再叫出那个熟悉的名字的时候，他的心猛烈地跳动起来——也就在那一刻，他忽然有些苦笑，原来，即使成了今日的迦若，他仍旧是有心的。

那颗青岚的心，依旧在他胸腔里跳跃。

这十年前的往事，无论在三个人中哪一个的心里，都是永远无法消磨的烙印吧？

“祭司大人……”脚下忽然有人轻声禀报，他一怔，才回过了神。不知不觉，他居然已经从神庙里走出了很远，一直到了庙外的那片榕树林中。祭司的眼睛略略下扫，看见了草中埋伏着的拜月教子弟，他们都恭敬地匍匐着，不敢抬头看教中的神一眼。

凡拜月教子弟，见教主与祭司，必匍匐低头说话，违者剜目。平日里，连他走的路上都必须被打扫得一尘不染，如果他走过后白色的长袍上有一丝污痕，那么当值的子弟就难逃处罚——甚至，如果有人无意从他的影子上踩过，都要被跺足。

拜月教几百年来的严厉规矩，造就了拜月教主和祭司两个人在教中的无上权威，甚至在整个滇中，百姓一提起拜月教，都不敢直呼两个人的名字。

他曾经很不习惯这样的俯视，特别是他刚刚以大祭司的身份面对那些教众时——然而，日子久了，便也习惯了。

再久下去，对于匍匐在脚下的一切，便不再在意。

至少，这种做法隔绝了祭司和普通人的一切联系，能够赢得一个绝对清静幽闭的环境，而对于术法的修习来说，寂寞和与世隔绝，反而是最佳的条件。

——不像以前在沉沙谷白帝门下时，因为俗世的羁绊而几乎完全毁掉了一切。

沉沙谷……沉沙谷……

蓦然间，祭司感觉到自己的心又开始慢慢地跳动起来，越跳越激烈。他有些惊惧地抬手，压住了心口——生怕这样紊乱的心跳，会被那些视自己为天人的下属听见。

然而，耳边沉沉的心跳只是被意识扩大的幻觉而已，拜月教的子弟们匍匐在地，仍然不敢仰视他，其中一个领头的低声禀告："大人，我们方才已经按您的吩咐，伏击了先头一群从神庙里出来的……那些人被大人的术法吓破了胆，很容易就了结了——只逃脱了几个。"

"哦。"他漫不经心地应着，没有感到一丝意外——这一次在神庙与听雪楼的冲突并非一次偶遇，在事先，他已经让冰陵作过了预测——这个地方和这个时辰，他将会遇见这次侵犯拜月教的克星。

本来，他是怀着一定要为拜月教除去此次大劫的想法，离开月宫来这里亲自出手的，在神庙里和神庙外，他都布下了极为厉害的术法结界，还有重重伏兵，以迎接长途跋涉刚刚渡过澜沧江的听雪楼人马。

然而，却不料，在这里居然遇到了她。

长久以来，在滇中普通百姓的膜拜和教中子弟的仰视中，他本以为能用自己的手扭转整个拜月教的命运。

然而，在星宿相逢的时候，他看见了自己命运的转折。

"可是，大人……"见祭司那么冷漠地回答，下属更是小心翼翼，迟疑着，半天才回复，"最后那个从庙里冲出来的女子……我们、我们拦不住，让她逃了，还伤了几个兄弟……"

迦若怔了一下，在明白下属们说的是谁以后，忽然笑了起来：那自然的——凭着子弟们那样的资质和身手，又如何能拦得住青冥！十年不见了，她的武功应该有了更长足的进步吧？十年前，她就是个剑术的奇才了……如今更是独步天下了吧？

他自顾自地微微笑了起来，不说话。然而那些下属听到了祭司的笑，却迟迟不见他说话，各自心下忐忑不安，匍匐在地上不敢出声。

海天龙战血玄黄，披发长歌览大荒。

易水萧萧人去也，一天明月白如霜！

忽然间，脸孔贴着地面的子弟们听到了大祭司在轻笑过后，曼声长吟了一首诗，然后，连一丝脚步声都没有，那声音便已经飘然远去。那个子弟忍不住微微抬起了眼睛，贴着地面偷偷扫了一眼，然而，全身忽然起了一阵无法控制的颤抖——

他只看见了祭司大人的长袍下摆，风一样轻盈地从草地上飘过，行云流水一般没有任何阻碍，瞬间飘出很远。

月光明亮，然而，草地上的影子却淡得接近空明。

“靖姑娘？你平安回来……这……这可太好了！”

院子的大门被推开，守卫的人来不及拔刀，那一袭绯衣已经掠了进来。院中的人看到来人，精神不由一振，脱口欢呼。

刚从血战里逃离的人各个疲惫不堪，相互交换着怀中自带的伤药，包扎着伤口。方才神庙中的一场恶战，几乎让这一批来的听雪楼人马都非死即伤。而方才神秘白衣人那令人匪夷所思的身手，那鬼神莫测的幻象，更是让很多死里逃生的武林人士都受到了很大的震惊——出生入死过的江湖人，并不害怕真刀真枪的拼斗，然而，对着几乎是刀枪不入、能翻云覆雨的对手，他们却有了敬畏之心。

有一些胆子小一点的，即使逃了回来，到现在仍然吓得痴痴的，说不出一句话来。

——人心，似乎已经有了涣散的迹象。而斗志，也已远远不及刚刚从洛阳出发时那么昂扬。听雪楼近年来纵横江湖，北歼陕北三山九寨，南扫江南五帮，中间或有挫折，也经历了一次内部的叛乱，但是却从未遇到过如此大的挫败。

"听雪楼里有楼主和靖姑娘，天下就没有解决不了的事情——他们是人中的龙凤！"

凡是听雪楼的子弟，每个人都或多或少这样想过，他们对于楼中的传奇保持着绝对的信心。

所以，这时看见靖姑娘平安地从那个诡异祭司手中返回，大家的精神都是一振！

在负伤的钟木华的带领下，所有人都是颤巍巍地站起，等待着靖姑娘对下一步该如何做出决定。然而，面纱下，绯衣女子平素冷漠的眼神里却剧烈变幻着，身子一直微微发抖，甚至连握着血薇剑的手都不自禁地颤抖。面对着属下的殷切眼光，居然一句话也回答不出来。

许久，阿靖忽然抬起手来抵住了自己的眉心，仿佛极力稳定着脑中翻腾的思绪。

肃静。所有人看着推门而入的女子，眼睛里面都有掩不住的惊慌之意——如果连靖姑娘都在这一战后失态到如此，那么对付所谓的拜月教，听雪楼又怎能有获胜的希望？

"大家先休息……我和楼主联系后，再做决定。"许久，阿靖终于抬起了头，缓缓对着下属们道。面纱下，她的脸庞苍白如雪，眼睛里有心力交瘁的散乱光芒。

"靖姑娘，你没事吧？"忍不住，还是白发苍苍的钟木华开口询问。这里他的资历最老，如果他都不开口问什么，别的人也不敢多话了。

阿靖微微摇摇头："钟老，我没事……只是有些累了，需要休息。对了；烨火，你进来一下。"她的手，轻轻点向了院中房檐底下一直默不做声站着的朱衣少女。也只有这个少女，经历了这次恶战后，仍然全身上下没有一丝血迹。

钟木华也不好再说什么，只好让开，让那个叫烨火的女子从人群中穿过，来到阿靖身边。

阿靖低低对着她吩咐了一句什么，两个人就推开门，走进了阿靖的房间。

朱衣少女并不是听雪楼子弟，只是在听雪楼人马离开洛阳远赴滇南时，才由萧楼主从不知何处指派过来。

她一路上都是非常安静的，安静到让大家都以为她有哑疾。然而，那一次在大理苍山森林中，大家正默默赶路，她却忽然冲到了队伍前面，拦住队伍，对着靖姑娘急切地说出了第一句话：“桃花瘴！”

所有人在瞬间停住了脚步，然而，大家都没有在道路前方的树木间发现什么，湿润的空气中，只有鸟兽的鸣叫。

阿靖有些疑惑地看了看烨火，朱衣少女被她冰冷的眼光看得微微低下了头去，只是抬手，指着左前方那一片藤蔓垂挂的地方，细声道：“在那里，就要飘过来了。”

话音刚落，绯色的影子忽然消失在翠绿的树林里。

听雪楼诸人只见远处垂葛藤萝之间清光一现，还没有来得及作出反应，只见绯衣盘旋，靖姑娘已经以惊人的速度一掠即回。

落地时，大家看到那把血薇剑已经出鞘，微微颤抖着，摇曳出清影万千——剑尖上似乎有一缕湿润的雾气萦绕。

“刷。”阿靖回手，将剑在身边的马匹上一划，剑刚拔出，马伤口附近的肌肉已经变成了诡异的桃红色！马仰头长嘶，痛苦地开始踢人——好烈的瘴气！

“桃花瘴！”跟从的人纷纷惊呼了出来，阿靖眼色一冷，手起剑落，骏马的头被她一剑斩断。痛苦的嘶叫顿时沉寂了，鲜血从马的腔子里冲天而起——

“我们现在在下风处，大家马上屏住呼吸，跟着烨火走！”冷漠而决断的语声，从绯衣女子唇边滑落——此时的她，眼中的光芒让人悚然——就是那个曾为听雪楼踏平江南五派、杀人灭门从不留情的女子！血魔的女儿！

听雪楼子弟不敢有丝毫的怠慢，立刻按照她的吩咐，跟在朱衣少女身后，急急赶路。烨火有些惊讶于女领主片刻间便对她委以重任，忍不住大着胆子抬头，看看绯衣女子。

阿靖没有再说话，只是打了一个“快走”的手势。

“萧楼主派来的人应该不会错……”等走出了这片林子，大家在官道旁的亭子里休息，阿靖才开口，淡淡对少女道，“他派你过来，应该早考虑到你的所长。”

烨火低下了头——在这个充满了冷漠锋芒的女子面前，她总是能感到无所不在的压迫感，或许，是她太过于敏感的直觉吧？

“我、我小时候在苗疆长大……”她细声回答，忽然，正喝了一口皮囊里面的水的绯衣女子怔了一下，手忽然顿住了，许久，才缓缓重复了一遍：“在苗疆……在苗疆长大么？”

听到“苗疆”这两个字，不知道为什么，阿靖的眼睛里，忽然闪过莫测的波光，声音里面有些叹息的意味，同时将血薇剑用手绢擦净。

“这样不行！”烨火一见便着急起来，一把夺过手绢，扔了开去，那丝绢一沾到剑锋，立刻染上了奇异的桃红色，“桃花瘴很难除去，除非用火淬炼剑锋，才能除掉。”

“你是苗人么？”静默了片刻，阿靖问。

烨火低下头去，迟疑了一下，才回答：“我、我本来是苗疆寨老那岩的女儿……后来寨子里有动乱，父亲亡故后我就流落到中原来，和师姐弱水一起，拜龙虎山玄天道长为师。”

“那岩……那岩？”绯衣女子低头，又喃喃重复了一遍，眼睛里面忽然有雪亮的光芒闪过！她迅速地抬头看了一眼烨火，眼神中的凌厉杀气让少女不禁一颤。

然而，阿靖没有说什么，只是侧头扶着栏杆，看着亭子外苗疆才有的极度茂盛的绿，慢慢地问了一些其他巫术方面的东西，等烨火一一回答后，便没事似的站起身，招呼大家一起赶路。

烨火也跟着起身，收拾了一下东西。然而，就在转身的那一刹间，她的视线顿住了——

亭子的栏杆上，靖姑娘倚坐过的地方，赫然留着五个深深入木的指痕！

那以后，阿靖对这个刚来到听雪楼的少女分外地倚重起来，特别是在这个陌生的地方，她时时刻刻留意着听取烨火的意见。可奇怪的是，虽然她声色不动，但烨火依然能从这个绯衣女子身上，感觉到冷漠的锋芒。

靖姑娘不喜欢自己呢——烨火有些沮丧地想。

早知道，让弱水师姐跟着来苗疆，自己留守听雪楼，反而更好一些吧？

这是听雪楼来到拜月教势力范围内第一次受到挫折，靖姑娘照例会听听她的看法——但是，既然对自己有敌意，干吗还要如此重视自己的意见呢？

“方才在神庙里面，你都看到了些什么？”离开了庭院里面那些人，合上了房门，在临时作为落脚点的旧楼中，绯衣女子淡淡地问烨火。

“嗯。”烨火轻轻应了一声，想着几个时辰前，在暗处的她看到的神庙内不可思议的景象，仍然忍不住吸了一口冷气，“非常强的灵力啊……那个大祭司，他、他……”

“他如何？”将血薇剑搁在桌子上，阿靖坐在桌边喝了一口茶，神色里面有难以掩饰的疲惫。

烨火凝神回忆：当时，按照靖姑娘的吩咐，她躲在暗处用师父教的心法，用天眼细细观察那个人，然而，能透视过去未来的她，居然什么都看不出。对于这个拜月教的大祭司，同样研习术法的她只感觉到一种无可名状的恐惧和压力。

“我什么都看不到。”回忆了很久，朱衣少女还是有些惭愧地低下了头，“在他身上，我只看到一片空无……”想了想，她记起了什么，蓦然抬头，补充了一句，“不过，在他叫‘冥儿’这个名字的时候，我看到了一些东西——”

“看到了什么？”绯衣女子瞬间抬起了头，冷冷问。

“我……看到了一种颜色，”烨火再次被靖姑娘眼中的冷漠锋芒吓了一跳，讷讷地回答，“我看到了红色……在他身上，我看到了大片的红色！过去的，和现在的，都是红色……”

阿靖冷冷地看着这个懂术法的少女。然而，听到这样有些莫名其妙的回答，她的眼睛里忽然有难以掩饰的复杂情绪，一闪而逝。

烨火没有说话，心里却一堵——在方才片刻间，她从对面这个女子身上忽然感受到了极度激烈的感情，那样深沉的、绝望的悲哀……血色的悲哀。

靖姑娘和萧楼主一样，在法家眼中都是属于意志力极强的人，平日里他们的心都被很严密地隐藏起来，即使是有天眼，能透视过去未来的她们，都无法轻易从他们心里看见什么。然而方才这片刻，烨火能感觉到那冰冷如岩石的心中，蓦然有极大的波涛汹涌而出。

那又是什么样的悲哀？

按照她的吩咐，烨火从袖中拿出一张白纸，用剪刀细细剪成圆，用手指蘸着茶在上面画了一个符号，然后贴到了墙上。她口中轻轻念着咒语，在光线暗淡的室内，那张圆形的白纸慢慢亮了起来，最后竟然如同明月一样发出了皎洁的光芒。

光芒中，纸上印出了一个女子绰约的影子，轻轻对着这边点了点头。

烨火布好了法事，知道圆光那边的弱水已经感应到了，便回头轻轻禀告："靖姑娘，今天有什么事情要同萧楼主说么？"

阿靖打起精神，微微点了点头——萧忆情的确是思虑周到，才派了烨火跟随着来。在进入苗疆后，因为和洛阳有千里之遥，即使是飞鸽传书也是大为费时，幸亏有了弱水和烨火两个人的术法，才能迅速及时地交换两边的情况和意见。

术法……如果外边那些听雪楼普通子弟见了这样不可思议的术法，人心会更不安吧？

她抚着自己的额头，想起方才和那个人猝不及防的重逢，眼中的感慨更深，终于叹息般地吐出了一句："和楼主说……"

"请派南楚过来吧……这一次，我……恐怕应付不来。"

本来只是负责转述的烨火呆住，转头震惊地看着这个绯衣女子，几乎不相信靖姑娘也会说出这样的话来——

从来，在江湖传说和听雪楼子弟的眼中，血魔的女儿、听雪楼的女领主，一直都是怎样桀骜不服输的人！连对着听雪楼主都从来不曾低头，更不会对任何人显示出一丝的弱点，然而，居然在今天说出这样的话来。

要知道，靖姑娘从来都不是一次挫折后就认输的女子！

烨火看着她，再一次地，她陡然感觉到了对方心中那难以言表的深沉悲哀。再也不说什么，她转过头去，轻轻对着圆光那一侧的师姐，转达了靖姑娘的意思。光芒中，那个剪影也顿了顿，似乎同样感到惊讶，然后，转头去禀告。

"萧楼主说，他会加派人手过来，这之前，还请靖姑娘小心。"

出乎意料，萧忆情那一边的回答却是迅速的，毫无迟疑。对于副手这样软弱的请求，作为最高决策者的他却没有一丝责怪和质问的意思。

"好的……"阿靖长长叹息了一声，回答。

"靖姑娘还有什么话要说么？"烨火轻轻又问了一声，感觉得出对方心中的不快，声音更温柔了许多。

"和他说……那个迦若、迦若其实……"阿靖眼睛闪烁了一下，不知道出于何种考虑，终于没有再说下去，轻轻摆手，"算了，没有什么说的了。”

烨火转过头去，再无声地说了一句，圆光那边的女子点了点头，光芒便渐渐暗了下去，最终那一片白纸就同壁上的墙纸一样平平常常。

坐在黑暗中，仿佛在想着什么，阿靖一直没有再说话。

“靖姑娘，我先告退了。”静默地待了半天，烨火终于忍不住出口告辞，阿靖只是轻轻颔首，不说什么。烨火走到门边，拉开了门——外面月华如水，倾泻而入，让房中如同铺上了一层水银，而绯衣女子坐在黑暗深处，面纱后的眼睛如同寒星，闪烁着深不见底的光。

“靖姑娘……请多保重。”蓦然，不知道为何，她脱口说了一句。

她虽然不知道究竟是什么原因，但是她能看见靖姑娘心底的悲哀——那样深重而沉郁的悲哀，似乎是积累了十几年，深沉的、绝望的悲哀，一直隐藏在女子冷漠的心底最深处。

那又是什么样的往事？

星堕往世

沉沙谷边的灵溪。

苗疆湿热地区常见的水边地带，茂盛地生长着蕨类和灌木，鸢尾和睡莲在溪边上寂寞地开放着。榕树的根须和藤萝在风中飘飘荡荡，轻轻在水面上沾起一串涟漪。碧绿的水清澈见底，银色的鱼儿轻灵地游弋来去，偶尔跃出水面叼食飞来飞去的小虫。

溪中有一列大大小小的白石墩子，宛如珍珠般散落水面。

所谓的世外桃源，也不过如此吧？

每一次，在静坐睁开眼睛，看着眼前景象的时候，十三岁的少年都会忍不住想，俊美的脸上一直都是从容而温和的微笑。

有藤萝的花瓣悄悄地落在他白色袍子的衣襟上。

这里四处都是绽放的生命，茂盛而喧嚣地生长着，让他用心体会就能感觉到万物的节奏。师父说，正因为他有一颗仁爱万物、宁静清淡的心，他才有上窥天道的资质。

然而，那一天，他却不是去溪边静坐的。奉了师父之令，他离开山门，去迎接师尊一位方外的好友——据说，那个在二十年前就和师父相交的高人，被人唤作血魔。

血魔，雪谷，以及他的师父白帝，一直被江湖中人并称为三位陆地飞仙级的传奇人物。

雪谷一直低调，江湖中少见传闻，据说连门下子弟都不在江湖行走。而血魔，一直被视为邪道而屡屡遭到正派围攻——三年前，他的妻子在括苍山麓的血战中死去后，带着女儿突围的血魔性情更是大变，杀戮成狂。

师父说，天煞星已经冲入血魔的星宿中，星辰的轨道已经偏移了方向。如果再这样下去，即使没有外来的原因，血魔他迟早也会因为心智错乱而走火入魔。作为老朋友的他，虽然已经归隐苗疆，但仍然不忍心见死不救。这一次邀请血魔来沉沙谷，便是他想做的最后努力。

少年站在溪边，手中捧着作为信物的玉灵芝，等着师父的故人。

约定的时间已经过了，血魔却并没有出现。

然而，少年一直安静地等着，脸上带着恬淡的笑意。从小的修行，已经让他有了不同于同龄人的定力。

时间慢慢流逝。这时，他看到了那个孩子。

密林里忽然出现了一个八九岁的女孩子。她从清晨的雾气里走出来，双手吃力地抱着一把短剑，蹒跚地来到了溪的对岸，蹲在水边，用雪白的小手掬起溪水，开始慢慢擦洗那把清光绝世的剑。

有淡淡的血色，从剑刃上渐渐扩散开来，流入水中。

“血薇剑！”看到那把绯红色的剑，少年脱口而出——那不正是师父让他所等的客人的佩剑么？师父说，带着这把绯红色剑的人，便是血魔舒血薇。

听到对岸他的声音，孩子抬起了头，往这边看了一眼。

非常清丽的脸庞，眼神却是冷漠而戒备的，完全不同于她的实际年龄。看到了少年，她下意识地将血薇从水中拿起，剑尖指住了对方，冷冷地问：“你是谁？”

在阳光下，那个八九岁孩子的脸苍白得异常，明亮的眼睛里带着说不出的东西：悲伤、冷漠、戒备……以及杀气。如果是普通人在密林深处陡然看见她，一定会以为自己遇到了传说中的山魈精灵。

然而，少年能感觉到这个孩子的身上没有妖气——只有深沉的、激烈的悲伤和失望。

这样的年纪，本来该是天真烂漫在父母身边撒娇的时候，然而，这个孩子手里却拿着沾血的剑，一个人孤独地穿过森林来到溪边洗剑。

她开口说话的时候，空气中流动着冷冷的寒意，甚至连溪水边草丛里生机勃勃的鸟鸣虫吟，都蓦然停止了。

那一瞬间，少年的眼前，漫开了一片看不到边的红色。

他心里忽然有一种奇异的预感——模模糊糊的直觉，远远地逼近来。

“你是谁？”在他恍惚的刹那，那个女孩子却用更加不信任的口气再追问了一句。

“我、我叫青岚。”少年回过了神，暗自奇怪自己方才的失神。看着女孩手中的剑，估计了一下她的年纪，他很快便明白过来，微笑着回答了一句，“在下是沉沙谷白帝门下大子弟，奉师命来迎接舒前辈——小姑娘，你是舒前辈的女儿吧？你父亲呢？”

“你是白帝叔叔的徒弟？”孩子疑虑地看着他，冷冷问，“有信物么？”

惊异于小小孩子说话的老成，少年却还是亮出了手中的玉灵芝，微微笑着：“是这个么？师父说，舒前辈见了这个，就会明白我的身份。”

孩子迟疑了一下，盯着他手中的灵芝，片刻，才点点头，仿佛下了一个什么决心，才抱着剑，踩上了溪中的石墩，走过对岸来。

昨夜刚刚下过雨，缥碧的水有几处都漫过了石墩。女孩子抱着那把相对她来说显得过于沉重的剑，一步步小心地踩着白石走了过来。

石墩是自然形成的，散布得非常不经意，疏疏密密，在走到一半的时候，前面那块白石的距离已经远远超过了一个孩子跨越的能力。那个女孩子有些迟疑地在水中顿住了脚步，四下张望着，想找到其他能到达对岸的途径。

碧水映出她的影子，小小的，孤寂的。

——不知为何，看着那个碧水中小小的孩子，那个宛在水中央的女孩，少年的心里忽然被什么刺痛了一下。

在他想说出“我扶你过去”时，那个孩子却带着倔犟的表情，自顾自地用力往前一跃，想跳到对面的石墩上去。然而，抱着沉重的剑，孩子的双足根本无法落到那块白石上。青岚一惊，手指下意识地划出，屈指点向溪水中间，刹那间，仿佛被看不见的力量推动，那一块石头急速地往前移动了三尺，瞬间到了女孩的脚底，托住了她。

“小心啊……”他踩着石墩走到了水中间，伸手去扶那个女孩子，然而那个孩子戒备地看着他，往后退了一步，几乎又踩到了水里。青岚苦笑了一下，只好让开。

“我自己走。”孩子冷冷道，“带我去见白帝叔叔——我爹有信给他。”

还是那样老气横秋的话语，完全不像一个八九岁孩子说的。听到这样老实不客气的吩咐，青岚却只是笑笑，顺从了她的意愿。一边带路，他一边问：“舒前辈他为什么不自己来呢？家师期待他来访已经很久了。”

身后的脚步忽然顿住了，青岚惊讶地回头，看着身后不再跟自己走的孩子。

那个清秀的小女孩站在溪边，紧紧抱着那把血薇剑，用冷淡的眼神看着他，那样的神色，让少年的心中一颤——在那一瞬，修习术法的他能感觉到这个孩子心中有怎样的哀恸和绝望！

然而，那个孩子却只是站在那里，非常安静地一字字开口，对他说：“我爹爹死了……他昨天晚上自杀了，我醒来时他已经死了。所以今天他来不了了。”

青岚怔住，那一刹那，他不知道说什么才好。看着如此平静叙述着的孩子，他恍惚间又有那种奇异的预感……他想，他一生的轨迹，将会因为这个孩子的出现而逆转。

“我葬了爹爹，拿了他的剑和其他一些遗物——里面有一封写给你师父的信，所以我送过来。”孩子静静地说，没有一丝的悲喜表情，只是用力抱紧了剑，仿佛那是她唯一的倚靠。

——的确，失去了父亲，而血魔在江湖上又是仇家如云，从此后，这个孤女飘零江湖，又该是怎样艰苦的人生？

少年情不自禁地走过去，在她面前蹲下身子，看着她的眼睛。

那里面，是层层的严冰。

“你不要难过……我师父他不会对故人之女袖手的。”虽然看不透这个孩子的内心，然而，一贯温和的他忍不住开口劝慰。

孩子看看他，忽然讥讽似的笑了：“嘻……你是谁？别装好人了——你又和我不相干，干吗管我的事情？”

青岚怔了怔，对于这样明显的敌意和锋利的诘问，一时间居然找不出什么话来回应。

那一刹那，他脸上的表情一定是讷讷的吧？因为他看见对面孩子眼睛里面又有了莫名的放松笑意，对他眨了眨眼睛——他忽然难堪地回过神来。难道……那个孩子是故意刺他的么？作弄一个比自己大的人，在她看来很有趣么？

他正这么想着，忽然意外地听见那个孩子冷冷地说了一句：“我叫阿靖。”

然后，她自顾自地蹦蹦跳跳往前走去，不再理睬身后的少年。

“师兄，让你去接舒前辈，你怎么去了那么久？”

小径刚转了个弯，她几乎和前面急匆匆走来的人撞上。那是个和青岚年纪相仿的英俊少年，然而气质却明显不同于青岚的淡泊沉静，飞扬的剑眉下，那眼睛里分明闪烁着少年的骄傲和锋芒，一身习武人的玄色劲装，背后的双剑上杏黄色的穗子在风中飘扬而起。

阿靖往后退了几步，戒备地看着这个忽然出来的少年，手指握紧了剑。

“咦？血薇？”那个少年一眼看见了阿靖手中抱着的剑，脸上有震惊之意，眼神也犀利起来——对于剑的气质，他似乎天生就有直觉的反应，所以，他瞬间在这把剑上感觉到了浓重的杀气和血腥。

“羽师弟，这位是舒前辈的女儿，叫做……阿靖。”不知道孩子的真正名字，迟疑了一下，青岚只有对着前来的同门这样道，同时对阿靖道：“这位是我的师弟，叫青羽。”

“哦。”佩剑少年青羽收敛了眼中的锋芒，微微笑了起来——他笑的时候分外的灿烂，开朗而清爽，带着少年人那种指点江山的傲然气质，蹲下身来看着她，问候，“是靖妹妹么？家师等你们父女已经很久了……”

一边朗笑着，他一边伸出手去，想抚摩孩子头顶漆黑柔软的头发以示亲近。然而阿靖猛然退了一步，恶狠狠地看着他：“别乱摸我的头！”

被这样凶狠的目光吓了一跳，青羽的手尴尬地僵在了那里，脑子一转，立刻换了个话题，笑道：“对了，舒前辈呢？他没和你一起来么？”

青岚的脸色有些变了，连忙用目光阻止了师弟的提问——让这个孩子再三再四地复述刚刚经历的悲剧，也实在过于残忍了一些。

然而，阿靖却仰头看着青羽，一眨不眨地冷冷道：“我爹死了，来不了了。”

青羽同样呆住，惊讶于孩子说起这件事时那种无动于衷，一时间甚至无法判断这个孩子是在开玩笑还是说真的。而阿靖只是回头，对青岚道：“你说要带我去见白帝叔叔啊，为什么不走了？”

青岚摇摇头，对着师弟苦笑了一下，跟着女孩的脚步走了出去，只留下青羽有点发呆地看着他们。

沉沙谷内繁花似海，一路上，那个孩子几乎都是在花海中行走，金波旬花、野百合花、野罂粟花缤纷乱眼，在微风中轻轻摇曳，映得阿靖苍白的容颜都有了颜色。看着身侧那些美丽至极的花朵，孩子冷漠的眼睛里也有了雀跃之色，忍不住地伸手去摸那些花儿，然而刚一触及，看见青岚在旁边看着，便缩回了手。

毕竟还是孩子……青岚微微笑了起来，安心了不少。

他的笑容是淡泊而温和的，那种包容一切的力量，让他平静的笑容显得光芒四射。修习术法的青岚有着敏锐的直觉和细腻的心思，能够体会到他人的心情，并立刻感同身受——所以，对着这个孤僻桀骜的孩子，他从一开始就怀着亲切温柔的心情。

他的善意显然也被那个敏感的女孩所感知。阿靖自顾自地沿着小径往前走着，忽然头也不回地说了一句："干吗把我的名字告诉那个家伙？我只告诉你一个人的啊！"

青岚微微笑了，不做声地赶了上去。忽然间，他袖子一拂，身边陡然间起了一阵清风。陌上的繁花仿佛被风卷起，纷纷扬扬了漫天，五彩的花瓣映着日光，绕着阿靖飞舞，美丽得令人炫目。

"哎呀……"终于忍不住，被他小小的术法所取悦，孩子脱口叫了出来，抱着剑看着满天飞花，笑意盈盈。那一瞬间，她眼中的光彩才完全像一个八九岁的女孩。青岚感受到了她的喜悦，再度笑了，忽然伸手抱起了她，默念咒语，凌空而起，从花海上掠了过去。

在他伸手抱起她的时候，她略略怔了一下，本能地伸手抗拒，然而，看到少年脸上安静温和的笑容，她就不再挣脱了——少年脸上有一种来自隐忍、安详和恬静的力量，近乎宗教般纯洁而肃穆，有强烈的安定人心的作用。

看着青岚的笑容，孩子的眼睛里忽然充盈了泪水，伸出冰冷的小手，抱住了他的脖子。

"怎么了？"正在御风而行的少年呆住了，连忙飘落到地上，将她放下来，以为她有什么不适。然而阿靖死死地咬着嘴角，没有说话，清澈冷漠的眼睛里都是泪水，但是却硬生生地忍住，没有落下来。苍白的小手用力抱着血薇剑，将脸贴在了上面，不说话。

青岚叹息了一声，俯下身去，折了一枝紫色的野罂粟花，递给那个孩子。

阿靖接过来，用力地握在手心，让青色的汁子染在了手上，侧头看着别处，极力平静，然而终于忍不住有些呜咽地开口："爹爹他也不要阿靖了！我以为、以为谁都不要阿靖了谁都不要阿靖了！"

八岁孩子一向冷漠的眼睛里，终于袒露出了深切的悲伤和失望。

“不要哭了……我会陪着你的啊。”少年微笑着，拉起了她的手，“我们去见师父吧！师父平素就很推崇舒前辈，一定会收留你的——你留下来和我们一起吧。”

“啊？真的能么？”阿靖有些迟疑地，抬头问，看着少年温和平静的笑容，忽然，也是第一次，她眼睛里有些怯生生的表情，迟疑着开口，唤了一声，“青岚哥哥……”

青岚哥哥……青岚……哥哥……

记忆是绯红色的，那个孩子用有些忧郁飘忽的眼睛看着他，伸出冰冷的小手，抱住他的脖子，怯生生地唤他。这十年的时间，仿佛在一伸手就触及的地方。他微笑着伸出手去，去抚摩孩子漆黑的头发，然而，眼前忽然模糊了——血！

铺天盖地的血，忽然从四面八方汹涌而来，瞬间盖住了他的眼睛！

他什么都看不见……只有满目的血红、血红……那个孩子，那个有着忧郁眼神的孩子，去了哪里？去了哪里？

冥儿……青冥……阿靖。

在满天的血腥中，他茫茫然地张开手，向四方探着，想抓住一些什么。然而，什么都没有……

“你已经死了，青岚已经死了你知道么？

你现在是迦若……是拜月教的大祭司迦若！青岚，那个青岚已经死了！”

青岚以前认识的人，都和迦若你无关！”

耳边忽然有冷漠的声音，仿佛有穿透时空的能力，将伏案睡去的白衣祭司从迷梦中惊起，迦若猛然回头，看见门口站着的绝世女子。

她的装束类似于祭司，同样长发披肩，白色的长袍，然而却并不是纯色的，上面刺绣着极端繁复的曼珠沙华的花纹，孔雀翎毛的饰边，灿烂夺目……她的脸是象牙一样柔和光洁，额头很高，有着智者和神女交会的光芒，散发出震慑人心的美丽。

她的头发上没有任何首饰，只在左边脸颊上用金粉画了一弯极小极小的月牙儿，闪着暗淡的金色，仿佛是第三只金色的眼睛，窥探着教众的心灵。

这里是他在拜月教的书房，自然到处都布满了他设下的阻挡外人闯入的法术和结界，即使是一只苍蝇飞入，都会马上被无形的烈焰焚为灰烬——然而，那个白衣如雪的女子，就这样毫不费力地推开门，走了进来。他设下的所有法术咒语，居然对她毫无效力！

的确，对于拜月教的教主，又有什么咒语能够起作用呢？

“明河。”迦若站起来，淡淡地看着教主，却是随意地叫出了她的名字——那无数滇中百姓都为之震栗，几近神话的名字。

“迦若，听说你昨天晚上在澜沧西岸的神庙，和听雪楼的人马遭遇了？”走入房间，拜月教主冷冷地问，眼睛里的光是冰冷的，映得那一弯金黄的月儿也冷了起来。

迦若也起身，转头看了明河一眼：“你想说什么？”

他的眼神漠然而深不见底，即使是对着教中的最高领袖，也有凌人的锋芒。

“刚才在梦里，你叫那个人的名字了……哈，不会是青岚又在你心里活过来了吧？”明河的话是一针见血的，带着微微的冷笑，然而，她的话刚到一半，就感觉到了祭司身上迅速累积起来的不快。那样迫人而凌厉的怒气，让拜月教主都暗自心惊，不由自主地顿住了口。

“没有人可以命令我……”幽暗的火光在白衣祭司的眼睛里燃烧起来，迦若冷漠地一字字回答，看着教主，“老教主死了以后，这天下没有任何人可以命令我！”

他自顾自地走了出去，拉开书房的门，忽然，他的脚步顿了一下，不回头地说了一句：“你放心，对于听雪楼，我会全力以赴。”

明河的神色略为舒展了一些，她知道自己是没有能力控制这个男子的——虽然从名义上来说，祭司的地位还在教主之下，然而，如今的迦若，又岂是任何人能够指使得了的！幸亏他做出了这样的承诺——不然，拜月教中除了他，的确没有人能够和萧靖两人抗衡了。

“今年真是什么事都有——连一向井水不犯河水的听雪楼也来了！萧忆情……萧忆情……真是什么八百年前的旧账都翻出来了么？”看着白衣祭司有些怒意地扬长而去，拜月教主没有恼怒，反而有些无奈地笑了起来。

拉起长袍的衣袂，她转头，问一直默默跟在身后的女子：“冰陵，你看，先代司星女史预言得没有错——侍月神女的怨恨，将会把灾祸延续到下一代！”

拜月教现任的司星女史冰陵有着奇异的银白色长发，那是因为自小在石屋中研习天象，从来不见日光的缘故——她是一个安静到几乎失去存在感的女子。方才在教主和祭司对话的时候，她没有出一声，此时，她也不过微微点了点头，但是眼睛里的忧虑更深。

星辰的轨道，已经开始交错了……

然而，她计算了无数次，结果却依然是——

从未想过还能再次遇见那个人，即使是精通命数如他，也无法推算出自己的命运。而其他的术师，又怎能看得到"青岚"的过去？曾以为是将永远错开的轨道，居然还会有再次交错的一天。

青冥，青冥……冥儿。

外面是下着雨的夜空——宛如苗疆常年多见的气候。风吹起，斜斜的雨脚扫过来，零落的雨滴敲醒了心底多年来尘封的记忆。恍若隔世。

迦若低着头，看着青钱般的大雨点一点点地打在衣襟上，看着湿润慢慢洇开来。

如今……又怎生了断。

他临风伸手，在雨中划了一个圈，指尖带到处，那些雨丝便被一种看不见的力量停滞在空中，沿着他指尖划过的地方流转，慢慢在空中汇集成一面透明的薄薄水镜。白衣祭司看向水镜中的另一个空间，凝视了片刻，便冒雨离去。

跃上木楼的时候，他衣袂上带起的风惊动了檐角上铜质的破旧风铃。他立刻伸手，握住了铃铛，铜铃冰冷凝重的质感在他手心，微微震动。

他的动作非常轻，听雪楼的人马没有知觉，然而，刹那间，那扇木窗吱呀一声开了，绯红色的剑光如同闪电般地掠出，指住他，冷冷叱问："谁在外边？"

他苦笑：她的反应还是一样的快。

绯衣女子清冷的容颜，在看见窗外的人后，顿时凝固了。

迦若站在檐角，手中握着那只铜铃，那风铃仿佛是一颗铜制的心，尚自在他手心微微跳动，一直震到他的内心深处去。

窗开，雨入。大雨洒得立在窗边的人也满身湿透。然而，无论立在窗边的还是站在檐角的，两个人在片刻间谁都没有开口说话——或许有什么声音，但也已经被大雨的嘈杂声湮没。

只是静静地凝望。然而他们的视线，仿佛穿过了十多年的岁月，等落到对方身上时，已经凋落成泥。

忽然，窗边的绯衣女子嘴角动了动，说了一句什么。

暴雨湮没了她的声音，白衣祭司对着她低下头去，想听清她说的话。她又飞快地重复了一遍，然而依然被模糊在大雨中。迦若抬起被雨水淋湿的眼睛，询问地看她。

阿靖的脸色苍白，忽然间用尽力气大声重复了第三遍——

“他对我说你死了！他对我说，你死了！——他骗我！他骗我！”说话的时候，她眼睛里闪过了深沉而绝望的神色，手指痉挛般地握着剑柄，连指节都有些发白。雨从窗外扑进来，淋得她全身湿透。

听到那一句话，迦若的手也颤抖了一下，然而，他并没有问那个人是谁，只是看着绯衣女子，仿佛想伸手拉她，但是终于顿住了手，忽然问了一声：“他死了，是么？”

阿靖的手僵硬了一下，眼色瞬间也黯了，顿了片刻，仿佛叹息般回答：“是的，他死了。”她的眼睛不再看他，而是投入漫天雨帘中，轻轻道：“我杀了他……他想背叛听雪楼，所以我杀了他。”

“嚓”的一声轻响，迦若松开了手，那枚风铃在他手中化为粉末，铜制的心就仿佛碎了一般，从他指间片片坠落。他眼睛里闪过冷电般的光芒，忽然笑了起来：“是么？原来羽师弟，就是听雪楼里那个曾经意图叛乱的二楼主？”

“青羽入了江湖后，改名叫做高梦非。”仍然望着无尽的雨帘，阿靖淡淡回答。那样熟悉而遥远的名字，从她口中吐出来，却已经冷得没有丝毫温度。

“高梦非……高梦非……”喃喃重复了一遍这个陌生的名字，迦若眼睛里闪过琢磨不透的光，看着绯衣女子，还是一样的装束和佩剑，然而眉目更加清丽了，眉间集聚的冷僻杀气也更重，他甚至能在血薇冷冷的光芒里看见剑上缠绕的怨灵——

这……还是那个八岁的孩子么？还是那个叫着“青岚哥哥”，伸出手怯生生地抱住他脖子的孩子么？

“师父推算得果然没有错啊……”白衣祭司笑了起来，然而，昔年温和沉静的眉目，如今却是冷漠犀利的，堪配得起他今时今日俯仰天地、观测古今的地位。“当年师父坚持不肯传你任何武功，就是因为他演算了我们的命运：他的两个子弟——我和青羽，都将会因你而死！”

他的声音冷涩而锋利，看着窗边的绯衣女子脸色渐渐变得惨白。

那一句预言……十年前由白帝作出的预言，一直是她的噩梦。

听雪楼内乱中，在电光石火的刹那，身形交错。

血薇刺入高梦非的后心，血飞溅在她的脸上。在他有些震惊地回头看她的时候，她的眼睛模糊了——依稀间，眼前这个人不再是野心勃勃、意图攫取听雪楼大权，君临武林的二楼主，仿佛又成了昔年灵溪边上初见的那个佩剑少年。

飞扬的剑眉，眼睛里闪烁着少年的骄傲和锋芒。一身习武人的玄色劲装，背后的双剑上杏黄色的穗子在风中飘扬而起，带着开朗而清爽的笑容，蹲下身看着八岁的她，试图伸手抚摩她的头顶：“靖妹妹么？家师等你们父女已经很久了……”

一剑穿心，鲜血飞溅。

“冥儿。”高梦非的身子陡然僵硬，有些不可思议地慢慢转过头，看着从背后一剑刺入他心脏的女子，缓缓地叫出了这个他们曾约定永远都不会再提起的名字，微微地笑，“好一招‘易水人去’！”

“二师兄。”她恍惚地对着他笑了笑，不顾这样的话语是否会让一边的萧忆情疑心，他们两人之间的关系，在江湖中从来没有第三个人知道。绯衣女子低低叹息：“二师兄，你太重名利霸图，本心已经被蒙蔽了……这骖龙四式和飞剑，都已经使不出来了吧？”

她蓦然抽出了贯穿高梦非身体的血薇剑，血汹涌而出。听雪楼的二楼主用手捂着心口，转身，定定看着绯衣女子，忽然说了一句：“师父说得果然没有错……”

听到这句话，她蓦然怔住——他知道？他居然一开始就知道那个预言！

可是，如果这样……为什么……为什么那个时候他……

看出了她眼睛里的震惊和疑惑，垂死的人微笑了起来——那笑容，居然和十多年前并没有多少区别，完全没有平日的霸气和深沉莫测，一样的爽朗如少年，带着微微的自谑和无奈。

“是啊……早知道这样……是不是……是不是当初在苗寨的时候，干脆就不要救你呢？”他的声音渐渐微弱下去，眼神也涣散开来。然而用剑拄着地面，却极力不让身子倒下，忽然仰头，朗声大笑：“原来天意如此！非吾之败！非吾之败！”

大笑过后，和着最后一口真气，他举剑齐眉，念出了师门的心决：

海天龙战血玄黄，披发长歌览大荒。

易水萧萧人去也，一天明月白如霜！

声音方落，他仰天一笑，忽然回手，手中的双剑交错，光芒在他颈侧一闪即没。头颅脱离了身体，满腔的鲜血冲天而起：“冥儿，记住为我招魂！”

白帝门下，若无同门为之招魂，死后便会永远流离于三界六道之外。当年，青羽回来告诉她，青岚已经死于苗人围攻时，她就曾整整七天七夜地不眠不休，为他招魂。

四周的杀戮声都沉寂下去了，听雪楼这一场叛乱，也已经接近尾声。

踏过满地的血水，她走过去，慢慢俯下身子，将他的头颅抱在怀中，用苍白的手轻轻阖上他的眼睛——萧忆情在一边看着，静静地不说一句话。

所有听雪楼大乱后幸存的人马，都在一边惊讶地看着这一幕，看着靖姑娘在叛乱平定后，抱起了二楼主的头颅，轻声自语着什么。

羽师兄……原来你早知那个预言么？既然早就知道，以你那顺者昌逆者亡的枭雄脾气，当年，为何不干脆就杀了我呢？如果说是因为命运无法改变，但你却是从来不信命的人啊！

“你知道为何给你取名青冥？因为你司命的星辰，居然是冥星啊！我推算过你们的命运：我唯有的两名子弟，都将会因你而死！你让我怎能忍心，教你武功来杀青岚、青羽？”

那是她在十二年的人生中第一次跪下来，在密室中求师父教导自己武功——然而，昔年和血魔是生死之交的白帝却冷淡地看着这个女孩，慢慢地吐出这样一句预言。这个已经成为武林神话的人物，看着绯衣的女孩，眉目间却是无奈和淡淡惋惜的。

她有些震惊地抬头，看见了师父冷锐而洞穿一切的眼神。

虽然不过十二岁，然而她已经明白从白帝口中说出的每一句话代表了什么——那就是她人生的预言！冥星照命？两位师兄，都将因自己而死？青岚、青羽都会死？

她的左手下意识地摸到了颈中大师兄送的沉香小牌，眼前闪过青岚温和平静的眼光和青羽意气飞扬的笑容。她忽然不再求师父教导什么，低头跪在地上，手指用力握紧了剑，陡然双手奉剑，举过了头顶——

“那么，师父，不要等到那一天到来！请现在就杀了我！”

白帝的眼睛在那一刹那雪亮，看着地上最小的女弟子，看着她冷漠倔犟的眼睛，想起将来不可避免的命运，即使是一代宗师也有了动摇。

那个刹那，逆天改命的想法遮蔽了他平素睿智的眼睛。

他没有伸手去拿那把剑，然而手指迅速地画出了五芒星的符号，将地上那个女孩围在中间。当他刚刚咬破指尖，将血滴入阵中催动分血大法时，白帝忽然感到了一种无形的压力从青冥的身上扩散开来！有一种力量在保护着她，那是……来自于她颈中悬挂的那个护身符——青岚？

白帝骤然清醒。已经晚了么？命运的转轮已经开始转动了！

“你走吧！”号称一代术法宗师的老人终于镇定下来，拂袖转身，不再看地上那个奉剑而跪的女孩，“任何人都无法干扰命运的流程——如果你死了，那么，会有更多的事因你而改变……我岂可因个人之私而扰乱天纲！”

后面没有声音，仿佛知道最小子弟的心意，白帝负手，长长叹息了一声：“冥儿……要知道，求死并不是勇者的行为，真正难的，反而是活着，直面担当命中的坎坷灾难——记住，千万莫要学你父亲啊……”

听到最后一句话，绯衣女孩的眼睛终于变了。

父亲的自尽，多年来一直是她心头挥之不去的阴影。血魔号称一代枭雄，到最后却因为心智错乱而自刎——只求自己心灵永久的宁静，摆脱这个纷乱的世界，而将唯一的女儿弃之不顾。

“师父，你放心……我决不会做出懦弱的事情！”咬着牙，绯衣女孩最后对着师父行了一个大礼，便静静站起，头也不回地走了出去。

白帝几不可闻地叹息了一声，他知道，这个倔犟的孩子再也不会来求他教导武功了——他也并非不知道这些日子以来，青岚、青羽一直背着自己偷偷教她术法武功，但是，他已没有心思管了。

他隐隐预感到：自己也已经到了大限之时，离兵解飞升不远了。

而且，沉沙谷这片净土，在他亡故后，即将有不可避免的大难到来。血色将会湮没所有。

——能看到过去未来，究竟是不是一件好事？

——知道未来，却又无力改变，因为承担不起改变的后果，所以害怕未来，害怕难以抗拒的宿命。这样……还不如像那些什么都不知道的人，起码有勇气去为不可知的将来抗争。

——他这一生，已经是这样过去了。空赢得了一代术法和剑法宗师的名号，可他一生除了服从天命又做了什么？而青岚，他那个资质绝高的大子弟，他以后人生的轨迹是否也和自己一样？

——那么，在青岚老去飞升的时候，回顾如同云烟过眼的一生，是否也会和自己如今一样，有这样深的无力和疲惫……

“冥儿，师父怎么说？答应教你武功了么？”她刚奔出竹林精舍，等在外面的两位少年就迫不及待地问，连向来温和沉静的青岚都有些沉不住气。

她顿住脚，慢慢抬头看着身边两位师兄。十二岁女孩眉头蹙了蹙，忽然用力扯下了脖子上挂着的沉香木小牌，扔还给青岚，然后对着怔住的两位少年叫了起来：

“师父他不肯教我！不肯教我——你们都把我当做外人……你们谁都不是好人！”

“我以后再也不理你们了！”

她头也不回地跑了开去，一口气奔出了山门，只留下两个少年惊疑不定地呆在原地。这个小师妹，年纪不大，脾气却古怪得紧，两位师兄都经常要吃她的苦头——那时候这两个少年还不知道，她这一次的离开是故意的，也是决然的。

她想要在命中注定的悲剧发生前，远远地离开他们两个。

“咦？大师兄，这是什么啊？”过了片刻，青羽莫名奇妙地摇头苦笑，准备走开，忽然看见青岚手中握着的那个小木牌，有些惊讶地问，看着上面奇形怪状的符号。

青岚低头抚摩着木牌，喃喃念着什么咒语，等念完了，握在他手心的紫檀木牌忽然焕发出了奇异的淡淡金光。他叹息：“这是我送给冥儿的护身符。”顿了顿，他开口解释：“你也知道苗人一直对我们沉沙谷怀着恶意，我怕周围苗寨那些人会……糟糕！”

他忽然的惊呼吓了旁边的青羽一跳，青岚的手用力握紧灵符，脸色迅速苍白下去：“冥儿她居然就这样跑出谷外去了！外面、外面这几天都是那岩山寨的人！”

“糟了……”青羽也是蓦然惊觉，双剑从肩后一跃而出，“我们赶快去！”

记忆重重叠叠而来，宛如轻纱，一重重绾起，淡去，越来越清晰。

灵溪畔纯金做的夕阳。繁茂的溪流边千朵野荷绽放。童年时候仅有的笑声散入风中，仿佛是一首遥远的歌谣，轻轻沙哑地一唱再唱，印染了风霜。

十年后的如今，重逢时，大雨模糊了过去未来的日子。

一时间，两个人又是许久没有说话。阿靖左手下意识地抬起，放在颈中摩挲着什么。

“那一天我们正要出去的时候，师父兵解了。”迦若微微低下头，眼睛看着雨帘，回了一句，“他死前对我们说——不要去救你。”

“你们就在那时知道的那个预言？”雨中，绯衣女子仰起头，看着他。

白衣祭司没有回答，只是点了一下头，仍然看着夜空。雨水淋湿了他的长发，发丝下，他深色的眼睛隐约闪着光，却令人猜测不出任何意义——完全不同于十年前那个温和安宁的少年了。

阿靖沉默片刻，忽然轻轻笑了起来：“你们两个也真是奇怪……既然都知道了，还拼死拼活地闯到那岩的山寨来救人——如果我那时死了，就一了百了了。”

迦若依然沉默着，他的脸在雨中，愈发显得苍白。

那一日，在焚化完师父的遗体后，他和青羽并没有遵从师父的遗言，而是立刻联袂去了苗寨救人——那岩山寨在苗疆诸部族里也算是数一数二的大寨，和沉沙谷的积怨不知道是从哪一年开始的。

据他们说，是某一日白帝出山，无意中斩杀了一条他们族里奉为灵兽的巨蟒。苗人几度想攻入沉沙谷报仇，却被白帝的玄术挡在了谷口，还损兵折将，连族中两个法术最高强的巫师，都在作法中因为咒术反噬而死亡。

几十年下来，虽然苗寨始终未能进入沉沙谷，但是双方之间已沉积为水火不容的局面。

为了避免麻烦，师父在世时总是告诫他们不要随意踏出山门一步。然而，师父刚刚飞升，他们两人却联袂直奔那岩山寨！

那是他们学艺那么多年来，第一次将所学用于真正的对战。

两人一踏入苗寨，遇到的仿佛就是无穷无尽的陷阱，毒箭、蛊毒和咒术，甚至还有被降头师放出的鬼降，来去如电……青羽的剑术和青岚的法术，由于是初次施展，在来到关押青冥的地方时，两个少年都已经伤痕累累。

“师弟，你带着冥儿先走——待我布置好阵法阻挡那些苗人再赶过来！”

白袍上已经染满了血污，青岚将昏迷过去的师妹放上青羽的后背，用衣带束紧了，对师弟吩咐。想了想，从怀中拿出那个沉香木的小牌，挂回青冥的颈中，轻轻将她散乱的发丝掖回耳后。他眼睛里的从容沉静依旧不变，双手也极其地稳定。

“师兄你小心，布好了阵就快些来！”已经来不及推让，青羽只是对着青岚点了点头，使出了师父传授的飞剑之术，并指一点，双剑如同游龙般飞出，在苗人中杀出了一条血路来。

他没有回头——因此，也没有看见在他们离去的刹那，青岚眼中的光芒迅速地委顿下去，伸手扶住了身边的竹栏，微微咳出了一口血。

那是他们三个人的最后一次相聚。

青羽最终还是带着她血战离去。出寨时，看到苗寨中冲天而起的大火，他知道，是师兄分血大法的阵势发动了，红莲烈焰焚烧了一切——然而，青岚再也没有跟上来……

在青冥睁开眼睛的时候，青羽告诉她：他潜入苗寨去找过，青岚死了。

他们在沉沙谷为他做了七天七夜的招魂，甚至他们动用了师父遗留下来的水镜，在那个镜子里，无论青羽还是青冥，都看不到青岚还存在在这个世间的证据。

青岚死了。然而他们的人生却还是要继续。

即使十年过后，即使她已经是听雪楼的女领主，已经成为江湖中令人高山仰止的权力顶峰人物，她却依然不愿意去回想那一段日子——

那几天几夜不眠不休、召唤魂魄归来深入骨髓的哀恸，几度因为不支而昏倒在祭坛上。然而抱着万一的希望——能招回青岚的魂魄、知道他的所在，她咬牙爬起来，用剑割破自己的手，振作精神继续着仪式。

七天后，法事完毕。依然没有任何方法能够再找到青岚的踪迹，无论上天入地。

“爹……爹他不要阿靖了！我以为、以为谁都不要阿靖了……”八岁孩子冷漠的眼睛里袒露出深切的悲伤和失望。

“不要哭了……我会陪着你的啊。”少年微笑着，拉起了她的手，折给她一枝紫色的野罂粟花。

然而，他终究也是走了……丢下她一个人。谁都不要她了。

十三岁的她在祭坛上怔怔站着，看着那堆成小山的符咒灰烬，以及青羽同样憔悴的脸。忽然间，一滴眼泪从她的眼中落下。已经没有多少力气，所以只有泪水不停地滑过苍白的脸颊，却发不出任何声音。女孩埋首剑下，无声地痛哭起来。

父亲死后五年，她终于又为另一个人而哭。

她的手指用力抠入地面，直到指甲折断，流了满手的血——十三岁的孩子对自己说，这样不行的……这样不行！这种痛苦，她再也不要尝到第三次！以后，她再也不会在意任何一个人……她再也不要为任何人哭。

再也不。

那之后，青羽带着她离开了苗疆，进入了江湖。

几经流离，相依为命的两个人又因为某些原因而分散。直到隔了五年多，在洛阳朱雀大道的听雪楼里，他们才如宿命所预定的那样重逢。

“大哥，召我回来有何事？”帘外，朗朗笑着，听雪楼的二楼主揭帘而入，“青城那边我已经——”话只说了一半，紫衣青年顿住了。坐在萧忆情座位边上的绯衣女子闻声回头，目光交错。

震惊的神色只是刹那，两人转瞬都平静如初——十年的江湖历练，无论谁，都有了足够的自制力。

高梦非，听雪楼的二楼主。

舒靖容，血魔的女儿，听雪楼新来的女领主。

他们如今所在的位置和在江湖中的地位，已经完全和当日灵溪畔佩剑少年和八岁女孩不可同日而语。仿佛心照不宣，他们谁都没有提起以前，仿佛在沉沙谷那一段日子，那纯真如风一般的日子……其实并不曾存在过。

他们两个人，一个生来就是野心勃勃的枭雄，一个天生就如此的冷漠而充满了锋芒。

隔了三年多，在听雪楼的叛乱里，改名为高梦非的青羽死于血薇剑下。

白帝的预言开始实现。

穹月沉浮

大雨渐渐转小了，苗疆的天气就是如此，暴雨说来就来，也是说走就走。云开月明，淡淡的月光从天上照下来，映得地面光影婆娑。

“当年，对于我和青羽来说，所谓的‘命数’不过如此。”看着天光从云中洒下，祭司忽然微叹，月光在他的白衣上流动，映得额环上的宝石熠熠生辉，“对于我，我看不到自己的命运；而对于羽师弟……他不相信天命。所以，我们当时虽然听了师父那样的话，却仍然拼了命要去救你回来。”

绯衣女子也低下了头，没有说话，握剑的手在微微发抖。

“不信命的青羽终于也死了……你说，命运真的是不可违背的么？”迦若的声音很漠然，平静得似乎不见底，这几年来的清修已经让他的心彻底地沉静了下去。或许，现在的他，有没有心，都已经不是一个定数了。

阿靖没有说话，宿命的有无，对于她来说，也是一直不确定的东西。江湖中，她以手中的剑改变自己的命运，令所有人都对她敬畏有加。然而，在这个充满了巫气的苗疆，对着迦若，她第一次对于能否把握自己未来的道路产生了动摇。

——如果真的有所谓不可改变的命运……那么，这次的重逢，又预示着两人怎样的结局？

——如果宿命真的无法阻挡，那么，她难道是为了带来死亡而与他相遇？

“可即使到现在，回头想想当时，我也不会后悔什么……”在她失神的片刻，迦若忽然回头，对着绯衣女子笑了笑，那笑容中隐约仍有旧日熟悉的光彩，“你长大了，冥儿——很抱歉没有实现我以前的诺言，没有一直陪着你。”

他站在窗外，微微笑着，对绯衣女子伸出手来：“冥儿……这十年，你可曾受了苦么？受苦了也不会哭，你一向都是太过于要强的啊。”

如若这样的话出自于别人的口中，她只会冷笑，这个武林中，目前没有任何男子可以轻视怜悯听雪楼的女领主——但是听到眼前男子这样微笑的话语，虽然极力压抑着自己，泪水却已经盈满了她的眼眶。

月光下，那个白衣祭司向着她伸出手来。

刹那间，十年的时光忽然消失不见，时间仿佛又回到了灵溪边上，那个叫做青岚的十三岁少年温和地微笑着，伸手想扶住白石墩子上孤苦又倔犟的女孩。

风里忽然到处都是鲜花绽放的味道，在月光下缓缓吹到脸上来。泪水模糊的眼睛中，阿靖看到的只是那个十三岁的少年——那个唯一让她安心、让她信任的人，隔了十年的岁月，依然如同昨日，微笑着对她伸出手来。

“青岚、青岚哥哥……”

迟疑了一下，这个遥远的称呼还是从阿靖的嘴角滑落，她的手缓缓从剑上松开，握住对方的手，生怕稍微一放松，这十年的岁月就会如幻象般从指间流走。

迦若看着她，看着长大后的绯衣女子，蓝色的眼睛里忽然有莫测的笑意。他的手紧握着她的，十指紧紧地扣在一起。大雨过后，两个人的双手都是冰冷如同玉石，不知是因为寒意，还是内心激烈的感情，在微微颤抖。

阿靖看着他，昔日的少年如今已经是高大的青年男子，往日柔和的脸上带着微微的冷郁和邪意，让线条显得刚硬决断了很多。他的脸，已经和昔年记忆里完全两样了，只有那一双眼睛还一如从前。

“冥儿，难得我们又遇上了，那么，你就不要再回听雪楼去了！”他微微笑着，忽然吐出了这么一句话，更加用力地握紧了她的手，“不要再回去了。”

他低头看着绯衣女子，月光映照着他的脸，挺直的鼻梁如同山峦在昏晓变化中形成的阴阳交界：一侧是白衣祭司掌控星辰、观天舆地的冷漠洞彻；而另一侧，则是前尘往事中那个少年温和无声的守护眼神。

她一怔，下意识地松开了相握的手。她不知道自己该相信他的哪一面——毕竟，十年了……开朗飞扬的青羽变成了深沉嗜权的高梦非，骄傲敏感的青冥成了冷漠桀骜的靖姑娘——而他，内心里不知道又起了什么样的变化……

何况，他如今是拜月教的祭司——听雪楼最大的敌人之一。

"离开听雪楼，不要再回去了，冥儿。"看见她沉吟，迦若再度柔声劝道，"江湖不是好地方，你如果不及早收手、我担心你将来会有什么不测——我看得见你的未来……不要再回听雪楼了，和我一起在这苗疆隐居吧。"

"就像以前在沉沙谷那样，种满山的繁花，不问外面的世事，也不用打打杀杀尔虞我诈，只是我们两个人，闲来击剑把酒，切磋术法武学——你说有多好！"

他的声音清静而温和，一字一字缓缓道来，居然有深入人心的力量，她一时间听得有些恍惚，那些他所描述的景象都已经成为梦幻般的现实，一幕幕浮现在她眼前。

或许……或许真的可以吧？二十多年来，第一次能够完全地放松戒备，不用时时刻刻地握紧血薇才能感受到安全——在某一个地方、在某一个人的身侧，她才能够完全恢复昔日舒展自由的天性吧？如果这世上还有这样的一个人，无疑便是眼前的这个了。

"青岚哥哥……"她迟疑着，再度把手放在他的手心，感觉到他的手冰冷如玉。然而，他的眼睛却是有温度的，真切而深挚，微笑："我们这就走吧。回沉沙谷去——以后无论谁都不会再伤害到你了，冥儿。"

"那么……拜月教怎么办？"虽然沉迷于他所描绘的景象，阿靖仍然记起了他目前的身份，有些担忧地问。同时，虽然觉得他所承诺的未来非常美好，却仿佛失去了什么最重要的东西。

"拜月教？"仿佛也是怔了一下，迦若微微笑了起来，"哦，拜月教！"

他抬头看看当空的明月，滇南皓月冷照千山，皎洁神秘。拜月教的大祭司却对着教中膜拜的最高象征冷笑起来，忽然一挥手，指间有清风旋转而起，呼啸直上九天！

雨后的天空中，那些散开的云忽然被无形的力量卷动，狂乱地漫天飞腾，滚滚的云层聚集起来，瞬间就遮住了当空的明月！

"拜月教对我来说，又算什么？"微微冷笑着，迦若看着天空中最后一丝月光也被云层挡住，忽然低声回答，"现在，天地间没有什么能约束住我！我要走便走，谁能奈我何？”

阿靖呆住，不可思议地看着他指向天心的手——那叱咤风云、令天地为之变色的力量，即使他们的师父白帝在世，也绝对达不到这样的境界！大师兄……居然真的做到了师父所说的“上窥天道”的地步？

十年不见，他的术法居然精进如此。

难怪楼主在派她来滇南之时也再三地嘱咐。

楼主……萧楼主。

重逢带来往日无数的回忆，洪流般充斥她的心。然而，想起这个名字，她心下蓦然一阵清明——萧楼主，萧忆情。千里之外的繁华都城，洛阳的朱雀大街上，白楼灯下那个孤寂的、病弱的影子，又涌现在她的心头。

此时，他又不知道是什么样的情况……

在她神思恍惚的刹那，迦若的声音再度温和地响起在耳畔。

“冥儿，我在苗疆苦苦守候星辰相逢的日子，已经有十年了。”叹了口气，他有些疲惫地抬手抚摩着额环上的宝石，“如若不是记着当年对你说过的诺言，还想着我们能再相遇，这十年……唉，这十年，真不敢想是如何过去的。”

阿靖悚然一惊：对。十年，十年了……一切都在变。

几日之前，郊外神庙中那个用幻术杀人如麻的祭司，和记忆中灵溪边上的白衣少年之间，不知道内心里又有了多少的变化？迦若，或许已经不再是昔日的那个青岚了。

她不知道听雪楼和拜月教之间有什么样的恩怨，她只知道，这一次萧忆情南渡澜沧江，消灭滇南拜月教的决心是如何的坚决——坚决到完全不符合他以往的习惯。

即使能攻入月宫，夺得拜月教的圣物天心月轮，即使在滇中到处设立起分楼，将云贵并入版图，可付出的代价也将会极度惨酷——何况拜月教在滇中深入一般百姓心中，就算剿除了灵鹫山上的拜月教月宫，听雪楼要在滇中立足却依然艰难。

这些道理，相信楼主不会不懂，也不会没有考虑过——然而，他依然做出了决定，将听雪楼一半以上的人马，派往苗疆，由她带领。

而迦若，正是听雪楼此次南征中被列为头号对手的拜月教的大祭司。

今日他们两人的复杂背景，已经完全不同于十五年前在灵溪边初遇的时节。

她已经不再是那个八岁的孤僻小女孩，他应该也有了变化……以往温和善良的青岚，在杀戮听雪楼子弟的时候却是那样冷酷血腥。他的内心，如今又是如何。

所以，不要轻易答应他什么。

在心中，阿靖低低对自己说，抗拒着内心被重逢所掀起的汹涌洪流。然而，迦若的声音在她心中描绘的景象是如此恬静而美好，就像长久旅行的疲惫的人忽然看见了远方小屋中温暖的灯火，那飘忽的微弱的光，瞬间便能瓦解支撑旅人长途跋涉的信念。

她曾对自己说过：这个世上，没有谁失去谁就一定不行——以她的力量，没有谁她都一样生活得很好。她谁都不在乎。

她一直这样对自己反复地说，一直到自己相信那就是她内心真正的想法——其实幼年时蓦然失去父亲和青岚的痛苦一直沉淀于心底，不曾片刻忘记，令她从此吝于付出丝毫。

眼前的人，是她在过去生命中唯一真心信赖依靠过的人，而他带来的撕心裂肺般的痛苦几乎将年少的她毁灭——更甚于父亲之死。出于对再度尝到那样痛苦的恐惧，在他离去后，年幼的她也将自己封闭，从此不再对身边的任何人投入感情。

紧握手中的血薇，在江湖中一路血战前行到如今，她只相信自己的力量。

解铃还需系铃人，十年后，命运的叩门声猝然而起，或许只有同样的人才能敲开绯衣女子因为昔年记忆而封锁了的心门吧！

然而不知为何，内心深处有另一种更隐秘而强大的力量争夺着她的内心，让她无法在片刻间作出回答。这个江湖虽然刀光剑影、血污狼藉，然而，却仍然有着让她牵挂的东西。

看着阿靖沉默不语，迦若微微笑了，仿佛知道她此刻内心的想法。袖子一拂，陡然间起了一阵清风，风中千万朵繁花纷纷扬扬而落，五彩夺目、异香扑鼻，每一朵大花中心，居然还有宝妆妙颜的天女起舞。

那是青岚十五年前为了博她一笑的术法——然而今日他再度施展出来，精湛远胜昔日。

“你看，这些花好看么？我们回沉沙谷，在竹林精舍前后都种满这样的花，高兴的时候就召花中的精灵来歌舞，好不好？”迦若的声音轻柔而低沉，仿佛空谷传音，听入耳中有一种奇异的感觉，让人不自觉地心神迷醉。

昔日的一幕幕，仿佛画卷一般在阿靖眼前展开——

灵溪畔纯金做的夕阳。繁茂的溪流边千朵野荷绽放。童年时候仅有的笑声散入风中，仿佛是一首遥远的歌谣，轻轻沙哑地一唱再唱，印染了风霜。而她站在缥碧的溪水中间，抱着血薇，不知何去何从。

她的心，仿佛也忽然间回复到童年时，仍然是哀伤和无助。

她在等待那双手、那个少年。他将会带她走，回到那个温暖的梦里的家。

“江湖不是个好地方，你留在那里，终究有一日会死于兵刃……冥儿，离开听雪楼，我们一起回沉沙谷去吧。”青岚的声音透过十年的岁月传来，依旧那样和善亲切，“听雪楼对于你来说，真的比我和沉沙谷更割舍不下么？”

他抬起手来，修长苍白的手指上带着一个玉石琢的指环，似乎有些小了，勒得手指很紧，然而，迦若微笑着抚摩着它，淡淡道：“你看，你小时候送给我的东西我都还带着呢——我送你的护身符，你还留着么？”

“还留着。”阿靖轻轻回答了一句，手指抚着项中的紫檀木护身符，眼神也是柔和而恍惚的。

“青岚，青岚哥哥。”她轻轻叹息了一声，仿佛屈服般地垂下了眼帘，如童年时那样对白衣少年伸出手去，然而她内心却仿佛一再地提醒她：不能答应他……不能……不能离开听雪楼……

飞花在身侧旋舞，灵溪畔的景色如梦如幻，亲切熟稔，青岚对着她含笑俯下身来。

“靖姑娘，这是梦魇幻境！小心！”

一声厉叱横空而起，刹那间喝破了所有。

飞花，歌舞，溪流，夕阳，野荷……一切温情脉脉的往昔转眼成空。冷月下，阿靖伸出去的手臂静止在半空，而她身侧的白衣祭司蓦然回头，看着推窗从木楼里跃出的朱衣少女，眼光一刹那间冷厉如电。

“何人破我术法？”一字一字，迦若冷漠出言。

烨火抬头看看空中迅速散去的阴云，皎洁的月光下，她迅速掠过来，挡在阿靖身前，举手当胸，结了一个手印：“龙虎山张真人座下二子弟烨火，向迦若祭司讨教！”

“张无尘那个老道？”迦若冷笑，“你的师父在我面前也不敢献丑，你倒是胆大！”

冷笑中他的身形陡然掠起，一手指天，一手指地，手指间陡然有风声大作。

满天的乌云刚刚在烨火的驱赶下散开，此时却以更快的速度在烨火头顶聚拢起来，转眼之间电闪雷鸣，豆大的雨点洒了下来！

“呀。”烨火不防他的术法召唤如此迅速，在防护咒术来不及念完的时候，已经有雨丝落到她身上，她急忙抬手相挡——“哧”的一声，柔软的雨滴仿佛钢丝，刹那间穿过了她的小臂！

“指间风雨？”血如同喷泉般地涌出，烨火脸色转瞬苍白。

幸亏此时咒术也已经念完，一顶看不见的伞瞬间展开在她头顶，挡住了下落的雨点——然而，即使勉力做到了如此，雨声却越来越急，那伞离她头顶的距离也在一分分下降。

太、太诡异的力量……这个白衣祭司的灵力居然强大到如此！

怎么可能……怎么可能？

“靖姑娘，你快走！萧楼主刚和我联络，说他和碧落红尘护法已经离开洛阳，不日即将来到滇南……你、你快走……我来挡他一下。”烨火手腕一抬，呼啸中一只红色的蝙蝠从她袖中飞出，直扑迦若而去。

担心不懂术法的靖姑娘会卷入其中，烨火一边用所有的灵力支撑着那把无形的伞，一边着急地喊。然而，她一开口，灵力涣散，原本已经摇摇欲坠的“伞”转瞬间千苍百孔，雨点如同钢丝般呼啸而落。

“刷！”忽然间，居然有另一种不同于术法的力量横空而起，贯穿雨中！

乌云下，朵朵绯色蔷薇绽开，空灵曼妙不可方物——然而那不是用幻力凝聚出的花朵，而是纯粹的剑气！

凌厉至极的剑气削断了雨帘，激得雨水向外飞溅，站在一旁的施术者也不得不举袖遮挡，“哧哧”几声，白衣被雨水与剑气所袭，陡然出现了无数细微的小洞。迦若腾出了一只手，指住了那只红色的蝙蝠，仿佛出现了看不见的屏障，蝙蝠扇动着翅膀，却停止在离他一丈开外的地方。

绯红色的剑光恍如银河天流，倒卷而下，在烨火身边带起一片清光。光幕下，那急骤的雨丝居然点滴不入！

“好一招血薇香影……”忽然间，迦若微笑起来，收手，缓缓鼓掌，“冥儿，你今日的剑术修为，当超过师父昔年。”

他一收手，凝聚在烨火头上的乌云登时缓缓散开。同时，“吱”的一声，仿佛力气耗尽一般，那只红色的蝙蝠坠落在地上。烨火不顾身上有伤，抢身过去捧起了它。

剑光同时消失。皎洁的明月下，绯衣女子执剑而立，眼神冷漠。血薇在她手中犹自微微摇曳，幻化出清影万千——

剑出花开，剑收花谢。枯荣之间，往事成烟。

“你不该对我用术法。”阿靖淡淡看着眼前的白衣祭司，冷漠中的语气带着依稀的痛楚，“你果然不是以前那个青岚，即使回到沉沙谷又有何用？我们再也回不去从前。”

迦若也静了片刻，低头看着地上斑驳的月影，忽地轻轻笑了笑：“动用了幻境心魔回到昔日，在那样的情况下苦劝你跟我离开听雪楼，你都不肯应允——如果我好好地和你说，你会答应么，冥儿？”

“……”一时间，她默然。

的确，“离开听雪楼”——这种想法不知为何，在她看来是不可实现的。

“其实我早知道你不会答应。”迦若摇摇头，竖起手指，指尖上忽然开出一朵紫色的野罂粟花来。月光下，他脸上的笑容有淡淡的苦涩，“在青羽背叛听雪楼的时候，你都能下手杀了他——那么，听雪楼对于你来说有多重要，我明白。”

瞬间，阿靖眼睛里有种潮湿的感觉，尽力平定着内心的波澜，静静问了一句：“既然知道……那么你今夜还来做什么？”

迦若蓦然笑了起来，宝石的辉光映着他的脸，天神般光彩夺目：

“我今夜来，只是想确认一下那个人对你来说，到底有多重要。”

“谁？”反射般的，她开口问，然而心中刹那间却震了一下。迦若果然只是微微而笑，温和地看着她，宝石额环下的眼睛深蓝如海：“你知道我说的是谁！”

他伸过手，将手上那一朵紫色的野罂粟递给她，神情和动作宛如当年。然而阿靖看着他，看着他手中那朵幻力凝聚成的花，眼色冷漠，动也不动：“迦若祭司，我从来不接受敌方的任何东西。”

迦若深深看了她一眼，忽然微笑——弹指间，那朵罂粟骤然化为粉末，随风消散。

“你说得对，我们再也不能回到从前。我已经不是青岚，你也不再是青冥！”他大笑，回身，然而笑容中却有轻松释然的表情，“冥儿，你记住了：从这一刻起我们便是你死我活的对手——如果萧忆情带着听雪楼的人马踏入月宫半步，我一定要让他神形俱灭！”

“我会尽力劝他放弃进攻拜月教的计划。”静静的，绯衣女子忽然回答了一句。

转身离去的迦若和站在身后的烨火同时惊住，看着他探询的目光，阿靖却低头看着自己手中的血薇，淡淡道：“进攻拜月教本身就是不明智的抉择，只会两败俱伤——无论从公理还是私心出发，我都会尽力劝楼主罢兵。”

“萧忆情，”白衣祭司微笑起来，摇摇头，“他不会听你的劝告的，他有他出征的理由。何况，拜月教灭亡了也没有什么不好。”

他的微笑虽然温和，然而却有洞彻一切的残酷和冷漠。

“青岚师兄，即使师父有那样的预言，我发誓：即使你动手杀我，我也绝不会对你出手！我要破除这个命运的诅咒。”绯衣女子收起了剑，语声几近叹息，“我不想看到这一天……也不想看到你和楼主动手。”

“冥儿。”听到那样的话，迦若脸上的笑容消失了，他回过头，静静地看着阿靖——即使两人划清了敌我的界限，他却依然坚持叫着这个名字，“冥儿，不要试图逃避。”

不等她出言，白衣祭司又微微笑了起来，伸手轻抚她的秀发，轻声道：“上天创造出生命，也许就是要让你亲眼看看这个世界，到底可以残酷到什么地步——或许将来你会杀了我，或许我会在那个诅咒实现前先杀了你。不过，无论如何我都有足够的勇气看着未来，相信如今的你也应该有……是不是，听雪楼的靖姑娘？”

那一刹那，阿靖居然忘了躲开他伸过来的手，听着他微笑的嘱咐，她暗自咬紧了牙，不出声地用力点了点头。不知不觉间，她仿佛又成了往日那个聆听师兄教诲的女孩。

“很好，我知道你不用我担心。”迦若继续微笑，拍拍她的肩膀，“你一向好强，如今也有足够的能力了……所以——”

他话音未落，阿靖蓦然拔剑！

“当”的一声，从他指间射出的光芒击在剑上，四散消失。

“哈哈……很好，冥儿，你从来不曾让我失望呢。”迦若猝及出手，在落空后却击掌大笑，离去时忽然闪电般地看了一眼在一边警戒的烨火，微笑：“我还记得你……能驭使红蝠王的苗疆小姑娘……你不认识我了么？”

在两个女子都没有回答之前，拜月教的大祭司一声长笑，伸出手指凌空画了个符号，转瞬间，他的身形消失在原处。

“停一下吧。”

一直借着如水的月光连夜赶路，可陡然间天空中却乌云密布，漆黑如墨，不辨五指。当先的一个声音呵止，一行人马便在林中勒住了缰绳，静静等待。

“两位大师先歇一下，待萧某前去看看前方的路再行。”微微咳嗽着，当先那人的声音却是充满决断力的，一边说一边拨转了马头。

“楼主，我和你一起去。”众人中有人出言，然而对方却摇摇头，吩咐：“碧落，你和红尘还是留在原地守护两位大师以及众人——我只是前去看看，即刻便回。”

“是，楼主。”不再多说什么，一行人齐齐领命。

幽暗的光线下，勒马而行的男子一身白衣，脸色在惨淡的天光中更是显得苍白病弱——然而他的眸中，却有着非凡的睿智与决断力，丝毫不因为千里风尘而有略微的倦容。

“弱水，麻烦你再度和烨火联系一下，告知阿靖他们，我们已经到了大理附近。”在策马走开时，仿佛想起了什么，他回头吩咐。

“是的，萧楼主请放心，我立刻去办。”黑暗的林中，一个女子的声音爽朗地回答。

白衣人离去后，一段时间内树林中都是安静得出奇。

“非是乌云蔽月，乃是方圆一百里内有术法高强的人作法。”一行人马中，簇拥着两顶轿子。第二顶轿中，有苍老的声音蓦然响起，须发花白的老道收起了手指，“驱动云天的力量阴邪至极，当是拜月教一派的术师！”

“师父，他们来得如此迅捷，莫非拜月教人马已经得知我们前来了么？”有些惊讶的，一个女声在幽暗的林中发问，声音很年轻，还带着一丝丝遇到挑战的雀跃，“让我来打前锋吧！听说那个叫迦若的祭司很厉害，弱水真想见识一下。”

“不是……那一股力量只是盘旋于空中，并未往这个方向袭来，当不是针对我们一行人。”轿中苍老的声音沉默了一下，似乎计算着什么，语气忽然转为严厉，“弱水，你年纪也不小了，身为大师姐，怎能如此孩子气地轻敌！迦若是何等人物，连师父我都畏惧他三分，你怎能是他对手？”

仿佛被师父忽然间的严厉斥责镇住了，女弟子默不做声地低下头去。

“张真人何必太谦？”林中的气氛静默得有些尴尬的时候，第一顶轿子中，有另一个苍老然而略为开朗的声音笑呵呵地出言，为她分解，“依老衲看，龙虎山的玉篆天书打开来，即使拜月教的祭司也不能轻易抵挡吧？

“明镜大师，你也不用给我老脸贴金了——玉篆天书乃龙虎山镇山之宝，但是贫道估计最多也只能抵抗迦若的三分灵力而已……”有些苦笑的，坐在轿中的人微微摇头，在幽暗的树林中抬头看着乌云漫天，“大师你看，在片刻间能召唤风云、令天地失色，这等修为岂是贫道能做到的！”

这一下，连另外一顶轿子中的明镜大师也不出声了，仿佛也在细细地观测着天空中漫卷的风云，许久许久，他才再度出声：“果然灵力惊人……不知道那个人年纪轻轻，却是如何修炼来的这等法力？拜月教阴邪诡异，流毒于滇南，向来为我们中原术法正道所不容——如今凭了萧楼主远征之力，你我联手必将此邪教除去，免得遗祸天下。”

“大师说得也是……拜月教的术法实在太过于阴毒。”张真人点头叹息，“当年烨火这丫头投靠到我的门下时，就中了拜月教的蛊毒——据她说，他们山寨里起了动乱，却被拜月教乘虚而入，全山寨的人几乎全被杀光了……”

“唉，这个丫头虽然文静，却倔犟得很啊。这几年一直拼命地学术法，就是想着要找拜月教报仇。这次一听说听雪楼要攻打拜月教，她也是迫不及待地要加入。”说起另一位不在身边的女弟子，张真人苍老的语气中带着深切的怜爱。

弱水呼出了一口气，忍不住又开口：“是啊是啊——就是知道师妹报仇心切，所以在听雪楼挑选和靖姑娘一起出发的第一批人马的时候我才不和她抢的！不然我早跟过滇南来了！”

“弱水，烨火本来是苗人，对于岭南地形环境比你熟悉，帮得上的地方也多些——所以师父才让她跟着先来。”淡漠的，张真人看了一眼大子弟说道。

弱水叹了口气，脸上却是嘻嘻的笑脸：“知道……师父做事总是心里有数的，师父上知天文下知地理，子弟不该乱说，只要听从师父的安排就好——是不是？”

对于这个活泼顽皮的子弟正不知说什么好时，张真人抬头一看天，脸色却蓦然变了——此时，漫天的乌云忽然被驱逐散开，然而不到片刻又仿佛被另一股力量驾驭着重新聚集到一起。浓墨般的云层里，隐约有电闪雷鸣，那雨丝落下的呼啸声，居然远远都能听见！

“好厉害的术法……”张真人脸色凝重，竖起三根手指，正待掐指计算，忽然听到身边的明镜大师已经脱口惊呼：“指间风雨！”

两人相顾，脸色都是沉重至极——驭使风雨是惊动天地的术法，即使修为深湛的术士也必须经过斋戒、设坛、大醮等繁复的顺序，才能在隆重的仪式后实现召唤。然而，对方居然能呼风唤雨在弹指之间，这等灵力不得不令释、道两位大师都相顾失色。

“明镜大师……你心意如何？”沉默许久，张真人忽然沉沉发问。

老僧的眼睛缓缓从那一团乌云上移开，垂目低首，合十念了一声阿弥陀佛，缓缓道：“好重的妖气与阴气……魔道中有人拥有如此力量，将来必为人间之祸。张道友，合老衲的‘般若之心’与你的‘玉篆天书’，方可与其一战啊……”

“只怕合你我之力也未必能压制住那人……”张真人的脸色仍然凝重，不顾身边的子弟一脸不服地又在跃跃欲试。他叹息了一声，看着方才听雪楼主离去的方向，低声道，“大师，你如何看萧施主？”

“人中之龙。”想也不想，明镜大师回答，“虽非我道中人，然而灵慧深种，行事有气吞山河之风。中原武林若要统一，非其不可。”

“非我道中人？”忽然，张真人意味深长地笑了笑，缓缓摇头，“未必，未必。”

木楼外，被烨火与迦若方才那一场斗法所惊动，在钟木华带领下，听雪楼子弟已经纷纷从房中出来，询问何事。

然而，空荡荡一片的地上没有丝毫打斗过的痕迹。

靖姑娘脸色沉寂，负手握剑，抬头看着天心的明月，目光变幻莫测。朱衣的烨火伏在地上，小臂上的伤处血流如注，似乎被什么尖细的利器刺伤了手臂。

方才片刻之间月亮明晦不定，天地风起云涌，听雪楼子弟无不被剧烈的雷声和刺眼的电光从睡梦中惊醒——然而出门一看，外面却好好的月华如水。见了这种反常的景象，又想起进入拜月教地界以来一直遇到的层出不穷的怪异事情，所有的听雪楼子弟心中俱是忐忑不已。

“靖姑娘，有什么事情？”钟木华一边吩咐属下去观测周围有何异象，一边走上前去恭谨地询问。阿靖没有回答，微微侧头看了看这个听雪楼的老下属——

钟木华已经年近六十了，鬓边已经有了花白的头发，青筋突起，双手上伤痕无数……这个老人，见了这些怪力乱神的诡秘景象，也一定像普通子弟那样心下疑虑——然而，侍奉过听雪楼两代楼主，忠心老成的他却没有流露出丝毫畏惧退却的神色。

江湖人，本来就该有随处青山可埋骨的觉悟。

就如她，虽然一入江湖至今罕有敌手，但是也做好了随时遇到比自己更强者的准备——到时候，尽管取了她项上人头去便是。对于这个尘世，她是来去无牵挂。然而钟老他，却有个中年才得的女儿钟嘉绘——那个十五岁，什么都不懂的女孩子。

在楼中时，虽然畏惧她的冷漠寡言，但是仍然“靖姐姐、靖姐姐”地叫得欢。那个孩子十五岁了，生长在听雪楼这样的武林世家，却居然丝毫不懂江湖上的事情。

“我女儿？嘿嘿，你们都不用想咯！——这丫头将来是要嫁个好人家，乖乖地做人家老婆的，我可不希望她和我一样过一辈子刀头舔血的日子。”在前往苗疆的路上，有一次，她无意听到那一群听雪楼子弟们围着钟木华调笑，说起他的女儿，老人就这样呵呵笑着回答。

“等我过了七十大寿，就金盆洗手告别江湖，好好回去侍弄几亩地，抱我的胖孙子去！”说起将来的打算，钟老的脸上有平静的笑意。

当时坐在远处的她听了，心中忽然有种说不出的沉郁。

攻打拜月教是如何艰难残酷的任务，恐怕只有她与萧忆情心中最清楚——这些没有见识过术法的武林人，或许还不能懂得他们即将要面对的是什么样的东西！

以武学对抗术法，在某种程度上说无异于以卵击石——武功到了一定的程度，是足以和术法分庭抗礼的，然而对于大部分普通的武林人士来说，与术士对抗，甚至毫无还手之力。

更何况，在看过迦若那样的术法后，她自问就算她自己，这一战后能否活着回去也是未知——而这一次和她一起来到滇南的听雪楼人马，又有多少能回到洛阳？在洛阳，将来又要流下多少孤儿寡母的泪水？

——所以，无论如何，她一定会尽力劝楼主退兵。

“靖姑娘？”过了半天不见女领主回答，钟木华有些惊讶地抬头看她，关切地问，“靖姑娘，你受伤了么？”

“哦……我没事。”阿靖这才收回了神思回答，目光再度落在钟木华鬓角的白发上，心下沉郁之意更深，轻轻叹了口气，吩咐，“烨火姑娘受伤了，扶她回房中敷药吧。”

钟木华领命退下，绯衣女子复又怔怔抬头看着夜空，沉吟不语，右手轻轻回过来，抚摩着颈中的紫檀木牌，目光变幻着。

他没有说错——她一直保留着这个他亲手做给她的护身符……虽然在武林中，推崇力量的她从来不相信所谓的运气。然而十年的风雨江湖路，她一直保留着它——就如他也还戴着那个她小时候送给他的石头指环一样。

他们，都将彼此一直珍而重之地藏在了心底。

所有人都安静下来了，各自忙碌着——听说了萧楼主不日将亲自来到苗疆，所有楼中子弟的情绪都为之一振，不复前几日的忐忑。

阿靖微微苦笑了一下：果然，只有他才是听雪楼的灵魂吧？即使自己的生命都如同风中之烛，但是这个病弱的年轻人却仍然是所有人目光凝聚的焦点。他甚至不用做什么，只要他来到了苗疆——仅仅这个消息，就足以当上几万雄兵。

只是千里奔波，到的又是湿瘴遍地的苗疆——他那样的身子骨不知道是否熬得住？

不知道为何，从深心里看来，她居然也是期盼着楼主早日来到滇南……从来不认输的她，近几日也感到了内外交困，竟然有些支撑不住的感觉。

独自伫立在冷月下，绯衣女子呆呆地看着苍穹，看着那皎洁的月轮在云中载沉载浮地荡漾，她唇边忽然也漾起了复杂的笑意。

江畔何人初见月？江月何年初照人？

人生代代无穷已，江月年年只相似。

或许，在高天上沉浮了千亿年的冷月看来，即使他们、即使听雪楼、即使整个人世，一切也不过是渺小的、转瞬即逝的刹那幻景吧！

双星辉夜

“红蝠王？他、他居然认识飞翼？”手臂上的伤已经包好，在木楼中，烨火捧着受伤的红色蝙蝠，独自低语，想着迦若最后留下来的话，惊讶莫名。

“我还记得你……能驭使红蝠王的苗疆小姑娘——你不认识我了么？”

他居然知道自己是苗人——他是谁？他是谁？

十岁那年寨子被灭后，自己就流落中原——那么，他是在那之前见过自己么？

烨火怔怔地呆着，掌中的飞翼微微挣扎，发出受痛的吱吱声，然而，它的主人却依然深陷在昔日的回忆中，没有理睬。

英俊神秘的白衣祭司，披散的黑发和额环间的宝石，以及他那深沉如海、无法回溯推算的往昔……这一切，完全是她所陌生的——他是谁？难道自己幼年在那岩山寨里，曾见过他么？

只有一些依稀的熟稔感觉……那种感觉来自于他临走伸手画出符咒的那一瞬间。

他伸手的瞬间，她看见有什么辉光闪烁在他手指间。

一个小小的、玉石的指环。

——难道、难道是……

十岁。杀戮与火光。自己关于故乡的最后一幕回忆。

“有汉人妖孽进了寨子！小心！小心！”

那一日，她记得自己在竹楼中午憩，忽然间听到外面人声沸腾，老巴朗将竹筒敲得砰砰响，惊动了整个寨子。十岁的她揉着眼睛，从竹席上起身，想跑出去问爹爹出了什么事情，然而忽地眼前一花，床前已经站了两个汉人装束的少年郎。

那个穿白衣的看起来温和些，空着一双手；另一个穿青衣的却手持双剑，剑上有猩红的鲜血一滴滴落下，洒在她竹楼的地面上。

那些服侍她的侍女们，已经静悄悄地躺倒在竹楼各个角落里。

“呀！——飞翼！飞翼！”孩子惊恐地叫了起来，呼唤着自小养起来的守护灵兽。

火红色的蝙蝠应声从梁上飞下，直扑敌人。然而那个青衣的少年身手却快得如同鬼魅，在她第一声叫喊还没有发出来的时候，手指抬了抬，她的喉咙便哑了。同时，她的身体瘫软了下去，手足一阵麻痹和剧痛，痛得她流出了泪水。

同一时间，旁边的另一位白衣少年抬起手，凌空画了一个符号，那只火红色的小蝙蝠便仿佛被施了定身法一般，扑簌簌地在半空扇动着翅膀，却飞不过来。

“岭南的红蝠王？这个丫头还有些本事呢。”应付完了飞翼，白衣少年转过头来看她，见了她那般痛苦的脸色，轻轻叱了同伴一句，俯下身来解了她除哑穴和软穴以外的穴道：“青羽师弟，不过是个小孩子，出手别那么重。”

然而，那个叫青羽的英俊少年看着她，眼中却是愤怒的光亮：“冥儿也是个孩子！这些该死的苗人就忍心把她关起来这样折磨么？青岚师兄！”

十岁的她哆嗦了一下，看着他那样的眼光，自觉地往白衣少年身后躲了躲。她不知道出了什么事情……然而她敏锐地感到这个白衣少年显然比较温和，也比较安全一些。

然而，听到师弟这样的话，叫青岚的白衣少年却不说话了，只是叹了口气，然后一抬手将躲在后面的她拉了起来，手指扣紧了她的咽喉。

因为窒息，她的嘴不自禁地张开，然后，她就觉得有什么东西流入了喉中，苦涩而炽热。

“告诉你们的寨老那岩！他的女儿那燕在我们手上！”

她还没有想清楚自己被灌下了什么，白衣的青岚已经将她拉了出去，走到竹楼的廊子下，双手托起她的双肩，将她高高举起，对楼下奔忙的族人厉声大喊："那燕已经中了金波旬花提炼的毒！一个时辰内，如果不带我们去见青冥，她就会死！"

少年方才还温和的语气，在此刻却是那样凌厉。她感觉胃里有热流沸腾，被高高举着、展示给楼下熟悉的叔叔伯伯，十岁的她蓦然明白了自己的险恶处境，惊骇交集的，她"哇"的一声哭了出来。

爹爹说过，住在沉沙谷里面的汉人哥哥姐姐，全部都是族人的死对头。如果碰到了他们要赶快逃跑，就是逃不掉了，也要马上喊救命——不然，这些人是会杀人、吃小孩血肉的。

不久前，她听那芦姐姐说，长老们抓住了一个沉沙谷里的女孩子，关在地牢里。她现在知道：这两位汉人哥哥，一定是为了那个关在地牢里小姐姐而来的！

听说族里人本来也没有想杀她，只是想逼她说出白帝在沉沙谷里布下的玄机，然而那个比她大不了几岁的女孩却是出奇的倔犟，寨子里的人几乎动用了所有的刑法，甚至施用了蛊虫。然而她咬烂了自己的嘴唇，却没有吐出一个字。

如今落到了汉人女孩同伴的手上，他们会用同样的法子来对付自己么？

想到这里，她哭得越发厉害，然而被点中了哑穴发不出声音，只好抽泣战栗而已。

"快放了小姐！不然寨老饶不了你！"

被举在半空，她俯视着，看见了族人们聚集在竹楼下。平日服侍她的那芦姐姐吓得脸色发白，却仍然咬着牙战战兢兢地站出来呵止。

"啰唆什么！——快去叫你们寨老放了冥儿！"身边叫青羽的青衣少年不等她说完，手指一抬，十岁的她只看见白光如蛇般从他手指间游出，瞬间从那芦姐姐头上一掠而回！

"再啰唆一句，我要你的头！快放了冥儿！"他冷厉地叱道。

"哎呀！"那芦满头的银饰仿佛被一剑砍开，片片落地。她捧着头，尖叫一声退回了人群中，不敢再说话。

慌乱了片刻，她看见爹爹已经赶过来了，后面跟着族里的几个长老法师。

人群蓦然一片寂静。族人都纷纷恭谨地退开，给爹爹和长老让出一条路来。

爹爹在竹楼下停住，看着被举在半空的十岁女儿，刚毅风霜的脸上毫无表情。

青岚举起她，站在高高的竹楼上，修长的手指扣紧了她的咽喉。她眼珠乱转，看见那双修长秀气的手上还带着一只玉石的指环——然而，就是这样无论从哪一面看上去都是温柔可亲的哥哥，在说起杀死她的时候也是眼神冷酷。

他们的确是会杀了她的……为了那个地牢里的小姐姐。

爹……救我……救救我……

她害怕极了，拼命地挣扎着，然而说不出一个字。

这时，她看到爹爹转头，和身边几个伯伯们商量了一下，然后点点头，扬起头看着竹楼上面，对两个汉人少年厉声道："好！我放了你们的人，你们也放了我女儿！"

片刻后，人群散开，让出了一条路。

十岁的她第一次看到了那个女孩子……那个被族人拖过来的昏迷的小姐姐。

"冥儿。"那一瞬间，她感觉到托着她的手颤抖起来，青岚和青羽同时脱口唤了一声，显然是叫这个女孩的名字。

那个被拖过来的女孩子只比自己大几岁，然而一望便知受到了极其残酷的拷打，全身血肉模糊，被拖过来时，沿路那些沙石都嵌入了她的伤口中，形状恐怖。

"该死的畜生。"咬着牙，身边的青羽低低吐出一句话，手指缓缓扣紧了剑。他刷地转头再次看着寨老十岁的女儿，眼睛里的光芒带着可怕的血腥味。

"青羽，不要这样。"虽然因为同样的愤怒和激动，那双手在剧烈地颤抖，然而白衣的青岚却阻止了师弟眼中投向十岁女孩的杀气，"她不过是个孩子……"

话音一落，青岚放下了她，但是一只手仍然扣在她的咽喉上。她垂下眼帘，就能看见他修长有力的手指上那只温润的玉石指环。

他拉着她，一步步走下竹楼来，青羽按剑站在两人的前方，对着楼下簇拥的苗人冷冷道："好，你们退后，将冥儿放到前面空地上，我们交换人质！"

那岩寨老举起手，缓缓挥下，所有寨子里的人都退开，让出了一个十丈见方的场地，将昏迷中的女孩放在空地中间。两位少年缓缓下楼，走到了场地中间。

“冥儿！”在青岚俯下身去查看那个女孩的时候，她听见他低低唤了一句。然而，那个血团似的人根本没有丝毫的反应，只是微弱地呼吸着。

青羽一直没有动，按剑而立，四顾着周围虎视眈眈的苗人，保持着警戒。

“你回去吧！”看到同伴那样重的伤势，白衣少年已经来不及多想什么，看也不看她，手上加力将她推出，同时俯下身去抱起了那个叫青冥的女孩儿，丝毫不顾她满身的血污，紧紧抱在怀中，唤着：“冥儿？冥儿？”

——她忽然间放松了，然而，又感觉有些委屈地想哭……

——十岁的她，实在是不知道，为什么自己会忌妒那个被打得很惨的汉人姐姐。

她被青岚毫不考虑地推出，踉跄了几步，却不知道为何没有立刻跑开，反而关切地回头、看了看那三个哥哥姐姐。然而无数族人对着她焦急地伸出手来，那芦更是急得眼睛里都是泪水：“小姐！小姐！快过来！”

十岁的孩子吓了一跳，连忙回头准备投入亲人的怀抱——然而，忽然之间，她却看见族里的大巫师脸色阴沉地从怀中拿出一支牛角做的小笛子——

“哎呀！”从小见多了法师们奇奇怪怪的法术，感觉到要发生什么可怕的事情，她叫了起来，“傀儡虫！傀儡虫呀……”

就在那一瞬间，她看见那个昏迷过去的女孩子忽然被操纵般地动了起来！

青冥抬起了手，手指间夹着一根蓝光莹莹的针，向着白衣少年的胸口扎了下去。

只是咫尺的距离，青岚根本来不及避开——

“哎呀……”她哭着叫了起来，捂住了眼睛，不敢再看。

然而，被魔笛无形操纵的那只手，却忽然在半空中僵硬了——仿佛另外有一种看不见的力量在抢夺，青冥的手颤抖着，停滞在半空中。

昏迷的人身体在微微发抖，阖着的眼睑底下眼珠在不停地动着，看得出是在极力挣扎着想醒过来——虽然衰弱到了如此，但这个女孩的意志力居然仍能和傀儡虫相抗衡！

“铮。”就在她的手迟疑的瞬间，一边守护的青羽蓦然出手，闪电般弹掉了青冥手中的毒针，同时青岚也已经点了她的穴道，防止她再度不自禁的动作，抱着女孩站了起来。

在他站起来的时候，仿佛经过了计算，无数的毒箭、毒针、吹箭……都纷纷往场地中间的三位少年招呼了过去！

“该死的！”青羽手中的剑已经化成了一片白光，忽然身子飞纵了出去，一把将快要跑出空地的十岁女孩子拎了回来，“自己孩子的命都不要了么？”

青衣佩剑少年的眼神已经闪亮如剑，凌厉而不容情，一把拎着她的后领，将她的身子横扫过去，挡在三人面前作为盾牌。

“爹爹——”忽然间天旋地转，晃动的视线中看见无数明晃晃的暗器向自己刺来，十岁的她吓得大哭起来，拼命挣扎。

“青羽，不要这样！”身边的白衣少年急叱，然而因为抱着冥儿也已经无法腾出手。电光石火之间，女孩只看见眼前白衣一闪，所有打过来的雨点般的暗器忽然全部看不见了……

“师兄！你、你竟然做这么蠢的事！”耳边，蓦然听到了青羽有些震惊的声音。

然后，她看见眼前的白衣上，有一行鲜红的血缓缓流了下来。

挡在她面前的青岚一个踉跄，几乎倒下，他双手依旧横抱着那个叫冥儿的昏迷女孩，然而肩背上却被暗器打中了好几处，血纵横流在雪白的衣襟上——

那一瞬间，无法腾出手来的他转过身，用肩背挡住了打向孩子的暗器。

这个哥哥救了她……这个哥哥竟然救了她！

“咳咳……快走、快走。”面对师弟的责问，青岚也只是无奈地笑笑——青羽的做法是对的，虽然残酷了一些，却是生存必须的手段。而他，却只是无法看着这样年幼的孩子死在面前却不动手救助——虽然这是多么愚蠢的行为，他自己心里也清楚。

看到他这样的举动，甚至连那些苗寨里的人都惊住了。

“好吧，好吧！”没有时间再说什么，青羽也是苦笑着，一用力将手上的寨老小女儿扔了出去，抢身上去从师兄怀中接过昏迷的女孩，“我们快走！”

“寨老……我们，我们要追么？”看到少年们已经奔出了一段距离，那些呆住的苗人中才有法师反应过来，低低问头领。

“追。不能让他们这么跑了！”咬着牙，寨老不顾叫着“爹爹”扑到怀里的小女儿，冷冷下令，同时一把推开了饱受惊吓的女儿那燕，“没有用的东西！居然被那群汉狗给救了——真是丢尽了我那岩的脸！”

十岁的她蓦然呆住，怔怔地看着父亲因为愤怒而青筋凸出的脸，忽然感觉到奇怪的陌生，又“哇”的一声哭了出来。

“小姐……小姐不哭……”侍女那芦这时慌忙上来抱起了她，拉到一边。

她抽泣地靠在那芦怀里，周围那些叔叔伯伯都已经不再理睬她而各自忙着追那三个哥哥姐姐去了。听到兵刃的破空声，幼小的孩子忽然不停地颤抖起来，怯生生地抬头，问：

“那芦……他们、他们会死么？爹爹会杀了他们么？我、我不要那个哥哥死啊……”说着，孩子呜咽了起来。此时，那只被定住身形的小蝙蝠也扑扇着翅膀飞了过来，绕着小主人上下盘旋。

方才那个汉人少年的举动，也让侍女内心震动不已。不知道说什么才好，那芦只是抚摩着孩子柔软漆黑的头发，微微叹息。

十岁的苗寨寨老女儿那燕，攀着侍女的肩膀，看着一行人离去的方向——

那个穿着白衣的汉人哥哥已经看不见了，然而，从那一角落笼罩着的浓重巫气可以看出爹爹他们在和对方作着激烈的交战……

“我还记得你……能驭使红蝠王的苗疆小姑娘——你不认识我了么？”

记忆中，那个白衣祭司微笑着伸出手来，凌空画了一个符咒。

他的手指间，有一个小小的玉石指环，闪着微弱的光芒。

是他……难道真的是他？那个十年前闯入山寨救人的白衣少年？

如果迦若就是那个叫“青岚”的少年，那么，按照他们两人的对话推断，靖姑娘……岂不就是那个叫“冥儿”的女孩？

——那个十年前被抓到寨子里来、严刑拷打得奄奄一息的小女孩。

——那个青岚和青羽拼了命也要维护的小师妹。

他们联袂闯入，引起了寨子里前所未有的动荡，几乎全部巫师术士都倾巢而出去追拿三个少年。然而，趁着那岩山寨里这样的动乱，一直蛰居在灵鹫山上的拜月教却趁机出手，一举灭亡了这个号称苗疆最强盛的山寨！

所有的男丁都被杀死，年轻的女子们被下了蛊毒，被迫忠实于拜月教。

十岁的她，忍受身上蛊毒发作生不如死的痛，也要离开那个月宫。在侍女那芦的帮助下，逃脱后在泉州城外遇到了云游四方的张无尘真人，入了他门下，成了今日的二子弟烨火。

不知道那三个少年后来如何……或许已经死在了族人的围攻下吧？

然而，却不料在今日竟然又看见了他！

他……居然成了拜月教的大祭司——迦若。

可笑的是，昔年那岩山寨的寨老女儿今日却成了听雪楼门下的人，准备前来攻打拜月教。

世事……难道都是如此令人哭笑不得的么？一直感念的救命恩人，十年来寻觅着，然而一旦见面了，却又是变成水火不容的局面。

“青岚、青岚……”仿佛鼓足了勇气，烨火低下了头，抚摩着掌中的飞翼，感慨万分地喃喃念着这个名字。

“那岩寨老的女儿，你终于记起来了么？”

身后忽然有清冷的声音，烨火大惊回首，看见了挽帘而入、静静看着她的靖姑娘。

那个叫青冥的十三岁女孩儿。

离开木楼已经很远了，然而体内的刺痛在慢慢地加剧、蔓延……他抬手，掌心向上，承载着月光。奇怪的是，天幕中那一轮明月，居然再也不能给他任何转移痛苦的能力。

而伤势却在恶化。

刚才那一战里，虽然表面上他占尽上风，然而他却知道自己在施用“指间风雨”时，遭到了咒术的反噬——

所有术法都有反作用，通称为“反噬”或者“逆风”。如果施用法术失败，在施法者没有防护的情况下，咒语将以起码三倍的力量反弹回施术者本身。而即使施用成功，也会有一定的力量反弹回来，造成潜移默化的不良影响。

这是术法家都知道的常理，对于这种情况，天下各派的术士们也都有不同的防御方法，原理大都是将反噬的力量转移到别处。

即使拜月教的大祭司，也不例外——

因为咒术反弹而造成的小小伤害，这种情况他以前不是没有遇到过。然而，令他惊讶的是，这一次，他居然无法同以往一样将反噬的力量转移出去！

明河、明河她……或许已经采取了什么措施。

凝聚的真气渐渐有涣散的迹象，迦若皱起了眉头，加快了脚步——无论如何，他要赶在月沉之前回到灵鹫山的月宫，不然，越来越溃散的神智支持不了反噬回来的袭击。

走了几步，脚下的感觉越来越虚浮，他的视线也有一些模糊。恍惚中，仿佛周围的树林中浮起无数幽暗的眼睛，怨恨而阴冷地看着他——糟糕。

那些恶灵……那些恶灵又回来了么？那些以往死在自己手下的无数冤魂……居然趁着他衰弱的时候，涌现出来了么？

杀一人，聚一魂。

在拜月教十年，他杀了多少人，已经不可计数，圣湖中累累的白骨见证他灵力增长的过程。转换怨气为灵力，驭使死灵和鬼降——在苗疆近似于神明的拜月教祭司，所掌控的力量却是如此阴毒……

平日里仗着自身修为的深湛，那些聚集听命的恶灵无法作祟，然而如果出现今日一般的失误让他灵力降低的话，那些死灵和鬼降恐怕会群起反噬。

特别是那些被他活生生放干了全身的血、做成鬼降的少年男女魂魄，只怕是一直以来都恨不得食他的血肉而后甘吧！

今夜，真是不该离开月宫来这里……

今夜是拜月教一月一度的开启宫门的时候，也是对苗疆百姓显示教中“神力”的时机——身为大祭司的他，此时应该在大殿的宝座上，一一接见前来祈福禳灾的子民，用他的灵力表现“神迹”，让那些百姓更加相信月之神的力量。

明河该是真的愤怒了吧？所以才停止了转移对于他的术法反噬。

她是想让这个不可一世的大祭司知道，即使独步于天地间，他，仍然不能少了她的助力。

“可依陀洛阿梵密托安谛。”

苦笑着，集中最后的灵力，迦若轻轻念出了那一句咒语，瞬间，雪白的巨大幻兽凝聚成形，一跃而至，匍匐在他的脚边。

“朱儿……带、带我回月宫。”白衣祭司拍了拍饕餮的额头，饕餮亲热地打了个响鼻，伏下身来驮上衰弱的主人，对月啸了一声便奔了出去。

然而，刚奔出几步，饕餮就警惕地停了下来，前爪扒着地面，冷冷看着前方的虚空。

月光明亮，前面几步便是一条小溪，在月光下泛起万点波光——然而，溪面上却慢慢腾起了一层稀薄的雾气！

无数双惨白的手从溪水中伸出来，那些死去许久的灵魂们安静地聚集在半空，用诡秘怨恨的眼睛看着他，形成了一个圈，将祭司和幻兽都包围在内。

迦若感觉到身体中剧痛的蔓延在加快，仿佛有什么在撕扯着他的身体，将他全身往各个方向拉开——莫非是天意……居然让他在这里遇到一条冥河……

苗疆不多见的极阴的水……是能汇聚所有阴灵的地方。在这里，冥界的力量会战胜阳世。即使他平日来到这种地方，也需要小心防护，更何况今日这样的状态！

饕餮在怒吼，一次次地扑向虚空，却一次次地被看不见的力量撞了回来，落在圈中。溪面上水汽蒸腾，死灵聚集成一道墙，安静地一次次阻挡着幻兽的进攻，却丝毫没有反击的意思——

迦若蓦地明白了：他们，是想将自己困在这里到月亮西沉，不然自己还有返回月宫补养灵气的机会！这样，等天一亮，自己就会因为衰弱变成普通人，丝毫无法对付这些恶灵。

“朱儿！我给你破开灵障——跃过溪对岸去！”有些孤注一掷的，他下定了决心，摘下额环中镶嵌的宝石，双手紧握，喃喃念咒，将所有的灵力注入宝石中。忽然，用力将那一块“月魄”对着死灵结成的屏障扔了过去！

宝石映着天上的月光，焕发出璀璨至极的光辉，那些死灵纷纷避开，来不及退开的，就在光芒中如冰雪般融化！饕餮大吼一声，对着虚空中出现的那一个缺口飞跃了过去。

在腾空的刹那，他感觉到了穿越幽冥两界的剧烈变幻。

那些死灵的怒吼和凄厉的叫声都在耳畔一掠而过——在飞跃过冥河上方的刹那，他知道自己是和那些冤魂们擦肩而过……他甚至能感觉到那些化成枯骨的手正拉扯着他的衣襟。

然而，所有接近他的灵体，都在月魄的光芒下烟消云散。

饕餮负着他落在溪的对岸。

在他们落地的同时，“当”的一声轻响，月魄也掉落在地面上，滚了一下，消失在草丛中。迦若不禁苦笑，回视着身后那些重新迫近的死灵……现在，恐怕都已经没有时间去捡了。

堂堂拜月教的大祭司、号称接近天人的术法大师，居然会有如今的狼狈……不知道苗疆那些视自己为神明的百姓见了，会有什么样的反应？

白衣祭司苦笑着，一边却丝毫不迟疑地拍了拍幻兽的脖子：“朱儿，快走！”

然而，饕餮低低叫了一声，迈开步子，前脚却忽然一软，屈膝跪下。

迦若一惊，勉力翻身下来，查看幻兽的前腿，发觉它的左腿弯处流出了暗红色的液体——在方才越过冥河上方的刹那，居然有恶灵抓伤了它的前膝！

白衣祭司眼神才真正地变了，回头看着那些缓缓逼近的怨灵，手指慢慢收拢——

“咳咳……”忽然间，寂静的树林里传来马蹄泠泠的敲击声，伴随着时断时续的咳嗽声，溪对面的小径中，居然有一位白衣公子策马行来。

苗疆的冷月下，那位白衣如雪的年轻人神情有些落寞，微微咳嗽着，控缰在密林中独自走来。迦若看着他，眼神忽然微微变了变。

斑驳的树影投在年轻人的白衣上，光影变幻着，病弱年轻人脸上有一种沉静的、压倒一切的气度，让看见的人都凛然。他缓缓策马来到溪边，穿过薄雾，马蹄嘚嘚，涉水而来。他断断续续的咳嗽声，在深夜的密林中显得分外的清冷。

迦若神色慢慢严肃起来，倚着树，侧过头冷冷看着来人。

在他策马穿过溪流的时候，聚集在河上的幽灵们仿佛受到了什么惊扰，居然纷纷退避开来！而那一人一马，因为看不见此时周围恐怖的阴魂，只是自自然然地涉过了浅水。

然后，他看见了他。

“咳咳……是阁下掉落的东西么？”看见长草里闪动的宝石辉光，马上的白衣公子微微咳嗽着问，俯下身，探手。一股看不见的气流激动地上的宝石，月魄划出一道闪光的弧线，掉落在他手心。

迦若仍然没有回答，微微抬起眼睛看看天上的星象，沉吟着，又看了看白衣的公子，眼神复杂地变幻着，隐约有犀利的冷光。

他只是靠着榕树站在溪边，看着在深夜密林的薄雾中俯身拾起宝石的年轻人，看着那个人看了一眼手心的宝石，然后脸色如他所料地微微一变——

“萧楼主，幸会。”在那个白衣公子说话前，拜月教的祭司淡淡笑着，首先开口，指了指天上东南角，那里，有两颗大星，正遵循着轨道，以肉眼不可见的速度缓缓靠近，“看见了么？星宿相逢的日子到了呢。”

“咳咳……”仿佛不能承受南方夜里湿冷的气候，马上的白衣年轻人更加剧烈地咳嗽起来，好一阵才勉力平定下来。然而，虽然用手巾掩住了嘴角，迦若仍然知道此刻有丝丝的血从这个病弱年轻人的嘴角沁出。

“咳咳……迦若祭司？”方能开口，萧忆情便翻身下马，对着溪边树下那个白袍长发的高大男子微笑抱拳，“果然风神俊朗——幸会。”

“幸会？不幸得很啊……”迦若蓦地笑了，笑容清冷如同寒塘上的波光，捂着胸口，勉强扶着树站了起来，回了一礼，“方才施用术法出现失误，被一些恶灵所伤，我此刻可以说是衰弱得很呢。”

萧忆情略微怔了一下，或许不曾料想狭路相逢，这个劲敌居然会一开口就说出自身的弱点。然而只是微微一愣，听雪楼主清瘦的脸上忽然也有忍俊不禁的笑意，淡淡道：“巧得很——因为星夜兼程来到苗疆，奔波中瘴气入侵，我的旧疾今夜竟又复发了。”

话音方落，两人相视片刻，忽然同时笑了起来。

笑声中，萧忆情一扬手，将手心里的宝石抛回给了迦若：“这应该是拜月教镇教三宝之一的月魄——即使是祭司大人，弄丢了它也会有麻烦吧？”

将宝石握在手心，迦若苍白的脸上浮出了笑意："是啊……萧楼主，我欠你一个人情。"

"那么，来日对决之时，你让我三招如何？"听雪楼主咳嗽着，也带着笑意道，同时将马散放在溪边，过去和迦若并肩而立，看着苍穹。

"不敢。天下有谁能让听雪楼主三招？除非我不要这条命了。"祭司微笑摇头，"虽然武学术法不同道，但是我知道以萧公子的修为绝非任何术士可以小觑。"

"祭司过奖了。"萧忆情笑着，看着天空中那一轮渐渐西沉的圆月，"连阿靖都和我说，祭司的术法几近天人，她恐怕非你之敌——能让她这样推崇的，我还是第一次听到呢……"

"阿靖"这两个字一出口，拜月教大祭司的眼色，蓦然沉了沉，仿佛有极度复杂的光芒从眼底掠过，手指下意识地轻抚着右手上的玉石指环，迦若冷冷笑了一声："你们听雪楼的靖姑娘，堪称武林剑术第一人，能得她如此评语，真是不敢当。"

他拂了拂白袍，看着漫天灿烂星辰，东南角那两颗星辰又接近了一分，双星交互辉映，居然让漫天繁星都为之失色！然而，再过不久，它们的轨道便会发生交错。

双星撞击——终究会有一颗陨落在夜空……

那就是命运吧？拜月教祭司的唇角浮出了淡淡的笑意，接着道："然而迦若不才，这一次却只是想和楼主好好切磋而已——看看术法和武学，到底何者更胜一筹！"

冷光在萧忆情的眼底也是一掠而过，他微笑着拂开鬓边的白玉流苏，静静地回答："祭司放心，攻入月宫那一日，此事自当有个分晓。"

忽然之间，谈笑甚欢的两人都沉默下去。

"你……为何倾力也要灭拜月教？"仿佛迟疑了一下，迦若看着天，看着辉映的双星甚至夺走了明月的光彩，忽然问了一句，"你该知道，此事付出的代价，可能很大。"

"咳咳……"林中又有一阵冷风掠过，萧忆情再度咳嗽起来，眼神也有些萧瑟，"传说迦若祭司灵力惊人，有通天彻地之能——自然能够洞彻拜月教的过去未来。"

"是为了圣湖底下那堆白骨么？"祭司眼神黯了下来，问。

萧忆情微微苦笑、颔首，然而目光却是闪亮如电："你该知道我的过去……所以，这一次，我不管牺牲了多少的人或者流了成河的血，我的决定都不会改变！不毁神灭教，让神殿坍塌圣湖枯竭，我无法让自己收手！”

迦若蓦然回头，却看见听雪楼主犀利深沉的眼睛——这个病弱安静的年轻人，身上一直笼罩着病弱的气息，血气和神气都有些衰弱——然而，在这一刻，目光闪动的瞬间，他眼底流露出的却是排山倒海般凌厉汹涌的气势！

人中之龙。那一刻，他才明白这个年轻人之所以能掌控江湖命运的原因。

衰弱无力的外表下，却有着何等惊人的精神力量！

方才溪流上那些恶灵，之所以一见他前来便纷纷退避，看来并不是完全因为这个人身上所流着的尊贵血脉的缘故吧！

“好……既然如此，就让命运随着它的流程运行吧！”迦若仰头看天，笑了起来，忽然一挥手，烟雾在溪边重新凝结，饕餮应召唤而来。祭司俯下身去，包扎好幻兽膝上的伤，直起身子时笑了笑，“萧楼主，你我再度相见之日，便是星陨人亡之时！好自为之。”

“祭司，你也自当保重。”冷月下，萧忆情淡淡一笑，挥手作别，“如果我再捡到月魄，可未必会送还给阁下了。”

迦若大笑，然而眼神深处却平定如深海，他坐上幻兽在月下如飞般离去，衣袂和长发在风中飞扬，宛如翻涌不息的云。

远远的，夜风中送过来一句话：“靖姑娘他们就在前方十里外的木楼中，萧楼主快去吧。”

声音落地时，他的身形已经消失不见。

十里外的木楼中。

没有点灯，房间内光线暗淡，只依稀可见事物的轮廓。月光在凌乱的家具间逡巡着，然而坐在室内的两位女子，很长时间都没有说一句话。

火红色的蝙蝠停在烨火掌上，眼睛溜溜地看看左边又看看右边，不知道主人的手为何颤抖得那么厉害——

“我想你一定很恨我……一定很恨我！”蓦然间，朱衣少女甩开了手，捂住脸啜泣起来。方才的片刻间，她回顾了最不愿回忆的片断，转眼却又直面着昔日的仇家。静默了片刻，对方坐在黑暗中不说话，她却终于率先在压力下崩溃。

“我们、我们族人那样折磨你！……那时候你满身是血的样子好恐怖……我、我十年了都忘不了！”断断续续地啜泣着，仿佛回顾噩梦般，烨火颤声道。

“我真的非常恨你们。”低低的，静坐在黑暗中的绯衣女子忽然说了一句——

“但是我并不是恨你们那样折磨过我……折磨不算什么。我恨你们，是恨你们让青岚死去，恨你们夺去了我们三个人平静的生活！我从来没有那样恨过谁，但是我真的非常恨你们那岩山寨的人！十年了……我以为青岚被你们杀了已经十年了。如果不是听说拜月教灭了你们寨子，我早就亲手来杀光那些苗人了！”

烨火惊呆了——靖姑娘的话语是那样的激烈而血腥，完全不像她平日的冷漠。那一个瞬间，她感觉到了对方内心最深处爆发的感情——那沉淀了十几年的愤怒和悲哀。

“那么……方才迦若祭司要杀我，你为何……为何还替我解围？”面对着这样深沉的悲哀，她居然感到有些退缩，然而，忍不住怯生生地再问了一句。

阿靖忽然沉默了，她的脸隐藏在黑夜中，完全看不清表情。

“青岚既然没有死，我干吗恨你？”过了片刻，绯衣女子淡淡地回答了一句，声音在片刻间恢复成平静淡漠，叹息道，“何况，那个时候你不过是个小孩子。”

烨火怔了一下，眼眶忽然有些发热——

其实那个时候，靖姑娘，也不过是个十三岁的孩子。

“烨火，如今我们都是为了对付拜月教而来，昔日的恩怨，不必再提。”在黑暗中站起了身，阿靖头也不回地走了出去，淡淡留下一句，“你好好养伤吧。”

风音蝶魂

风过回廊。

满架的蔷薇荼蘼在风中怒放，吐露芳香；神殿前的圣湖上，千朵红莲绽开。

灵鹫山上的月宫，目之所及均是鲜花如海。或许因为汇集了阴阳交会的灵气，这里竟然不分季节地汇聚了天下所有奇花异草，在缥缈入云的山上争奇斗艳。

“叮当”几声，风过后，廊下悬挂的一排排风铃轻轻击响。

那些风铃均为细瓷烧制，玲珑可爱，白瓷上每一个都用朱笔画了符录，挂在园子四周的廊下。每一阵风过，便清脆地响动，一方面可以惊走飞入啄食花朵的鸟雀，另一方面，如有摧残花朵的狂风吹过，这些附加了咒术的风铃也可以将其阻挡在外。

月宫里所有人，都将其称为“护花铃”。据说是迦若大祭司亲手制作，并命令教中子弟将其挂遍整个月宫。

“祭司，我只是奇怪——你是否只对没有生命的东西才如此爱惜？”在千万只风铃清脆的击响中，一个女子的声音蓦然响起，冷峭而高傲，“杀人如麻的你，不知道为了什么，居然对这些花草这般爱惜，真是让明河看了忍俊不禁。”

没有回答教主的话，靠着白色大理石雕琢的柱子坐在廊下，白衣祭司的脸色却是惨白的。

一个拜月教的子弟在他面前匍匐跪下，手托一个玉盘举过头顶。

迦若的一双手就浸在那一盘还散发着热气的鲜血中。

那都是刚刚死去的少年男女的心口热血——凝聚了生气和阳气，弥补着他昨夜因为施用阴邪术法遭到反噬而产生的灵力衰弱。

迦若的手苍白，与玉石的托盘几乎同色，皮肤下隐隐有青紫色的血脉。然而，他闭目靠着廊柱，手掌张开平放入血泊中后，似乎是错觉，居然有淡淡的血色浸入了他的血脉，而且缓缓沿着手臂上升开去。

“每个人……都有他想守护的东西。”许久，仿佛精神恢复了一些，白衣祭司睁开了眼睛，低头看着自己的手，忽然喃喃叹息般说了一句。然而，话音刚落，苦笑着，他又说了另外一件事情：“明河，昨天晚上你差点让我送命。”

“哦？”想起凌晨时分，刚回到月宫时他那衰弱的样子，拜月教主忽然掩着嘴呵呵地笑了起来，她的眼中流光溢彩，映得左颊上那一弯金粉勾的月牙儿也仿佛在微笑。

“我的大祭司——天上地下最强的术士，原来你也会怕术法反噬么？那么，你就不该这么不把我这个教主放在眼里啊。”用象牙骨的绢扇掩住嘴，拜月教主娇娆地笑了起来，她的眼睛黑如点漆，仿佛隐藏着夜的妖魔，“不错，谁要你昨夜不回月宫主持仪式？几个寨子的寨老、还有镇南王的宠妃都过来了，等着你为他们施法——可是等了一夜，你居然不回来。这么多贵客在，你这不是不给我面子么？我生气起来，自然停止了化解你转移过来的‘逆风’。”

拜月教的历代教主，虽然不习术法，但是因为血缘的关系，却对于教中任何术法都具有抗力，对于反噬力亦是如此。所以，历代的祭司，都会将自身所受的反噬作用，通过太阴星转嫁给教主，再凭着她天赋的异禀加以消弭。

不然，经常要施用如此厉害的术法，任何术士都无法承受那样的反噬力。

教主和祭司——从拜月教一百多年前创立那一日开始，似乎就是这样奇异的相互依存的关系。一个执掌教义，一个控制力量，各自分治，然而谁都无法脱离另一方单独撑起局面。

除了五年前那一次成功的叛乱以外，这一百多年来，拜月教可以说一直是稳定的。

“咳咳，如果我被那群阴灵侵噬掉，你又有什么好处？”有些苦笑，渐渐恢复元气的白衣祭司摇摇头，“你可知昨夜我还遇到了萧忆情！若不是他当时也有病在身，你以为我还能活着回来么？明河……你这个玩笑开得大了。”

执着象牙扇子的手一震，拜月教主的眼神忽然雪亮，收起了扇子，她神色凝重地站了起来，微微冷笑：“好啊……等了二十年，该来的终归还是来了！”

“一切都和冰陵预见到的一样丝毫不差地发生了，不是么？”挥挥手，命那个捧着盘子的子弟退下，迦若站了起来，抬手拨动廊下悬挂的风铃，淡淡道，“拜月教这一次的灭顶大劫，只怕是如期而来了……明河，你将会是最后一任的拜月教主。”

“我就不信命中注定拜月教会亡于此战！”用力握紧扇子，拜月教主美丽的眼睛里却是坚定冷厉的光，“凭什么？”

“就凭圣湖下那一堆枯骨。”迦若目光注视着天际远去的一片白云，不惊轻尘地提醒，“莫忘了……先代侍月神女是怎么死的。”

“那是她活该！”有些气急败坏的，拜月教主大失风度地骂了一句，然后神色又转瞬平定，有些悻悻地回答，“何况，这也是死了的老教主做下的事情，凭什么要我们来还这笔旧账？”

“有人却是为收回这笔账、等了二十年了……”有些感叹般的，白衣祭司伸手转动那些风铃，淡淡道，“你弑母篡权，当了拜月教教主，自然连着她欠下的旧账也要一并继承。”

“迦若你……”仿佛被戳到了痛处，美艳无双的拜月教主转瞬间变了脸色，然后忽然冷笑，“你可别忘了，在这件事上我们可是同谋！当初商定篡权的时候，我们可是合作得很愉快呢！别撇清得那么快，这旧账要继承也有你的一份！”

迦若脸如石雕，动也不动，然而眼睛里却渐渐显示出厌恶的神色。

“迦若，昨夜你也知道厉害了！离了我，即使你术法再厉害又有什么用？我们是一条船上的，如果船沉了，大不了一起死！”看着他转头拂袖离去，拜月教主却冷冷地扔下了最后一番话，脸上有孤高的光芒。然而，眼神最底下却是闪烁着隐秘的恐惧。

“何况……哈，我真的想象不出你死了以后会如何？那些怨灵们忍了你那么久，恐怕会群起噬咬你的灵体吧？哦呵呵……”用扇子掩口轻笑，拜月教主却用眼角查看着离去的人，随着他脚步的走远，惊恐之意越来越深。

挂满廊子的风铃在风中旋转、击响，然而那一袭白衣却丝毫不停地沿着廊子飘然远去。

“迦若！迦若……”祭司的白衣终于消失在长廊的拐角处，拜月教主终于忍不住脱口喊出，脸色已经是苍白，“你、你怎么可以不管我？你怎么可以不管我！”

手一松，“啪”的一声象牙扇掉落在地上。仿佛支持不住似的，她的身子晃了晃，缓缓沿着柱子坐倒在风铃下。忽然间，这个美艳凌人的女子抬起手捂住脸，无声地哭了起来。

那种无力的感觉，终于从她强自掩饰的心底弥漫了出来，击倒了她。

她是一个什么也不会的弱女子，除了血脉中继承下来的所谓“月神之血”以外一无所有，她甚至不会术法，也不能保护自己。除了坐在宝座上，作为拜月教的象征接受教民的膜拜之外，她什么都做不了。

教中虽然还有清辉、孤光两位懂术法的护法，然而他们的灵力远远不及大祭司——如果迦若都撂开了手，那么面对萧靖两人率领的听雪楼，拜月教上下哪里还有活路！

或许她做错了……昨天晚上她的做法，还有方才她说话的语气，可能已经惹恼了他。

而以死亡来威胁他，恐怕更加激起了他的怒气吧？

想不到，十年了……她，或者拜月教，在他心里，居然是那样不堪一提的角色。

十年前，十五岁的她从那岩山寨外救回了一个名为“青岚”的奄奄一息的白衣少年。然后，作为教主的母亲华莲收服了他，一年后重新出现，那个灵力惊人的少年已经成了阴郁冰冷的大祭司，名字叫做“迦若”；五年前，他更是与她一起联手，推翻了她的母亲——前一任拜月教主华莲，篡夺了拜月教的全部权力。

她登上了宝座，他成了祭司。他们终于摆脱了控制，拿到了他们想要得到的东西。

然而，坐在这个位置上又是多么的孤寂——逼得人快要发疯的孤寂！

直到做了教主，她才明白母亲临死前那解脱般的眼神——她也了解做了一辈子教主、高高在上的母亲，为何会有那样令人无法容忍的暴虐脾气。

原来，历代拜月教主，都是将心殉了月神的人。

她们的一生，除了孤独，永远不会有其他。

似乎又有一阵风过，她听见头顶上的风铃叮叮当当地乱响起来，不知又是什么鸟雀飞入了这个园中，惹起护花铃响声一片。

在这个苗疆相依为命了十年，对于那个成为祭司的迦若来说，或许还是对这满园无知觉的花草投注的关爱更多吧!

或许，事到如今，完全不能指望旁人的力量。她该先去找找女史冰陵，看看还能有什么样的法子，可以避免月宫被摧毁的命运。

她擦拭着颊边的泪水，暗自咬了咬牙，准备站起来。然而，甫一抬头，便愣住了——

那个白衣祭司不知何时去而复返，悄无声息地站到了她面前，静静地低着头，看着她此刻泪痕满面的脸，不说话。

平日对于一切都冷漠洞彻的目光中，居然流露出了淡淡的怜惜温和。

“你过来看好戏么？不要指望我会哭着求你！”她挑衅地抬起头，展开扇子掩住满面的泪痕，冷冷道，站起身来准备离去。

“明河，你太骄傲，居然不肯说一个‘求’字来改变整个教派的命运！”在她提起裙裾转身的时候，身后那个人忽然出声，有些叹息般地说。

拜月教主的身子一震，手指缓缓握紧，长长的红指甲刺入了掌心。许久，也不回头，终于低低道：“我求你。我求你不要不管拜月教、不要不管我！即使为了你自己考虑，你也不要不管我……”语音虽然压得很低，但是，依然有难以控制的颤抖，微微流露。

“好，我答应你。”抬手拨动着风铃，白衣祭司缓缓一字字回答，“先不管拜月教如何，但是我本来就没有打算不管你。”

她的身子一软，仿佛松了一口气后，反而不知如何是好。

静静的，她回过头看着祭司，眼睛里有难以掩饰的屈辱：“迦若……你竟这样逼我……当年是谁救了你？如果不是为了……如果不是为了帮你摆脱那样的控制，我也不会杀了我母亲！即使她暴虐残酷，我也不会杀了她的！”

明亮的泪水从拜月教主的脸上再度滴落，然而手心被指甲刺得出了血，明河的声音仍然是颤抖的——这是她第一次说出那样不堪回首的弑母往事。

“我知道，我知道的……”迦若的眼色是温和的，宛如十年前她在那岩山寨外救起那个少年的时候，他微微叹息着，伸手替她拭去眼角的泪水，“明河，你从小就是一个善良的孩子……你对我很好，我欠你很多。没有你的话，我就什么也不是了。”

“你没有欠我——”不知为何，这句话仿佛更深地刺痛她，泪水接二连三地落在他手上，“我母亲这般折磨你……”

“所以说，我一开始就没有说过会不管你……”不等她说下去，迦若轻声接了下去，“只是你不该威胁我。你也知道我最恨的，就是有人意图控制我。”

“我真的害怕……我知道你昨天晚上去见那个人了。”拜月教主迟疑了一下，还是将实情全部吐露，“我让冰陵开了水镜，看见了你那边的情况——你、你居然说要和她走，连拜月教都不管了……”

“所以你就停止了‘逆风’来警告我？”带着略微的苦笑，迦若摇了摇头，“你几乎要了我的命……明河。你也该听到了我说，我昨夜去那里只是想印证一件事情而已。”

有些羞愧的，拜月教主低下了头。

如果除去了宗教神秘的光环和高贵的血统而言，她其实也不过是个双十年华的普通女子。长年身居高位和孤寂促成了她骄纵凌人的脾气，然而，她本心却是温柔的。

而且，在这个世上，她或许也是唯一知道他所有往事的人了……

“我说过，每个人，总有他要守护的东西。”迦若放下了手，她眼中温暖的泪水流淌在他的指间，那一瞬间，长久不曾有过的柔软的感觉忽然又充盈了他的心，“我不会让听雪楼对你不利，明河。”

拜月教主安心地点了点头，长长叹息了一声，走入了花园中：“我也并不想和听雪楼为敌……然而萧忆情内心的仇恨太深，恐怕非要血流月宫，他才满意吧？”

“放心，我自有办法。”迦若随着她一起步入花园，淡淡道。

园中繁花乱眼，五彩夺目，虽然鸟雀不入，然而依然有无数蜂蝶飞舞其间——冥儿从小孤僻，喜怒不形于外，但如果见了这里他栽的奇花异草，也一定会很喜欢吧！

他想着，微笑着抬手，并指夹住了一只花上飞舞的凤蝶。

“何苦为难它？”蓦然间，听见明河出声阻止，走在前面的拜月教主停下了脚步，回头看着他，微微笑道，“你看它那么像青岚……”

“哦？”有些惊诧的，他停住了发力的手指，看向她。

一阵风过，四周风铃的脆响一片。明河在风中蓦地抿嘴笑了，仰头看着纷飞的蝶儿，悠然道：“传说，每一只蝴蝶都是一朵花凋谢后的灵魂，飞回来找它的前世呢。”

迦若的手一震，那只凤蝶得了空，立刻振翅飞去。

拜月教主的笑意更深，盈盈的眼波，映得颊上那弯月儿更加美丽，如第三只眼睛窥探着人的内心：“祭司大人，你说它像不像青岚呢？”

白衣祭司蓦然微笑了起来。

清晨，天刚刚透亮，周围村寨里就有公鸡连绵地打鸣。

阿靖睡得分外的踏实，竟然再没有一丝纷乱的想法——或许，困扰了她那么久的往事一旦有了了结，反而解开了她的一重心魔吧！

她坐在溪边的白石上，掬水洗了一下脸和头发，然后将手巾拧干，擦着湿漉漉的长发。

然而抬手间，袖中的血薇滑了出来，“刷”的一声掉入溪中。

她立刻探手入水，抓住了剑。在捞起剑的那一瞬间，她的手忽然微微麻了一下。

——仿佛水下有阴湿的水草，丝丝缕缕缠绕上了她的手腕。

阿靖凝神运气，用力将手往回抽。但是小臂仿佛麻痹了一般不听使唤，那阴凉的感觉丝丝缕缕沿着手臂攀爬了上来——她的眼神忽然凝聚：是水草……不过居然是黑色的水草！千丝万缕，仿佛是人的湿漉漉的长发！

她试着用力挣脱，然而那水草居然丝毫不受力，在她用力的瞬间，水下仿佛还有什么轻轻笑了一声。

阿靖抬起左手，并指成剑，狠狠划下。那一丛水草仿佛受到了惊动，抽搐了一下，将她的手臂勒得更紧。在剑气第二次斩落的时候，水纹微微荡漾，一簇水草忽然扬了起来，带着水珠勒向绯衣女子的咽喉！

然而，还没有触及她的肌肤，仿佛忽然被烈火焚烧一般，那一簇水草蓦地蜷曲了起来，发出吱吱的燃烧声，迅速断裂。缠绕着她手臂的水草也立刻松开，漂入水底不见。

怔了怔，阿靖将剑从水中拿起，左手探入衣领，拉出了颈中悬挂的小小木牌。

一个略显破旧的紫檀木牌子。他送的护身符。

“哎呀！鬼母草啊！”在她略微一出神的时候，忽然听见身边有个甜脆的女声讶然道。

阿靖抬起头，看见了一个水绿衫子的年轻女子站在身侧，正手忙脚乱地从怀中拿出一颗鸽蛋大小的珠子来：“是被它缠住了吧？这鬼地方就是这种阴湿的东西多！快用柔水珠在手上擦擦。”

“弱水。”看着对方，绯衣女子吐出一个名字，脸上有淡淡的笑意——早在几个月前收服岭南幻花宫的时候，她就见过了张真人座下这位活泼的女弟子。

“啊！靖姑娘你看，我们又碰见了！”弱水笑了起来，那样活泼的表情，宛如她来到苗疆后看到的那些如花苗女。看着少女明媚的笑靥，阿靖忽然间有些郁郁，接着问下去：“楼主来了么？”

“萧公子和家师、明镜大师日夜兼程，平明时分已经到了。”看见靖姑娘神色中依然是冷漠的，弱水就收敛了笑容，规规矩矩地回答，“萧公子要弱水过来通知姑娘。”

“日夜兼程？”并没有立刻起身，绯衣女子却抓住了那一个字眼，微微摇头，迟疑了一下，低声道，“他……他的身子，可还好么？”

不知道为何，虽然明知此时走几步便可以看到他，看到所有答案，然而她却不想立刻起身，而是从旁人嘴里打听他的状况。

所谓的近乡情怯，或许就是这样的心态吧？

生怕见了他会发现一些不好的事情……所以先知道一些情况，等会儿心里才不会什么预备都没有。独自在苗疆虽然不过几个月，然而仿佛却在回忆中过了几十年——如今自问，心里居然有些淡淡的疲乏和无力。

“可不大好呢……萧公子旅途太过劳累，染了风寒瘴气。幸好带了墨大夫，刚刚给他用了药，楼主已经好多了。”弱水站在一边，老老实实地回答，一边好奇地看着绯衣女子——这是一个武林的传奇。她一直想知道，能和听雪楼主并称的靖姑娘，究竟是何等的人物？

然而，眼前这个清丽的女子却不过如此，并没有想象中那种夺人的光芒，相反眉宇间似乎还有些疲倦。她在碧水旁缓缓站起身来，道：“我跟你去见楼主。”

在她起身的时候，弱水看见了那把绯红色的血薇——然而，她的目光却停在了靖姑娘的颈中——那里，有一个紫檀木雕刻的木牌——附有非常强大的驱邪能力的护身符。

从那个小小的木牌上，修习术法的她，忽然隐约地看到了什么。

隐隐约约，一望无际的红色……

那是怎样深切的残念，在经历了十数年的沧桑后，依然固执地不肯褪去。

阿靖转过竹林的时候，看见了刚刚来到的听雪楼人马。

这一大群的人，不久前才刚来到这里，与先期来到的人会合，方方面面都需要打点安排，喧哗烦杂得紧。碧落和红尘也忙得不可开交。人群穿梭似的来来去去，每个人见了她，都是站住身子，恭谨地叫一声靖姑娘。

然而，她只是那样淡淡地点头，也不回应，只是静默地看着前方翠竹下的榻子。

“明镜大师，张真人，这些事情就麻烦你们两位了。”仿佛刚刚说完了什么，竹榻上的白衣公子微微颔首，淡淡嘱咐。刚刚喝干的药盏放在他手边，听雪楼主的脸色略微苍白，断断续续咳嗽着，然而清秀带着女气的眼睛里，却依然是平静而深远的。

“阿弥陀佛……公子心思细密，筹划滴水不漏——既然有助于剿灭拜月教，这些小事贫僧和张道友自然不会推辞。”榻边，须眉花白的老僧合十回答。

——这，应该便是从栖霞山法能寺请来的明镜大师吧！

——而旁边那个戴着紫金冠的老道，则该是闻名天下的龙虎山张无尘张真人了。

烨火已经来了，侍立在师父身侧。或许因为昨夜的情绪波动，睡了一觉后她的脸色仍然有些憔悴——或许，她是一夜无眠吧？

“萧公子，靖姑娘来了。”她还没有出声，带路的弱水已经笑吟吟地叫了起来。

话音一落，竹下三人一起回过头来。

一僧一道的神色，刚开始是有些审视意味的——毕竟，对于这样一位名动天下武林的奇女子，没有人不存有好奇心，即使方外之人也不能免俗。

然而，等视线投注到这个站立在碧水旁的女子身上，明镜大师和张真人的眼色都略微一怔。然后阿靖看见他们的手指在宽大的袍袖底下轻轻移动掐算。

她忽然有些厌恶起来……又是命运。

这些懂得术法的人，太执著于所谓的宿命和预言。

就如她的师父白帝，即使号称剑术玄学一代宗师，居然不能杀死她这样一个小小的孩子——因为他惧怕命运的改变，于是放任这个可能遗祸他子弟的女孩活了下来。

如果看见命运让人变得懦弱……那还不如看不见。

“靖姑娘。”两位术法大师分别起立、致礼，她也是静静地回礼，却没有出声。

再度往她脸上一看，明镜大师和张真人交换了一下目光，仿佛同时看见了什么。心照不宣的，两个人便一起告退了。烨火和弱水也跟着师父离去，转身的时候，烨火看了看阿靖，有些欲语还休。

“好久不见。”周围登时安静下来，唯有风簌簌穿入竹叶的声音，萧忆情仍用平日那种平静莫测的眼神远远地注视着绯衣女子，血色淡漠的唇边露出微微的笑意，“你好么？”

“如果好，还用楼主你亲自来么？”她也是淡漠地回应着，走过去，在竹榻边上坐下，有些讽刺地看着他。

“赶着来这里是因为我很担心你，阿靖。”唇边的那一丝笑意忽然转成了苦笑，低低的，听雪楼主看着她，吐出了这么一句话。

“哦？”绯衣女子笑了笑，看着小臂上被鬼母澡缠绕而留下的印记，眼神仍然是倔犟而冷漠，“征战武林这么多年，你可从来没有为我担心过——放心，虽然我不是那个迦若的对手，但也不至于死在他手上。”

萧忆情嘴角的笑意逝去了，他的眼眸如风般拂过对面绯衣女子清丽的脸，她脸上的神色冷漠而充满锋芒，一如她袖中的血薇剑——这么多年来，一直如此。

他忽然叹息般地呼出了一口气，低低注视着她，眼神沉沉：“你知道我担心什么——阿靖，你真的没有什么要和我说的么？”

“有。”沉默了片刻，绯衣女子的手轻轻按上颈中的护身符，回头，直视他喜怒莫测的眼眸，忽然静静道，“那个迦若，是我以前的同门师兄青岚。”

听到那样的话，听雪楼主的手不易觉察地抖了一下，视线垂了下来，秀气的睫毛掩盖了他此刻的眼睛，只是倏忽之间，他又抬眼看着楼中的女领主，微微咳嗽着：“是么？”

“你何必作态？烨火应该已经密告过你了。”阿靖眼神是冷漠的，冷冷看着他，甚至带着几分讥诮和不屑，“她是你派来监视我的眼线，不是么？你也该知道她是那岩山寨的人。”

“咳咳……”仿佛要说什么，然而萧忆情又剧烈地咳嗽了起来，忙用手巾掩住嘴角，方一接触，便染上了黑色的血沫。他的手指探入怀内，痉挛地抓住了一个白玉小瓶，然而因为手指不停地颤抖，一打开，瓶中红色的粉末便洒了一桌。

绯衣女子蓦地起身，瞬间出指点了他心肺附近的大穴，将瓶中剩余的药粉倒入案上的一盏苦茶，扶着给他喝下。待他喝尽了杯中的茶，便道：“不要随便动用真气，我去叫墨大夫过来。”

“不用……先别、别叫他。”然而，在她刚站起时，手腕却被他扣住。阿靖回头，看见他衰弱无力的眼睛，那样的冷彻而阴柔，迷离得有些女气。

她忽然间就怔了一下——这个人身上，永远带着这种奇异而矛盾的气质。

他的眼神是阴柔却又强悍的，他是一个病人，然而这个病人只要一句话，就能让世上大部分健康人死在他的面前！这种阴柔中糅合的强悍形成了一种莫测而致命的吸引力，让无数武林人士对于这个传奇产生了深不可测的感觉，不敢稍有不敬。

“有很多话……咳咳，说开了反而好。”他修长的手指扣住她的手腕，指骨有一种琉璃般脆弱的感觉，虽然服用了药物，但他仍然是微微咳嗽着，花了很大的力气，缓缓对着她说。

阿靖坐了下来，反手扣住他手上的尺关穴和少泽穴，缓缓将真力送入，助他化解药力。

“你有多少机会能够杀我？”忽然间，咳嗽着，竹榻上的病人闭目问了一句。她一惊，手指下意识地扣紧——腕上尺关穴是人身大穴，稍微用力，便能让人半身无力。

“你也知道……病发作得厉害的时候……我连墨大夫都不允许他靠近。咳咳……在发病的时候，一个小孩子……都能杀了我……”断断续续的，听雪楼主苦笑着说，感觉到扣紧他手腕的手指在一分分松开，“阿靖……你有多少机会能杀了我啊……”

“那是你胆子大。”许久，她涩声回答了一句，“或许有一日我就真的会杀了你。”

风声入竹，萧忆情咳嗽着，看着苗疆一片欲滴的青翠，以及颜色艳丽的蓝天，目光疲倦而高远：“那你认为……我还会派人监视你？”

“可是如果不是烨火告密，那你从何处事先得知我与迦若的关系？”她的手指松开，然而目光里的冷芒却不曾稍减。

“咳咳……迦若就是青岚，这个秘密我是通过另外一个途径得知的，早在派你来苗疆之前。”听雪楼主微微咳嗽着，温柔地凝视她的眼睛，叹息般地轻轻道：“我知道你有个师兄，十年前为了救你留在了苗疆的重围里。这个事情……我在两年前就知道了，青冥。”

“两年前？”绯衣女子的眼神陡然雪亮。

“不错。”萧忆情微笑，眼神迷离莫测，望着高天流云，淡淡道，“告诉我这个秘密的人，曾有个名字叫做青羽……”

“高梦非？”再也忍不住，阿靖脱口低呼。

“是的——就是我们听雪楼曾经的二楼主。”嘴角忽然浮现出哀伤的笑意，他回答，“也是你曾经的二师兄，青羽。”

“可他答应过，永远不会将我们的以往泄漏出去……”阿靖怔住，喃喃自语。忽然间，又笑了起来，笑容中是平日一贯的冷漠轻蔑，“是了……凭什么我相信他能守住他的诺言？我不是连他也杀了么？”

用过了药，萧忆情的气色稍微缓和，用手撑着竹榻让身子微微前倾，静静看着绯衣女子，道：“我并没有刻意追究你的过去，但是你来到楼中不久，他就故意泄漏风声让我得知你和他的渊源——希望以此降低我对你的信任。”

他的眼睛沉寂如大海，仿佛千亿的星辰都沉入了其中。

她早该料到，以听雪楼二楼主的心机和手腕，本来也会如此的……只是她因了“青羽”的缘故，一直都未能看清楚他在十年中的改变——

青岚亡故后，他们两人离开沉沙谷流落中原。

带着血薇剑的十三岁女孩一出现在江湖，就因为血魔女儿的身份遭到了无休止的追杀与排斥。他们两师兄妹相依流落江湖，挣扎了好几年——终于在某一天，青羽不告而别地离开了……他是有自己的野心和目标的，怎能因为她的出身连累到他在江湖中奋斗的路。

身怀绝艺的青羽，总不会为了护着一个邪道魔王的女儿，而葬送了大好前程。

几年之间，他便迅速地崛起在江湖中，名动武林，最后甚至赢得了萧忆情的重视，邀请他入主听雪楼，共谋大业。

他不再叫“青羽”，而有了新的名字：高梦非。

往世如幻梦，但觉今是而昨非。

对于赢到手的一切，听雪楼的二楼主显然是满意的——他从来不曾为舍弃过什么而后悔。

或许在某一日，因为蓦然看见新加盟的女领主时，有过刹那的震撼——然而与她再度重逢时，他考虑得最多的，还是她的出现对于他篡夺大权的计划会造成什么样的影响吧！

毕竟，白帝那个预言，三位子弟都铭刻在心。

所以，他选择了先发制人——将自己与舒靖容的过往，有意无意地透露给楼主。

他料想着，以萧忆情内心的敏感和多疑，阿靖在楼中必然不能成为楼主的心腹——何况，要冥儿信任别人，的确是非常不容易的事情。可相对来说，要让两位当权者心存疑虑而相互猜疑，那便是非常容易的事情了。

他的推断，本来应该都没有错。

可惜，到了最后的关头，如预言所说的那样，他还是死于血薇剑下。

阿靖安静了半晌，慢慢将记忆中各种零散的片断串在一起，一一印证。各种复杂的情绪在眼底沉浮着，忽然，她再度笑了起来："楼主，你的胆子真的不是一般的大啊……"

高梦非的野心从来不曾刻意掩饰过，然而因为爱才，也因为对于自己手腕和控制力的绝对自信，萧忆情依然给予他在听雪楼中的高位大权，起用了这位极度危险的奇才——同时，也时时刻刻警惕他的反噬。

在听雪楼内乱中，他将她安排为最后的关键，对付背叛的高梦非。

在叛乱最后势均力敌的混乱中，她一招"易水人去"，刺入二楼主高梦非的心口，粉碎了那个染血之梦。

她以为萧忆情不知道青羽和青冥的过去，才如此安排——毕竟，在武功上，除了萧忆情和高梦非，听雪楼中便只有她最高。三楼主南楚又为人温和诚挚、不善于作假，所以才不得不如此谋划。

然而，楼主居然从一开始就知道她是高梦非的同门！

明知如此，那么他为了平叛，走的又是如何惊险的一招棋……

"是很冒险——但是我赌赢了，不是么？"微微咳嗽着，然而听雪楼主有些欣悦地笑了起来，那千亿的星辰仿佛再度浮出海面，"我赌你不是他的同党，我赌你不会背叛听雪楼。"

"如果输了，你坟上的白杨如今也该有合抱粗细了。"即使是她，也不自禁地喟叹了一声。江湖仇杀争斗本就残酷无情，为了稳定听雪楼至尊的地位，他又用多少心力挫败了多少变乱和阴谋。

“阿靖，我从来都是信任你的，希望，你，也能信任我。”他看着绯衣女子，目光真挚而深切，凝重地一字字说。

然而阿靖却只是握紧了袖中的血薇，许久，才轻轻道：“好吧……我试试看。”

虽然只是听到这样的答案，听雪楼主却蓦地笑了，病弱的脸上有淡淡的奇异的光，低低道：“谢谢。”

他站了起来，看着远处自己忙碌的人马，忽然有些感叹地低语了一句：“真希望……我还有很多很多的时间。”

绯衣女子一震，在他走向部下时，忽然问了最后一个问题：“既然你知道——那么，为何还故意派我来苗疆对付拜月教？你难道不怕——”

“我很怕。”萧忆情的脚步蓦然停止，迅速截断了她后面的话语。然而却是不回头地一笑，笑容里有沉寂寥落的神色，“我又赌了一次，但是这次我很怕我会赌输——我有些后悔，所以连夜赶了过来。”

顿了顿，他终于回头微微一笑：“所以……赶来看见你还在，我真的很高兴。”

他的笑容映入她眼中，阿靖心中蓦然有一种柔软的感觉，让她平日淡漠一切的内心有些动摇：要如何对他说，在听说他要赶来的时候，她内心也是有喜悦意味的。

她的内心，竟然有过那样软弱的感情。

“为何……为何一定是拜月教？你从来不曾花不相等的代价来对付一个不值得征服的教派……你为何一定要对付拜月教？”忍不住，她仍然提出了这个一直困扰她的疑问。

竹径上，白衣公子回过头来看着她，嘴角有极度复杂的笑意，然而，眼神深处却忽然泛起了刀锋一样雪亮的光芒！仿佛有什么掩盖的幕布忽然被扯下，露出了峥嵘凌厉的内心。

“我恨它。”蓦地，萧忆情淡淡说了三个字，一字一顿，“就像你一定非常恨那岩山寨一样——我恨拜月教。就是如此。”

不等她从惊愕中体会他话语的深意，听雪楼主转过了身子，不再看她，淡漠地从碧水修竹中穿过：“我见过迦若了，真是非常可怕的对手。我不会为难你……在我和祭司对决的时候，请你置身事外。”

他最后留下的一句话在空气中荡漾，如拂过树林的风。

记川溯影

“师姐，镇南王世子没事了么？”大理镇南王府客厅中，一见绿衫的弱水出来，烨火便有些担忧地站了起来——上好的普洱茶，她居然一口未喝。

“抓到了——你看这是什么？”弱水的神色有些疲惫，却忽然有些顽皮地笑了，手一抬，烨火眼前便是一暗，刺鼻的腥味扑来，浓重的阴邪气息让烨火本能地退开了一步，冲口道：“天……真的是鬼降？”

“嘻嘻……是啊，师父昨天半夜里守在世子卧房，好容易才收服了这个来暗杀的鬼降呢！”弱水小心翼翼地将一个高不盈尺的葫芦捧在手里，招呼着师妹过来在口上贴满符录，“师父在和镇南王说话，让我们先将它封起来。”

烨火被空气中奇异的霉味熏得皱眉，但是第一次看见真正的鬼降，还是让她大为惊异。她过来帮着师姐扶好葫芦，看弱水贴上符录。同时感觉到葫芦中有什么东西在猛烈地撞击着，咚咚直响。想起以前在术法书上看见有关鬼降的叙述，她心中有奇异的厌恶——

鬼降，是广泛流传于苗疆一带的降头术中的一种，是通过养鬼之术控制了一个鬼魂，令这个鬼魂去做种种事情，即驭使死灵。

为了培养鬼降，术士先要到树林去砍一段木头，以种植在死人墓地旁的树木最佳，再用刀子雕成一口小棺木。准备完毕后，去找一些刚死不久的人的坟墓，掘棺取尸，用人脂提炼而成的蜡烛烧烤尸体的下巴，直到尸体被火灼出尸油，再将滴下的尸油用预先准备好的小棺木盛之。

然后法师迅速盖棺念咒，这个刚死去的魂魄就能听命而供差遣行事，来去如电而为一般人目所不能见，瞬间就能完成主人的指令。

此法虽然因为过于阴邪而被玄学正派视为妖法，然而在苗疆，却颇为盛行。

“是拜月教派出来暗杀世子的鬼降吧？”贴好了符录，葫芦里面的声音也小了下去，烨火皱着眉头问。弱水点了点头，压低了声音：“是啊。镇南王的侧妃想让己出的次子当上王储，所以才暗地里请来了拜月教的鬼降。还以为别人不知道——哪里瞒得过我们这些人的眼睛。”

“哎呀，那么镇南王他知不知道？”惊讶于权贵间竟有骨肉相残的事，烨火脱口惊呼。

“嘘……轻点。”弱水制止了她，不屑地冷笑，“哈，镇南王心里比谁都清楚呢。可是他宠着侧妃，又能怎么样？至多请师父过来帮忙避祸而已。”

冷笑着，弱水明朗的眉宇间忽然有愤恨的表情：“这些糜烂的皇族富豪，家里的丑事能少得了！——师妹你别惊讶，姐姐可是从这里出来的，看惯了……如果不是当年娘早早送我出了家，跟了师父学道，恐怕我也早被害死了。”

烨火不说话，微微叹息了一声——

师姐弱水出身世家豪门，父亲纳有十多房姬妾，而子女却一无所出。弱水的母亲是第七房如夫人，生了弱水后地位陡升，遭到了其他女子的嫉恨，母女俩暗地里好几次几乎被谋害。

终有一日，张真人云游经过，一见五岁的弱水，便和她父母说：“此女有仙缘，可随贫道出家——若不出家，则活不过三年。”

弱水父亲不舍，然而过不了多久，七夫人母女便再次被人暗中下毒，奄奄一息。惧怕女儿在家终究留不住命，父亲终于同意了夫人的请求，将唯一的女儿托付给了真人。

也许多亏跟了师父，师姐才平平安安地活到了今日吧？

虽然平日总是嘻嘻哈哈的样子，但师姐的心里，也一直有些不好受吧！

烨火怔怔地想着，却看见师父结束了同镇南王的交谈，由王爷亲自送着，从书房走了出来。她们两人连忙收好了葫芦，跟着师父走出府门去。

“师父，你和镇南王在书房那么久干吗呀？我们在外面等得腿都软了。”方一出门，弱水便嗔怪，“而且我们这一次来不是为了对付拜月教么？怎么反而管起这些王府里七七八八的恶心事了？”

“你给我小声点！生怕拜月教的人听不见是不是？”不满地瞪了子弟一眼，张真人叱道。

弱水吐了吐舌头，晃着手中的葫芦对着烨火笑笑。

“小心些！万一撞翻了让鬼降逃了就不好了。”张真人对于这个调皮的子弟向来没法子，但是仍然解释了一句，“镇南王答应这一次不插手听雪楼和拜月教的事情——也是因了世子此次差点送命，他碍着王妃生气。此前，受宠的侧妃和拜月教的关系密切，顺带着镇南王治下子民都崇敬那个邪教……”

“哦，这次王爷能保持中立那就不错啦。”微微笑着，烨火答了一句，“拜月教在苗疆根深蒂固，要拔掉它还真的牵扯方方面面呢。”

“是啊……明镜大师应该去了周守备府上驱邪——近几日谣传周守备的死对头千总陈定基想置他于死地，高价请来了邪教阴人想害了他性命。”张真人摸了摸胡须，缓缓点头，“唉……这般狠毒的妖术！施术者就不怕折了自己的阳寿？”

“咦？这么说来，周守备也是站到我们这边啦？”终于明白过来了什么，弱水问。

烨火笑吟吟地看了师姐一眼：“至少不会和我们为难了吧？他要忙着找千总算账，拜月教的事情，该是懒得管了——这样一来，形势对于听雪楼就好多了，不至于四面为敌。”

张真人微微点头，看了大子弟一眼：“弱水啊，你对于人情世故一窍不通，这些还要向你师妹学学！”

“可是，你们怎么知道王府守备那里正好有机可乘啊？万一他们都和拜月教扯不上呢？”虽然明白了此次出行的原因，但是弱水还是有些不服气地问。

“呵呵……这等谋划，自然是萧楼主的功劳。”有些感叹的，张真人微微颔首，“他似乎从好几年前就关注到苗疆了，对于进攻拜月教，楼主似乎已成竹在胸，对这里的人和事无不了如指掌……短短时日便做到了各方制衡。真是厉害啊！”

弱水被复杂的关系搅得有些头晕，跟着师父在人群中走了一路，才慢慢地反应过来，睁大眼睛叹息了一声：“啊，我现在明白那个萧公子为什么看上去总是病恹恹的了——老是想着这么费力的事情，能不累么？”顿了顿，见师父和师妹都笑，她忍不住也笑着问了一句，“师父，萧公子厉害，还是你厉害呢？”

然而，不等听到回答，感觉到了背上的葫芦似乎轻了起来，弱水下意识地伸手一探，忽然叫了起来：“哎呀！糟了——葫芦、葫芦空了！”

张真人和烨火同时色变，等弱水解下背上葫芦查看时，一入手便发觉分量轻了不少——然而，封口处的符录、却居然丝毫未破！

竟然……竟然有人、不需破坏符录结界，就轻易掳走了鬼降！

“我、我一直没有觉得有谁动过啊……”目瞪口呆的弱水急道，有些快哭出来的感觉，“师父……这次我只有认啦——你回去罚我吧！”

看着葫芦口上分毫未动的符录再凝神一算，张真人便抬起头来，拍拍焦急的子弟，叹了口气：“算了……以你的修为，实在怪不得你看不住。”

“嗯？”弱水和烨火都齐齐一怔，却看见师父转过头，对着方才擦身而过的行人一稽首：“施主好高深的五行搬运大法……只是以施主的修为，何苦与小徒开玩笑？还请将收服的鬼降返回，贫道感激不尽。”

人群中，某个快要走上浮桥的男子站住了身，在如火的凤凰花下转过头来，微微一笑：“大师恐怕是看错人了吧？”

然而，在那个人回头的刹那，仿佛被强光忽然照住了眼睛，弱水的视线一片空白——

那个人身上的灵力是如此的强大……那散发出来的“气”在看得见精神体的她看来，一眼望去几乎如同太阳一般耀眼，照得她看不见周围来往的平凡百姓。

视线中，只有那个凤凰花树下白袍长发的男子如同神一般微微冷笑。

“迦若大祭司！”耳边，忽然听到了师妹烨火脱口的低呼，她的声音，也带着震惊和极度复杂的感情。弱水的心猛地一紧，盯着前面的白衣年轻人，有些发呆。

“贫道自问眼力尚可，并不曾看错。”依然是心平气静的，师父稽首。

“是么？”弱水看见祭司有些讥诮地微笑起来，额环上的宝石闪着夺目的光彩，迦若指着河边的凤凰树，开口，“那么请问大师，这河边种着的树有几棵？”

“自然是十六棵！”烨火平定了下来，默数了一遍率先脱口回答。

“不对……烨火，你数错了。分明是十七棵。”张真人微微摇头，抬起手，一棵棵地数过去，从左数到右，没错，果然是十七棵。

“这……”烨火呆了一下，自己再次数了一遍，还是十七棵。

她虽然满心疑虑，却不得不对着师父点点头：“师父说得没错。”

迦若却忽然冷笑了起来：“张真人，虽然你年纪也不轻了，可修习术法之人怎会如此老眼昏花？分明是十六棵树，怎生数成了十七棵？”祭司微微抬手，从左往右重新数了一遍给他们看，一、二、三、四……不多不少，果然是十六棵！

“怎么会是十七棵呢？真人可否再为迦若数一遍？”带着些许的讥诮，祭司回头问。

张真人脸色凝重，抬起手指，一棵一棵地数着：一、二、三……然而，居然只有十六棵！无论怎么数都只有十六棵……他、他居然数不出第十七棵来！

只有他明白，他的“分光化影”在一种不知名力量的压迫下，居然失效了……

他的术法和幻力，根本没办法施展出丝毫！

“真人果然是年老了……”微微笑着，看着老道士和两位子弟惊讶的表情，拂了拂衣襟，白衣祭司飘然回身，扔下一句话飘然走开，“对了，有个叫明镜的大师，此刻恐怕有些不舒服……你们赶快过去吧。”

弱水和烨火本来想再度上去拦截要回那个鬼降，然而张真人的脸色却变了，厉声道：“快和我去守备府上！迦若今日一定是亲自去了守备府那边了！”

周守备已经死了……很明显，是蛊毒发作。

死相非常恐怖，断气不过几个时辰，身上已经开始腐烂，发出难闻的气味。

等他们一行三人赶到那里时，发现了盘膝而坐的明镜大师——他的心口衣衫片片碎裂，似乎有极度强大的力量击溃了他苦修得来的“般若之心”，破除了他由心设下的结界。

看见张真人，他想说什么，然而，一开口便是一口鲜血。

“太、太厉害……我们即使联手，都未必能赢他半分啊……”能开口的时候，第一句话，明镜大师便如此说，眼神震惊而溃散，“他、他才二十多哪里、哪里修炼来的这等不可思议的力量？他的力量……简直不是凡世所有！”

两位女弟子也呆住。过了片刻，才听见师父低低说了一句奇怪的话："大师……事到如今，是不是只有指望天命了？"

几近油尽灯枯的明镜大师仿佛想起了什么，眼神忽然一亮："啊？张真人……你、你也看到了？在那个女子身上？"

"那一日，你我应该同时都看出来了。"微微颔首，张真人低声道，"就在她身上，我们看见了宿命——她是迦若命中注定的克星，不是么？要对付拜月教的祭司……恐怕，还只能请靖姑娘出手了。"

靖姑娘！

弱水心头蓦地一跳，和烨火惊愕地交换了一下目光。

"不错……"有些衰弱的，明镜大师点点头，念了一声阿弥陀佛，眼睛中有些悲悯，"靖姑娘冥星照命，凡与她的星宿轨道交错者必当陨落！"

在神殿前波光潾潾的圣湖边，白衣祭司叹了口气，俯下身将手浸入水中——虽然是夏日，又是在苗疆，但月宫里的圣湖却依然冰冷刺骨——那是因为这里汇集了天地至阴之气。

拜月教一百多年称雄苗疆，用术法杀人无数。而这个圣湖，则是开教以来便设下的拘禁死灵的地方。湖底沉积了无数的死灵和怨魂，而施了咒术的湖水成了魂魄们无形的禁锢，让它们不至于四散逃逸。这些灵魂被拘禁在湖底，无法进入轮回也无法消灭，只能静候着拜月教术士的差遣。

迦若将手探入水中，随即放开。

一缕无形的魂魄从他手心离开，潜入水中。带回的鬼降游离入水。

迦若迅速将手从水中拿开——即使这样，短短的刹那，他还是感觉到湖中游荡的恶灵闻到了他的气息，迅速从水下聚集了过来，想噬咬他的手指。

圣湖汇集的力量是如此强大阴毒，即使历代的拜月教祭司，都不敢太靠近这片湖水。那里沉睡着太多的死灵，凝聚的怨气几乎能让最强的术士窒息——

然而，这便是拜月教力量的最终源泉。

世世代代，每一位祭司，都在作法时不得不驭使和呼唤湖中恶灵的力量。

即使号称一百年来最强大的、唯一集教主与祭司身份于一体的前代教主华莲，也无法不倚仗圣湖阴灵的力量。

"那些湖底的恶灵这样厉害么？"看见祭司迅速从水中抽出手指，细细凝视指间有无被噬咬的痕迹，站在神殿台阶上的拜月教主有些诧异，"连你都不敢触碰它们？"

迦若没有回答，只是站直了身子，在湖边静静凝视着看似一片平静的湖水，眉目之间有些肃然。这是沉积了上百年的阴邪和怨气，如果一旦逃逸就完全不受控制……直至今日，拜月教仍每年需要进行血祭，才能压制湖中凶残无比的恶灵。

"迦若，你有没有想过，如果有一日这神殿中的月轮被转动，如果圣湖底下的闸门被打开，湖水被放干的话，那么又是如何的景象呢？"有些感喟的，拜月教主纤长的玉指抚摩着供奉在神殿上的圣物，喃喃道。

"别碰！"仿佛触电般的，白衣祭司一掠而来，一把将她的手打到一边。

"迦若你——"吓了一跳，明河捧着手怔怔地看他——这个深沉莫测的拜月教守护神的眼睛里，第一次流露出恐惧的表情！

"别碰它……你疯了么？天心月轮，千万碰不得。"重新将帷幔拉下，迦若的脸色苍白得可怕，他抓住帷幔的手微微颤抖。

拜月教的至高神殿里，供奉着这个月轮。传说中，在灵鹫山上创立拜月教时，开山祖师同时建立神殿，挖掘了圣湖。月轮下连着圣湖的水闸，一旦打开，可以将湖水泄入地底。

然而，一百多年了，从来没有哪一任教主或者祭司，胆敢转动这个月轮。

因为一旦月轮转动，湖水泄入地底后，那些湖中囚禁的恶灵便会被放出，四散逃逸进入阳世！那可怕的阴邪力量如果一旦失去控制，那后果……一想起这个，即使拜月教的大祭司，都不寒而栗。

"碰不得？怎么碰不得！"拜月教主冷笑了起来，娇弱的眼睛里却有决绝冷厉的光芒，一把扯开了帷幕，指着那个月轮冷冷道，"如果听雪楼……如果听雪楼真的攻进来了，如果萧忆情真的敢灭了拜月教，那么我就转动月轮，把湖中的恶灵全放出来！"

"——最多拚个玉石俱焚罢了！哈哈。"

她冷笑，笑意中有疯狂不顾一切的意味，连着颊上那弯金粉画的月牙儿都冷了。话音未落，白衣祭司上来，一把恶狠狠地拉开了她："你疯了么？绝对不可以转动月轮！"

"是，我可以不转动月轮——如果你能够保住月宫的话！"拜月教主静静凝视着迦若，一字一字缓缓道，"如果你有更好的方法的话。迦若，我也不想死。"

扶着受伤的明镜大师回到木楼，天色已经是薄暮。知道今日受了挫败，师父心情不好，弱水和烨火都不敢多话，只是默默掌灯。坐下来才一会儿，便有听雪楼子弟前来送饭。

看着那个不过十多岁的年轻子弟手脚麻利地布菜，张真人思虑了一下，问："萧楼主在么？"那个听雪楼的小子弟头也不抬，回答："楼主吃过晚饭，便出去了。"

"哦……"张真人点点头，看看一边的明镜大师，继续问，"那么，靖姑娘可在？贫道和明镜大师，有事同靖姑娘商量。"

"靖姑娘也不在。"小子弟回答着，忽然忍不住微微笑了笑。

"哦？靖姑娘去哪里了？"有些奇怪的，张真人问。

小子弟抬起头来，将手中的饭菜布好，将手在布巾上揩了一揩，笑嘻嘻地回答："靖姑娘么，自然是和楼主一起出去了。"

等他退出去，张真人摸着胡子叹息了一声，过去问在榻上打坐的明镜大师："大师，下来用些斋饭可好？"

明镜大师须发花白的脸上都是憔悴之色，半晌没有回答，忽然睁开眼睛，问："今天是什么日子？好重的阴气！"

"今日是七月十五。"弱水伶俐，在一边脆生生答了一句。

听了子弟的回答，张真人也是一怔，脸色不觉变了变。

七月十五。原来，今天竟已是盂兰盆节，众鬼的节日。

"我不知道苗疆竟然也过盂兰盆节。"天色渐渐黑了下来，站在河流边，看着水面上星星点点漂浮的灯光，白衣男子叹息了一声。

旁边绯衣女子没有回答，只是默默俯下身去，将手中一盏素白的莲花灯放入水中，轻轻一推，看着它顺水流下。她站起身，微微闭目，合十默念，神色静穆。

萧忆情没有再说话，只是看着薄暮中临风祈祷的绯衣女子——这一瞬间，她眉目间的神色是如此安宁淡远，完全不同于平日里那种清冷孤傲。

河的上游有不少人在水边烧纸、施放河灯，到处都是喃喃念经祈祷的声音，有苗人也有汉人，那些声音传入风里散开来，有一种奇异的氤氲的感觉，让人听了有些神思驰然。河面上漂浮着千百盏河灯，映得水面一片晶莹，宛如琉璃世界。

他知道，她是为了在苗疆死去的父亲祈祷。

这么些年来，虽然阿靖一直都怨恨父亲在她那么小的时候就自刎，扔下她一个人在江湖间，但是看得出，她内心依然是怀念着那个死去十多年的父亲的——那个曾令天下武林闻之色变的邪道魔头。

“令尊的魂魄，或许早已经进入六道轮回，转世为人了。阿靖，你又何必太在意。”许久，见她睁开了眼睛放下手，萧忆情淡淡地劝慰。

然而，阿靖看着水面上那一盏渐渐漂远的河灯，嘴角浮起的却是冷漠的笑意：“我父亲生平杀人无数，他生前也戏说，他怕死，因为死后地狱便是他之所往——偏偏我娘生性纯善，却是应去极乐世界的。所以我父亲说，他要和娘一起活到长命百岁才好。”

“令尊令堂，可谓是伉俪情深。”仿佛触动了什么，萧忆情的声音里有些微的叹息。

阿靖没有说话，一袭绯衣在夜风中如同蔷薇花般盛开。

河上，那些河灯缥缥缈缈，真的犹如漂往另一个世界，虚幻若梦。

过了许久，阿靖才低低开口，道：“可惜我娘在我五岁的时候就死了——那些正道人在括苍山联合伏击我爹，我爹血战良久，终于护着我们母女杀出重围。狂奔了三十里，好容易坐下来歇息，我娘将一直抱在怀里的我递给我爹，说手乏了，要爹替她抱一下。

“然后，就在刹那间，她委顿了下去。我那时候惊叫起来，看见娘的背心原来插着一柄短刀，血流满了整个后背！不知道是方才围攻中哪个人戳上去的，然而娘居然还能抱着我，一直逃出了三十里才倒下……”

她的声音忽然低了下去，黯然转过头去看着天上一轮满月，不说话。

“你母亲非常爱你，阿靖。”萧忆情垂下眼睛，看着水波一次次漾上岸边。他的眼睛里，忽然有了闪亮的光芒。

“是的……我学武艺的时候，还一直在想：娘究竟是修习了什么功夫？居然中了那样的一刀，还能抱着我跑出三十里？”唇角带着些微的苦笑，绯衣女子静静地摇头，“后来长大了我才知道，那不需要练什么武功——因为娘爱我，一定胜过自己。”

“是。”萧忆情不做声地吸了一口气，他只是短促地回答了一个字，但是声音已然有些微的颤抖。

阿靖蓦然回头，冷冷道：“所以，我有时很恨我的父亲！娘死了以后，他就变了一个人——我八岁那年他终于熬不过了，在我睡着的时候用血薇割断了脖子。等我醒来的时候，他的血浸了我一身……他不曾考虑过我，所以他自顾自地死了。”

萧忆情无言地看着她，绯衣女子眼睛里闪烁着细碎的亮光，清澈如水。

——那是相识四年多来，他第一次听到她说起私人的事情。

——本来，她是个那样刚强倔犟的人，从来不肯将埋藏在心里的事情对人提起。

“你父亲也是爱你的。”不知道如何劝解，他只有这样说了一句。

阿靖微微冷笑起来，摇头：“他或许爱我这个女儿，但是他最爱的还是我母亲。所以单单有我，他还是活不下去的——真真懦弱的一个人。生出了孩子，便要有为人父的觉悟……与其如此，他不如当年就不要生我。”

“很多事情不能尽如人意。你父亲虽然爱你，却不能守住你，那也是无奈。”萧忆情蓦然笑了笑，眼色里也有黯然的光。

“是啊……自己喜欢的东西，如果守不住，是不是还不如别去在意它呢？”阿靖的目光再度投在河面上，在密密麻麻的河灯中搜索着自己刚放出去的那一盏，声音忽然有些惘然的意味，“但是，如果已经在意了的事情，我就一定要守住它！”

她的声音里陡然起了决绝的严冰，萧忆情蓦然抬头，惊讶地看着她。

——果然，今夜她一反常态地说这样的话，是有目的的。

——然而，究竟是什么，居然能让她有这样的举动？

“楼主，我希望你不要进攻拜月教！”阿靖转过了身，一瞬不瞬地看着他，眼睛里闪烁着碎钻般的光芒，冷彻晶莹，“无论你想得到什么，我希望，能由其他的途径达到你的目的。”

“如若不然呢？”萧忆情也是静静地看着她，漠然反问。

绯衣女子眼睛闪烁了一下，长长的睫毛覆盖了明眸，然后转瞬抬起，淡淡道：“如若不然，舒靖容将以她的方式极力阻止这件事。”

萧忆情似乎微微震了一下，负手临风而立，看着河面上的万盏灯光，忽然轻轻冷笑：“好啊……阿靖，你是不惜为了迦若和我翻脸了？你想插手我和他之间的决战么？”

他说着，忽然在夜风中微微咳嗽了起来。然而，他的目光，却刹那间变得空漠而辽远，隐藏着刀兵般雪亮的冷芒。

阿靖没有说话，过了片刻，才淡淡道：“听雪楼远征滇南，与非武林一脉的拜月教为敌，以武学对抗术法，本已属不智。楼中上下何尝没人疑虑？但因为你过去临大事、决生死，种种策略从无失误，所以没有人敢置疑……然而，我却想问一句：为何？”

萧忆情看了她一眼，淡淡道：“是私怨。你不必再问。”

绯衣女子微微一怔，忽然冷笑了起来：“原来……只是私怨。哈。”

“作为听雪楼下属，并不需要知道为何。”极力平定着骤起的咳嗽，手指紧按着胸口，听雪楼主的眼睛里却有冰雪般的冷光，“听雪楼是萧氏的听雪楼，我只是动用自己的力量做自己要做的事情。”

阿靖蓦然转头看着他，眼中的光芒闪电般更亮：“你要那些人去为你送死，却到死都不告诉他们为什么？听雪楼不是杀手组织，属下不是傀儡！你知道么？”

“我并没有让他们去送死！关于攻击拜月教，我五年前就有了完整的计划！”萧忆情烦乱地扯着自己的衣领，不住地咳嗽，脸色渐渐带了杀气，“我早就想着要灭了拜月教！”

“可是，楼主——你没有告诉他们对手是什么样的人……听雪楼属下们一直都以为和以前一样，要去攻打另一个武林门派而已！”阿靖的脸色也苍白起来，眼神更加凌厉，寸步不让，“你没有告诉他们术法的可怕，就把他们派来苗疆，这和让他们送死有什么区别？”

“普通子弟知道了也没用，反而会乱了人心——他们只要负责抵挡拜月教的一般教徒就行了。术法上的事情，有你我这样的人来应付。”听雪楼主皱眉回答。

“哦……怪不得你要派那么多人马来苗疆。”唇角沁出了冷漠尖锐的笑意，阿靖冷冷道，“武学修炼到极致，也不过一人无敌于天下；然而术法却能为万人之敌——原来，你还是要他们去做肉盾牌。”

萧忆情淡漠地看着她：“那又如何？所谓的‘听雪楼’，是我聚拢在手中、掌控的所有力量——莫非，你要我学那匹夫之勇，一人一刀去和迦若决战不成？”

"如若真的是这样，起码我还是佩服你的。"锋锐的笑意中，阿靖冷冷回了一句。

又一阵夜风吹来，吹起岸边白衣公子的衣襟下摆。苗疆夏日的夜晚，萧忆情却忽然觉得寒冷，不由再度咳嗽了起来："阿靖……咳咳，你不用、不用激我……"

"我没有激你，这只是我的想法。"阿靖望着苍穹中那一轮光华灿烂的满月，忽然叹息了一声，"楼主，你以往征服中原武林，虽然是为了个人霸图，然而毕竟造就了今日武林中安定的局面，各帮派之间不再相互杀戮。"

"但是今日你的作为，却让人齿冷——为了私怨而驱使千百子弟入死境，非真正勇者所为。既然是私怨，便应以个人之力了结恩怨。"绯衣在夜风中如同红蔷薇般微微绽开，阿靖的眼眸却是冷静而从容的，一字字说来，"我非妇人之仁，该杀戮时即便血流成河也不会皱眉；但是不需要杀人时，即便是蝼蚁之命我也不会夺去。"

"我从来不知，靖姑娘居然是如此人物。"抬眼看着她，萧忆情的话语中喜怒莫测。

"我有我自己的准则——只是感觉没有必要和别人说起。"阿靖也是一瞬不瞬地看着他，淡淡道，"你若坚决要与拜月教决战，那么我不阻拦你……但是，如果你与迦若一战之后，即使你赢了，我也必为他报仇！"

她的声音是冷涩而艰苦的，但是一字字地吐出，散入夜风，没有丝毫的迟疑。

萧忆情的手蓦然收紧，在袖中扣住了夕影的刀柄，眼光瞬间冷厉如电。

他看向她，目光复杂地变幻，许久没有说话。

"为什么？"更久的时间后，他的手才缓缓从刀上松开。杀气转眼弥散，仿佛咳嗽使得嗓子有些沙哑，他低低问了一句，"那人，如此重要？"

绯衣迎风而动，然而阿靖的眼色是恍惚的，望着悄然流逝的河水，她的唇角渐渐浮起一丝淡漠的笑意："高梦非或许和你透露过，但是你可能无法了解我们三人之间真正的感情。"

唇边淡漠的笑意瞬忽逝去，阿靖蓦然转头，定定地看着听雪楼主，斩钉截铁："楼主，我不会像我父亲那样——我在意的，我就一定要守住！"

萧忆情也看着她，神色有些奇异的哀伤和苦痛，忽然间看着水面，轻轻笑了起来："咳咳……阿靖，是不是听雪楼连年的战绩让你对我太有信心了？你这样坚决地维护拜月教，就从来没有想过我也是会死的么？他是多么可怕的一个人，你也知道。"

阿靖忽然怔住。

的确，从一开始思考，她几乎就将听雪楼放在了必胜的位置上，只想着如何才能避免拜月教被毁，却丝毫没有考虑过萧忆情战死的可能。

听雪楼主……似乎都已经是武林中不败的神话。

萧忆情的笑容更深，也更寂寥。他慢慢走到河边，俯下身去："如果我死了，又会如何？到时候，听雪楼可能就会散掉，武林再度分崩离析，各方仇家蜂拥而至我的灵前……"

他伸手拨动着河水，忽然回头对着呆在一边的她微微一笑："不过，那和你已经没关系了……你加入听雪楼的时候，我们之间就有过约定——如果一旦我死了，契约就自动消除。到时候你自己走自己的路，不会再与听雪楼有丝毫瓜葛。你也不必替我向拜月教报仇。"

忽然间有些无法回答什么，阿靖想象着来日的情况，忽然感觉有梦魇般的冰冷。她长长吸了一口气，缓缓道："你不会败。"

"那是你太高看我了。"听雪楼主怔怔凝视着河水，清瘦苍白的脸上忽然有苦笑的意味，"也不只是你——所有人可能都高看了我。没有败过不等于就不会败……高梦非背叛的时候如果不是因为你，我就已经一败涂地。"

他随手拨动水花，看着盈盈水波在指间一圈圈荡漾开去："如果是听雪楼一般子弟，败了大概不过是换一个主人或换一种活法；但是我败了，那便只有死。"

"我也不希望你死。"绯衣女子截口道，声音也有战栗的感觉。

萧忆情的手停住了，迅速地回头看了她一眼，然后又转过头继续用手指在水波中划动。

——那无形的水，便在他指间划开了又聚拢，毫无痕迹。

"高手之战，丝毫不能容情——将来我和迦若祭司，必有一人死。"他低着头看着指间流水，再抬头看看河上漂流而去的河灯，眼中有依稀的笑意，"即使我肯单独和迦若会面对决，那也难逃这种结果。"

阿靖的手在袖中握紧了血薇，用力地握紧，极力压制着心中翻涌的情感，许久，她才冲口而出："为什么？为什么这一战就势在必行？任何事情都有其他的解决途径！"

"仇恨只能用一种方法来解除。"将浮在水面的水草都拨开了，萧忆情却缓缓从身边拿出了一盏河灯——纸扎的白色莲花，素净晶莹。

他没有顾上阿靖惊讶询问的眼光，只是自顾自地俯下身，用火绒点燃了花心的蜡烛。河灯的光明明灭灭，映着他清俊苍白的脸。

他凝视着烛火，忽然看看漂流远去的河灯们，喃喃说了一句："不知这条河，是否能流入灵鹫山上的圣湖里去？"

"圣湖？"绯衣女子怔了怔，轻轻问，"就是那个号称拜月教力量源泉的圣湖？"

萧忆情缓缓点头，却没有说话，他抬起手，在夜风中护住那盏灯，看着烛火在烈烈的晚风中挣扎摇曳，终不肯灭去。许久许久，他看着远方，忽然一口气说了下去——

"很久以前，江湖中有个年轻人，他自小胸怀大志，想在武林中建立不世功业。为了武学修炼，他走遍了神州，采集各派之长。

有一天，他来到了苗疆……也是盂兰盆节那一天，在这条河边的凤凰树下，仿佛是上天的指引，他遇到了一个美丽神秘的女子。

他们相爱很深，发誓永远不分离，就商量起以后的打算——

然而，后来他才知道，这个女子是拜月教的神女，是现任教主的妹妹。按照拜月教里面的规矩，侍月神女是月神的妻子，一辈子都不能嫁人！

可是年轻的他哪里顾得上这些，不顾所有也要和所爱的人在一起——她也年轻，敢作敢为。于是，约定了一个月暗的夜晚，她从月宫里逃了出来，与那个年轻人私奔。"

阿靖略微一怔，抬头看着他，然而他没有看她，只是静静凝视着夜中无声奔流的河水，和水面上缥缈而去的点点灯光，眼睛里有奇异的哀伤的光芒。

原来……他竟然有过这样的往事，从来不被人知。

"他们一起逃了出去，没有被拜月教抓住。然而，那个年轻人带着她回到家乡时，却发觉拜月教的人已经抢先一步找到了他的家，而且已经毁灭了他的家族！

他们不得不再度出逃，相依为命地浪迹天涯。每一个地方都不敢停得太久，只怕拜月教派出的杀手会如影随形地跟来。

这样漂泊不定的生活，整整过了四年。四年中，他们有了孩子……然而，在长年躲避追杀的流浪中，年轻人和他妻子的关系却淡漠下去。”

说到这里的时候，萧忆情停了一下，唇边泛起一个嘲讽的微笑："所谓的患难见真心，或许就是如此。”他叹息了一声，不等身后的绯衣女子回答什么，继续说了下去——

“我不知道是不是那个男子后悔了自己当时的轻狂和意气——他本来是一个有着多么大野心的人……他的梦想是建立自己的天下武林，成为一代宗师霸主。

然而，因为拜月教如附骨之蛆的追杀，他根本连稳定下来都不可能，更不用说什么昔日的霸图和梦想！日复一日，他只是在保护妻子、躲避追杀中提心吊胆地度过——不过也幸亏他武艺超群，好歹保全了家人四年。

但是他和妻子之间的爱情却再也不复相识时的热烈，他的脾气变得暴躁，动辄抱怨，这个昔日意气风发的青年觉得自己将会无所事事地死去，似乎有意无意地埋怨起来。”

夜风吹来，风里带来了绯衣女子短促的冷笑。萧忆情也是苦笑了一下，俯下身，将手中的河灯轻轻放入水中，凝视了半晌，才伸手，轻轻将它推开。

站起身后，他的语气陡变，忽然间有了金石交击般的冷冽——

“然而，他不曾了解他的妻子是怎样一个女子！曾是拜月教神女的她是那样的高傲和要强，她为自己成为丈夫的累赘而耻辱……他的每一句抱怨，都是她心头的一根毒刺。

终于有一日，他回家的时候只看见四岁的孩子在哭，却不见了妻子。

她，竟然自己返回了拜月教。

她希望自己来领受一切惩罚，而免除教中的追杀！

她希望她的丈夫能实现自己的梦想，她也希望自己的孩子能有安定的未来……”

瞬间，阿靖的眼睛也是一片雪亮——她的神思有些恍惚，却依稀有痛彻心扉的感觉……或许是同一类的人吧？如若是她，或许也会如此吧？

既然他已经后悔了，就无法再相守下去……那么，在变成相互憎恨之前，就让她用自己的血将一切了结吧！至少，她不会再成为他的负累。

阿靖看见萧忆情站在河边，伸手扶住河边的凤凰树，身子却微微颤抖。

又是怎样的感情，在听雪楼主的心中掠过?

“或许只是被艰辛的生活蒙蔽，在看见妻子留下的书信时，他心中的爱情和悔恨同时爆发——根本忘了被追杀的可怕，那个人抱着孩子千里迢迢追回了苗疆灵鹫山。

然而，就在他到山下的时候，听到了一个惊人的传闻：拜月教主为了表示对圣洁教规的维护，严厉责罚了她叛逃的妹妹侍月神女。在一年一度的圣湖血祭中，她下令将自己的亲妹妹活活沉入了湖底。

他们来的时候，祭典已经完毕……湖面空空荡荡，什么都没有留下。

那个凤凰花下的女子，已经化为白骨，沉睡在水底。

在山下听到那些消息时，父亲捂住了孩子的嘴，生怕他会哭叫出来，让拜月教徒知道了他们的身份——然而，那个孩子非常懂事，不哭不叫，一滴泪都没有流。

他终于得到了安定与时间，可以慢慢实现他一生的抱负……他回到了中原，按照他从小的梦想建立起自己的势力，一步步扩大。终于，他成了称霸一方的大人物。

可是他的灵魂却从来没有安宁过。他想忘记，从头开始，然而却没有办法。他总是在午夜梦到妻子，梦见她已经在阴暗冰冷的湖底悄然化为白骨，然而骷髅深深的眼窝却依然注视着他——温柔一如往日，低声对他说，‘我无法解脱’。

她的灵魂被阴毒的术法困在了湖底。她无法解脱。

每一夜他都从梦中惊醒。

那个成了英雄的人，终究没能好好享受他的功业和成就。他死的时候，只有三十八岁。”

最后的叙述，在风中依稀散去，萧忆情凝视着那一盏河灯，缥缈远去，眼睛里的光也是渐渐淡远，低低咳嗽着，他的肩膀颤得更加剧烈，仿佛连肺都要咳了出来。

阿靖没有说话，只是抬起眼睛，静静看着他，目光清亮柔和。

听雪楼的主人，眼睛里蓦然腾起了迷蒙的光亮，仿佛极力平定着自己的声音，终于安静地说出了最后一句："为了记念亡妻，在那一年，他给自己的孩子改名为'萧忆情'。"

话音一落，仿佛再也抑制不住的，他爆发出了剧烈的咳嗽，全身颤抖着，用力将手巾捂住嘴角，然而黑色的血迹依然慢慢渗透出来。

"楼主。"她过去，扶住他的手肘，低低唤，从怀中拿出药瓶打开，递到他手中。

然而他的手却痉挛地抓住了她的手腕，定定看着她，唇边泛起了奇异的笑容："阿靖……你说，我的母亲、我的母亲她也非常爱我，是不是？"

"是。"她不敢直视他的眼睛，低低回答了一句。

萧忆情的手指却一分分收紧，紧得几乎要扣断她的腕骨："但是——她到如今都还在拜月教的湖底！这些邪教的术法禁锢了她，她不能解脱……她时时刻刻都在受着折磨！"

绯衣女子被他忽然间的愤怒和悲哀所压倒，不知该如何回答，只是抬起眼睛看着他，看着他苍白的脸上泛起的血潮，和眉目间再也难以掩饰的仇恨。四年了……记忆中从相识开始，这个人便是淡定从容、生死不惊的，有着泰山崩于前而色不改的定力。然而，今日他眼中的怒火仿佛是在地狱里燃烧！

那是龙之怒……无论谁忤其逆鳞，都会被雷霆之怒焚为灰烬。

"我等了二十年，二十年！五年前我羽翼未丰，不等我有能力出兵，那个华莲教主就归天了……好容易我今日做好了一切准备，你居然和我说，不能扑灭那受诅咒的一族，要我找另外解决的途径？"微微冷笑着，他看着她，眼睛里有阴暗而邪气的光芒，"你要我如何？你要我眼睁睁地看着母亲的遗骸永葬湖底，不得超生么？咳咳，咳咳……"

他激烈的语气，到最后终于被剧烈的咳嗽再度打断。

病弱的年轻人靠着树，猛烈地咳嗽着，全身微微发抖，不住地喘着气。阿靖连忙扶住他的肩膀，将药物给他服下。

她清澈的眼睛里，忽然有了微微的迷惘之意。

她五岁的时候死了母亲，仇恨死死地铭刻在她心里。过了十年，在十五岁的时候她携剑追凶于天下，用了三年时间一一杀尽了当年围攻她父母的七大门派、十一位高手。

血魔之女的名字，由此响彻天下。

她明白那种仇恨是什么滋味——父母死的时候她体会过一次，青岚死的时候，她又体会过一次！她自己都无法放弃仇恨，又如何能反驳他？

阿靖扶着他一起在树下坐下，感觉他的呼吸在慢慢平定下来。

萧忆情微闭着眼睛，脸色苍白得可怕。他慢慢松开了握着她手腕的手指，她看见一圈青紫色清晰地烙在她白皙的皮肤上。

恐怕他也是第一次在别人面前回顾自己的往事，什么样的愤怒和仇恨，居然让听雪楼的主人完全无法控制自己的情绪……

坐在凤凰花树下，看着前方静静的河流，看着万盏河灯缥缈流去，听着夜风中传来的人群哭丧之声和悠扬悲怆的镇魂歌，阿靖的眼睛里忽然泛起了苍茫的笑意。

原来，这世上唯独死亡是公平的——无论对于谁，都是那样留下毫不容情的烙印——哪怕拥有权力地位如听雪楼主人。

“阿靖。”出神的时候，她忽然听见身边的人轻轻叫了一声。

她回过头来，在树影的暗淡下看见他睁开的眼睛，清冷安宁如同一泓秋水。药力显然已经起了一定的作用，萧忆情不再咳嗽，只是有些衰弱无力地看着她，完全不复片刻前那样的凌厉逼人。

萧忆情唤了她一声，等她回头了却又不说什么。沉默了许久，他忽然笑了一笑：“好了……一直想和你说的，我都已经说出来了——接下来的一切，由你自己判断。”

阿靖一怔，方才想说什么，萧忆情的目光却再次投向了夜中静静流逝的河水，忽然自嘲般地笑了笑：“今天难道真是见鬼了？这些话，居然就这样说了出来……”

的确，无论他或者她，对于以前的往事从来都是深藏于心的。

然而，在盂兰盆节之夜，在这条河边，他们却不约而同地回顾了最灰暗的往事。

他们回去的时候已经是子夜，静谧得出奇。

在走过河上浮桥的时候，阿靖看到了河边立的一块石碑，刻着两个字：记川。

她忽然微微地笑了，想起了听过的一首歌谣：

“有一条河叫做忘川，喝一口忘川的水便能忘记一切；另一条河叫做记川，喝一口记川的水便会想起一切。喝一口忘川的水，再喝一口记川的水，忘记了一切又记起了一切。”

——然而，世上某些事情，却是永远无法忘记。

海天龙战

走回去的一路上，两个人都没有说话。

已经是深夜了，盂兰盆节的人群慢慢散去，只留下一些零星的人还在河边上对着水祈祷。天空中是一轮满月，光华灿烂，照得地上白晃晃一片，犹如水银泻地。而满河都是晶莹的河灯，素白的莲花，映照得水面犹如银河天流。

哭丧的哀歌和镇魂歌在夜风中依稀传来，苍凉如水。然而，河边依然有儿童玩水放灯时发出的清脆笑声——生与死，从未如此鲜明地并列在一起，刺眼得令人心痛。

萧忆情断断续续地咳嗽，在夜中显得分外的清冷。阿靖默不做声地从怀中拿出一方手巾递给他，换下了那一块已经浸满血迹的手巾。

“阿靖，如果有一天我死了……”接过手巾，萧忆情忽然顿住了脚步，看着河面上无数的灯火，轻轻说了一句。阿靖看向他，然而，等了半天，却不见他下面的话。

河面上万盏莲花晶莹，一朵挨着一朵，已经分辨不出哪两盏是他们方才放入水中的。

萧忆情微微咳嗽了几声，转过头摩娑着岸边的凤凰花树，脸上忽然泛起了淡淡的笑意，道：“我父亲说，他第一次见到我母亲，就是在盂兰盆节晚上的一棵凤凰树下。”

他的脸藏在斑驳的树影下面，阴晴不定。

沉默了良久，他才放下手，继续沿着河边往回走。阿靖在他身边跟着，忽然听到他叹息般地说了一句：“我想父亲死的时候，如果再让他选择一次，他未必会选择在这里碰上我母亲——如果知道终将守不住的话。”

阿靖的手微微一颤，却不知如何回答。两人沿着河岸慢慢走着，风里有时候有火红的凤凰花瓣飘落下来，晚风吹起两个人的头发和衣襟，恍然如梦。

“哎呀，楼主你们去哪里了？这么晚了还不回来。”这种静谧的气氛忽然被打破，才走到河头，就听见一个脆生生的声音劈头问。

弱水。

萧忆情和阿靖对视了一眼，都有些苦笑地看看跑得有些气喘的绿衣少女。等弱水跑近了，萧忆情开口问：“我并未见到蓝焰令——莫非有拜月教紧急来袭？这么着急地找我们？”

弱水似乎跑了很久，这时喘着气支着腰，手指指着他们半天，才说出一句话来：“不是……师父和明镜大师要我来找你们……”

“哦？有何事？”萧忆情眼神一肃，问。

“师父只说今日是盂兰盆节，又是在拜月教的地盘上，你们两个出去逛恐怕会有危险……呼呼，累死我了……你们花前月下，可真是累坏我们跑腿的。”大口地喘着气，弱水依然是叽叽呱呱地说了一大堆，完全不看面前两个人同时变了脸色。

“咳咳……烨火呢？”不等她再抱怨下去，萧忆情开口问。

“烨火往下游方向找你们去了。”挥挥手，弱水做出一个累极的夸张动作。

萧忆情点点头，道：“那么，我们去找她回来，一起回去——有劳你们师父费心了。明镜大师的伤好一些了么？”

他一边说一边率先转头向下游走了回去，弱水思维单纯，这样一说，完全就顺着他的思路，接口道：“没有，似乎伤得满严重的——师父说，大师的护体真气和般若之心的结界全被击溃了——那个迦若很厉害的样子，楼主！”

弱水只是自顾自地说着，然而萧靖两人的脸色却同时微微一变。

迦若。这个名字，似乎已经成了他们之间隐涩的忌讳。

“所以，师父才担心你们出去会有危险啊！”弱水笑吟吟道，回头却看见两人奇怪的脸色，有些惊讶地住了口。

“我和萧楼主一起，不会有什么危险。”淡淡的，阿靖回了一句。的确，她与萧忆情两人曾联手横扫整个武林，就算是拜月教大祭司亲自来，也绝对占不到丝毫上风。

显然是误解了这句话的意思，弱水蓦然笑了，顽皮地吐了吐舌头："是啊是啊……每个女孩子都觉得自己喜欢的人是顶天立地无所畏惧的英雄！"

她的笑语，陡然被冰雪般的目光截断。

弱水陡然住口，心中莫名地一跳。萧公子和靖姑娘的目光同时冷到了骨髓里，那样一眼扫过来，她不自禁地停了下来，不敢再说一句。

"你师父该教教你说话的分寸。"阿靖淡淡看着这个绿衣少女，眼色冷漠中带着逼人的锋芒，一字一字缓缓道，"信口开河，以为不用对自己说的负责任——我很不喜欢你。"

在她冷冷的注视下，弱水陡然间张口结舌。

那一刹那，她才真正明白了为何很多人都说这位靖姑娘是如何的冷漠犀利。

"走吧。"令人窒息的刹那，萧忆情终于开口，声音也是淡然的，一拂袖继续沿着河边走了下去，"找了烨火，我们回去。"

阿靖便再也不看她，转身和他并肩走了开去。

弱水怔怔地站了半晌，脸色变幻不定，懊恼了一阵子，终于还是一跺脚追了上去。

沿着河走了很远，奇怪的是居然没有见到烨火。弱水已经有些沉不住气了，开始焦躁起来，幸而有萧靖两人在侧，她也不好发作，只是不停地抱怨师妹乱走。

三人走着，不觉已到了河流的下游。那里已经是郊外，人迹稀少，此时到了半夜，更是空荡了无行人。

然而，记川的下游却是一片晶莹璀璨。

没有水坝，但是不知为何，那些漂下的河灯都停滞在了此处，云集着，点点如同繁星。

他们刚一转过河湾，就听到了奇异的念诵之声，仿佛万人集合，喃喃而念。声音带着奇异的低沉与颤音，一直渗透到人的心里去——

在巨屋中，在火屋中，

在清点一切岁月的黑暗中，

请神——

告知我的本名！

奇异的低沉念诵，仿佛波涛一样缓缓拍出，通过空气一波波拍击到人的耳膜——不知道为何，立刻让人心中一空、百念不生，仿佛有神秘的安定说服的力量。

月光很明亮，水银般洒落，映得万物一片恍然。

然而，他们看到了一片白色的海洋。

那是几百名穿着白袍的人云集匍匐在地，无数件白色的袍子遮盖住了地面，在月光下泛出骇人的一片惨白。那些跪着的人以头拄地，整个身子贴在地上，双手放在头的两侧，微微举起，掌心向天，似乎承载着此刻洒下的月光。

他们的脸虽然贴着地面，但是口舌不断地翕动，潮水般的念诵之声，就是从他们口中发出。

“拜——”弱水脱口而出，幸亏阿靖出手如电，抬手拂袖，蒙住了她的嘴，那一声惊呼才没有发出去。她只觉得身体一轻，不辨东南，转瞬间，眼前花叶扶疏，原来已经被萧靖两人拉着，落到了河边的凤凰树上。

“用你们道家的秘语之术说话。”弱水听到了身边靖姑娘吩咐，嘴唇却不见开合，心知她用的是武学中的传音入秘。她此时才回过了神，知道此刻的厉害，当下用力点头。

“七月十五，是拜月教传灯法会的日子！”阿靖的手刚从她嘴上松开，弱水便吸了一口气，用秘语对两人道，脸色有些发白，“师父就是担心这个，才让我们出来找你们回去的……”

“传灯法会……”萧忆情点点头，看着前方匍匐在地上的教徒，眼神复杂，“今日里倒是听子弟们禀报过，但是如今进攻拜月教的时机未到，所以也没有安排什么攻击行动。”

“看声势可不小。”在花叶间，看见地面一片白晃晃的光，阿靖也淡淡答了一句。

“是啊，传灯法会是拜月教历来在民间传教的大日子，所有的教民都会来。”弱水解释了一句，但是脸上却有快哭出来的表情，“烨火……烨火不会被他们抓去了吧？她、她是沿着水往这边走的……不会被他们杀了吧？”

萧忆情和阿靖没有说话，默默相视一眼，神色都有些肃然。

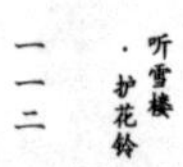

他们的心里，也都有了某种不祥的感觉。

此时，月已升至中天，皎皎如镜。

“砰！”

忽然，万灯云集的河面上发出一声巨响，仿佛有巨大的烟火在水面上盛开，陡然间光芒万丈，照得人睁不开眼睛。原来是那无数河灯仿佛被什么力量引动，灯中的火烛燃了起来，河中登时火势大盛——

当月自那一处升起，

众神依次说出他们的名字，

但愿，但愿此时——

我也能记起自己的本名！

教徒们的声音更加响亮，整齐划一。念诵完毕后，所有人匍匐着用额头撞击地面，发出沉沉的响声，恭声道：“恭迎法师升坛！”

这时，凭空一声低吼，月光下一只巨大的雪白怪兽凌空踏步而下，人脸羊身，一对锋锐的尖角蜷曲在耳边，全身白色长毛，只有额心一处是朱红色。

“恭迎神兽。”一见那只雪白的灵兽，所有人再次匍匐于地。

“饕餮！”树上的弱水一见，几乎忘了用秘语，脱口惊呼，有惊慌和兴奋的表情同时闪过她明亮的眼睛——这种上古传说中的魔兽，她也只是在师父的口中听说而已。不知道是谁，居然能将这种已经绝迹的魔兽从远古洪荒中再度召唤回来。

在看见虚空中凝结的那只幻兽时，阿靖的身子同时也微微一震，手指用力抓紧了树干。

朱儿。

那是……迦若的幻兽。

她的脸色渐渐苍白，萧忆情默默看着她，没有说话。

水面上，千盏河灯云集，饕餮从虚空中走出来，四足分踏一朵莲花，庞大的身躯就这样轻灵地浮在了水上。忽然，它打了个响鼻，摇头一甩，将嘴里叼着的一物甩到了岸上。

那是个满身鲜血的人。

显然是失去了知觉，被甩到岸上时随着惯性滚动了一下，随即不动。

“今日圣教传灯，居然混入了外道邪魔——”远处的黑暗中，缓缓响起一个声音，在河边开阔之地听来，也如回声般缥缈。声音响起时，竟然不辨远近，每个人只觉对方都在自己的耳侧说话，“近日听雪楼意图灭我圣教，这个便是方才抓到的探子。”

苗疆河边的水汽中，一个人缓缓从黑暗深处走过来：“本来，本教的神兽想立刻吃了她——但是想想还是在当众处死比较好。”

那个被饕餮叼来的人无知觉地躺在地上，朱衣被血浸透，一动不动。

“烨火！烨火呀！”

陡然看见了月光下的人，弱水身子一震，再也按捺不住冲口叫了出来。萧靖两人同时一惊，伸手拉她时却拉了个空，弱水一滑从树上跃了下去，奔向地上的同门。

然而，她方一现身，远处的白袍法师微微俯身，以手按地，念动咒语。地面陡然裂开，无数利齿般的尖角从地底涌出，倒刺上来！

“地摩牙？”弱水伸手在树干上一按，身子轻飘飘地飞起，伸手在身前接连画了好几个符号。河中的水忽然倒流，翻涌而起，直冲岸上卷起了烨火的身子，将她托上半空。

弱水持着飞天诀，迎了上去，想接住师妹。然而身子还在半空，却忽然觉得热力逼人而来，转头之间，却听到了饕餮的吼声！

幻兽也飞驰而来，怒吼着，口中吞吐着烈烈的火焰。

平常的火根本无法对于学习术法的她起效，然而这次不等饕餮逼近，弱水却已经被逼得喘不过气来——红莲烈火！饕餮口中吐出的，居然是能焚烧三界的红莲之火。

然而，这正是修习五行之水相法术的她的最大克星。

弱水只来得及惊叫了一声，伸手挡在面前。然而慌乱之下却忘了继续念飞天诀，一停止念诀，她的身子飞速地往遍布利齿的地面上坠去。

在她快要落地的时候，忽然觉得身子一轻，再度被外力带起。青色的刀光如闪电般一掠而过，弱水只觉得凌厉的锋芒遍体逼来，不由痛呼了一声。

“嚓、嚓、嚓！”青色的刀光犹如风暴般地席地而起——刹那间，她看见那些从地底涌出的尖牙般的石笋齐齐粉碎！

萧忆情抱着她落在夷平的地面上，一手握刀，微微咳嗽着，脸色苍白。

而在不远处，绯衣的靖姑娘接住了被浪潮托起的烨火，逼退了饕餮，持剑默立。

“烨……”弱水惊魂方定，喜悦地脱口而出，然而看到目前的形势，不由得闭上了嘴。

拜月教徒居然丝毫不乱，甚至仍然跪在地上，只是直起了上身，盯着他们四个人，目光明亮而洞彻，然而不知为何看得人非常不舒服。几百个人，就这样围着他们四个，静静地跪在他们身边看着。

那只饕餮，方才不知道被靖姑娘用什么方法逼退，然而凶猛异常的幻兽此刻却显得有些犹豫不安，不停地打着响鼻，前蹄踢着地面，在阿靖面前走来走去。

非常诡异的局面。

“何方邪道妖人，敢扰我传灯大会？”纷飞的石屑中，那个带着幻兽走来的白袍法师站在浮动的莲花灯上，冷冷发问。

刹那间，阿靖忽然轻轻松了一口气。

“不是他？”萧忆情没有看前方那人，却问了她一句，眼神复杂。

绯衣女子轻轻点了点头。的确不是迦若……那个声音，完全不是——然而，迦若的幻兽，怎么会和别的术士在一起？

不见他们回答，河灯上站着的白衣人忽然双手挥动了一下，仿佛是在召唤什么——奇怪的是动作过后，什么都没有出现。

弱水已经自己站到了地上，看着那个白衣人的手势，有些疑虑，然而又无法判定。

这时饕餮的反应却有些奇怪，似乎是犹豫着，频频看着绯衣女子，仿佛眼睛里还有焦急的光。它只是从嘴里喷出气息，仿佛一声声地在叹气。

朱儿一定是很为难吧？就如同目前她的心情一样。

她曾眼看着它被青岚师兄缔造出来，看着它长大——那样小小可爱的雪白小兽，还是在她每次不开心的时候，师兄召唤出来逗她发笑的绝招——朱儿……青岚。

在她神思恍惚的那一刻，忽然闻到了空气中淡淡的奇异的腥味——朱儿轻轻叫了一声，阿靖还没有回过神，就听到了弱水惊惧的叫声：“血鬼降！”

她蓦然回头，看见弱水抬起手，指着她身前不远处的地方，眼睛睁得大大的，连声地惊叫：“血鬼降！血鬼降啊！靖姑娘！”

然而，阿靖回头凝望着夜空，漆黑一片，根本没有什么东西。

可即使这样，凭着直觉，她还是能感觉到有什么极大的危险在逼近！

空气中的腥味一阵阵飘来，令人毛骨悚然，那些拜月教徒都静默地跪在那里看着他们，每个人眼睛里都有奇异的表情——看得人非常不舒服。

“血鬼降！血鬼降就在你身边！”弱水再次脱口惊呼，虽然眼里有恐惧之色。

阿靖陡然觉得空气中腥味的浓度瞬间变了——浓重得让人无法呼吸！

不好！刹那间，无数次生死换来的直觉和经验救了她，绯衣女子闪电般地将手中抱着的烨火往萧忆情方向一抛，一抬手，剑气从袖中横空而起，封住了前面，同时足下一点，瞬间仰头向后尽力飘开。

这一封一退，如同疾风闪电，已经是她一生武学的巅峰。

即使是这样，因为她首先将怀中的烨火抛出，所以动作依旧是晚了半拍。

退到一半的时候，感觉肩上一痛，仿佛被什么抓了一下，她看见自己的血从肩上涌了出来——然而，空荡荡的夜里，身侧没有半个人影逼近。

唯独那种浓浓的腥味，在身侧不停地缠绕，令人窒息。

血的腥味。

那种腐烂的、陈旧的人血腥味。

她用剑气护住了全身，然而她也知道这种做法支持不了多久——抬眼看去，每个拜月教徒依然安静，但是眼中已经有了隐约的笑意。那个河上不知名的白衣人，也是静静地站着。

那个人驭使的是血鬼降。

岭南降头术中，最厉害也最残忍的一种。

肩上的伤口处，隐约有麻痒的感觉，手臂也渐渐酸软无力。阿靖心下暗惊，想也不想地抬手，剑锋一转，削去了伤口周围的肌肉。

然而身侧的腥风又是一动，无形的血鬼降不知从何处又是直扑而来了！

刹那间，白衣一动。萧忆情将昏迷的烨火推给弱水，已经拔刀一掠而至。

浅碧色的刀光，带起了凌厉的真气，逼得人不能呼吸。听雪楼主的夕影刀一出，向来是能令整个武林为之变色。

然而，刀风只是逼得腥气略微散去了一些，却依然浮动在空气中。那个可怕的无形暗杀者，就躲在夜色中的某一处。

“伤怎么样？”与阿靖靠背而立，执刀仔细警惕着，萧忆情低声问了一句。

“还好。”阿靖将血薇剑从右手换到左手上，低低回答。然而，死灰之色却悄悄地蔓延上了她伤口附近的肌肤。

腥味的浓度忽然间又是一变。

两人没有打开心目，所以无法看见非实体的鬼降所在。然而在一边的弱水却知道情况的诡异和危机，立时惊叫提醒：“东南方十步！”

浓烈的腥风呼啸而来，风里依稀听得见死灵的咆哮。

饕餮更加不安起来，似乎想扑过去，仿佛受到了神秘白衣法师的制止，它不知如何是好，忽然仰天咆哮了一声，腾空离去。

腥风扑面，然而，站在原地的两个人，几乎在瞬间消失了。

萧靖两人在同一时间内点足掠出，以东南方为目的，分别从两侧闪电般地包抄过来。在奔到一半的时候，两人同时出手——一瞬间，浅碧和绯红两种色彩同时在月下闪现！

只是千分之一秒的一闪，立刻又消失不见。

所有人，包括拜月教徒在内，都无法看清发生了什么样的情况。

冲过了十步，萧靖两人继续奔出几步，方才站住身形。

似乎方才那一刀耗费了真力，萧忆情微微咳嗽了起来，而阿靖的脸色，也有些苍白。

此时，弱水才看见，在萧公子和靖姑娘平持的刀剑上，有暗红色的鲜血一滴滴落下。

那一瞬间，站立在河面上的白衣法师身子也忽然一震，吐出一口血来。足下踏着的两盏河灯“噗”的一声被踩碎，左右的教徒们连忙上去扶住了他，发觉法师的足上已经湿了。

空气中的腥味越发浓烈起来，然而却是凝聚在某一处。空荡荡的空气中，响起了奇异的嘶叫声，凄厉而恐怖。

听到那个非人非兽的吼声，那些一直跪着不动的拜月教徒眼中都显出了惊恐的神色。忽然间，有人大叫了一声，从地上爬起来转身就跑。很快的，无数教徒都逃了开去，空空的地上只留下他们四个人。

阿靖被那样浓烈的血腥味熏得一窒，感觉肩上的麻木加速蔓延开来，眼前不由一花，立刻用剑支住了地面。

“阿靖？”萧忆情伸出手来挽住她，然而眼光一落到她的身上就大变——

死灰色！

居然有死灰色，已经从她的伤口处蔓延到了颈项上，如同有生命般地慢慢爬行上去！

“你看那边……”她似乎丝毫没有意识到自己伤势的恐怖。阿靖眼睛看着前方的黑夜，抬手指给身边的听雪楼主看，声音中带着惊讶。

萧忆情回头，忽然怔住——

腥气最浓烈的地方，在虚空中，居然慢慢浮现出了一个血红的人形影子。身量不高，仿佛只是孩童——然而，那个在腥气中挣扎的血红色的孩童，却只有半截的身子！

而另外半截，留在了他们两人方才一掠而过的地方：东南方向十步开外。因为没有了视觉，双足犹自在那里原地乱走。

那就是血鬼降！被他们两人方才合力一击，斩为两段的血鬼降原形。

血红色的影子在地上挣扎着，发出非人非兽的怒吼，以手代足，撑起只到腰身的半截躯体，在地上飞速地爬行，凶性大发，凡是遇上的人都被它一抓后倒地，迅速腐烂成白骨。

那种既可笑又恐怖的情况，却仿佛梦魇般可怕。

河面上的法师再度发出了命令，然而，方才鬼降受到严重的伤害似乎同时也传递给了施术的降头师，此刻，拜月教白衣法师发出指令的声音显得有些衰弱。

听了主人的吩咐，血红色的孩子往萧靖两人的方向“走”近几步，忽然停了下来。看着法师所在的那个方向，不动了。白袍法师又重复了一遍咒语，然而，不知道是因为衰弱还是恐惧，居然有了略微颤抖的迹象。

腥气越发地浓烈。血鬼降定定地死盯着施术者，忽然发出了尖厉的吼声！

“快、快让开！它要过去杀它的主人了！”

弱水的惊呼陡然响起。萧靖两人闻声往两侧急速掠开，只见面前红影一闪，半截身子的血鬼降如同一道闪电，尖叫着直扑自己的主人而去。

转眼间，河面上白衣法师的影子就被红影湮没。

“我们快走吧！血鬼降杀了它的主人后，便会回来杀我们了！”

抱着烨火，弱水在一边急急道。此刻，她的脸上没有丝毫平日的嘻嘻哈哈，反而显得有些过分严肃，“如果鬼降杀了宿主，力量就会增强到不可思议！我们快走！”

在苗疆所有的降头术中，血鬼降是一种最厉害，也最恶毒的降头术，十分难以控制。降头师找到炼制的少年男女后，首先要放掉全身的血，然后刺破自己左右手的中指，滴上七滴鲜血进去，连滴七次，才能由心控制血鬼降。

但即使炼制成功，也还要时时刻刻防范血鬼降的反噬——因为炼制的过程是如此残酷，被降头师放干了全身的血，控制住的鬼魂充满了阴、阳两界之中的怨毒，它不会放过每一个可以报仇的机会！

所以，血鬼降虽然厉害，但往往也成为一个降头师最大的心腹之患。除非术士有极端高深的修为，否则是绝对不敢轻易炼制血鬼降来为自己所用。

就像今日，那个法师一旦露出受伤衰弱的迹象，他所驭使的血鬼降凶性便立刻爆发了出来，顾不得攻击萧靖两人，而径自反扑向了自己的主人。

萧忆情点点头，转身便走。然而身侧的绯衣女子走了几步，忽然便是一个踉跄。

“怎么了？”萧忆情迅速地抬手扶住她，弱水往她脸上一看，便脱口惊呼了出来，惊得脸色苍白，颤声道：“靖姑娘她、她被血鬼降抓伤了？”

“我、我方才……已经及时削去了染毒的血肉……”阿靖的脸色有些苍白，然而话语中的神智却丝毫不乱，断断续续地回答。

弱水一顿足：“没用的！一旦见血，尸毒散得比什么都快！”

伤口流出的血已经变成了诡异的绿色，那片死灰色也仿佛活了一般，沿着她的颈项往上蔓延——然而，到了脖子上某处，仿佛受到了什么阻碍一般，蔓延的速度缓了下来。

那里，颈中挂着一个略微破旧的紫檀木牌。

“幸亏有这个护身符……大概能暂时阻一下尸毒。”弱水看看手中抱着的师妹，又看看靖姑娘，喃喃道，“可是这种毒，除非杀了那个血鬼降，否则是绝对无法解的！”

忽然间，她有一种想大哭的感觉——一切都那么糟糕……一切都那么糟糕！

“那么，我就去杀了那个血鬼降。”蓦地，身边萧忆情一字一字地回答，声音清冷从容，“弱水，你快布下结界。”

他的声音忽然之间就变了，带着不容抗拒和怀疑的能力。萧忆情的手缓缓握住夕影刀的刀柄，清冷的刀锋上，那暗红色的血还在一滴滴落下，散发出奇异的腥味。

弱水看向听雪楼的主人，月光下他的眸子安定深远，有教人托付生死的信任。她乱糟糟的脑子忽然间也静了下来，将依旧昏迷的烨火放到地上，扶过了靖姑娘，问：“那么，我通知师父过来，如何？”

萧忆情看了看前方缠斗的拜月教术士与鬼降，沉吟了一下，还是摇头：“不必——我对付一个血鬼降应该不成问题。你的师父需要坐镇楼中，不要轻易叫他外出。”

“是。”在此紧急关头，弱水不敢再如平日那般嘻嘻哈哈，当下慎重点头，折了几根凤凰树枝下来，开始布下结界。

此时听到了河上方的叫声——非人非兽的吼声中夹杂着人类悲惨的痛呼，似乎是那个法师已经被自己的鬼降杀害了……那凄厉的叫声令人耳不忍闻。

“结界布好了么？”萧忆情定定地看着前方的一团红云，守着三个人，等弱水将树枝一一插入地面，问了一句。血腥味已经越来越浓烈了。

弱水将最后一根树枝插入土中，念动咒语，那些树枝转眼间迅速长大起来，按八卦样式围在他们的周围，树树连根交叶，形成了奇异的屏障。

“好了。”水绿衫子的弱水满意地叹了口气，扶着极度衰弱的靖姑娘在阵中坐下，对他点点头，“萧公子，我守着她们在这里，你尽管去杀了那个血鬼降吧。”

“拜托你了。”萧忆情看着她，眼睛里却有些闪烁不定。

他不知道，该不该相信眼前这个龙虎山来的绿衣少女……虽然她的过往自己已经查探清楚了，也确认她是张无尘真人门下大子弟——然而，将失去抵抗力的阿靖交给一个相知不深的人，是否有些冒险呢？

“嗯，你尽管去！这里有我呢！”弱水却被听雪楼主人那一句“拜托”所激动，感到了荣幸的她再度夸下了海口——她忘了连师父都不是拜月教祭司的对手，她那一点道行恐怕也无法保证什么。

河上方的惨叫声已经慢慢微弱下去，已经没有时间。

这种时候猜忌下属是不明智的……不能再犹豫了。

萧忆情看着笑意盈盈、一副胸有成竹的样子的弱水，眼睛里的光芒却是复杂的。

“楼、楼主。”忽然间，几乎陷入半昏迷状态的阿靖动了动，手费力地抬起了几寸，却一软，搁到了弱水的肩上。

“哎呀……你还要说话？”弱水讶然，惊于怀中被尸毒侵蚀的女子顽强的意志力，看到靖姑娘似乎急于要说话，连忙将她的身子托起，让她靠在自己肩上。

“阿靖，什么事？”萧忆情俯下身来，轻轻问。然而，他的目光微微一怔——

虽然被弱水搀扶着，绯衣女子的右手却有意无意地搭在了对方的肩上。手指的尖端，离颈动脉只有一分的距离。阿靖没有再说话，只是看了他一眼。

萧忆情蓦然明白：她是在告诉自己不用担心，这一切，都还在控制之下。

他微微笑了起来，点点头，站直了身子，对弱水道：“你好好在这里守着靖姑娘和烨火，我去去就回。”

“这个、这个……带着去。”他刚转过身，又听见阿靖再度衰弱地开口。绯衣女子费力地抬起左手，手指摸索着，抓住了自己颈中的那个紫檀木牌，断断续续地吐出几个字，“很危险……”

萧忆情的眼睛忽然闪烁了一下。

“不用……你放心，不会有事。”他的手轻轻覆盖上了她冰冷的手，轻轻道，“何况，你也要留着它来压制体内的尸毒。”

弱水也立刻赞同：“是呀！如果没有这个护身符，靖姑娘你很快就有危险的！”

“带着。”阿靖没有理会，渐渐发冷的手指用力握住他的手腕，衰弱然而毫不退让地再次重复——眼前看到的一切都是蒙着一层淡淡的血红色……那样、那样不祥的颜色。

心中有某种异样不安的感觉，让她死死地坚持着这一点。

“好。那我马上回来。”萧忆情垂下了眼睛，轻轻叹了口气，点点头。他抬手，迅速地解下了挂在阿靖颈中的护身符，放入怀中。

他回身，头也不回地掠了出去。

萧忆情没有看见，在摘掉护身符的一刹那，那片死灰色便以惊人的速度，由颈项蔓延上了阿靖的整个脸庞。

血薇暗影

萧忆情走出结界的时候，立刻听见了河水上方刺耳的哀叫声。

那个血红的人影只有半截，孩童般的身量，却显露出骇人的凶恶残忍。此刻它的主人已经失去了反抗能力，然而却没有死，只是下意识地发出痛苦的叫声。

血鬼降趴在法师的身上，破开他的胸膛，贪婪地啃食着血淋淋的肝脏——那样恶毒而迫不及待，甚至连他走近身边都不曾发觉。

血腥味的浓重几乎让萧忆情感到了窒息，他几乎忍不住要咳嗽起来，然而悄无声息的，他转动了手腕，刀风凌厉地卷起，扑向地上那个吞噬着主人的血鬼降。他出手的时候，用的是从未用过的招式——那是一路传自苗疆的驱魅刀法。

他所学庞杂，很多武功他甚至从来没有在人前显露过。

听雪楼主自幼师从和血魔、白帝并称江湖传说中陆地飞仙般的雪谷老人。雪谷老人一生武学成就包罗万象，任何一方面都足以称为武林翘楚。脾气散漫的老人只收了两名子弟：大子弟萧忆情与女弟子池小苔。

池小苔在听雪楼内乱中，因为与高梦非结盟，叛乱失败，向来决断的听雪楼主却显示了软弱的一面，没有杀她，而只是下令将这个自幼一起长大的小师妹终生囚禁。雪谷的衣钵，在世间就唯独剩下了他一脉继承下来。

刀风触及血鬼降的时候，贪婪的嗜血者才惊叫着跳起来，转过头，眼里放出幽红的光，一把将手中的血肉对着萧忆情投掷过去，双手腾出撑地，瞬间跳了开去，快如疾风。

夕影刀在血鬼降的肩头切入，削下一块血肉——然而那一瞬间，萧忆情却有一种奇异的感觉，仿佛手里的刀砍入的是泥潭，黏稠而战栗的感觉沿着刀锋传入手心。他心中蓦地一惊，想起血鬼降的毒或许通过兵器亦能达到，连忙点足掠回。

那一团血肉从他鬓边掠过，发出恶毒的腥气，令人欲呕。

血鬼降显然也在夕影刀下受了很大的苦头，低低的吼声中带了十二万分的怒气，双手交替着，向下半身所在的地方奔了过去。然而受伤之下，血鬼降速度已经缓慢下来，血腥气的浓度也淡了，显示出这只刚刚吞噬了主人的鬼降目前虚弱的状态。

不远处，那方才被一刀一剑截为两段的血鬼降下半身还在原地乱走，因为没有视力，所以无法知道另外半身所在。

萧忆情咳嗽了一下，身形却片刻不停——他如何能让血鬼降重新复合！

在他点足奔出、准备半途截杀鬼降的时候，忽然间，仿佛听见了空气中极轻极轻的风声。仿佛夜空中，有什么鸟儿扑簌着翅膀降落，搅起了漫天流霜。

萧忆情的手忽然顿住。

有高手……那种从背后汹涌而来的灵力和杀气，陡然间让听雪楼的主人身心瞬忽凝定如空灵——身后的威胁远远大过于那只血鬼降。他全副精力立时转移，身子站定，却没有回头。因为背后传来的压力是如此之大，生怕一回首便触发了所有杀意。

那个人没有脚步声。

萧忆情惊诧地发觉了这一点——他居然只能凭着杀气的强烈与否来判断对方的位置！他的手指慢慢用力，将夕影刀在手心调整到最合手的位置。来者显然也知道他身上陡然凝聚起的杀气，顿住了脚步，连呼吸都听不到。

萧忆情眼睛里有冷锐的光：如此厉害的对手，他居然一开始就将背后的空门卖给了对方。

是谁来了？是——

“青岚。”

陡然间，一个极其微弱的声音响起在记川上，惊破了令人窒息的宁静。骑着幻兽从半空而降的白衣男子，本来只是在迫近萧忆情背后时停步，此时听得呼声，蓦然回头向着声音传来的地方望去……那是、那是冥儿的声音。

就在他回头的刹那，夕影刀刷地出手，带出一片空朦的凄艳划向他面前。迦若来不及回首，只好足尖发力，瞬忽如鬼魅般飘开三尺。同时手指挥出，迅疾无比地在空中一抓，仿佛空气陡然冷凝，祭司手里瞬间就出现了一支寒冰，格开了刀刃。

相触的刹那，冷意从刀锋上侵袭过来，刺得萧忆情手腕一抖。虽然听雪楼主那一刀只是为了迫开敌手而非伤人，并未触及祭司，但迦若却也是眼神一变。刀锋上带出的凌厉真气，已经与他自身凝聚的那一股“气”发生了冲撞。

两人身形交错，出手迅疾之至，“哧”的一声，夕影刀划破迦若衣带，然而迦若丝毫不避，手指划出，空气中陡然有淡淡的蓝色弧光，切向萧忆情颈项。

一轮交手，快如疾风闪电，乍合又分之时萧忆情已经站定。两人面对面地站着，那只血鬼降想来是跑了开去，一时间静得出奇，只有记川的水哗哗地流淌。

迦若手指缓缓收紧：“听雪楼主，今夜你们扰我传灯大会，又杀我教右护法清辉——此事必不能善了。”

萧忆情微诧，看着河滩边上那一摊模糊的血肉——原来，方才主持传灯法会的，是拜月教中仅次于大祭司的右护法，难怪，居然能驭使这样的血鬼降。

迦若退了一步，拉着饕餮，站在月下，月华如水洒遍衣襟。看着近在咫尺的听雪楼主，白衣祭司的眼睛冷彻如冰。萧忆情没有说话，然而在寂静中，夕影刀上却有光华一闪，显然是真力凝聚。

杀意弥漫。忽然，“啪”的一声轻响，一件东西掉到了地上。

迦若低头一看掉落地上的事物，眼神陡然凝聚——闪电般地抬头，看着听雪楼主。

那眼神竟然让萧忆情猛然一惊。

那一眼里，有落寞，有震惊，还有……杀气，以及说不出来的极度复杂的情愫。

拜月教的大祭司缓缓俯下身去，将从萧忆情颈中掉落的护身符捡起，握在手心，细细注视着，不说话。温润的檀木压着他的手掌，苎麻的线被什么齐齐截断——该是方才他斩向萧忆情颈中时划断了护身符的绳子。

迦若眉间神色瞬息万变。

护身符。十年前他送给冥儿的护身符……在这个人身上。

他缓缓握紧檀木护身符，回手抵着额头，垂目苦笑。额环上的宝石压痛他的手。

白衣祭司陡然又冷笑起来，对身后的绯衣女子发话——“冥儿，方才你唤的那一声，是为了示警萧忆情而让我分心——是么？”

他眉间有杀气一闪而过，然而，许久身后没有人回答。迦若怔了怔，仿佛忽然从那一声里回过神来想起了什么，忽然冲口急问：“冥儿，你可是受了伤？”

“冥儿，听你刚才声音，你可是受了伤？”听不到背后阿靖的回答，迦若脸色更是一肃，追问了一声，再也忍不住回身，看向河边树林中结界里的三位女子。

阿靖已经委顿于地，一旁的蓝衫少女捏心诀压着她颈中上攻的尸毒，却已经快要急得哭出来：“靖姑娘你干吗要说话！跟你说了不能开口……这下、这下怎么好……楼主！楼主！”

萧忆情心里腾地一跳，知道方才阿靖为了示警才勉力开口，尸毒发作得更为迅速。

“血鬼降？”一见阿靖脸上蔓延的恐怖灰色，迦若立刻分辨出发作的是什么样的毒，神色更是一变，“尸毒快要入脑——”

他再也站不住，抢步过去，要去检视阿靖的伤势。

然而抱着靖姑娘的弱水，一见祭司抢身过来，却是脸色大变，立刻催动了阵法，结界上种下的凤凰树陡然迅速生长开来，交枝连叶，密布成一片屏障。

萧忆情站在那里，看着迦若的背影——虽然面对强敌，但刹那间听雪楼主竟有些出神。

他……他竟然回过身去了。他竟然敢背对着自己！只是为了确定阿靖的伤势，拜月教的大祭司就这样转过身去，把背后的空门全部留给了强敌。

听雪楼主眼神缓缓变化，夕影刀上的手指几次加重力道，几次又放松下去。

“米粒之珠，也放光华。”看到眼前缓缓延展生长着的凤凰树，迦若只是微微冷笑，手指探出，陡然便剪断了其中一枝，树阵微微一颤，断口上流出淡红色的血液。然而那些无根无本的树生长得更加快，转瞬有更多的枝条延伸过来，补足了缺口。

阵中的弱水扶着昏死的靖姑娘，看着重伤的师妹烨火，不停地念着咒语，紧张得双手微微发抖——对方是迦若，连师父都斗法不过的拜月教的大祭司！她都不知道，自己还能撑多长的时间。

“灵力不错。”看着枝条生长的速度，迦若眼中露出一丝赞赏，然而看到阿靖脸色灰败的程度却再也无心说别的，手一划，仿佛无形长刀裂空，结界上凤凰树大片被拦腰截断。

弱水身子一颤，血丝沁出嘴角，却毫不放弃，手掐心诀念得更快。

“弱水，让他进去。”陡然间，迦若背后的萧忆情发话了。铮然一声，是夕影刀入鞘的声音——听雪楼主看着祭司的背影，许久许久，终于收敛起了眼里的杀气，淡淡吩咐。

“冥儿？”白衣祭司一掠而入，推开弱水扶住了阿靖的肩，手指迅速地探上绯衣女子肩头的伤处检视。那里，伤口的血已经变成了诡异的绿色，阿靖的脸笼罩在一片灰色中，那片灰色仿佛是活了一般，由肩往额慢慢地延伸过去。

“都是……都是我们不好。”弱水一见靖姑娘如此脸色，心中知道要不好了，毒已经蔓延过了印堂，只怕是师父此刻前来也是回天乏力。她又是焦急又是后悔，再也忍不住惊惧，哇的一声哭了出来：“如果不是为了救烨火师妹，靖姑娘……靖姑娘也不会受伤。”

迦若的眼角扫了一下旁边昏迷的红衣少女，显然认出了那岩山寨老的女儿，然而他的颜色却更冷：“如果冥儿出了事，你们这些微末性命拿一千条来抵也不够！”

再也不理会旁人，他摘下了额环上的宝石，握在手中，按着阿靖肩膀上的伤处。

月光照耀着他，恍惚间，手心那块月魄的光芒竟似乎穿透了他的手，照得祭司的手掌犹如透明。更奇异的是，仿佛那片死灰色被什么力量牵引住了，停止了往绯衣女子的额头蔓延——与此同时，迦若苍白的手上升起了一丝奇异的黑色，慢慢顺着他的手臂升上去。

知道对方对于阿靖没有任何敌意，萧忆情在一边看着没有阻止。

然而，看到眼前这一幕，他眼睛里有光芒一闪：他看出来了，那是在疗毒——迦若是在借用月魄的力量，将阿靖体内的尸毒慢慢转移到自己身上！

看着那一线黑色，仿佛小蛇般蜿蜒着沿着迦若手肘往上延伸，萧忆情垂下眼睛，许久才轻声问："如何？"

迦若本来就有些苍白的脸更加白得如同透明，他轻叹一声，放开了手："不乐观。我自身无法化解尸毒，只能分掉她身上的一半毒素，暂阻毒性入脑。"

他放开手时，阿靖脸色已然好了一些，死灰渐渐从脸上淡去，呼吸也开始有规律起来。

白衣祭司将她的身子靠在自己肩上，腾出手将檀木的护身符重新挂回她颈中，在绳子的断口打了个结，皱眉："你们怎么可以这么不小心？"

听雪楼主忍不住一怔，忽然唇角有了一丝笑意——

"哦……看我说了些什么？"迦若立时也知道自己这句话的可笑，抬头看着萧忆情，苍白的脸上同时有苦笑的意味，摇摇头，将阿靖交给待在一旁看得摸不着头脑的弱水，站起身来，"别的以后再说——我们先得料理了那只噬主的血鬼降，不然冥儿体内的毒会无止境地发作。"

萧忆情回头看着河边，那里空空荡荡，连被他们合力截断的血鬼降下半身都不见了，显然那只逃出去的鬼降已经复合。

迦若看着河滩边上那一摊狼藉的血肉，眼色慢慢严肃起来："那只鬼降已经反噬了宿主，它的力量如今该蓦然强了很多——要趁早除去它，不然没有了降头师，天地之间，再也没有任何力量可以控制它了！不但对于我们拜月教，对于你们也一样是祸害。"

萧忆情点点头，虽然对于这些术法并不了解，然而他心里也对那只鬼降的厉害颇为忌惮，便想向着血腥味飘逝的方向追去。

然而，想了想，有些迟疑的，他转头看着结界中的阿靖。

白衣祭司已经振衣而起，同样迟疑了一下，折下一根凤凰枝来，绕着三个女子重新画了一道结界。枝条划过的土地上透出奇异的银光，仿佛月色凝聚。

"别乱动，在这里等着我和萧楼主回来。"迦若最后合拢结界，将树枝插入土地，迅速变为一颗茂密的凤凰树，盖住结界中三个女子，淡淡对唯一还有神志的弱水吩咐。

然而弱水头一扬，看也不看这个敌方的人，只是询问地看着听雪楼主。

萧忆情一直没有动，在迦若画结界的时候也没有阻止——阿靖生死只在一线之间，这种时候如果再怀疑什么，只怕会延误了时机。

何况，不知为何，看着迦若，听雪楼主忽然觉得将阿靖的生死托付于他都是可信任的。

“好好照看着靖姑娘，等我们回来。”萧忆情点点头，对弱水吩咐。

留下饕餮在原地守着结界中的三个女子，迦若和萧忆情只是稍稍停了一下，迅速判断出了鬼降逃逸的方向，两袭白衣如电光般闪逝在夜幕中。

弱水扶着靖姑娘靠着凤凰树坐着，一手腾出来想去探师妹的额头——烨火一直昏迷，也不知道在那个拜月教左护法的手里吃了什么样的苦头。

耳边忽然有气流拂动，弱水惊觉转身，不自禁地脱口轻呼一声。

一张奇异的脸凑了过来，类似人的脸，看得出五官，虽然有些别扭，却也是清晰的——然而，它却有着蜷曲的利角，以及山羊一般的身躯。

幻兽雪白的额头有一点朱红，凑近过来，亲近地贴上昏迷中绯衣女子的脸颊，仿佛遇到了多年未见的老友，嗅了嗅，轻轻伸出舌头，舔着阿靖肩头的伤口。

“啊，饕餮……”弱水看着这只远古洪荒中召唤而来的幻兽，有些目眩神迷，忍不住就想伸手抚摩。她想自己也是有福缘的人了——居然能看到一般术法家毕生也无缘一见的神兽。

饕餮陡然抬头，打了一个响鼻，凶狠地瞪视这个居然敢对它不敬的外人。

“唉……”弱水还是不敢，放下了手，无奈地看着幻兽在靖姑娘身侧屈膝蹲下，舔着她肩头的伤为她缓解尸毒。龙虎山来的女弟子低头叹了口气，忽然间，感觉到了术法的神奥莫测和术士之间的天渊之别。

拥有这样幻兽的术士，他又该拥有何等的灵力？

那个迦若……那个迦若，他是否已经到了上窥天道、天人合一的境地？

那是所有修道之人毕生追求的奥义啊……这样年轻的术士，是如何做到的呢？

截住那只血鬼降，是在记川上游的一户村民家里。

萧忆情推开那户人家尚自合得严整的木门，房内却是支离破碎，充满了令人作呕的血腥味，仿佛开了屠场一般，血肉横飞。

他推开门的刹那，看到壁上新溅上去的人血，脱口对身后的迦若道：“在这里。”

话音未落，耳边忽然有腥风呼啸扑来，仿佛有什么东西迅速地冲向门口。

腥气在空中的浓度发生变化的刹那，听雪楼主已经挥手出刀。

那一刀无形无迹，刀光一闪即没，然而凌厉的刀风却是撕裂了空气，在木屋和门口之间割裂开一道无可逾越的无形屏障。

刀风中，血的腥味陡然浓重，红影一闪，被逼得从门口方向反跳回房中。只见一个小小的血影如同跳丸般在房中倏忽来去，发出低低的嘶吼，刹那间又逼近过来，要夺门而出。

萧忆情发觉血鬼降进攻的速度比半天前陡然提高了很多，而血腥更加浓了，让他忍不住地微微咳嗽起来。夕影刀织出一片光影，如水泼地，将所有的腥风挡住。

转眼居然过去了百招，听雪楼主暗自心惊，这般身手，即使在武林中也是寥寥可数——拜月教居然能培养出这样的鬼降，岂不是觊觎中原武林也能如囊中取物！

然而在他全力阻击血鬼降的时候，却不见拜月教的祭司动静。

萧忆情眼神陡然冷凝，虽然他没有感觉到背后有杀气和敌意，对于迦若的迟迟不动手却心下疑虑，出刀的时候也留了几分余力。

血鬼降屡次想夺门而出却被拦截，怒极，忽地不管不顾欺近身来，小小的身子陡然探出，双臂奇异地探长，抓向萧忆情胸腔这一次的速度来得意外的快，萧忆情甚至来不及回刀封挡。然而心知不能触及鬼降，听雪楼主忽然并指成剑切向鬼降探过来撕裂人的爪子。

他的手并没有触及那只血红的小手，然而血鬼降却凄厉地叫了一声，仿佛被什么刺中，陡然一跳三丈，直向上撞上房顶，梁和顶依次被狠狠撞穿，然而鬼降去势依然凶猛。

然而，它刚刚消失在屋顶的洞中，却立时在外面发出了一声更凄厉的叫喊。

“扑”的一声，萧忆情看见它从撞出来的洞中重重地掉落回屋里——令人诧异的是，掉下来的只有半个身子。

就像半天前被他和阿靖合力截断一般，在同样的位置，这只鬼降再次被人拦腰斩为两断。

掉下来的半个身子在房内无意识地乱走，萧忆情更不犹豫，刀风撕裂了空气，顺带着将茫无目的地冲撞的血鬼降双腿斩断。瞬间，浓得发腻的血腥味弥漫了整个房子。

双腿寸断的鬼降终于安静下来，那些块状的血肉却依然蠢蠢欲动，令人触目心惊。

“你料理完了么？”萧忆情收刀，凝神，咳嗽着对着屋顶上的人淡淡问，唇角有释然的笑意——原来迦若并不是不动手，而是积蓄着力量，在等待着一击必中的时机。

然而微笑的同时，听雪楼主眼里也有冷芒：一击而斩鬼降为两断——拜月教祭司的手段又该是如何的深不可测！

“好了。”屋顶上，迦若淡淡地回答。

萧忆情出了屋，回头返视，只见在西沉的月光下白衣祭司坐于房顶，静静地一动不动，夜风中白衣飘然，月光在额环上反射出璀璨的光芒。

“鬼降呢？”萧忆情点足飞掠，落到他身侧，四顾不见鬼降的上半身，不由问。

迦若没有说话，低头，忽然极轻极轻地笑了一下。

萧忆情的脸色微微一变，因为在这个刹那，他感觉到了对方身上也有血的腥味！

听雪楼主眼神雪亮，想也不想，点足飞退，在屋角顿住去势，冷冷地审视着白衣如雪的拜月教大祭司——不知道为何，在这个刹那，萧忆情感觉到了极大的压迫力和邪意！

然而迦若没有动，他一直低着头，黑发散落下来，掩住他的侧脸，只有额环上的宝石在黑发间反射着月的光华，诡异莫测。

“我把它吃了。”忽然，迦若微笑着抬头，回答。

手指从唇边放下，指尖的血尚自淋漓。

萧忆情陡然一震，看着对方在月光下的眼睛。那样幽黑，看不见底，泛出静谧的邪气。

因为染了血，迦若的嘴唇奇异地鲜红。白衣祭司眼里有诡异的笑意，将指尖放入嘴中轻轻舔舐，自语般地喃喃微笑：“好强的怨念和灵力……比那些生魂更是好上千倍。清辉那家伙法力不过如此，却居然能培养出这样一只鬼降。”

听雪楼主眼神里有震惊的光芒一闪而过，然而又回复了平静。

出身于雪谷老人门下，虽然是武林中人的他也对术法略知一二，听说过苗疆一些邪教的术士里，的确有些人修炼的方法就是如此……能够通过吞噬对方的躯体，来获得敌方的力量。如今自己身在此境，就不必对这些怪力乱神的现象大惊小怪。

“鬼降的味道如何？”萧忆情笑了笑，淡淡问。

迦若抬头看他，眼神里有隐秘的笑意，摇摇头：“不好。”

在他抬头的时候，萧忆情心里又是一惊——他看到了有一缕死灰色，渐渐地扩散上了白衣祭司的眉目，同阿靖脸上一模一样的死灰色。

听雪楼主的目光闪电般地落在迦若的右手上——那只手，那只曾经用月魄将阿靖体内尸毒分流入自身的手，如今已经是黑得如同夜色。

“说实话，尸毒发作了……我若不吃掉那鬼降暂时解毒，只怕撑不住。”迦若的语音有几分衰弱，他站了起来，落下地来——落地的刹那，萧忆情看到他的脚步果然有些虚浮。

迦若脸色有些憔悴：“我要赶快回去，这毒除了明河没人能解。”

看着祭司衰弱的样子，听雪楼主的眼神深处，忽然有冷冷的光芒泛起。

他的手在袖中不自觉地握紧了。

迦若只是慢慢地走过来，脸色苍白中透出奇异的灰。

似乎有些难受，拜月教的祭司剧烈咳嗽着，用双手按住胸口——在白衣上，他的两只手一黑一白，黑的如墨，白的又几乎透明，有说不出的诡异。

萧忆情深深吸了一口气，看着他走过来，眼底的神色瞬间万变。

迦若却只是这样缓缓走来：“我们可以回去了。”

他走过萧忆情身侧。在他擦肩走过之后，萧忆情默不做声地转身，和他一起走出去。

“你刚才想杀我。”并肩走着，迦若忽然开口了，微笑着咳嗽，淡淡说了一句，“我们彼此不分伯仲，所以你的杀气掩不住——你刚才想杀我。”

萧忆情没有否认，似乎方才截杀鬼降让他耗费了一些真力，他说话的声音也有些疲惫：“难道你不觉得这种时候是杀你的好时机么？”

迦若点头，侧头看了看听雪楼的主人，嘴角忽然有一丝笑意。

“你的手从刀上松开，是在我说了那一句‘这毒只有明河能解’之后——”白衣祭司缓缓道，咳嗽了几声，抬眼看着听雪楼主，“你是不是想和我做一个交易？”

萧忆情停下脚步，看着他，眼神里也有笑意：“和你说话，真是让人很轻松。”

听雪楼主顿了顿，继续道：“我不趁你之危——但是，你得想法子解了阿靖身上的毒，如何？”

迦若的脚步也顿住，片刻不语，微微笑了起来，忽然眉目间有傲意：“不错，如今你若出手，我必不敌——但是换了你，你会受人要挟么？”

萧忆情一怔，虽颔首，然而眼神却冷了下去。

或许只能一战，然后用迦若来向拜月教主交换解药。

然而，看着如今黑气蔓延的速度，连大祭司都支持不了多久，如果按这种打算，这般折腾下来，不知道阿靖还能否撑到那个时候！

一念及此，即便是听雪楼主心里都有说不出的烦躁，感觉握刀的手心有些潮。

他从来没有想过阿靖会死——那样的女子，怎么会死呢？

血魔死后，携着血薇重现江湖时，那个绯衣幼女不过十三岁。

那时候他还在雪谷老人门下学艺，然而已经听说过她的传闻。知道这个血魔的遗孤出现在江湖上，带来了多少门派的围攻和截杀，引来了多大的风浪。

“舒血薇那家伙，自己倒是图了个痛快，却留下这个女儿受江湖的苦。”

某一天，在听说了最近江湖传闻时，这个长久隐居不问世事的老人也忍不住感慨着叹息、摇头：“这个女娃子……在君山还能从三帮五派联手围歼中逃出来，不容易啊。”

“师父，要不要子弟替您出山一次，将故人之女接上山庄？”侍立在一旁，看到师父脸上的怜惜，还是门下子弟的他长身请命——那时候他十五岁，夕影刀已经有了七成造诣，久居山中，他也是感到有些寂寞。

想了想，雪谷老人拂开雪白长须，却是摇头：“不必。生死由她——江湖儿女便是这般长大，若是活不下来那也是命。舒老魔头若在世，也不会帮他女儿。”

然而，说到这里，雪谷老人顿了顿，却是微微喟叹：“不过那女娃儿，死不了。”

便是师父一句话，他与她的相遇就因此推迟了七年。

师父说得果然没有错……一直到他学满下山、接掌听雪楼之时，他一直听说江湖上种种关于她的传闻。血魔的女儿，一直是处在江湖风口浪尖上的名字。

七年来，应该是一个女子由垂髫幼女成长为窈窕少女的韶华时期，然而这个女子却不知道经历了多少的磨难困苦、生死血战。血与火的洗礼，却越发让这个名字在江湖中散发出令人不敢逼视的光芒。

他知道她的全名叫舒靖容，是在接任听雪楼主后。

从属下呈上的江湖人物文牒里看到这个名字，他的眼前，忽然就闪现出多年前冬日，师父说到这个少女时候眼里的那一抹赞赏。

该是怎样的一个女子……

正当弱冠的听雪楼主，在白楼上看着这个名字，微微咳嗽起来。

血薇、血薇、舒靖容……在寂寥的白楼里，面对着洛阳几大帮会中错综复杂的微妙斗争，年轻的听雪楼主看着外面的天空，眼前展现出的却是淡淡的绯红色——蔷薇的颜色。

那时候，敌友未分，他还不曾料到这个名字将会和自己终生并存。

击败她的时候，他看见她眼里的震惊——或许，江湖血战前行到如今的她，还是第一次败在别人手上吧？对她这样的人而言，败，又意味着什么呢？如果她败了宁可死，也不愿屈身加入听雪楼，他……或许宁可让她走吧？那个比试前的契约，他还是宁可让它作废吧？

那是悬崖上绽放的红蔷薇，如果折了骄傲的刺，那么就会枯萎吧。

“我舒靖容愿意加入听雪楼供楼主驱遣，百死而不回——直至你被打倒的那一天。”然而，他犹自忐忑，绯衣女子却是毫不迟疑地如约屈膝下跪、低首，说出了这句让他一生都不忘的誓言。

他苦笑着，咳嗽，然后问：“你的意思，是说如果你发觉我不是最强的，你自己能杀死我或者别人比我强，你就会立刻背叛，是吗？”

“哈……那叫什么背叛啊？”他看见那个绯衣女子冷冷地笑了起来，带着微微的冷峭，“难道你会信任我？如果你不信任我，那谈得上什么背叛！而且，我只欣赏强者，只追随最强的人——如果你能被别人打倒，那么我当然要离开你！”

听到这样的话，他忽然就笑了起来——对，就是这样的，应该就是这样的女子。

和他七年前遥想的相同，这个带着血薇剑的女子，就应是这般孤高绝世，犹如悬崖上开放着的野蔷薇。

他想，他终于找到她了。

此后的几年里，多少的杀戮征战风一般地呼啸而过……

金戈铁马，并骑战场剿灭各方不想称臣的势力，将霹雳堂雷家等江南三大世家灭门；

铁腕平乱，镇压楼中酝酿已久的叛乱，手刃二楼主高梦非，囚禁师妹池小苔……

不知不觉中，已经成为江湖上众口相传的传奇。人中龙凤。

每想起来，他都不禁苦笑——

“我只欣赏强者，只追随最强的人——如果你能被别人打倒，那么我当然要离开你。”

——那句话，出她之口，入他之耳，当世再也没有第三个人知晓。因此，也没有人知道他心中一直有着怎样的压力。一开始接掌听雪楼，是为了继承父亲的心愿，是为了自己的霸图和雄心……然而，后来又是搀入了如何复杂的原因。

在出发进攻拜月教之时，他们统领听雪楼已经三年。

三年里，有过多少惊险与生死，然而，他们的手始终握在一起，刀和剑始终指向同一个敌人。她从来没有让他失望过，无论多艰险困苦的任务都一一完成，几次重伤垂死，然而又一一挣扎着痊愈，生命力如同野蔷薇般旺盛。

如雪谷师父说的那样——这个女娃儿不会死，她不会死。

一直以来他都是这样认为，所以放心将危险的、艰难的所有任务交给她去做，从来不考虑如果她万一失手会如何——

然而，如今，她却是要死在滇南这片土地上？

和他的母亲一样！

“你此时要杀我，或许可以——”看着萧忆情的犹豫，拜月教的大祭司却仿佛洞察一切似的笑了起来，眼色冷冽，“但你杀我后若要回头去救舒靖容，则万万来不及。我死了她也活不了，不信你试试——”

听雪楼主淡定的神色陡然一变，眼神凌厉起来，从来没有人用这般嘲弄的口吻和他说话。

取舍权衡，已经是在一念之间。

“你要的是什么？”萧忆情转头，看着迦若，截口问，毫不迟疑。

迦若的手按在胸口上，一黑一白，分外诡异。尸毒的蔓延此刻已经到了颈部，月已西沉，额环上宝石的光芒也弱了，迦若的眼神有些涣散起来。然而听得他这样的问话，却是点头，缓慢而清晰的，一字字回答：“休战。”

眼里的寒芒陡然闪亮。听雪楼主想也不想，冷笑：“不可能！”

“不可能？就算看着冥儿死了，你也说不可能么？”迦若也是冷笑起来，冷月下，夜风吹动他的白衣，一时间，他衰弱得似乎要随风散去。然而，他的问话却是冷锐的，直刺心底：“你是不是想步你父亲当年的后尘？”

父亲的……父亲的后尘？

陡然间仿佛被人击中心底，萧忆情冷锐的眼神忽然也是涣散开来。

父亲萧逝水，当年为了自己的霸业，而让叛教的母亲心寒齿冷，为了成全他，离家自投请罪，被沉于圣湖之中。然而那以后，父亲又有过多少个能真正安睡的日子？

今夜的记川之上，他刚刚对阿靖说过这一段不忍回首的往事。然而，只是一转眼，同样的选择居然又摆在了他的面前！可笑……谁又是宿命的安排者。

“有什么比冥儿的命更重要？你有什么放不下？”迦若看出了他眼中的游移，继续问，声音虽然已经透出了衰弱，但是依然气势凌厉，“你不要告诉我说是仇恨！——选择就摆在你面前，你应该不是这样执迷的蠢人。”

萧忆情蓦地抬头，看着他，这个拜月教的大祭司、阿靖的同门师兄。

仇恨……对，虽然说起来仇恨蒙蔽人的眼睛是一件多么可笑的事情——但是世上真正能看开、能放下的又有几人？何况，母亲的遗骸沉于湖底，那怨恨的灵魂尚自不得解脱。

为人子者，难道，要让他弃之而不顾么？

月已经西沉了，天色隐隐透亮。

迦若的脸色已经非常憔悴，死灰色从皮肤下透出，弥漫了满脸——

然而奇怪的是，以额环为界，那诡异的死灰却止步不前，半分也无法延展上去。

阿靖的时间，也已经不多了吧？

萧忆情只觉满手的冷汗，勉力震慑心神，然而心中的恐慌却也是史无前例地铺天盖地而来，冲击得让他神思恍惚。

该是做出选择的时候——再迟了，恐怕便是永远来不及了。

“好，我将人马撤回洛阳。”用力握着袖中刀，一句承诺从听雪楼主嘴边吐出，萧忆情的脸色是苍白的，眼神熠熠闪亮，然而却有复杂的痛苦在内，“但是——有条件。”

“什么？”抚着额环上的月魄，迦若的声音已经虚弱不可闻。

“你需将我母亲的遗骸奉还于我，让我带回洛阳与父亲合葬——”萧忆情咬着牙，一字一字道，“如若我母不得解脱，则我此次虽然退兵，来年也必卷土重来铲除拜月教！”

迦若不知为何一震，抬头看看他，忽然唇边露出一丝笑意：“遗骸？……圣湖里、圣湖里的白骨么？”

萧忆情看着他，然而心里也是一惊：迦若的眼睛已经看不出眼白，完全成了混沌一片的死灰色！

拜月教大祭司听到了他提出的条件，却想也不想地点头：“好……遗骸一定奉还。要我起什么样的誓？”

答应得居然如此痛快。

只怕，是以他的体力，再也无法继续支持下去了吧？

“不用誓约。”听雪楼主却淡淡地回答，顿了顿，“阿靖心里推崇的人，我相信他说过的话。”

然而，话音一落，他不等迦若答话，却蓦地转头，盯着拜月教的大祭司，一字一顿道：“但是，休战，可以。你，我却是一定要杀！”

听得那样杀气逼人的话，虽然衰弱，迦若死灰色的眼里，陡然也有寒芒一闪而过。

“我只欣赏强者，只追随最强的人——”

这个世上的最强者，只能有一个人吧？

饕餮呜咽的声音让弱水心烦意乱。

她已经很慌乱、很惊怕了——在看到靖姑娘的脸一寸寸地被死灰色重新覆盖的时候，她是法家中人，知道这意味着什么：如果尸毒蔓延过了印堂、冲入脑部的话，便是大罗神仙也返魂无术！

烨火师妹还是没有醒，无助的她抱着绯衣女子啜泣起来，那只饕餮在一边拼命地舔着阿靖肩头的伤，然而死灰色还是毫无阻碍地慢慢延伸上去。

饕餮忽然不动了，弱水抬头，看见有两大滴晶莹的泪水从幻兽雪白的眼窝中滚落。

“靖姑娘……哇。”再也忍不住，弱水哭了起来，因为无助和惊惧而全身颤抖。忽然觉得耳边有气流拂动，饕餮流着泪凑过头来，第一次友好地舔了舔她的眼角，眼神里也是哀伤和无奈。弱水看到幻兽人一样的眼睛，陡然间抱着饕餮大哭。

“朱儿。”恸哭中，隐约听到一个声音，弱水神志散乱没有反应过来，然而饕餮却是一震，蓦地将头从弱水肩上转开，欣喜若狂地跃向声音传来的方向。

白衣祭司，伸出无力的手按在它头上，微笑：“我回来了。”

饕餮怔了一下，看见主人伸过来的手，漆黑如墨般妖异。

弱水的欢呼却是迟缓了片刻才响起来的：“楼主！楼主你总算回来了！靖姑娘、靖姑娘她不好了……”小女孩的声音，又哭又笑的。

然而，听雪楼主却是一言不发，疾步走过去从她怀中接过昏迷的绯衣女子，俯身深深看了一眼，便转过身去放到了饕餮的背上。

“快带她走，时间不多了。”萧忆情看着阿靖脸上涌动的恐怖黑气，眼神中不自禁地流露出恐惧之意，说话的声音都有些微的颤抖。

迦若点点头，低低道：“放心。”

他坐上幻兽的脊背，衰弱无力地对萧忆情笑了笑，抬手轻拍饕餮的额头，轻声吩咐：“朱儿，快些带我和冥儿回月宫。”

深渊沉恨

"迦若，迦若，外面是你么？"

黎明的月宫里，静谧无声。这里是灵鹫山的最高处，也是拜月教主的起居住所，在教主未召之前从来都没有人敢进入——然而，听得外面庭中传来的声音，假寐中的拜月教主陡然惊醒，脱口的惊呼声划破寂静。

没有回答，只听得两声短促的低唤，急切而无助。

明河一下子拥衾坐起，在黑夜里睁大了眼睛，睡意全无——是饕餮……是饕餮！

最近迦若经常连夜出去，通宵不回，她无从得知他心中的想法。只是想着，在大军压境的时候拜月教只能指望他了，便不能多猜疑什么。

然而，昨夜是传灯大会，教中散会的子弟已经通报了大会被听雪楼的人打乱的消息，主持大会的右护法清辉至今未返，让她听了好生担心。但是，身边却没有一个人可以商量……身为大祭司的迦若，却又是莫名其妙地一夜不知去向。

灵鹫山上静谧如同死境，然而她却睡不着。

不知为何，心里隐隐有莫名的恐惧——虽然是五年前一齐联手篡权，夺了拜月教教主和祭司的位置，共同支配这个苗疆直到今天，然而身为教主的她，一直是不了解这个同伴的。

总觉得，这个人的心里有什么隐藏得极深的东西，不曾让任何人看见。

他有他的想法，却从来不和任何人说，包括身为教主的她。

虽然作为教中的大祭司，但是迦若对于拜月教的事务从来看得很淡，几乎从来不插手。如今，虽然在她的哀求下，他许下了决不让听雪楼毁灭拜月教的承诺，然而，她却不知迦若准备用什么样的方法，来阻挡已经越过澜沧江的兵马。

“迦若，怎么回事？”听到庭外幻兽的低唤，来不及细想，明河胡乱扯了案头一袭孔雀金的长袍裹住身子，便往外奔去。

重重的帷幕垂在她面前，让她看不见窗外的情形。明河胡乱地伸手拨开那些雾一样的帘幕，心中莫名地感到慌乱无比，奔跑中，长袍下摆不时绊住她的脚。

一层层的帷幕被拂开，外面的天光透进来，最后一层帷幕上，忽然映出了那个人的影子。

明河舒了一口气，定了定神，将脚步放缓，拂开最后一层帷幕迎了出去：“天不亮就来这儿，这教中也只有你敢——”

话音未落，拜月教主刚刚淡定下来的脸色骤然一变：“迦若你怎么了？”

她看到他的眼睛——可怕的混沌，弥漫了死灰色。齐眉的额环以下，本来苍白清冷的脸颊变得暗淡无光，有奇异的死灰活了一般地在皮肤下涌动。

尸毒！而且是鬼降中最毒的血鬼降的毒！

明河的脸陡然也是苍白得毫无血色，她看着大祭司，连忙抬手扶住他的肩，一手迅速抚上他的眉心宝石，紧张得声音都变了：“怎么回事？你怎么中了自己人的毒！快快快……都要入脑了！月神保佑……你快进来。”

“不……”祭司一直半闭着眼睛，似乎衰弱到无法出声，然而在拜月教主扶他进去的时候，却忽然抬起手推开了她——那只手，已经漆黑如墨。

看见这样恐怖的毒性，明河的手都有些颤栗，然而，耳边却忽然听到迦若开口说话——

“先……先救她。”

她蓦然抬头，顺着那个勉力站着的人的手看向庭外——那里，暗淡的晨曦中，幻兽前膝跪地停在门外石阶上，背上驮着一位失去了知觉的绯衣女子。那女子的长发拂在了地面上，袖间露出绯色的袖剑。

颊上那一弯金粉勾的月牙儿陡然焕出冷冷的光，拜月教主的手忽然不再颤抖了。

“她是谁？舒靖容？”她眼神冷冽，抬头看着大祭司，一字一字地问，“是听雪楼那边的人，我为什么要救？迦若你是不是要叛——”

话音未落，她忽然说不出话来。

迦若的手陡然探出，按住她的肩，摇摇欲坠的祭司似乎是把全身的力量都按在了她的肩上，手指用力地要握碎她的肩骨。他看着她，然而已经实在无力再说什么，只是看着她，眼睛里面一片死灰，缓缓摇头。

“你、你快进来，我给你解毒！”看到他的脸，明河再也无法按捺地脱口惊呼，几乎是哀求着扶着他，“你快要死了！你知不知道？你快进来——”

然而白衣祭司没有动，依然沉默而执意地站在门口，按着她的肩。他已经没有力气开口说话，然而眼神一直看着门外深度昏迷中的绯衣女子。

明河的手，终于一分分颤抖起来，慢慢全身都颤抖得如风中的叶子。

看着黑气一分分弥漫上他的脸，拜月教主忽然间仿佛崩溃，掩住脸大呼：“好了！我救她！我救她！求求你快点……快点进屋来。”

饕餮一声欢呼，直跃而起，背着昏迷的绯衣女子进入房间。

“要‘先’救她……”仿佛是隐隐约约笑了一下，迦若的手忽然就是一松，精神气仿佛忽然消散，人就无知觉地向着门中倒了下去。

“我们都已经快要拔掉蓝关上那个拜月教据点了，为什么下令停止进攻？”青翠欲滴的凤尾竹下，青衣人剑眉紧蹙着，毫不客气地问坐在榻上微微咳嗽的听雪楼主人，“是因为张真人和明镜大师受了伤，怕这边支持不住要我们返回么？”

“碧落。”轻轻拉了一下同僚，红衣女子察觉到了楼主今日反常的沉默——本来，在各方人马出击就要初战告捷的时候忽然下令勒马撤退，就不是萧楼主的作风。然而，又是什么居然能掣肘他做出这样的退让？

萧忆情看着眼前听雪楼四位护法中的两位，缓缓摇头：“自然有我的缘故。”

“什么缘故？”碧落的脾气一如当日在江湖游侠时期，即使面对着听雪楼主也丝毫不曾收敛，“虽说我们这边张真人他们受了重伤，可是他们不也死了一个右护法么？我们可丝毫没有落了下风！我们付出多少代价，才能围歼那些家伙？”

“我说要先按兵不动！”忽然间，听雪楼主放下茶盏，蓦地抬头，眼神冷锐。即使是碧落，也心下一惊。红尘拉着他，俯身行礼：“是，我们恭领楼主之命！”

有风吹过竹林，萧忆情静了静，忽然忍不住又咳嗽起来，淡淡吩咐手下：“把人马都撤回来，围驻在灵鹫山脚下——注意，也不要逼得太近了。”

“无我命令，不得擅自攻击拜月教——”听雪楼主说了那一番话，眉间又不知是什么样的神色，只是看着远空，加了一句，“如果……如果我一下令，则全力攻入月宫！那时候，遇人杀人，遇神杀神，灵鹫山上鸡犬不留！”

“是。”震惊于楼主向来淡漠的口吻里陡然流露出强烈的杀气，但是不再争辩什么，碧落红尘两位护法齐齐领命。

萧忆情低下头，眉间的神色更为莫测，只是淡淡地道：“你们下去吧。”

“嗬，楼主今天是怎么了？怎么竟然也会犯糊涂？”退下的时候，和红尘并肩走着，转过小径，碧落忍不住冷笑了一声，“这样一来，且不论拜月教散布各处的势力会冲出我们目前辛苦布下的包围逃逸，如果他们集结起来反攻，而我们把人马定驻在灵鹫山下，那不是成了现成一个靶子么？”

“这种道理，楼主心里必然也该明白的。”红衣的同僚行走在翠竹间，却是沉吟着回答，“不过今天楼主确实有一些奇怪……不明白他怎么想的。将全部力量撤回到月宫附近，想必是为了防止那里有什么变化——”

说着，红尘看着前方人马来去，忽然想起什么似的，喃喃道：“奇怪。”

“什么？”碧落背琴携剑，在竹径上顿住脚步转头问。

红尘定定地回顾竹林那边的软榻。青翠欲滴的凤尾竹下那一袭白衣如雪，楼主在软榻上慢慢合上手中的茶盏。有竹叶萧萧而落，散在他的衣襟上，显得他有说不出的孤寂。

“靖姑娘呢？”喃喃的，红尘自语了一句。

碧落也是一怔，忽然明白了为什么方才对着楼主时，总感觉缺了什么。

两个人面面相觑，心里揣测着，却都没有说什么话。

“我们去把人马从蓝关那里带回来，驻灵鹫山下去吧。”许久，碧落率先转身开路，蓦地淡淡来了一句，“如果靖姑娘有什么不测，我怕这一次就不是拔除拜月教那么简单了——圣湖会变成血湖吧？”

灵鹫山。月宫。月神殿。

神殿前，那一片清冷的碧波上，千朵红莲绽开，在夕阳的光线下犹如火焰跳跃。然而莲下的水却是极度寒冷的，寒冷得仿佛来自幽冥——因为这里汇集了天地至阴之气。

这个不足二里见方的山顶圣湖，是拜月教开教以来便设下的——那是教中所有术士灵力的来源，连大祭司都不例外。

圣湖的力量来自于湖底沉积的无数死灵和怨魂。几百年来，拜月教用术法杀人无数，而杀掉的那些灵魂却被镇压在施了咒术的湖底，无法进入轮回，也无法消灭，只能静候着拜月教术士的差遣。白天化为红莲，到了月夜却变为死灵。

虽然是教中力量的源泉，但是湖中怨灵的力量，却同时也让拜月教小心翼翼，生怕禁锢着的阴毒力量会失去控制而逃逸入阳世。所以在挖掘好圣湖的同时，开山教主也建造起了这座月神殿，用天心月轮来镇压住怨气。

“迦若，你醒了？”神殿里有天竺桫椤香的萦绕，昏沉的长明灯下，披着及地长袍的女子疲惫而惊喜地叫了起来，看着在神龛下供桌上睁开眼睛的男子。

黑气褪得很快，他的脸色已然回复了平日的苍白，只是眼中的神采依旧有些混沌。听到教主的声音，迦若的手抬起，抵住桌边，似乎想站起来却依旧力不从心。他开口说了一句什么，却发觉依然说不出清晰的话来——那个鬼降的毒，确实好生厉害。

“你说什么？”明河过来扶住他慢慢起身，问。

“她呢？”调息了一下，再度开口，终于说出了两个字。

然而，拜月教主本来带着一丝惊喜的眼眸却陡然冷凝，倔犟地咬住嘴唇，不回答，眼神冷厉起来。

“冥儿呢？她好了么？”看到明河不回答，迦若也是陡然变色，急问。

拜月教主沉默，忽然间抬头，微微冷笑起来，眼色阴郁而冷漠：“死了！她死了！那时候我都来不及救你了——干吗还要救她浪费时间？”

刚刚站稳身子的白衣祭司蓦然回头，目光闪电般地落在她身上。

“你再说一遍——冥儿怎么了？”迦若的语气，却是极度平静的，平静得如同冰封雪塑，注视着明河的眼睛，一字一字地问。

“她死了！我放着她不管，所以她死了！”执拗地回看着大祭司深蓝色的瞳仁，拜月教主冷冷地回答，颊边那一弯月牙儿闪着幽暗的光，“怎么了——是不是你要因此杀了我？”

她傲然仰起头，眼里却隐约有泪光。

迦若只是冷冷地看着她，忽然间转过头去，自顾自地走开：“你们女人真是莫名其妙。”

拜月教主怔住。看着大祭司沿着大理石的台阶走下圣殿、去往圣湖边，她追了出来，追上去和他并肩走在廊道里，眼睛里却有掩不住的喜悦之光：“你……你居然不生气？我杀了她，你也不怪我？”

“你玩什么把戏……”然而，一路疾走着，迦若的眼里却有淡漠的光，头也不转地淡淡回答，“你明明已经把冥儿救回来了。”

拜月教主一怔，顿住了脚步，抬头看着他，惊诧无比：“你……你怎么知道？”

“我当然知道。”迦若笑了笑，继续往前走，声音因为毒性侵蚀依然有些衰弱，“冥儿死没死，我心里有感觉，你骗不了我——何况你答应我的事，何尝翻悔过。”

明河呆在廊道上，看着白衣祭司一路走过去。风从远山上吹来，吹得廊道下的护花铃一片乱响。迦若从廊中走过，黑发和长衣一起在风中扬起：“真是莫名其妙啊你——她现在该在圣湖边上等待月升，好把毒性彻底逼出体外吧？”

明河张口结舌地站在那里，半晌，才回过神来，揽起衣襟再度追上去和他并肩走，有些迟疑地问：“听雪楼要灭我们，她是萧忆情那边的主将，死了不正好？”

“你知道什么。”迦若走着，看着圣湖中开放的红莲，眼神淡淡的，“冥儿活着才好——有她在月宫，萧忆情就不敢攻上灵鹫山半步！”顿了顿，仿佛有什么喟叹，白衣祭司摇摇头：“他这样的人，能为冥儿忍让到如此，已经算是难得。”

拜月教主一震，恍然明白过来什么似的，颔首，看着迦若，然而这一次眼神里面也有丝丝的喜悦：“啊……原来那个靖姑娘对听雪楼这样重要……我不知道。”

“你笑什么？”迦若有些莫名其妙地看着她，问。

明河神色却是蓦地明朗起来，抿嘴一笑，摇头：“不笑什么。”

新月慢慢升起来，从林梢露出一线皎洁的光亮。

圣湖边的凤尾竹筏上，那个绯衣女子在月下静静沉睡。

白衣祭司的手覆盖在阿靖肩头的伤口上。那里的死灰色依然让人触目惊心，隐隐在皮下翻涌，然而却被银针细细密密地扎住了，无法蔓延一步。有殷红的血洒落在绯衣女子的身上——那是明河刺破了手指，将自己的血滴在她的周身。

阿靖眉间的死灰色已经暂时控制住了，然而体内的尸毒却依然要到今夜的施术后才能拔除完毕。

“开始吧。”终于有些沉不住气，将托着绯衣女子的手放下，让阿靖继续静静地昏睡，白衣祭司抬起头来，对着高台上凝神观测月冕的明河开口。

“等一下。”神殿的祭坛上，拜月教主一袭华丽的长袍在月下熠熠闪亮，然而绝色女子眼神凝重地看着银针在石面上投下的细细影子，注视着肉眼几乎看不见的移动，用心掐算着时间，“太阴星方位尚未到天宫，此时不可。”

迦若没有反驳——虽然他灵力惊人，但是在疗毒这件事上，却完全没有法子和明河相比。

明河的手，一直放在神龛上，凝定如水。

那里，神庙最高处，供奉着的是拜月教三宝之一的天心月轮——以传说中的西昆仑美玉琢成，嵌着八宝缨络，上面用金粉细细密密地写满了符咒。

那是拜月教开山教主亲笔写下的咒语，用来压制圣湖中那些恐怖的怨灵。

而这个天心月轮，也是圣湖的唯一控制水闸——一旦转动，湖底的闸门就被打开，有禁锢死灵作用的湖水将泄入地底，而那些死灵便会失去控制而四散逃逸。

——这样的结果，即使是拜月教的人都是无法想象的，所以数百年来，从来没有人动过。

“你是最强的术士，所以血鬼降的毒对你来说尚自可解。但她却是普通人——”看着尚自昏睡的绯衣女子，拜月教主眼色冷淡，“何况她中的毒比你深，若不是你将一半的毒性分流入你体内，她哪里能撑到如今？”

顿了顿，明河眼神更加冷漠犀利：“迦若，清辉护法呢？他和他的血鬼降怎么了？”

白衣祭司震了一下，一时无言。

“是不是——被听雪楼的人杀了？”拜月教主皱起了眉头，咬着牙，“传灯大会被扰乱，散回来的子弟和我说，萧忆情和舒靖容联手闯入，截击了清辉。”

“我去的时候清辉已经死了。”然而，说起同门的死讯，迦若却是毫不介怀，淡淡道，“他的鬼降吃了他，我怕血鬼降噬主后成为大患，就和听雪楼主合力除了它。”

“你和听雪楼主合力除了它？”明河怔了一下，唇角露出奇怪的笑意，正准备说什么，忽然看着月晷，眼神就是一凝——

“时辰到了，放手！”

迦若的眼神也是一敛，声音未落，右手闪电般抬起，手腕连点，出手如电，分毫不差地拔下了阿靖肩头的银针，同时，左手便是断然往前一推。

轻轻一声响，竹筏沿着湖岸上白石的滑道移动，翩然入水，向着万朵红莲之间漂去。

与此同时，高台上，拜月教主的手微微用力，极其小心地转动了一下天心月轮。虽然只是极小极小的转动，然而明河的眼神却是凝重无比，仿佛生死一线。

月升到了天宫的位置，那一刻月光投射在圣湖上，泛起森冷的银光——就在这个刹那，湖中万朵红莲忽然仿佛燃烧在月下化为千万缕轻烟，氤氲地绕满湖面。

那是在月下升腾的怨灵，被湖水禁锢。

然而，正要回归于那一片碧水的千万怨灵，随着天心月轮的微微一转，仿佛敏锐地感觉到了湖水欲泄的趋势，瞬间沸腾，挣扎着往空中跃去！

明河整个人的力量都扑到了月轮上，双手用力，死死将稍微转动的月轮一点点扳回原处。

——只是这样一个细微的动作，却仿佛让她耗尽了所有力气。

然而，那些怨灵已经如愿地被惊动，在湖面上瞬息来回，陡然发觉了竹筏上沉睡的绯衣女子。空气里陡然有听不见的嘶喊，那是死灵们看见了生魂的惊喜，呼啸般的，那些怨灵迅速集结在竹筏附近。

迦若的手拢在袖内。虽然站在岸边，他也能感觉到湖面上涌动的是何等可怕的力量！

看着那些死灵簇拥着、湮没了冥儿的竹筏，白衣祭司的手不自禁地有些因为紧张而颤抖。

“不用担心，它们没法子伤害她——我的血是它们的禁忌。”显然是看出了迦若心中的紧张，转动了月轮的明河伏在月冕上，微微喘息，“拜月教主是月神的纯血之子——我画下了血咒，圣湖的怨灵们，是伤害不了她的。”

果然，那些凶恶的怨灵虽然扑到了阿靖身侧，却无法逼近半步。

沿着绯衣女子的周身，拜月教主用鲜血画了一个符号。

然而，银针一拔，阿靖肩头的死灰色却是毫无顾忌地蔓延开来，疯狂地滋长着。

那些怨灵陡然又兴奋起来，低低嘶叫着，显然知道了美食的到来——云集着呼啸而来、呼啸而过，转瞬间，那一缕活了一般的死灰，就被吞噬得干干净净！

“毒这样才算是拔完了……”拜月教主疲惫地看着风起云涌的湖面，显然也是为这样强大的阴毒力量而震惊。她喃喃叹息，“你的冥儿的命，算是彻底保住了。”

“多谢，明河。”祭司的声音里，也有掩饰不住的疲惫。

月下的圣湖泛着神秘的银光。湖边神庙的侧室中，插在壁上的火把熊熊燃烧，映照着一头银白色的长发。屋子正中，放着一只青铜大鼎，鼎中水平如镜。

月至中天。月光通过屋顶一列小孔，忽然间就游移着射落在水镜之上！

雪袍白发的女子，俯身注视着水镜，神色忽然变了。

“冰陵，看见了什么？”拜月教主一直不出声地站在一边，看着占星者祈祷，此时却再也忍不住地脱口问了出来，脸色有些紧张，“月神给出了什么样的预示？”

那个叫冰陵的女子缓缓直起身，转过头来。火把明灭之间，映出她的脸——苍白的皮肤下，竟然隐隐泛出淡蓝，一头长发如雪瀑般直垂腰际——或许，那就是一个人常年居于圣殿，足不出户不见阳光的结果！

拜月教中占星女史冰陵。

那是一个自幼就将身心都奉献给了月神的女子。从日出到日落，从月出到月落一刻不离地侍奉月神左右，足不出户，独自在圣湖边上闭门研习天象，拥有惊人的预言能力。平日，即使是教主，轻易也不能去打扰她——然而这一次听雪楼大兵压境，驻马于灵鹫山下，拜月教前途莫测。即使一向沉得住气的明河，也忍不住提出要借助她的力量，想预先看到拜月教的命运。

雪衣白发的女占星师，右手执着金杖，左手指向水镜，指尖被刺破，有鲜血一滴滴落入水中，幻化出缕缕奇异的变化。

仿佛什么附身，占星术士看着水镜中鲜血的漂浮变幻，脸色渐渐空灵，缓缓开口，然而飘出的却是行吟般的歌唱，声音和她平日大相径庭：“天星与世间一一相应，透过水镜看过去未来，得心了然。”

拜月教主脸上露出了敬慕的表情，知道占星师已经开始了预言。拜月教主默默地举手加额，退到一边，静静地聆听着那仿佛天际回声般缥缈的吟唱——

“湖内的白骨，血脉的指引不曾湮灭。龙之怒，烈焰巡于世间，二十年的隐忍后，血与火将掩盖明月……时来运转，三族会聚。然而冥星照命，凡与其轨道交错者，必当陨落！”

拜月教主听到“陨落”二字，脸色不自禁地苍白，打断了长长的歌吟，颤声问：“谁要陨落？冥星照命？是谁？”

“回答拜月教主问题的冰陵，让我来告诉你真正的含义吧。”冰陵垂目而立，声音依然犹如梦呓。神殿里没有风，然而她银白色的长发却无风自动，手指轻点水镜，曼声歌吟，“那朵蔷薇，握着命运的纺锤，宿命如缕不绝。沉沙谷里陨落的星辰，不再复返。培育出的红莲火焰啊，烧尽了三界所有的邪恶，却灭不了湖中的灵魂。”

“蔷薇……蔷薇。”明河的手渐渐发抖，握紧长袍的下摆，“血薇？”

拜月教主蓦然抬起头来，目光闪电般地落在占星师身上：“你说，那个听雪楼来的女子，会让迦若死么？是不是？那是宿命？那就是宿命？冰陵，能说清楚一些么——”

虚幻的语言，犹如风一般飘散在空中，冰陵的长发飞扬，右手的金杖指向天心明月："我所知的也只是这些……手心掌握着'月座''天星'的我，说了我所看到的。但是，不可知的尚自存在——就算手心掌握了星辰的轨道，也无法预知全部的宿命啊。月光是否还能照耀这一片土地？血与火是否必将湮没明月？"

顿了顿，长时间的静默，仿佛冰陵自己也被自己那两个问题问倒。许久许久，悬在水镜上苍白纤细的手上，鲜血不停地滴下，散入水镜，水镜已经变得血红夺目。

"——或许，轨道可以错开。"

最后，冰陵吐出的话却是如此，手仿佛忽然无力，重重地按入鼎中，激起高高的水花。

拜月教主再度举手加额，向月神跪拜，退了下去，然而脸色苍白如死。

"迦若。"烛树如火，映得白石砌成的房间一片彤彤，锦缎的绣鞋踏入，穿过重重的帷幕，走到内室，急急道，"冰陵今天警告我：天象显示，冥星冲月——这个女子不祥。"

孔雀金的袍子上织着曼珠沙华繁复的花纹，映着烛火，发出幽幽暗彩。

拜月教主走入内室，秀眉微蹙："已经两天了，她还没醒？"

"嘘。"白衣祭司抬起手指，阻止了教主下面的话。他站起来，转身走出内室。转过了屏风，迦若才低眉微微冷笑："青冥不祥——这种话，我师父十年前就跟我说过，何必等到今日冰陵来预言。"

"可她说，这个女子会让你送命！"明河的声音却是冷锐而急切，"冰陵是占星女史，能透视过去未来——她作出的预言还从来没有不准确过！"

"可她看不到我的宿命。"大祭司毫不犹豫地阻断了教主的话，负手冷冷看向窗外苗疆的天空，"——她看到的只是冥儿的宿命。你也该知道，先代教主华莲死后，谁都没有力量看到我的宿命。"

拜月教主抬起了头，眼神里有舒了一口气的表情："那么说来……你不会死，是不是？"

"呵呵。"迦若只是低头笑笑，摇摇头，"死活有那么重要么？不过是一场醉阑更醒——但记住，我答应过你了，一定会守住拜月教，你可放心。”

“但你没答应我你不会死。”明河咬着牙，眼里却渐渐有泪光，“如果你死了，什么都是空的！你答应我！”

白衣祭司低头，看了看她，唇角有一丝莫测的苦笑。

她救过自己的命——十年前，在那岩山寨里，如果不是当时和华莲教主一起的这个少女救了那个叫青岚的白衣少年，恐怕他如今已经神形俱灭。再后来，她为了他，甚至不惜反抗，背叛了自己的母亲……这些年来，苗疆的天空下，他们两个是相依为命才到今天的吧？

所谓的“迦若”这个名字，如果没有她唤着，那么他就不再是迦若……他将什么也不是。

“我真希望我能够答应你。”忽然间，迦若转头微笑，叹息般地低声说了一句。

喧闹的街上，一个蓝衫少女走入一家药铺，将银子拍在柜台上，扬声便唤：“伙计，伙计，有没有雪莲？两朵，要茎叶俱全的。还要朱砂、冰片各一斤，快点！”

柜台后的伙计连忙过来招呼客人，看着银子，脸上笑着，然而却有一些为难：“姑娘，朱砂冰片倒是都好说，但是茎叶俱全的雪莲，小店可是没有啊……”

“啊，也没有？”蓝衫少女明朗的眸子里有些黯淡，跺脚叹息，“都问了好几家了。”

伙计忙忙地跑到药柜前，搬来凳子攀上去打开抽屉取冰片，听得后面的客人叹息，也是摇头：“姑娘，雪莲这种东西，我们大理这边可是少见，何况还要茎叶俱全——姑娘要这等名贵药材配什么药呀？”

“唉，你不知道，九转流珠丹非要雪莲才行！”蓝衫少女脱口而出，再次顿了一下脚，“结果哪儿都买不到——师父的伤可耽误不得啊……”

“姑娘去前头的同仁堂里看看？那家药铺是镇南王侧妃的弟弟开的，是家大药店，据说只要出得起价钱，连新鲜紫河车都能买到呢。”伙计包好了朱砂冰片，看了看戳子，称过了交给蓝衫少女，“一共三两八钱银子。”

“啊，那药店还卖紫河车？”蓝衫少女显然是吃了一惊，一边付钱一边犹自喃喃，“邪得很呢……官府也不管管。”

“哪里还管，是镇南王的小舅子啊。”伙计收了钱，把药递给主顾，压低了声音传播小道，“而且据说侧妃如此得宠，是凭了妖术拢住了王爷的心——听说呀，侧妃入了拜月教！拜月教的大祭司是天神，滇南这一代，谁敢有半分不敬呀？”

拜月教。听得那一句话，蓝衫少女的脸色微微一变。

然而，她未曾料到，在她脸色一变的时候，听得她方才的话，门外暗自随她而来的一位青衣人也脸色一变。他方才在附近办了事情出来，遇见这位蓝衣女子，便是留上了心。

“九转流珠丹？”剑眉星目的年轻人沉吟着，看着这个一上街他就留意上了的蓝衣少女，缓缓低语：“龙虎山张真人？——真的是听雪楼？”

蓝衫少女果然便是张真人的大子弟弱水，因为前几日师父在斗法中伤在迦若祭司手里，师妹烨火又同样重伤，这几天买药服侍，忙得她脚不点地。

拿了包好的朱砂冰片，她想了想，又要了一些上好的党参和当归，觉得不服气，又抱着侥幸的心理，问伙计有无成形一些的何首乌——果然还是得到了否定的回答。

的确是家小药店，这些东西，看来还是只有同仁堂才有。她叹息着想。但是……那地方和拜月教有瓜葛，没有和师父楼主他们说过就过去，是不是有些莽撞？

叹了口气，弱水拿起抓好的药回身走出去，一边闷闷地想着。然而刚刚迈出店门，忽然听到了前面传来喧嚣声，和着人群的跑动和竹梆子的哐哐声：“走水了，走水了！”

“呀！”弱水不自禁地脱口叫了起来，看着前面街角冒出黑烟的所在——是不是、是不是同仁堂起火了？这可不好……万一真的失了火，雪莲可去哪里着落？

一着急，她再也顾不上拜月教不拜月教，拔足便往街角跑了过去，逆着那些奔逃的人流。

“哪里、哪里失火了？”前面的人渐渐稀少。弱水在一家茶馆前立住了脚，发觉有些不对，火势似乎是从远处蔓延过来的——她揪住旁边一个从茶馆里匆匆跑出的人问。

“镇南……镇南王府啊！好大的火势，都往这条街蔓延过来了！”那个人忙着跑开，不耐烦地想推开这个啰唆的女子，然而惊异地发现这个纤弱的女子似乎有意外强大的腕力，无论他怎么推，就是一动不动。

“这火不对头。”顺着黑烟的方向，弱水望见了远处隐隐蔓延过来的火光，脸色忽然有些异样——这火上面，有看不见的黑气笼罩。这不是一般的火。

没有风，但是火势却蔓延得很快，一路顺着这条街烧了过来，烟气逼得人说不出话来。街上满是逃出来的百姓，拖家带口地乱成一团，哭叫连天。

“姑娘！咳咳，姑娘！求你放手好不好？”怔怔看着那火光半天，弱水耳边才听见那个茶客的哀求，已经被熏得连声咳嗽。她连忙放开手，赔笑。然而不等她道歉，那个茶客一得了空，立马飞一样地逃了。

“哎，这火分明有邪气——要是烨火在就看得出哪派捣鬼。”叹了口气，看不得满街的流离，又看着火势要蔓延到前面那家同仁堂，弱水转身便跑进了空无一人的茶馆里，拿过一个杯子沏了一盏普洱茶。

她端着茶盏默默念了几遍咒，手指点入茶水中，对着充满烟火气的大空连连轻弹。扑簌簌一声轻响，半空中忽然平白下起一场雨来。

“哎呀！”满街奔逃的人都顿住了脚步，仰头看着万里晴空，惊喜莫名。看着那些人的脸，弱水也不自禁地高兴起来，凭窗看着，一口喝了盏中的茶，准备含在嘴里喷出去，化出更大的雨。

“好高明的玉清化雨术。”陡然间，忽然听到有人在背后说话。弱水吓得一个激灵，茶水呛住了喉头，忍不住剧烈地咳嗽起来。

咳嗽的时候她转过身，警觉地看着背后出言的人。

那是一个青衣束发的年轻男子，眉目清朗，正在茶馆的中间位置上悠闲地喝着茶，头也不抬地缓缓道：“姑娘可是龙虎山张真人门下子弟？”

弱水有些震惊地看着这个人——方才进来的时候，她分明看过了，这个茶馆里空空荡荡的没有一个人！后来她一直在门边凭窗施展法术，根本不可能有人再进来。

唯一的可能就是：这个人从一开始就坐在那里，然而她看不见。

蓝衫少女忽然出了一身冷汗。

“阁下是何方仙友？”脱口询问过后，弱水发觉自己大约又犯了一个错误——有邪气——虽然只是丝丝缕缕——从这个青衣男子的眉目间流露出来。

然而，青衣男子没有回答她的话，却只是看着窗外下雨的晴空，微微冷笑：“姑娘的玉清化雨术虽然不错，可惜却用错了地方——”

弱水一惊回首，看向窗外，只见街上行人匆匆，慌乱恐惧反而更加猛烈起来。奇怪的是，不过是一窗之隔，虽然外面如此忙乱，然而喧嚣之声却一丝一毫都没有传到茶馆里！

弱水心里再度紧张——眼前这个人，居然已经在她不知不觉之中，在这个茶馆四周布下了结界，隔绝开了外界和这个空间的任何联系。

她扑到窗边，冒着浓烟探头急急看出去，不由自主地惊呼了一声——雨还在下着，但是那些雨落到了火上，火势不但没有变小，反而如同有油泼入，轰然大盛！

“对付幽冥真火，玉清化雨根本不管用。”背后的青衣男子扬眉，有些傲气地微笑了一下，“小姑娘，你道基虽然不错，可道行还浅着呢。”

“那么你快把这火弄灭啊！烧了那么多房子，都快要烧到同仁堂了！”看着对方气定神闲的样子，弱水气不过，大嚷，“你是学道的，怎么可以见死不救！”

“火是我放的，我为什么要救？”陡然间，放下茶盏，青衣人淡淡冷笑。

“你——你是谁？”再也忍不住，弱水瞬间转身死死盯着他问，手指用力抓住了窗框，因为紧张，手心都冒出了微微的冷汗。这个人，好奇怪的灵力，亦正亦邪，让人无从判断。

“你不是要找雪莲么？我这里有——”青衣人只是莫测地笑，从怀里拿出一个碧玉的匣子，打开，露出里面晶莹剔透的雪莲花来，“我正要去见萧忆情，我们正好可以一起去。”

“你、你究竟是谁？”不料对方竟然连自己在找雪莲的事情都了如指掌，弱水更加地惊惧。忽然间，她手指合并，迅速往前一划，想要破除他设下的无形的“界”，逃出茶馆外。

然而，蓝衣少女的手还未触及无形的屏障，凭空里仿佛有看不见的大力涌来，推得她身子一直往后跌去。弱水脱口“呀”了一声，勉力想定住脚，然而连连飞退中，突然间身子却止住了去势。

“我叫孤光。”抬手揽住被震退的少女，青衣人淡淡地说着，眉间邪气一闪而逝。

弱水的眼睛陡然一闪，再度脱口惊呼："孤光！孤光清辉，你是拜月教的——"

"拜月教的左护法。"青衣人接了下去，微微而笑。

白云苍狗

“你怎么来的？”

森森凤尾竹下，竹林精舍的门无声无息地开了。苗疆初夏和煦的风吹了进来，在软榻上咳嗽着的男子看向门口，眼神陡然凝聚。

“喏，我正碰到这个小姑娘，她带我来的。”门口的青衣人嘴角有一丝轻松的笑意，毫不在意地拎着蓝衣少女的衣领，将她扯到身前。

“你对她做了什么？”萧忆情看到弱水空荡荡的眼神，微微皱眉，“孤光，张真人是我请来的，他的子弟如若出了事我可推不了责任。”

“没什么，只是小小地摄了一下她的魂魄而已。”孤光撇撇嘴，拍拍手，将弱水放开，“她不肯说你住哪儿，我只好封了她的七窍六识，直接从她的脑海里读我想知道的了。”

“不是约了明晚在洱海边碰面么？跟你说过，事先没有安排妥当的话，不要随便来找我！你的身份是绝密的，不容半点泄漏。”看着眼前这个人，听雪楼主更深地皱起了眉头，咳嗽着，苍白修长的手指覆上了茶盏，淡淡问，“有没有人看见你过来？包括我外面那些子弟？凡是见过你的人，都必须彻底让他们闭嘴。”

孤光笑了起来，露出细白整齐的牙齿：“我的障眼法，对付你这样的武林高手或许不行，但是对付你那些不会术法的子弟……嘿嘿。”拜月教的左护法笑着，眼里的光芒像个小孩子，然而却有冷酷的光同时闪现，变幻莫测。

萧忆情计划对付拜月教，时间已经不短。在派出人马渡过澜沧、进入苗疆以前，他已经做过了方方面面的谋划和安排——眼前这个拜月教的左护法，便是他埋藏得最深的一颗棋子，不到万不得已，从不轻易动用。

“清辉一死，拜月教中灵力在你之上的便只有迦若一人。”沉吟着，萧忆情看着一边弱水空洞洞的眼睛，有些感慨，然而眼神却是警醒的，“他有没有发觉你来这里？”

孤光摇头，微微冷笑：“他这几天忙着给舒靖容治伤，耗神耗力心无旁骛，连教主要见他都不容易，哪里会顾得上别的。”

听雪楼主眼神一闪，仿佛想问什么，却又忍住，只是淡淡问：“你今天白日下灵鹫山来托了什么借口？”

“不用借口。”拜月教的左护法继续摇头，“我是下山来办事的——教主派我惩罚办事不力的镇南王侧妃，所以顺路过来看看你。”

“惩罚？”萧忆情微微一怔，点点头，“不错，我还以为有谁如此大胆，敢焚烧镇南王府——原来是你们拜月教所为。”

“镇南王本来一贯站在我们这边，但是你这次来滇南首先买通了正妃，让王爷举棋不定保持中立，放言出来说不理会江湖的争斗——教主认为是侧妃办事不力，大为震怒。”淡淡说着，孤光在听雪楼主对面径自坐了下来，自己倒了一杯茶，喝了一口，却忽然呛了出来，眉头打皱：“咳咳——什么东西？”

“那是药茶。”看着拜月教左护法的表情，听雪楼主陡然笑了起来，颇为愉悦，“是我喝的——味道不好吧？”

“嘀，那是人喝的么？”孤光连连呸了出来，苦着脸，“你这个人，活得确实不容易。”

萧忆情的脸色，陡然也是一静。

“不容易也要活。”淡淡地，听雪楼主拂袖站起，看着窗外，“谁都活得不容易。”

顿了顿，他转过头来，眼神闪烁，终于忍不住问了出来：“她如今怎样？”

“谁？”孤光显然一时间没有接上半天前说的那句话，怔了怔，看着听雪楼主的神色，才恍然回过神来，“你问她？靖姑娘应该没事了。不惜动用了圣湖的力量，迦若这一次很是耗费了心力，从没见他这样把一个人当一回事。”

说着，拜月教左护法眼中陡然有惋惜的神色，嘀咕：“可惜，他居然就这样白白地消耗自己的灵力……这样的灵力，该好好积蓄起来才是嘛！”

没有听对方后面喃喃自语了些什么，萧忆情的神色却是不由自主地为之一松，长长舒了一口气，眼中有如释重负的表情，低头拍着窗子的横楄挡，眼神冷锐下去：“好，既然阿靖没事了，我就没什么顾忌了！”

孤光百无聊赖地拿过几上的茶具把玩着，听得萧忆情这句话，有些诧异地抬头看他：“哦，原来这些天来你召回人马，一副偃旗息鼓的样子就是为了她呀？”

听雪楼主不置可否，手指下意识有一下没一下地点着窗栏，淡淡看着窗外。

“看不出啊你！”孤光忍不住笑了起来，转着手中的一只细瓷茶杯，眼神凝聚，茶杯里的茶水忽然间就奇异地微微沸腾起来，“不过也只是一个女子——居然让你们两个都如此？我倒真是想看看，那靖姑娘是如何的人。”

“那么，你就想法子去见她，把她带出拜月教，送下灵鹫山！”萧忆情手指敲击着凤尾竹的窗棂，蓦然道，眼神凌厉。

孤光却是笑了，眼里有懒散讥讽的光：“不会吧？我想迦若肯救靖姑娘，你肯退兵——应该是达成了某种契约才对。不要告诉我说，听雪楼主要过河拆桥了。”

“那又如何？”萧忆情的眼神冷厉，不带一丝表情，“我从来不自夸手段光明磊落，也从不认为自己是个好人——何况，我和他之间也没有立下誓约。”

“哦？”有些意外地，孤光抬头看他，“你一开始就想着要翻悔么？”

“那是因为他首先说了假话！”听雪楼主冷冷回答，手指往窗棂上一敲，轻轻一声脆响，凤尾竹寸寸断裂，“他答应归还我母亲的遗骸——可我知道那明明是不可能的。”

顿了顿，萧忆情转过头来，看着拜月教的左护法，眼睛里有遥远而冰冷的笑意：“孤光，你也知道，我母亲的白骨，沉在你们圣湖的底下。”

青衣束发的术士，脸上也闪过了敬畏的神色，默然点头：“是，那是不可能的。”

萧忆情眼里的神色，渐渐转为悲凉，冷冷笑了起来：“如果不是你跟我说起圣湖的力量和奥秘，我还不知道那个小湖对拜月教、对天地意味着什么——如果一旦湖水干涸，那些禁锢的怨灵就要挣脱束缚、逃逸入阳世是不是？”

“对。”孤光低下头去，神色慎重，“那景象极其可怕……连我想一想都觉得发冷。这种邪恶一旦失去控制，不但拜月教首当其冲受害，如果散入天地之间，便会引起天灾人祸，苗疆将会瘟疫遍地死人无数——这就是拜月教里最大的秘密。”

“所以，”萧忆情冷笑，眼神却是凌厉得如同刀锋，“根本不可能……迦若根本不可能把我母亲沉入湖底的遗骸还给我！因为圣湖力量不可抗拒——”

顿了顿，听雪楼主忽然叹了口气，闭了一下眼睛，然后又睁开了，眼里面有光亮闪动：“何况……我虽然不是什么好人，但是我也做不出这等引发天地失衡的事情。”

“哎，其实你是不是个好人，我这里倒是有个小法术能够试出来——”听到萧忆情最后那一句话，仿佛被震动了一下，孤光脸色里也有敬重的光芒，然而转瞬漫不经心地笑了起来，指尖弹出一粒奇怪的东西，“要不要试试？”

“算了，哪有心思做这些。”听雪楼主有些疲惫地摇头拒绝，重新回到了原来的话题上，“所以，我根本不打算和迦若讲和——我必须要灭了拜月教，不再让这个邪教有继续害人的机会！未必是为了什么正道……只是，我想让圣湖流满鲜血！”

那个瞬间，听雪楼主病弱淡然的眸子里，有着骇人的亮光，让青衣术士都暗自心中一凛——人中之龙。只怕犹如他以前暗自的占卜结果：只有这个病人，才能将迦若置于死地吧？要不然，自己也不会因为对力量的渴求，而背叛教派、暗自相助。

“人马我已经调回来停驻在灵鹫山下，等我一声令下便能全力攻入月宫……但是，你要替我保护好阿靖。”终于说出了这一次想动用这枚棋子的真意，听雪楼主的眼神凝重，“你要设法让阿靖脱出迦若的控制。”

孤光眼神也严肃起来，收敛了一贯的邪谑和漫不经心，放下了手中的茶杯：“我只能说我尽力而为——要知道迦若对她很上心，我怕带靖姑娘出来的机会难找。”

“孤光，你必须要做到！”听雪楼主蓦然回头，定定地盯着这个协作者，眼神冷厉，“如果你做不到，我们以前谈好的条件就全部作废。我自然会知会迦若，拜月教里有什么人一直觊觎他的灵力和地位。”

“他妈的，我最恨人家这么逼我！”陡然间，青衣术士仿佛也被逼到了忍无可忍，一拍桌子跳了起来，并指便往萧忆情颈中恶狠狠地划去——然而，听雪楼主只是微微抬手一挡，便是毫发不动。

“呵、呵呵……”孤光怔了一下，盯着自己的手指，颓然笑了起来，摇摇头，“我真是糊涂了——居然忘了，既然你母亲是先代侍月神女、华莲教主的亲妹妹，拜月教的术法对你来说又有什么用？”

“知道就好。”虽然对方无法伤到自己，然而看着方才那个瞬间，孤光眼中露出的冷酷神色，知道这个术士是如何的人，萧忆情心里依然是一紧，却只是淡漠地回答，“迦若比你聪明，他一开始就预料到了这一点，虽然驭使的是圣湖死灵的力量，但是对我用的法术，应该都是白帝那一派的。”

孤光叹了一口气，眼中的神色有些落寞：“是啊……他的命比我好多了。先能够师从白帝门下，后来又传承了华莲教主的全部力量——为什么我就要凭着自己的悟性和苦修，慢慢一年年地积攒力量？”

说到后来，青衣术士眉间的落寞已经转为激愤，眼神冰冷。

只有历代祭司才能驭使圣湖中死灵的力量，同时教主是能够消弭死灵反噬的人，祭司和教主，代代如同光和影一样相依并存。祭司实际上掌管了拜月教事务，而教主只是名义上神的代言人。例外的是上一代教主华莲，唯一集祭司和教主身份于一身——当年，迦若和明河联手反叛，迦若继承了她的力量，而明河靠着血统继承了教主的位置。两个人就这样，支配着这个拜月教，影响着苗疆直到如今。

然而，像他这样自幼就开始修道的人，却必须靠着自己的修行，一点一滴地积累自己的力量。这样，何年何月他才有上窥天道的能力？他要力量……他要得到力量！

听得出对方语气里的怨恨，萧忆情眼里也有隐秘的笑意：“你不必气不过——我们前面不是说得好好的了？如果你帮我到底，我灭了拜月教，杀了迦若，自然你也能得到你想要的东西。”

“我所要的，不过是力量而已……我想得到力量、能够俯仰于天地之间。我要足够的力量……”孤光的神色中，有几分执着，有几分孤狠。他喃喃自语良久，忽然微微笑了笑，露出一口细碎整齐的白牙，“所以，我想吃了他。我必须要吃了他，才能拿到他的力量。”

顿了顿，青衣术士终于无法抵挡那样的诱惑，忽然冲口道：“好！萧忆情，我答应你，我一定设法保护好舒靖容——你不用顾忌什么，就尽管放心地血洗月宫吧！”

“好。这才干脆。”听雪楼主眼眸中有淡淡的笑意，然而那笑意却是冰冷的，“但是，这一次，我们要立下血咒誓约。”

“我先走了——一切按计划。对了，这雪莲留给你，似乎那个小姑娘找得很辛苦。”撤掉了竹林精舍附近设下的结界，恢复这个空间与外部的联系，转身欲走的时候，孤光眼睛扫到了依然木木地呆在一边的弱水，笑了起来，问，“你准备把这个小丫头怎么办？”

“她看到了你——”萧忆情皱眉，微微踌躇了一下，道，“自然不能让她泄漏出去，不过她是张真人的子弟，也不好就这样杀了她灭口。让她昏睡几天，等我们攻下了月宫再说。”

孤光想起茶馆中蓝衫少女活泼明艳的笑容，忽然也是笑笑，对着萧忆情摇头：“算了，不必让她受苦，我有法子。”

不等萧忆情出言，青衣术士抬手轻点弱水的眉心，灵力透入，将她被封住的七窍打开。

“啊，楼主！这个家伙——”弱水一直空洞的眼神凝聚起来，然而眼神流转之中便是看到了茶馆里那个恐怖的青衣人，脱口惊呼。

“嘘——”孤光蓦地伸手捂住她的嘴，制止她的惊呼，却笑了起来，“小丫头，我变一个戏法给你玩，好不好？”

“唔，唔——”陡然又是无法说出话来，弱水万分不情愿地瞪着眼前的人，眼神却是倔犟而傲气的，一边急切地看着听雪楼主。然而奇怪的是萧楼主虽然在一边，却没有动手解救她的意思，只是淡淡说了一句：“孤光，别杀她。”

孤光点点头，看着弱水，眼里有笑意：“好，小丫头，你可要看好了呀！”

话音方落，忽然间他便是一弹指。弱水瞪大眼睛，只看见似乎有一粒青色的东西从他指尖弹出，拜月教的左护法闪电般捏住她的下颌，迫她开口。那奇异的东西无声无息地落入她嘴里，然而弱水都感觉不到有什么掉在口中。

“你看。变！”放开了惊惧不定的蓝衫少女，孤光笑着，手指忽然指向弱水的心口。

弱水下意识地低下头去，眼睛忽然因为惊讶而睁大——

那里，她的心口上，居然奇迹般地开出了一朵纯白色的奇葩来！

然后，她来不及惊呼，记忆忽然间仿佛被抽去一样，顿时一片模糊混乱。

“这是梦昙花……”花儿被孤光从心口摘下的刹那，弱水立刻昏迷倒地。孤光看着那朵花儿，对萧忆情淡淡道：“那花是用幻力在心中种下、汲取了记忆而开出的。一朵花，便需要消耗一日的记忆。”

青衣术士转过头，拈花而笑：“现在她醒了后，就不会记得看见过什么了。”

“很神的术法。”看着那朵花，听雪楼主不由微微点头。

孤光看着那朵花，又看看昏睡的蓝衣少女，忽然间叹了口气，脸色就有些复杂：“真是的……好久没看到人心里开出纯白色的梦昙花了——要知道，人的心地越无暇，开出的花就越洁白。这个丫头，唉——这个丫头，忽然让我觉得自己是个坏人啊。”

他顿了顿，看看听雪楼主，眼里有苦笑和自谑的意味：“换了你我，种下去开出来的，是不是灰色的花？”

“冥儿，你要吃东西。”已经是第几十次了，内室憧憧的灯火中，白衣祭司低下头，平静地劝说着面前坐着的女子，然而口气却是毫无火气的，“你就是绝食也死不了。我用凝神归元法护住了你的元神——你这样折腾自己的身子，那不是意气用事么？”

绯衣女子不看他，自顾自地垂目静坐，毫无反应。刚刚大病一场的人脸色是苍白的，清秀的眉目间掩不住的疲惫，然而嘴角却噙着淡淡的一丝冷笑。

迦若在她面前俯下身，看着她的眼睛，静静道：“我知道你现在是恨我的——你睁开眼睛知道自己被带到了这里，就是成了我的人质，是不是？”微微叹息一声，大祭司喃喃道：“冥儿，以你的脾气，如果成为别人的累赘，宁可自己去死吧？”

绯衣女子的眉梢轻轻一动，依旧没有抬眼看他，然而唇边的冷笑却消失了。

“所以，你一醒来我就封了你的任督二脉，免得你轻举妄动。”白衣祭司看着她苍白的脸色，眼里不知是什么样的表情，忽然抬手，替她将垂落额头的发丝拂开，“但是你要折磨自己，我却是没有办法——只能看着你这样了。”

虽然是垂目静坐，然而阿靖的脸色却是再也忍不住的起了变化——不是为了这个人依然如此了解自己，而是因为她眼角的余光里，看到了他修长手指上的那个玉石指环。

多少年的回忆按捺不住地翻涌而起，绯衣女子忽然用力咬住了唇角，蓦然抬起头，第一次直视迦若的眼睛，冷然：“放了我！要么，就让我死。”

阿靖眼里的光芒，陡然间让拜月教的大祭司下意识地闭了一下眼睛。

还是这样……还是这样。这样的眼神，和十年前的灵溪畔，第一次看见这个小女孩时一模一样——一样的戒备、冷漠和杀气。

仿佛中间的岁月都忽然被抽空了……他们不曾遇见过，中间的那一切过往，都是虚幻。

迦若忽然叹了口气，转开头去，不看她：“我们自然会放了你——等萧忆情如约撤出苗疆以后，你不会死。”

“如约撤出？”不自禁的，阿靖脱口重复了这四个字，眼神里渐渐泛起了不敢相信的目光，“你是说，楼主他答应……怎么可能？”

“就是这样。我想这还是他第一次接受胁迫吧。”有些感慨地，拜月教的大祭司微微苦笑起来，抬手抚摩着额环上的宝石，摇头，“你是对的，冥儿——你和他在一起，那的确算得上是人中龙凤……”

绯衣女子不再说话，忽然间再度看了迦若一眼，然而那样冷厉桀骜的眼神里，带着深切的恨意，难以掩饰：“啊……现在你占尽上风啊，青岚师兄！我本来还对他说，如果他杀了你，我非要为你报仇不可——”

顿了顿，看着白衣祭司眉间陡然凝聚起来的复杂神色，阿靖低下头，微微冷笑：“现在，是不是反而该我对你说，如果你杀了他，我非杀了你为他报仇不可？”

再度沉默，片刻间，白石砌成的房子里，静谧得听得见风拂动的声音。

“你说……这世上你死我活的恩怨，怎么就没个清？”忽然间，绯衣女子低笑，定定看着白衣祭司放在衣襟上的手——那修长苍白的手指上，玉石指环泛出柔光，似乎有些紧了，压着肌肤。阿靖的脸色，陡然有些空洞惘然。

“祭司大人，教主找你。”寂静中，石屋外，忽然传来子弟恭恭敬敬的禀告。

迦若没有动，淡淡道：“我现在忙。不去。”

“可教主说，祭司大人好几日没有去神庙祈祷，怕是月神会震怒——”子弟小心翼翼地传话，知道祭司性格的怪僻。

“滚。”根本没有听完他的话，房间里的人冷冷地说了一个字。

传话的子弟立刻膝行后退，不敢再待片刻——他知道如果敢再迟疑刹那，房间里喜怒无常的大祭司，可能便会取走他的性命！

“嗬，这么威风。”绯衣女子唇角再度露出讥讽的笑意，冷冷地看着昔年沉沙谷里的白衣少年——然而，岁月变迁，眼前已经是完全陌生的脸孔，那眼角眉梢的温和从容早已经消释得一干二净，如今，留下的只是莫测的邪异。

“我是他们的神。”冷冷地，白衣祭司笑了起来，“迦若是他们的神，他们不敢不听。”

笑的时候，他眼里有说不出的阴沉和冷厉，居然让阿靖心里莫名的一冷。

迦若不再说话，连日为人疗毒，已经消耗了他太多的灵力和精力。

“哦，进补的时间该到了！”手指微微掐算着什么，拜月教大祭司忽然站了起来，走向房间的角落，手按上窗台上的一个石刻莲花，陡然间，墙上有壁龛缓缓凸现出来。

那个壁龛很奇怪，虽然石雕精美无比，但是石拱不像一般那样是敞开，而是封了起来，上面用暗淡的颜色写着什么符咒，已经褪得差不多模糊不可辨。

大祭司没有碰那个被封住的壁龛，只是从壁龛前方的托台上，拿下了供奉在上面的一盆花木。

迦若……居然还在室内这个秘密的地方种花养草？

绯衣女子眼里有诧异的光，却只见白衣祭司的手蓦然抬起，从台上拿起一把长不过尺的利刃，刷地斩下了盆内一株花草，干脆利落之极；然后，将刀在绒布上擦了擦，放回原处；拍了一下石莲，让神龛回复原位。

阿靖看着他那一系列举动，眼神忽然有些变化——好奇怪的……青岚在房内种的这种植物，居然有着血红色的叶子，在斩断的根茎上，还渗出如缕不绝的鲜红汁液！

将那株斩下的草放到鼻端，拜月教大祭司闭上眼睛，轻轻一嗅，本来掩不住疲惫憔悴的脸色慢慢舒展开来；同时，那一株红色的植物仿佛忽然被烘干一样，枯萎了下去，褪尽血色。

“元菜！”想起昔日在白帝门下时，听师父说起过的种种传闻，绯衣女子睁大了眼睛，再也忍不住地低低脱口而出，“这是元菜！”

迦若仿佛享受什么似的，微微闭着眼睛，脸上神色很奇怪——似乎舒展，却又痛苦。

“是的，我种植的元菜。”闭着眼，微微仰着头，拜月教大祭司淡淡道。

阿靖的脸色变得苍白，忽然间说不出话来——

元菜，是凝聚了婴儿元神的植物。当法师选定了某个尚在母胎中的婴儿之后，就先种植元菜，每天画符焚化之后，以符水浇灌元菜，日日不休。如此，当婴儿瓜熟蒂落、分娩来到人世的时候，法师只要将元菜一刀割下，就能吸取最纯正、毫无世俗污染的元神。

当然，失去了魂魄，婴儿立即会猝死，连睁眼看看这个世间的机会都没有。

如此阴毒的术法，昔日在白帝门下说起时，青岚青羽都是满脸的愤怒。

绯衣女子的眼睛里，蓦然有彻底冰冷的光芒——变了，真的是什么都变了……就如同她一开始就没能再认出青岚完全陌生的脸。他目前的内心，也早已不再和以前相同了吧？她几乎已经不认得他了，无论从外表还是内心……迦若，或许已经不再是青岚。

这样邪恶阴毒的事情，是过去青岚所深恶痛绝的，而如今的迦若，却甘之如饴。

十年了……这样长的岁月里，世事如白云苍狗，他内心是不是已经畜养了一只恶魔般的野兽？以前的青岚，那个总是淡淡微笑、温和悲悯的青岚，早已经不复存在了吧？

“我要杀了你。”一字一顿的，绯衣女子缓缓吐出了一句话。

然而，听到那般慎重而杀气冷厉的话，拜月教的大祭司只是一怔，然后看着昔日的小师妹微笑起来：“是么？看来，师父的预言真的要实现了呀。”

听得他这一句话，阿靖身子一颤，眼神凝聚，里面是什么样复杂的光芒变化，外人看不出，然而她被封住穴道的手都有些微微发抖，咬着牙，不说话。许久，她才慢慢地说了一句：“最多我自刎偿你当年的救命之恩。但是，你再这样杀人为生，天也容不得。我宁可青岚死了，也不要看到你变成现在这样——人命是那么轻贱的么？”

“哦？”迦若陡然一笑，然而眼里却是冷冽的光，映着额头的宝石月魄，寒意逼人，“我听江湖上的人传言，靖姑娘为人冷漠无情，没有想到也会说这样的话？看来，是昔日白帝师父没有白教你吧。”

顿了顿，不等绯衣女子开口反驳，白衣祭司的笑意忽然一敛，缓缓反问：“但是，萧忆情虽然不用术法，可他杀的人只怕不比我少吧？你呢？冥儿你手上的血又有多少？哪个人敢说，他就是无罪的？”

阿靖手指一震，抬头看他——陡然间，发觉祭司眼里的神色与平日都不相同，那里面，居然有依稀相识的温和与悲悯。她忽然心头如受重击，说不出话来。

迦若的手指抬起，漠然地将那株失去了生气的元菜扔在地上。他的眼神，又回复到了淡然：“何况，如果此次听雪楼和拜月教战端一起，这死的人就不是几十几百……在那样泼天的血腥里，这一点血又算什么？”

“什么，迦若他不肯来？”

声音从神殿内传出，隐约有愤怒的意味。神殿外的台阶上，那个刚才去传话的教徒匍匐在台阶下，不敢做声，甚至不敢抬头看一眼那重重叠叠的帷幕后，曼妙不可方物的影子，额头只有冷汗涔涔而下。

“没用的东西，滚！”咬了咬牙，里面的人拂袖顿足而起。

“教主，何必同下人生这样大的气，又不是他的过失……”看着明河绝美的脸已经没有半点血色，旁边一直冷眼觑着的青衣术士终于上前，微微笑着劝了一句，然而眼里却是莫测的光，“迦若祭司力量旷古盖今，如今拜月教存亡全赖其一念——教主可要多担待些，不好轻易动怒得罪他呀。”

“他的力量？他那样大的力量还不是我给撑着的！”已经被祭司的举动激起了火气，听到旁边左护法的劝告，拜月教主愤然起身，甩手走下祭坛，几乎将手里的孔雀金长袍揉成一团，“没有我他什么都做不了，甚至一刻也活不了！他、他怎么敢这样对我……”

“是是……迦若大人是很过分，居然敢藐视教主的尊严。”看到教主盛怒的表情，孤光适时地低下了头，有些淡漠地微笑着，说了一句，

“祭司这次救了那个敌方的女子，虽说是作为人质——不过，看起来祭司似乎更想把她当做恋人呢……”

“胡说八道！”一拍白色大理石的供桌，明河再也忍不住地厉声喝止，“那个女子是人质！是他带回来的人质！迦若是为了拜月教的安全，才把她作为人质带回来的。”

然而，虽然这样斩钉截铁地说着，拜月教主的脸却是渐渐苍白下去——那样冷厉的声音，也掩饰不住她心中燃起的恐惧和虚浮。

那个绯衣女子不是人质……绝不是人质那么简单。她心里清楚，对于迦若而言，那个女子意味着什么。

不然，平日俯仰于天地、掌控日月星辰，对于一切都漠然冷酷的大祭司，又为何会宁可忤逆了月神、公然违背教主的意愿，也要连着四五天足不出户地在白石屋子里照顾大病初愈的她？十年来，她从未看过迦若如此。

——原来，这么多年来和“迦若”两个人光影般相互依存的日子，居然还是抵不过“青岚”和那个绯衣女子少年时在灵溪上的初次相遇？

明河闭起眼睛，勉力平定心神，不敢想这几日两人耳鬓厮磨，又是如何的情状。

看到了教主那样的眼神，知道明河心中泛起的是如何复杂的感觉，青衣术士再度低下头来，微笑着提议：“我不敢怀疑祭司大人的立场不稳——只是我还是觉得，那个女子关系本教安危，如果交由教主您亲自看管着，不是更妥当一点么？”

拜月教主的眼眸，微微一亮，然而垂下了头，却是沉吟：“虽然如此，但他必不肯答应。”

“您是拜月教的最高长者，即使是祭司也须听您吩咐吧？迦若大人如果藐视您的意愿，是该得到惩罚的。”孤光依旧是微笑，轻言细语的提示，眼神冷冷的，“何况，教主您手里有着封印他力量的权杖呢。”

明河的眼睛，陡然雪亮。

绝美的女子昂起了高傲的头颅，光洁的额头映着月神座前千百万的烛火，右颊下，那一弯金粉勾出的新月闪闪发亮——那是月魂。和月魄、月轮并称拜月教三宝之一的月魂，一直由历代的教主继承着，作为月神纯血之子的标志。

只有拥有这个标志的人，才能获得月神的庇佑，连圣湖怨灵的力量都退避三尺。

这个世间，也只有流着月神之血的她，才能够有力量化解迦若因为施术而产生的反噬和逆风——如果她一旦停止了对于祭司力量的化解，那么，那些被役使着的死灵就会撕扯开祭司的灵体，吞噬他的力量。

迦若，迦若……你不仅是敢藐视我作为教主的尊严，那还没有什么——在你面前，我从来不自恃教主的身份，但是，你却藐视了我作为一个女子的尊严！

不可原谅……绝对不可原谅。

所以，原谅我，这回要做一次违背你意愿的事情——我要将那个舒靖容从你身边带走。

“我想带你回沉沙谷看看……但是，萧忆情的人马云集在灵鹫山下，我不想引起乱子。”午后的斜阳，淡淡映照着绯衣和白衣，并肩坐在圣湖边上。迦若看着天空中悠然浮过的云，轻轻叹息了一声，眼神黯然，“我们再也回不去了。”

饕餮在不远处悠然地闭眼，晒着难得一见的日光。迦若忽然笑了起来，指着高天上两片相互飘近的白云：“冥儿，你看，你猜这两片云会不会会合到一起来？”

绯衣女子没有说话，然而不自觉地顺着他的手看过去，看到了绚丽蓝天上，那两片被风儿吹着漂浮过来的云——那的确是往一起会聚的两片云，从轨迹看，除非风和日丽的天空风云突变，否则很快就会飘到一起来的。

然而虽然没有听到她的回答，迦若却从她眼里看到了答案，只是微微地笑着，不知为何，眼眸里有落寞复杂的神色，摇摇头，叹息：“不，你猜错了。虽然看上去它们终能会聚，但是却永不能相遇……”

不等阿靖露出不信的神色，虽然天空风向没有一丝改变，但转眼间那两片云已经乍合又分，仿佛不曾相遇，毫无牵挂地各自往不同方向飘去。

“这是怎么回事？”静默已久的女子脱口而出，心里陡然有隐约恐惧的预感。

她转头看着迦若。白衣祭司仰望云天，不知为何，一直操控天地、呼风唤雨的他，眼里也有无力的疲惫。他忽然间闭上了眼睛，极轻极轻地说了一句：“因为你没有看出来，那是不同高度上的两片云——你在底下看上去它们重合了，事实上却永远不会相遇。”

阿靖看着他，忽然间说不出话来。不知道为什么，那个刹那，她心中陡然有深沉的疲惫和无力——仿佛自己回到了父亲死去的那一天，血泊里八岁的她，无助地抱着血薇离开父亲的坟墓，不知道前方的路是什么样。仿佛命运的风把她吹到哪里，就是哪里了……

青岚想说什么……他想对她说什么？

绯衣女子坐在圣湖边，转头静静地看着昔日的大师兄——真的已经变了，他的眉目，已经变得和十年前那个少年青岚完全不同，再也没有一丝相似，再也回不去了。

“你伤好了一些，也闷了这么久，我带你出来在月宫走走，透透气。”看着绯衣女子憔悴的神色，仿佛想说什么，终究没能说出来，白衣祭司叹息着，转开话题，抬手指着面前的水面，“你看到眼前这片湖了么？这里就是我们拜月教的圣湖。”

阿靖一震，抬眼看去。很小的一个湖，却深蓝泛着幽光，看不见底。

湖面上，虽然映着日光，却不知为何没有很强的光线反射而出，似乎大部分日光投注到水面后都被无形的力量吸走了。虽然水面上微风徐来，红莲如火般开遍，阿靖不自觉地激灵打了一个冷颤。

——好诡异……好诡异的感觉，仿佛有无数只眼睛，在冥冥中看着自己，诡秘怨毒。

萧忆情的母亲……就是沉在了这片湖水之下么？

也就是为了湖水之下的累累白骨，才会有今天的听雪楼进逼月宫，自己才会和青岚重逢吧？终归说起来，这片湖水就是一切的缘起……这里仿佛有说不出的邪异力量，似乎所有的人，都会归于这一片看不到底的碧蓝中。

“你看。”迦若短短说了一句，随手捡起一块石头，往湖中扔了过去。然而，仿佛空气中有什么看不到的力量阻碍着，石头的去势越来越缓慢，似乎被什么摩擦着，渐渐簌簌地化为细末，最终没有落到湖中就消失不见。

“天！”被那样诡异的景象惊住，连绯衣女子都忍不住脱口低声惊呼，“这是——”

“这是圣湖怨灵的力量，汇集了天地间的阴毒之气。”白衣祭司看着湖中，眼神冷漠，“拜月教的力量、我的力量，就是由此而来——很恶毒，是不是？但是没有办法，谁也没有办法处理好那些怨灵，只有靠着神庙压制住邪气而已。”

迦若俯身看着湖水，额环的光芒映在水面上，月魄的光陡然让平静的湖水泛起了微微的沸腾——水下似乎有看不见的东西受到了某种吸引，纷纷会聚过来。

“冥儿，你看。”迦若微笑着，招呼阿靖一起俯身看着水面，指点给她看水面深处的景象，“你看——”说着，他将手指点入水中，术法催动下，水面忽然微微沸腾。

仿佛感受到了祭司身上灵气的吸引，幽蓝色的水中，陡然泛起了无数个气泡。那些气泡从水底升起的时候很小，然而越浮近水面就越大，裹着苍白灰蒙的空气——阿靖在那些气泡里浮近水面的时候，却赫然看到了透明水泡里面，封闭着一张张死白死白的脸！

“啊？”阿靖下意识地抓紧了袖中的血薇，然而因为穴道被封却无力拔剑，只见那些怨灵用快得不可思议的速度，往祭司手指的方向涌动。水泡薄膜里面那一张张脸，僵硬而诡异，露出森森白牙，龇牙咧嘴地向着迦若手指一口咬下。

祭司迅速抬手，将手指抽离水面。哧的一声响，那些控制不住速度的怨灵随之跃出水面，然后忽然发出了一声痛苦的嘶喊，在日光下蓦地化为一阵白烟。

“白日里，它们只能化为红莲或者待在水下。”看着师妹发怔的脸，迦若淡淡解释了一下，指了指湖面上无数盛开的红莲，和风丽日下，那些莲花美得不可方物——有谁会想到，这样至美的事物，背后却是如何的阴毒龌龊？

“天……这地方留不得了。难道就没有什么法子消弭这些怨气么？”阿靖看着湖面上密密麻麻的红莲，眼睛里有冷冽的光，脱口问，“这些冤死的恶灵，还能渡往彼岸么？”

“几百年了，从来没有人敢这样想。”听到她这样的话，白衣祭司却是有些意外，然后笑了起来，看着阿靖，“冥儿，你——”

话没有说完，忽然间迦若的脸色就是一变，手指用力压住心口，仿佛有什么东西吞噬着那里一般，忍不住弯下腰去。

“你怎么了？”虽然一直流露出恨意，然而看到他这样，绯衣女子还是忍不住脱口问，眼眸中陡然流露出焦急，但是被封住穴道的身体不能动，她只好眼睁睁看着迦若脸上痛苦的神色越来越深。

“不对劲……忽然间，反噬力量转移不出去……”手指有些颤抖，捏了诀，勉力抵抗着那种噬心的痛苦，迦若的声音都断断续续，“方才那些、那些被灭的怨灵，死前瞬间的怨毒……全部转移不出去……积在心里……得快些回去。朱儿，朱儿！”

用尽了最后一丝力气，白衣祭司呼唤附近懒洋洋晒着太阳的雪白幻兽。然而不等幻兽闻声赶来伏下身，他眼前陡然便是一黑。

“青岚！青岚！”耳边最后听到那个绯衣女子这样焦急地呼唤，然而意识渐渐模糊的他，陡然脸上有一种苦笑的神色。

错了……我是迦若。

倾城之血

“舒靖容……是么？”白石砌就的屋子里，裹着孔雀金长袍的女子看着被左护法带来的绯衣女子，嘴里缓缓吐出一个名字，眼神闪烁了一下，不知道是什么样的表情泛过。

圣湖边上被封住穴道的女子，是被月宫里的左护法孤光领命带回祭司居住的石屋的。然而，一进入迦若起居的地方，却看见迎接她的是拜月教里那个最神秘的女子。虽然任督二脉被封，然而在看见明河的刹那，绯衣女子眼睛里瞬时也闪过了雪亮的光芒。

——有敌意。直觉上，她感到眼前这个绝美女子心里直逼而来的敌意。

天性中防卫的本能使她瞬间抬头，阿靖在放下来的肩舆上，不动声色地坐直了身子，冷冷地看着拜月教主，等着她先说话。

明河没有说话，从内室里走出来，侧过头，目光穿过左护法的肩头，也是定定看着眼前这个绯衣女子——那次治伤以后，她就没有再看过她。所以再度重逢的时候，她忍不住将这个给拜月教、给她自己人生带来惊涛骇浪的同龄女子，细细端详。

那便是迦若深心里一直映着的那个影子么？即使几度轮回，百劫沧桑，即使身体毁灭、心魂片碎，却也是每一枚碎片上都会映出的那个影子？

所谓的夙缘，便是如此么？

阿靖也是静静地看着颊边勾着一弯金色新月的女子，心里不知道想到了什么。她忽然极轻极轻地叹了一口气，终于先开口打破了沉默：

"青岚怎么样了？"

"青岚？"怔了怔，仿佛对于这个名字一时间没有反应过来，拜月教主顿了一下，忽然间有些嘲讽地掩嘴呵呵笑了起来，"青岚？你说的是迦若祭司吧？"

"不管是迦若还是青岚，我只问你他如今怎么样了？"绯衣女子眼睛清冷，说话依旧是以往那般的决断干脆，"他是不是中了你对他施行的什么咒术？以他的修为，除非是教主才能让他如此吧？"

明河止住笑声，然而唇角还是残留着一抹复杂的冷笑，定定看着听雪楼的女领主，忽然点点头："看来你还是不能真正恨他的——无论他是青岚还是迦若，无论你们是敌是友。即使你杀了他，但是也只能是因为立场不同，而不是因为你恨他。"

绝美的女子仰起头，定定地看着天空中已经浮现的新月，眼神里，不知道是什么样的神色，忽然长长地吐出一口气来，苦笑："我一直不知道，你们之间究竟有过什么样的往事，会这样深彻入骨地烙在一个人的灵魂里？我看不到迦若的心，他的力量太强。"

明河抬起手来，五指纤细修长，雪白如玉，那是从来未曾劳作过的手，指尖上套着水晶雕刻的护甲，尖细晶莹。拜月教主将手递给站在一边不出声的左护法，低低吩咐："试着把她的记忆读出来给我看，孤光。"

"是。"青衣术士躬身抬手，让教主将手轻轻放入自己手心，然后他另一只手，握住了肩舆上绯衣女子的手腕，冰冷而松缓。

阿靖微微蹙起眉头，抬眼看了一下这个方才将自己从圣湖边上带回的青衣术士。

"靖姑娘么？萧楼主托我设法带你下山去。"在圣湖边扶起她的时候，这个清秀然而却有些阴沉的青衣术士陡然用幻语，在她耳边轻轻叮嘱，然而嘴里却是冷漠地对着一起过来的月宫子弟吩咐："将这个女子带回祭司住所，教主吩咐的！"

"是，左护法。"旁边的拜月教教徒上前，将被封住任督二脉的她扶上肩舆。青岚用来封住她经络的手法是如此怪异，她这几天一直不停地暗中用内力冲破穴道却始终无法可想，如今只有暂时忍耐，安安静静地任别人摆布。

她听到青衣术士的低嘱，眼里有惊讶的光芒一闪而过。她知道对方位居拜月教左护法之尊，却不料萧忆情早已将其收罗至麾下——甚至在她来到滇南之前，听雪楼主交代了大小事务，唯独却没有将这一着深埋的棋子对她和盘托出。

“并非我派烨火监视你——迦若是你师兄这件事，我是通过另外途径得知的。”那一日，在她见他事事了如指掌，误会他派人监视自己在苗疆的行为，愤然而起时，听雪楼主微微咳嗽着，轻声对她解释。

——如今她终于明白，所有拜月教的内幕消息，可能都来自眼前这个埋藏得极深的内应。甚至，那一日在记川上截击右护法清辉，破坏拜月教的传灯大会，只怕也是眼前这个青衣术士透露消息的缘故。

绯衣女子暗自心下一惊一冷——那个人，究竟心里还藏了多少东西？

肩舆起来的时候，孤光有意无意地抬手扶了她一把。阿靖的眼睛迅速从他手腕上扫过。袖中露出一角的淡蓝方巾，系在术士伶仃的腕骨上——她认得那方手巾——那本是那个病弱之人片刻不离身的惯用旧物。

她不再多看孤光，眼神只是一扫而过，仿佛什么都没有看见一般漠然而坐。

然而此刻，在看着孤光的手冷冷覆上她手腕的时候，她还是忍不住看了他一眼，深藏着询问和戒备。

孤光没有看她，甚至不能再用幻语之术——在拜月教主面前，任何拜月教的术法都是枉然。青衣术士的手指迅速在她手腕上划过，阿靖感觉到他写了一个字“忍”。

她低下头去，不再看任何东西。

拜月教主的手和绯衣女子的手，分别放在孤光的左右手心，青衣术士微微阖上眼睛，嘴唇无声地翕动，仿佛念动什么咒语。拜月教主闭上眼睛，然而脸色忽然就有些改变——

她看见了……那样遥远的记忆里，她看见了碧水映出的影子，小小的，孤寂的。

碧水中映着一个小小的孩子。那个宛在水中央的女孩，抱着绯红色的剑，在灵溪中散落的白石上孤寂地站着。繁茂的溪流上，千朵野荷盛开。

然后，她终于看到了溪边榕树下静坐着的白衣少年——仿佛是在等人，等了很久，衣襟上已经落满了花叶。他的笑容是淡泊而温和的，那种包容一切的力量，让平静的笑容显得光芒四射——那、那是谁？是迦若？

不不不，怎么会是迦若……那只是青岚，只是青岚。

那个一去不再复返的青岚。

“你是谁？”一个声音冷冷地问。碧水中的影子开口说话的时候，空气中流动着冷冷的寒意，甚至连溪水边草丛里生机勃勃的鸟鸣虫吟，都蓦然停止了。白衣少年微笑着，站了起来：“我叫青岚。”

——明河忽然被什么刺痛了一下，闭合的眼睛忽然一颤。

便是这样的初遇么？这种蓦然刺痛心灵的感觉，是当日青岚第一次看见这个小孩时，同样出现过的吧？人生若只如初见。多少年了，在成为祭司的迦若的心里，这一缕微小而深切的刺痛，居然一直存在。

雪白修长的手，在术士手心中微微颤抖，然而术士手心中另外一只手却是冷定的，没有一丝不安——虽然那只同样修长的手上已经因为数道伤痕而失去了玉雕般的美感，然而却相应地获得了超常的定力，冷定如铁。

明河紧闭着眼睛，脸上却不停地泛起复杂的光芒——眼前浮现出无数昔日的幻影。

开满繁花的小径，一望可知，那些并不是天然的花草，而是用幻力催开。

小径上，抱着血薇剑的孩子自顾自地往前走，忽然头也不回地说了一句：“干吗把我的名字告诉那个家伙？我只告诉你一个人的啊！”

“我只告诉你一个人啊……”

听得那句话，白衣少年脸上露出了安静温和的笑容，毫无如今迦若祭司眉间冷厉邪异的神色，而只是一种来自隐忍、安详和恬静的力量，近乎宗教般纯洁而肃穆。

——那、那是青岚？

那便是青岚？她当初在苗寨里救起那个奄奄一息的白衣少年就交给了母亲华莲，当她再度看到他的时候，他已经是迦若，手中操控着邪异力量的迦若。她，从来无从得知青岚是如何的样子。

那便是他的昔日，那便是……他和她的初见？孤光只觉得手心微微一痛，明河的手不知为何痉挛了一下，水晶套甲划破他的手心。

陌上的繁花仿佛被风卷起，纷纷扬扬了漫天，五彩的花瓣映着日光，美丽得令人炫目。

“哎呀……”孩子脱口叫了出来，抱着剑看着满天飞花，然而转过头来，不知为何眼睛里忽然充盈了泪水，迟疑了一下，伸出冰冷的小手，“青岚……青岚哥哥。”

“青岚哥哥……青岚……哥哥……”

那个孩子用有些忧郁飘忽的眼睛看着，伸出冰冷的小手，抱住前面白衣少年的脖子，怯生生地唤。白衣的青岚眼神温和，俯身抱起绯衣小孩，将一个护身符小心翼翼地挂在她颈项上。

记忆中，一切都是平静安详的，仿佛清泉无声滑过山涧。

——然而，到了那一刻，铺天盖地的血忽然从四面八方汹涌而来，瞬间盖住了一切！

陡然间，读取着记忆的明河什么都看不见了……只有满目的血红、血红……那个少年，那个温和沉静的少年，去了哪里？去了哪里？

招魂，哀恸，绝望的恸哭，满手的血。

“我再也不要为任何人哭。”

有一个声音在记忆中响起来了，恍如惊雷一样地回响在苍穹里。应该是最深刻的自我暗示，那句话的力量是如此强大，让传递这句话意念过来的术士全身都微微一震。

那以后的记忆是封闭的，再也读不出来，再也看不见，仿佛有什么屏障隔开了这个绯衣女子的心，即使孤光居然也看不到半分——那又是什么样坚定的内心力量？

青岚……迦若……迦若祭司。

拜月教主的手放在左护法手心，眼睛紧闭，“看着”过往一幕幕的回忆，然而渐渐地，却有泪水从紧闭的眼角蓦然滑落。那样悲悯深沉的往事，不知不觉间湮没了她……就是这样的记忆？就是这样的记忆，存留在“迦若”的心里，始终无法抹去吧？

所以，白衣祭司如今才会这样地眷顾这个绯衣女子吧。

青岚……青岚。原来，这就是青岚的样子。

“够了……够了！”绝美的女子猛然惊醒，触电般将自己的手从术士手心抽出，苍白着脸，退了一步定定看着漠然的绯衣女子。她抱着自己的肩，在房中来回踱着，因为情绪的激动和难耐的嫉妒而全身微微颤抖。

孤光没有出声，只是看着教主。走了几步，明河顿住了脚步，看着绯衣女子冷冷笑了起来，仿佛忽然下了一个什么决心：“好，青岚……青岚，嘿嘿，我让你看看你的青岚！”拜月教主脸色苍白，眼睛里有猛烈的火光幽然燃烧，她指了指屋外，吩咐孤光：“你们先出去。”

“是。”孤光躬身，然而想了想，显得有些为难，看了旁边的阿靖一眼，“可迦若祭司还在反噬力的昏迷中，教主单独和她在一起的话，万一……”

“她被封住了筋脉，怕什么？”拜月教主眼神有些可怕，让左护法不由得不敢对视，低下头去，放开了握着阿靖手腕的手，讷讷称是，带领一众教中子弟退了出去。

门关上了，绯衣女子依旧低着头漠然看着地面，眼神却是不易觉察地变了一下。她瘫痪已久的手指，在衣袖下缓缓收拢——方才，在握着她的手，施术读出她昔年记忆的时候，孤光已经把手覆在她腕上，借机悄悄打通了她被迦若封住的筋脉！

“迦若祭司还在反噬力的昏迷中，如今让教主单独和她在一起的话……”

——孤光刚才退出前说的话，分明是暗示她目前是最佳的脱身时机吧？

阿靖的手，在袖中静静握上了血薇剑的剑柄。然而她眼睛还是漠然地看着地下，没有一丝表情，更不曾看到目前拜月教主是用怎样一种可怕然而又疯狂的眼神看着自己。

被封了数日，被打通的经络还是暂时有些凝滞。阿靖低着头，暗自调息，带动内力在经脉中缓缓推行，将各处大穴一一打通，手指却是收拢，握紧了袖中的血薇——她没有看见明河此时奇异的眼神，她只准备着一旦恢复了行动能力，立刻就拔剑而起！

然而，调息刚到一半，忽然一只手伸过来，抓住了她的手腕。抓得很用力，指甲上似乎套着尖利的护甲，划破了她手上的肌肤，刺痛让绯衣女子抬起了头，看了一眼眼前的拜月教主。然而，即使冷定如阿靖，都被对方眼里那样骇人的亮光慑了一下。

“说！你是不是回来找青岚的？说什么跟着听雪楼过来对付拜月教，其实你一定是回来找青岚的！”明河的手猛地抓住了阿靖的手腕，长长的水晶护甲刺破绯衣女子的肌肤，然而拜月教主绝美的脸上却是弥漫着可怕的表情，定定地看着听雪楼的女领主，颤声，“十年来，迦若好好地待在月宫，可你为什么还要回苗疆来？青岚……你的青岚已经死了！为什么你还要……还要回来找他！”

阿靖抬头看了她一眼，默默无语。她闭气调理着内息，不想因开口分神而让这一股流转于任督二脉的真气走岔——然而，听得拜月教主这样的话，看到这样的表情，她眼神蓦然闪烁了一下，低下头去，不再看她。

原来，是这样……十年来，青岚守护的是这个人么？

或许，因为眼前这个要守护的人，他才会做如今这样的事情吧……就像十年前为了保护她和青羽从苗寨生还，他可以舍弃性命一样；如今他一定也是为了守住目下所要守护的东西，才选择了如今的路……青岚做事，总是有他的理由的。

这个叫明河的拜月教主，应该很幸福吧？

他的守护，是她幼年时曾经拥有过，但是却随之永远失去的东西。

阿靖低头，许久，忽然间抬头，看着拜月教主微微笑了一笑——那样的笑容在她冷素的脸颊上盛开，让自恃容色超凡的明河都看得呆了一下。

在一呆的瞬间，绯红色的光芒忽然如同流星一般从阿靖的袖中流出，划破空气！

拜月教主脱口的惊呼还未发出，剑已经划破了她咽喉上的皮肤，切出一丝鲜红的血迹。她的惊叫停顿在喉里，然后迅疾如闪电的绯色袖剑也毫厘不差地凝住。

“带我下山。”阿靖的手探出，扣住明河的手腕，食指连弹，铮铮几声弹落了她指尖的水晶护甲，手指一动，扣住拜月教主手上大穴，将她刹那间制住，“不然，我就斩下你的头来！我不信拜月教还有什么术法可以让死人复活！”

明河的眼睛里是震惊的——这个沉默数日的绯衣女子，一直是漠然地低着头，还是第一次在她面前展现出真正凌厉的一面。

她还是小看了她……小看了这个能和萧忆情并肩战斗走到如今的女子。只是一刹那的不小心和不谨慎，就已经让自己落入了这般境地。

血魔的女儿、听雪楼的女领主，这个带着血薇剑的女子是这般传奇的人物。

原来，传言非虚。

“那朵蔷薇，命运的纺锤……时来运转，三族会聚。然而冥星照命，凡与其轨道交错者，必当陨落！”——占星女史的预言，忽然间又响起在拜月教主的耳边。

明河忽然间还是冷笑了起来。咽喉上架着剑，她只是一笑，锋利的剑刃摩擦她颈部雪白的肌肤，流下殷红的血来。然而拜月教主似乎毫不介意，她目光瞬间亮了，盯住在一边的阿靖，冷笑：“要杀我？你知不知道杀了我，迦若也活不了？他目前就在神殿，因为被恶灵反噬而昏迷——如果没了我，他就别想再醒来了！”

拜月教主斜觑着绯衣女子，颊上那一弯金粉勾的月儿都闪着冷嘲的光芒，轻声挑衅：“你杀啊……你有本事就真的杀了我，然后等着给迦若收尸吧。”

架在她脖子上的绯红色袖剑，蓦然不易察觉地微微一震。

看到阿靖没有下手，明河非但没有如释重负的表情，反而仿佛猜中了什么似的，冷笑起来：“你是回来找青岚的！是不是？青岚……呵呵，你的青岚——”

一时间，仿佛自恃对方不会真的下手杀自己，拜月教主肆无忌惮地大笑起来，眼神是说不出的嘲讽冷锐，她的手指反过来，忽然握住了阿靖扣住自己手腕的手。以为对方要反击，阿靖想也不想，闪电般出手，下意识地点向她的尺关穴，然而刚一接触，就发觉拜月教主的手上毫无力道，完全是没有武功的模样。

阿靖只是微微一怔，不明白这样柔弱的女子为何忽然做出如此疯狂的举动，刹那间明河的手指已经握住了她的手，用力拉紧，死死不放手。拜月教主定定地看着她，眼睛里忽然闪出奇异的亮光，大笑起来：“好，我带你去！带你去看你的青岚！过来，我让你看！”

那一刹那，仿佛感觉到了对方眼里极度妖异的力量，绯衣女子陡然有些莫名的心惊，茫茫然之间居然被她拉动了几步，走到墙角。

明河停下脚步，手抬起，落在一个石雕垂莲上，按动机关。

——阿靖蓦然想起来了，是那个神龛……那个用元菜供奉着的神龛！迦若在他的房内，只怕还埋藏着什么极大的秘密吧？

果然，轻轻一声响，墙上缓缓凸现出了那个神龛。神龛上的石雕精美无比，但是石拱不像一般那样是敞开、显出里面供奉的东西，相反却是用砖石封了起来，上面用暗淡的颜色写着什么符咒，已经褪得差不多模糊不可辨。

阿靖一眼看过去，只看到开头几个暗红色模糊的字——

“当神已无能为力。”

不知为何心头大震，阿靖手指忽然剧烈抖了一下，血薇剑在明河颈上拖出一道血痕。她看着那个神龛，眼前忽然有些模糊——血红色……血红色！仿佛记忆里有什么东西苏醒了，漫天的血色弥漫了过来，浸没了一切。

“青岚！我知道你是回来找青岚的！看，你的青岚在这里！”

明河看到绯衣女子恍惚的眼神，冷锐地笑了起来，更加毫无顾忌地从剑锋下走了出去，冲到那个封闭的神龛前，忽然从供台上抓起那把切割元菜的刀，狠狠一刀刀刺入封闭神龛的砖石上！一下，又一下，仿佛疯了一样，拜月教主用刀撬着砌好的砖，眼神雪亮。

阿靖想上去重新拉住疯狂的她，然而，不知道是不是幻觉，在刀子刺入封闭的、写满符咒的神龛时，她看见有暗红色的血，从砖石中汹涌而出，蜘蛛般蔓延爬行开来！

当神已无能为力……那是谁写上去的？那是什么咒语？

阿靖的眼前，忽然笼罩住了一层血色——那年十三岁从苗寨生还以后，每次噩梦里都要出现漫天漫地的血红色！滔天的血汹涌而来……青岚，青岚……十三岁的孩子在血泊中抱着血薇剑，悲哀而无力地喊着这个名字。

“啪”的一声，最后一块砖也松动了，掉落到地上，奇异的血还从壁龛中不停地流出来，渐渐蔓延了整个地面，向着阿靖站立的地方逼过来。

“青岚！你的青岚！你看……”拜月教主停住了手，喘息着，回头看着惊呆在一边的绯衣女子，眼神是激动而雪亮的，带着嘲讽冷笑，侧开身子，让阿靖的眼光投入到墙上那个不过两尺高的小小神龛里。

奇异的殷红的血，不停地从那个被撬开口的神龛里涌出，无穷无尽，汩汩在地面上逼近她。冷定之极的阿靖，忽然间竟然颤抖得拿不住剑，目光直直地看着那个黑洞洞的神龛，仿佛那里面有什么极为强大的力量，吸引住了她的视线。

忽然间，仿佛不可思议般的，绯衣女子从胸腔里发出了一声惊呼，疯了一般地抢身过去，一把推开站在神龛前的拜月教主，双手伸入洞口，十指颤抖着，捧起了一件东西。

那奇怪的血还在不停蔓延，已经没过了她的脚背。阿靖却丝毫不觉，只是定定地看着手中的事物，眼神空空荡荡，全身如同风中的叶子一样发抖，说不出一句话来。

“你看到了？青岚已经死了……你的青岚已经死了！”看到对方这般，明河却似乎忘了趁机脱身，舒展和欢跃第一次压抑不住地升腾在她眉目间，拜月教主吐了一口气似的，嘲讽般地笑了起来，“所以，迦若，是拜月教的迦若！他是拜月教的祭司——你回来也没有用，迦若不是青岚了！这世上，没有青岚了！”

那奇异的血也湮没过来，然而奇怪的是拜月教主雪白的丝履上，却毫不沾染血腥。

——对于拜月教的教主，月神的纯血之子，拜月教任何术法都无法产生效力。

一把将那东西抱入怀里，绯衣女子眼神空空荡荡，仿佛刹那间魂魄被抽空了，血薇剑从她手里垂落到地上，剑尖沾染着血污。向来冷漠孤高的听雪楼女领主低下头，看着满地血污，喃喃道："怎么……怎么会是这样？怎么会是这样！"

血从壁龛上、从她袖上不停涌出，仿佛无穷无尽。

刹那间，阿靖居然完全忘了此时身处何方，面临着如何的境况和危急，也忘了要脱离、要抓住眼前这个人质——她只是紧紧抱着那样东西，喃喃自语着，"铮"的一声轻响，血薇剑竟从她手指间松脱，掉入满是血污的地上。她眼神空茫。

剑掉到地上的刹那，明河眼神亮了，她飞奔向石屋的门，一把推开来，大声呼喊："来人！快来人！"

从祭司住所的白石屋中退出，以教主要单独清静一会儿为由，青衣术士不动声色地调开了石屋附近拜月教的子弟。只可笑明河那样的女子，拥有这般的掌控力，身上流着纯正的月神之血，却也毕竟是个女子，会被人心内某种感情遮蔽住眼睛……

这十年来，他冷眼旁观着一切，不用灵力和幻术都能看出教主对于大祭司的情愫。这一点，也成为他深心里早已打算好的用来牵制分化两人的最后手段。想不到如今牛刀小试，果然派上了大用场——早知道，或许不必借助萧忆情的手也能消灭迦若！

孤光微微冷笑起来，摇了摇头，屈指计算着时间，想来靖姑娘身上血脉应该不时即可打通，当时他只推不在即可避开。而迦若祭司身受反噬，一时间也未必能恢复过来。

——在他的计划中，这次靖姑娘逃脱下山，应该不是什么难事吧？

一边想着，拜月教的左护法微微低头笑了起来，苍白阴郁的脸上有一种说不出的复杂神色——他这样的人，只怕心中开出来的梦昙花，该是灰黑暗淡的吧？

"呵呵……"低头走着，回到自己居住的房中，孤光忍不住轻轻笑出了声，摇了摇头。

然后，他走入房内，吩咐子弟们自己要开始冥想静坐，不可打扰，便一关门将自己和外面的月宫隔绝了开来。青衣术士拿起案上的剪刀，从雪白的云版纸上剪下一角，写下一行字。写完等墨迹稍干，折叠成了一只纸鹤，手指沾着茶水在上面迅速画了几个符号，默念一句，指尖一弹，只听扑簌簌一声响，那只纸鹤蓦然活了起来，展开双翅从天窗上飞出。

孤光点头叹息，然而眼神却是有些复杂地明灭着，看着窗外月宫的景色。此时已是夕阳西下的时分——那是他自小就熟悉的一切，圣湖、神殿、红莲、山岚、白石砌就的房子……一切都沐浴在淡淡的血红色夕照内。

“红莲烈焰，焚尽三界。”看着如血的夕阳，青衣术士喃喃念了一句，不知是哪一卷上的语句，脸上蓦然闪过令人心惊的冷笑，那笑容竟如同来自地狱的闪电般耀眼。

他的教派，他信仰的神，他的子弟门人……所有眼前这一切，在明日清晨来临之前，就要被烈焰燃尽了吧？

“靖已脱身，迦若遇反噬，旦夕难复。机如瞬电，君其善用之。”

想着那只飞入云霄的纸鹤翅上带着的那一行字，青衣术士脸上慢慢浮出了冷漠的笑意。

为了获得力量，他什么都可以背弃，什么都可以漠视——然而，不知道为什么，偏偏那一朵雪白色的梦昙花，却一再地浮现在眼前，让他感觉到一丝丝的不自在。

孤光听到外面的动乱声音，却是在将近半个时辰以后——远远晚于他的意料。

“护法！护法！教主……教主说，那个听雪楼的人逃了……让你、让你去……”门外，有报信的子弟赶来，匍匐着，断断续续地喘息着禀告，“教主已经避入了神庙，祭司……祭司也在那里养伤……所以请您……”

青衣术士没有说话，只是蹙眉——终于是如所想的顺利逃脱了。可到底是出了什么意外耽误了？那个绯衣女子应该不会是那种白白浪费时机的人吧？这半个时辰都拖在那里干吗了？难道她和明河之间，还会叙旧话家常么？

孤光皱着眉头想着，却不得要领，外面的子弟还在不停地喘息着催促。青衣术士冷冷一笑，想也不想地抬起手将刚写过字的笔拿起，手指一弹，笔尖一颗墨珠飞越出去，轻轻地“啪”的一声正打中门外那个子弟的眉心。黑气迅速蔓延到了整张脸，那个年轻子弟连一句话也说不出，立刻委顿伏地。

“我没听见——我没听见教主的命令。”门内，青衣术士继续在石床上盘膝静坐冥想，神色冷漠淡定，唇角隐约有一丝冷笑，看也不看门外那个悄然化为一摊黑水、渗入泥土消失的生命。

此刻，他只要积蓄力量，以迎接今晚月夜下的最后一场焚天之战！

“拦住她！拦住她！”

月宫内已经涌起了一阵混乱。灵鹫山上，那些当值的拜月教子弟们听得同伴相互提醒的大呼，纷纷拔剑。雪亮的剑光映照着夕阳，一片璀璨冷厉。

然而那道绯红色的影子如同风一般掠过来，手中的剑流出一道道光芒，划破空气，也划破所有挡住她的东西——无论是人，还是剑。所到之处，无不披靡。绯衣女子一手持剑，另一手却抱着一个黑色的匣子，目光非常奇特——既是空茫，却又是坚定。

她没有向着山下逃去，反而回身只是向着月神殿一路杀去！

还没有杀到圣湖边，整个月宫已经被惊动。那些拜月教的子弟纷纷拔剑夺门而出，拦截这位居然敢直闯月神殿、对月神不敬的女子。那些子弟的武功无甚可观，有些甚至只怕没有接受过正式的剑术训练，然而——那些教徒眼里却有因对神祇信仰而产生的狂热，竟然丝毫不畏绯衣女子手中如削腐土的长剑，依然各个奋不顾身地拔剑阻挡在她面前！

“让开！让开！”阿靖挥剑，一次次斩落，嘴里却只是下意识地反复喃喃低喝，“让我见他……让我去见他！”

血在她眼前溅起来，一蓬一蓬，阻挡住她的视线。绯衣女子的脚步往月神殿一刻不停地冲去，杀出一条血路。然而越来越多的教徒挡在那条神道上，密集着簇拥住了她，每个人眼里都闪着光，手里的刀剑密密麻麻，砍向这个竟然敢亵渎月神威严的敌方女子。

不知道已经杀了多少人，然而眼前的人墙仿佛依然无止境。

她的手感觉到了剑柄上流下来的人血的温暖，看到那些教徒们无畏殉道般的眼神，阿靖的心里蓦然一震——拜月教，拜月教！到底，宗教有什么样强大的力量，让那些人都能为之生死不顾？

“让开！”她的剑刺入一个年轻拜月教徒的胸口，避开了心脏，却是从肺部刺入一剑斜削，破骨而出。那个教徒惨叫着被血薇剑上的力道带着飞出，撞倒了后面好几位同伴，立刻前方空出了一丈的路。阿靖不等那些教徒再补上这个空位，立刻飞身掠过去，一路扬剑削断了刺向她身上的刀剑。

忽然间，有把长刀斜斜地削向她左手抱着的那个黑匣子——原来是一位教徒看得清楚，猜想着这个紧紧抱着的东西对于绯衣女子来说必然要紧，才试探般地忽然出刀攻去。

血薇剑刚刚扫开一片兵刃，还未从别人的身体内拔出，然而那把长刀已经削到。

抱着一个黑匣子已经让左侧的防卫力大大下降，然而在这样救护不及的关头，绯衣女子居然不肯弃匣腾出手反击，只是想也不想地微微转过肩头，就生生用手臂受了那一刀！

血在绯衣上飞溅开来。看到敌手第一次见血受伤，拜月教子弟里发出了一声欢呼，围攻得更加如同暴风骤雨般急切。

长刀深深斫入阿靖的左臂，应该是伤到了筋络。她手指忽然感觉无力，几乎抱不住手里的匣子。匣子失手坠落，绯衣女子顾不上周围砍杀过来的兵刃，握剑的右手闪电般伸出，重新在匣子落地前接住它，然而肩背上已然连续中了数剑。

一个踉跄，阿靖被背后那几剑的力量冲击着，往前冲出几步，膝盖几乎抵住地面。绝境中，绯衣女子的眼睛，陡然冷凝收敛，雪亮得如同有闪电掠过。

在万兵丛中，她长剑一圈，将所有人暂时逼退开三尺，却忽然顿住了手。

拜月教徒只见那个绯衣女子蓦然提起了奇异的绯红色剑，尾指点在剑柄上，食指指住绯红色剑脊，眼神冷厉，血流了她半身，染得绯衣更加鲜红夺目。那个瞬间，仿佛被女子身上陡然腾起的杀戮之气镇住，三千拜月教子弟，竟然鸦雀无声。

“挡我者——死！”

陡然间，她眼神里透出了冷厉的光，冷叱，看着眼前密密麻麻挡在神庙和她之间的拜月教子弟。看着对方依旧毫无动摇，仿佛是念剑诀一般，二十八个字从阿靖嘴里轻轻吐出：

海天龙战血玄黄，披发长歌览大荒。

易水萧萧人去也，一天明月白如霜！

剑光忽然如同蛟龙般在人群中腾空而起！伴随着的，是蓦然而起的哀嚎和血光。

骖龙四式！被那些不屈不挠、杀不尽的拜月教子弟们激起了杀气，绯衣女子瞳孔收缩，杀戮之心一起再无顾忌，一上手就用了最为毒厉的招式，力求要在四式之内，就杀出一条血路奔入神庙。

“沧·海·龙·战……”

四个字念完的时候，她已经血战前行了三丈，三丈之内，血流满地。

血魔的女儿。站在神庙的祭台上，看着底下密密麻麻的人群中血战的女子，看着她那样的杀气和剑光，握着孔雀金长袍下摆的绝美女子眼神震惊——难道……难道这就是这个绯衣女子的真面目——那是来自地狱的血修罗！

明河忽然感到了有些敬畏——这个叫做舒靖容的女子，虽然不是术法中人，可她拥有的力量，竟几可与迦若祭司分庭抗礼！没有人能够拦得住她么？孤光为什么还不来？难道是派去传令的那个子弟，半途上被这个绯衣女子截杀了么？

拜月教主站在祭坛上，身后是匆匆赶来的占星女史冰陵。银白色长发的冰陵，在看见底下圣湖边上那一袭绯红色的血衣时，持着金杖的手陡然剧烈地抖了一下，失声惊呼出来——“是她！就是她……那朵蔷薇，命运的纺锤……”

“不，即使是杀了她，我也要扭转命运的轨迹！”拜月教主的眼神是阴郁而坚定的，冷漠毫不容情，看着底下再次陷入重围的阿靖，“她没法子活着杀到神殿。”

“教主，你要以杀止杀，要用那么多子弟的血，来湮没她的脚步么？”看到底下四溅的鲜血，冰陵纤细的手指也微微颤抖，向来足不出户的女史从来没有见到过如此惨烈的杀戮，目不忍视，忽然低下头，掐着指尖，叹息了一声，“晚了……不可能的，教主，命运的轨道已经开始交错了。”

银白色长发的占星者，忽然将手中的金杖高高举起，闭眼对着天心——那里，夕阳已经沉下了山头，淡蓝色的天宇里，已经有淡淡的弯月影子浮现。

“血与火，已经要湮没明月了。”

脸色惨淡，冰陵吐出了一句预言。

拜月教主还来不及问女史这句话的含义，然而底下已经有山门那边的当值子弟跑了上来，跌跌撞撞地匍匐在神殿台阶上，血从重伤的人嘴里疯了一样地涌出来：“教主……听、听雪楼……已经到了宫门外……”

拜月教主大惊回首，看着灵鹫山的山道上——那里已经腾起了漫漫风尘。

“怎么……怎么来得这么巧？”第一个想起的便是大祭司，明河刹那间意识到由于自己的原因而让那个人昏迷在神殿里，她脸色苍白，看着底下逃脱而且杀向神殿的绯衣女子，喃喃自语，忽然间颤声厉问：“孤光呢！孤光他去了哪里？”

哀号声和杀戮声，从宫门那边不绝于耳地传来，不但是冰陵，连拜月教主都听得颤抖。

血与火，已经要湮没明月？

三千子弟眼里，却都毫无畏惧，只是团团围住了月神殿，带着血战到底的坚决——即使听雪楼要强攻入月宫，必须也要灭了所有人，踩着血泊进来！

玉石俱焚……明河转过头，看着神殿内昏暗的烛火，想起那个因为反噬依然在痛苦的昏迷中的人——忽然间，悔恨就吞噬了她的心脏。

如果……如果这时候那个人能在的话……如果不是她这般愚蠢，拜月教，如今也未必会到这般境地吧？

“易·水·人·去……”念到第三句的时候，血薇剑仿佛疯了一样，妖异的剑光如同砍瓜切菜一样掠入那些子弟中，带起一道道血光，飞溅上她的脸。

骖龙四式。那只有她在第一次和萧忆情交手的时候，才使全了的剑术！那样凌厉无匹的杀招，她如今将心一横，竟然对着这些武功不过三流的拜月教子弟出手——那，已经不是杀敌，而是接近屠戮了吧？

阿靖抱着那只黑匣子，眼里是冷厉残酷的，毫不容情——她现在什么都不想，都不在乎！她只想杀了所有挡在她面前的人，冲到那个神庙里，冲到那个人面前，问他一句话。

必须要问那一句话。

她的剑再度扬起的时候，忽然间凭空仿佛出现了看不见的屏障！是一重重的软罗，透明的罗网，将她的血薇剑丝丝缕缕地绊住，不让那一剑刺下。

阿靖心中大震——好强的灵力！

感觉到有什么东西迅速迫近，绯衣女子闪电般收剑，最后荡开了刺向她的兵刃，闭眼，只是凭着感觉到的空气中压迫力最强的方向，一剑刺出——

骖龙四式的最后一式。

“好一招明月如霜！”她的剑果然丝毫不差地刺中了某个人，然而，忽然间仿佛有什么无形的力量滞住了血薇。阿靖只觉得刺中了以后，再也难以深入半分。耳边，却听到了一个声音，断断续续地微笑着，说出了那一招的名字。那只有白帝门下才知道的骖龙四式。

阿靖蓦然抬起头来，看到眼前从神庙里一掠而下，止住她杀戮的那个人。眼前英俊的男子白袍如雪，漆黑的长发不曾束起，一直垂落到腰际，等到他缓缓低头看过来的时候，有宝石的光辉在他发间闪动。

迦若。

应该是刚刚从反噬的昏迷中苏醒，他仿佛还是有些衰弱，却依然是笑着的，看着半身是血的绯衣女子，眼神是赞赏而怜惜的，轻叹：“冥儿，你武功真是大进了……”

她的眼睛，片刻间是空茫的，然而那种空茫里却有极度的冷厉和绝望。

阿靖的手，不自禁地抱紧了怀中的黑匣子。她觉得全身都在发抖，有一种莫名然而可怕的寒冷从她骨子里渗透出来，浸没了她。她终于长剑一挥，将祭司逼开三尺，问出了那一句话——

“你是谁？你、你——你究竟是什么东西？”

红莲赤炎

祭司的眼睛瞬间凝定，看见了绯衣女子受伤的左手抱着的那只黑匣子——那一瞬间，迦若的手竟然不受控制地微微发抖，一直冷郁漠然的眼里闪过电一般的亮光。他在教徒的簇拥中，下意识地倒退了一步，定定地看着。

“你是谁？你究竟是谁？”他退了一步，阿靖却是紧跟着踏上一步，继续逼问，然而声音却也是颤抖着的。她手中的血薇剑直逼他心口，绯红色的剑身上幻化出清光万千，映着祭司苍白的脸。

“冥儿……”迦若抬起手，并指挡在剑尖前，眼神也是出乎意料地有些乱了。他声音里蓦然有一丝掩饰不住的哀痛之意，“你说我是谁？”

阿靖看着他抬起的手——右手中指上，那只偏小的玉石指环勒紧手指——那是她当年雕琢的第一件饰物，在青岚送她护身符时作为交换送给了师兄。

他的手指上戴着她送的玉石指环，他叫着她本来没有任何外人知道的名字，他念过那首白帝门下不传之秘的剑诀，他拥有朱儿那样的幻兽……

他是谁？他是谁？他是……青岚？

“不要叫我冥儿！不要叫！”绯衣女子陡然间眼睛里腾起了疯狂和混乱，她厉声叱喝，右手瞬间划出一道弧形，逼得白衣祭司再次退开三尺。阿靖的手渐渐发抖，眼睛一瞬不瞬地看着眼前的迦若，眼睛里由于哀痛忽然间深不见底：“你不是青岚！青岚已经死了！已经死了！”

她颤抖着手，猛地回手打开手中的黑色匣子——那个方才血战中，她不惜用血肉护卫而不让旁人伤到半分的神秘黑匣。她的手上流着血，血从指尖一滴滴落下，重伤的左臂无法准确地完成这个动作，蓦然，那个匣子失手从她怀里落下！

那个瞬间，不知道为何，连迦若都仿佛遇到雷击，下意识地往后退开，然而眼睛却盯着那个落下、打开、翻落的匣子，宝石额环下的眼睛里复杂地变幻着。

“啪！”匣子落在地上，里面的东西掉落了出来，微微翻覆了一下，停在地上。

那是一颗头颅，不过十五六岁的少年的头颅。

不知道是用了什么法子，眉目居然仿佛如生前一般，温文而沉静，带着悲悯从容的神色。然而，从那整齐的切口来看，这颗头颅被人一刀斫下，时日已经很久了。

头颅从匣子里滚落出来，在地上保持着阖起眼睛淡淡微笑的表情。

迦若忽然间说不出话来，看着地上孤零零的一颗人头，他的手颤抖得越发厉害，忽然间回过手，压在自己的眉心上，仿佛极力控制着什么，颤声问：“你、你怎么找到的？谁告诉你的——谁告诉你的？”

听到拜月教祭司这样的询问，阿靖身子蓦然颤了一下。忽然间，她冷笑起来，越笑越肆无忌惮：“原来我一直被当傻子骗？居然相信你是青岚……明明你的脸和青岚完全不一样，明明幻兽在主人死后可以再次选择宿主，明明知道你是敌方的人可以不择手段……我居然一开始就毫不怀疑地认为你真的是青岚！”

在绯衣女子的笑声里，迦若的脸色苍白如死。

少年的头颅在阿靖的怀里安静地对着他微笑，漆黑的头发，一绺一绺，挽在阿靖浸透了鲜血的手臂上——少年青岚的脸，却是如此安详空明的，仿佛所有一切愿望都得到了实现，再无任何牵念。

青岚……青岚，什么又是你的愿望？

如今你眉间的笑容那样的淡定，是因为终于再度见到了那个人，守住了终将相逢的星宿么？

高台上的拜月教主看到了神庙里蓦然掠出的一袭白衣——那是昏睡的祭司终于提前醒转，明河还没有从喜悦中回过神，已经看到了底下圣湖边上迦若和阿靖对峙的一幕——明河的眼睛里，忽然掠过说不出的悲伤和暗喜。

终于……到了揭开一切的时候了！

那个倔犟不服输的绯衣女子，号称武林中翱翔九天的凤凰，今日终于知道她所要的东西，早已经永远地失去了吧？她的青岚……早就已经不存在了！

迦若，只是迦若，拜月教的大祭司，和她——无论是舒靖容，还是青冥，都已经没有任何关系。甚至，因为立场的不同，他们两人已经是誓不两立、你死我活的敌手。

如今听雪楼已经攻到了山下，迦若这一番和这个女子真正决裂、撇清了关系，自然可以再度将她抓回作为人质，及时地逼萧忆情退兵。

自己实在是太意气用事了……居然因为一时按捺不住，就打开神龛，给那个自以为倔犟高傲的女子，看了迦若的秘密，差一点……差一点就坏了大事呢。幸亏月神保佑，祭司提前醒来，事情才有了转机——这样一来，不但拜月教依然可以抓回这个举足轻重的人质，她也终于放下了心头的大石，将那个女子深心里对于迦若的眷恋，彻彻底底地抹去。

明河微笑着，然而眼里却是有些不确定的——不知道为什么，她总是觉得有什么地方一直不对……那是她从来没有意料过的，超出她思考过的问题范围的东西。

“快将圣湖边上围劫舒靖容的人手，都调到宫门口那边去！这里有大祭司在，她逃不了的。”看到山下的动乱和尘土已经慢慢逼近宫门，暗淡的天宇下，新月照耀着祭坛，拜月教主开始吩咐，“对了，去看看，为什么孤光护法还不出现？是不是方才我的命令他没有接到？让他赶快带着子弟们，去宫门口拦截听雪楼人马！这边，只要大祭司擒下了舒靖容，我们就能消弭这场兵灾了。”

“是。”坛主领命，匆匆退下去，消失在密密麻麻的人海里。

圣湖边上，三千拜月教的子弟一见到祭司，脸上立刻升起了敬慕的神色，纷纷低头、退开，渐渐将包围放大，让祭司和绯衣女子单独站在空地里——那样的情景，居然和十年前的那岩山寨里一模一样。

只是，人质和保护者之间，角色已经和当日完全不同了。

“真是可笑啊……”阿靖微微闭了一下眼睛，似乎强自压抑下了什么，然而苦笑却是忍不住地从她唇角溢出，“我还一度下了决心，绝对不让白帝师父的预言成真——即使青岚杀我，我也不会杀他！”

她睁开眼，狠厉地盯着眼前白衣披发的拜月教祭司，看着他苍白的脸色和深蓝色的眼睛，冷笑起来："果然好算计！这样一来，顶着青岚的名号，我就无法对你下手了。"

不知道为何，自从那个匣子落地后，眉间一直纠缠着苦痛神色的白衣祭司陡然微笑了起来，神色舒展开来，反问了一句："你，当真想过宁可自己死也不会杀青岚么？——那么，他在九泉之下也会不安的。"

绯衣女子的手指一震，低头看着怀里那个十年前熟悉的脸，她手指上的血流在头颅苍白的肌肤上，触目惊心。阿靖的声音陡然间有了痛苦的颤抖——

"没有用……原来，我怎么样挣扎、思虑、取舍，都是没有用的！"她的声音发抖，带着一丝不甘心、一种凄厉，"早就已经是注定……那个预言十年前就已经开始实现了！两年前，我杀了青羽——在那个时候，预言就已经完全成真了！"

"是的。"听到绯衣女子那样的话，迦若蓦然间叹息，漆黑的发丝垂下，掩住他的眼睛，黑发底下，祭司的目光却是看不见的，只听得他叹息，"你说的都没错。青岚在十年前，便已经死在了苗寨里了。你们突围后他没能跟上来——因为，他已经死了。"

"那么，你究竟是怎么知道所有过往一切的？"阿靖的眼神再度凝聚起来，针一样直刺眼前的白衣祭司，声音里有难以掩饰的愤怒，"你、你……你用了什么方法？居然能知道得这么详细，这样一丝不漏！你究竟是谁？"

"呵呵……"低着头，迦若忽然再也忍不住地轻轻笑了起来。他缓缓摇头，仿佛不知道该说什么好一般，只是笑了两声，却不说话。

"你杀了他？是不是！"阿靖眼神里面蓦然有火焰燃烧，咬着牙，一字一字地问。

"我不但杀了他，我还……吃了他。"迦若瞬间抬起头来，深蓝色的眼眸里面带着妖异的笑意，看着眼前半身是血的绯衣女子，也是一字一字地回答，"我吃了青岚，得到了他的力量——也顺带着继承了他所有的记忆。"

"什么？"阿靖的手猛地一哆嗦，抬头冷厉地看着眼前的白衣祭司，眸子烈烈燃烧起来——那是多年来深心里埋藏着的回忆，在一旦完全破碎之后变成的红莲烈火，几乎可以焚烧天地三界所有一切！

"拿命来！"

绯红色的剑光冲天而起，划开暗淡的天幕，仿佛有淡漠的血色从天际泼下来。

迦若仿佛预料到对方蓦然间施展出的凌厉杀手，这时陡然足尖加力，退开三尺，然而血薇剑上吞吐的剑气还是划破了他肩头的衣服。

在重重剑影里，白衣祭司的身手快如鬼魅。虽然提前苏醒，但反噬的影响还没有彻底褪去，他的脸色有些衰弱苍白，然而对比起孤身杀入重围、血战前行到此处已身负重伤的绯衣女子，他却算是完全占了上风。

然而阿靖的眼睛里有鬼神都要惊骇的亮光。她咬着牙，左手抱着青岚的头颅，一任血流淌了半身，右手的血薇剑却是招招抢攻，迅疾凌厉，有如闪电纵横。她此时施展出的剑术，竟然因为杀气而到达了毕生的巅峰。

“铮。”在血薇剑再度疾刺咽喉的刹那，迦若在急退之间抬手，右手食中二指并起，在刻不容缓之时挡住了剑——毫厘不差的，剑尖刺在了他中指的指环上，发出小小的清脆的声音。然后，碎玉片片崩裂。

“啊？”陡然间，阿靖却不知为何怔了怔，手中的剑微微一滞。

那个瞬间，那个小小的破裂的声音，似乎一直响到了她内心最深处去——绯衣女子冷漠清傲的眸子里，再也控制不住地流露出深切的哀痛。忽然间，不知道多少的回忆汹涌而来，压得她再也不能够思考和行动。

就在这一瞬间，看到了剑幕中出现的空当儿，迦若立时抬手，闪电般地探出去，直点向阿靖的眉心，手指的尖端因为灵力的蕴集而在暗淡的暮色里闪出淡淡的蓝光。

“你不是问我是什么东西？”抢身过去，毫不留情地点向阿靖眉心的死穴，白衣祭司的目光冷漠迷离，口气冷淡，“我可以告诉你——我不是青岚。”

阿靖在失神的刹那后回过神来，看着逼近的对手，手腕急转，长剑挥出弧形的光幕，挡住隔空点过来的手指。然而，仿佛半空中有什么看不见的力量刺来，忽然间她手中的长剑就是剧烈地一震，几乎脱手。

“其实，我什么也不是。”力量交错的那一瞬间，迦若的口气忽然变得有些哀痛。他深蓝色的眼睛里闪过一丝光亮，然而手上却丝毫不缓，在震开血薇剑之后，继续点向绯衣女子的左肩，“我什么也不是……”

白衣祭司的那一指迅疾如电，如羚羊挂角，无迹可寻。

右手的剑被震开，来不及回护，要反手封住对方的进攻，就必须腾出左手来——然而，危急的刹那，阿靖却抱着死去的人的头颅，紧紧地，不肯松开手来。

她不愿再松手……虽然，失去的，已经永不再回来。

迦若的手指点中她左肩的肩井穴，刹那间将女子的身形定住。阿靖左臂上的血浸透了衣服，殷红的血顺着他的手指流下来，染上雪白的长袍。祭司低下头来看着她熊熊燃烧的眼眸，忽然间有些复杂地笑了一下，不知道是什么样的表情。

“青岚已经死了。”他额环下的眼睛冷漠如冰雪，看着阿靖，蓦然抬起手来，指着自己的心口，垂下眼睛，“——在这里死了！”

“我什么也不是。”迦若的手指，轻轻勾起绯衣女子颈间戴着的那个檀木护身符，低下头，极轻极轻地，再次重复了一句。他的眼睛在额环下闪烁着清冷的光芒，带着微微的茫然和悲凉，安详从容，“不生不死不人不鬼。”

“你——”然而，阿靖的视线和他交错，却在刹那间如遇雷击，脱口惊呼。

不不不，那……那分明是青岚的眼神！绝对不会错……虽然过了那么多年，那样的眼神，她从未在别人眼中看见过，只有青岚，只有青岚。

她忽然明白了自己当时为什么将眼前这个人认定为青岚——就是因为这样的眼神。

虽然已经是完全陌生的脸，然而这个白衣祭司却有着青岚一样的眼睛。在看到那样神色的时候，她就完全相信自己是和青岚重逢在苗疆，他们十年前失散的地方。然而……没有想到，那却只是光和影的相遇，只是虚幻的重逢而已！

“因为你没有看出来，那是不同高度上的两片云——你在底下看上去它们重合了，事实上却永远不会相遇。”那样的一句话，忽然间就响起在耳畔……

当时白衣祭司话里的深意，原来就是如此。

凝视了她片刻，忽然间，青岚的眼神从祭司眼里消失了。迦若不再说话，一把将被定住身形的绯衣女子交给了身侧围上来跪拜的拜月教子弟：“好好看着她！不能再让她逃脱了！让教主亲自来守着这个听雪楼的人……”

顿了顿，迦若的眼睛投向宫门，那里，已经有刀兵相交的冷锐声音传来，伴着很多濒死的痛呼和哀号声——听雪楼……听雪楼已经来了吧？

血与火，必将湮没明月！这一次的大战以后，整个月宫、甚至整个苗疆都要变成修罗场吧？萧忆情是夹带着复仇的怒火而来的，发誓要让拜月教彻底在苗疆消失；而拜月教的子弟们，虽然武功低微，大部分人也不懂术法，却各个都是殉道者般的无畏于死亡。

这一次，难道真的要尸横遍野、血流成河么？

冰陵预言过的，甚至上一代占星女史预言过的拜月教的“大劫”，就真的要覆顶而来？

青岚……青岚，如今，你已经看到了她，守住了那终将会相逢的星宿——接下来，就来帮我实现我的愿望吧。

灵鹫山。月宫。朱雀宫门口。

“护法……护法大人，您终于来了。我们、我们已经……守不住……”宫门口的子弟看到了那一袭掠过的青衫，带头的坛主终于松了一口气，血污满身地扑过去跪在孤光的脚下，断断续续地禀告，然而说到半句，声音便渐渐消散，身子一扑，在满地的血污尘土中死去。

青衣术士将平日里穿的舒袍缓带衣衫换下，穿了一身窄袖束腰的劲装，那一柄从来不轻易带出屋外的灭魂剑背在他肩后，整个人充满了杀气。

“护法……护法大人来了……”欢呼声低低地在那些尚自苦战的拜月教子弟中迅速传播开来，那些已经无力再支持下去的子弟擦着额头流下来的血和汗，眼睛里闪出光芒来。

拜月教以教义立足苗疆，虽然教义深入人心、教徒无数，但是却多为普通百姓，平日只知膜拜供奉月神，每当月圆之夜彻夜静心忏悔所有罪孽，不但不会术法、甚至连练习武功的子弟都鲜见。然而此刻，云集在月宫前的，却是渡过澜沧江的听雪楼人马——那曾纵横中原武林、扫并一切帮派的执武林牛耳者！

宫门口的尸体已经堆到了半人多高，大半是拜月教的年轻子弟。然而，以那些堆叠起来的尸体为屏障，剩下的子弟们还在拼尽了全力守卫宫门，完全是凭了殉道者般的狂热，生死不顾，和一轮一轮有秩序冲上来的听雪楼人马拼杀！

血肉的屏障已经越堆越高，守卫宫门的子弟也渐渐少了下去。青衣术士站在血泊中，看着门外再次涌上的听雪楼人马，忽然间挥手，下令：“都退开，让我来。”

“是。”听到护法的指令，子弟们长长舒了一口气，当先几名子弟登时纷纷退开，让出一条路来——孤光护法的灵力，在教中仅在迦若祭司之下，如今他一旦出手，朱雀宫的压力将会减轻一半吧。

“大家将这个护身符带上，这是我专门在月神前祈祷而来的。”一边走过去，孤光一边将手中的一袋玄黄色灵符散发出去，吩咐子弟们带上御敌。

青衣术士站在洞开的月宫朱雀门前，在新月初升的暗淡天宇下，看着层层如铁桶般包围了月宫的听雪楼人马，眼睛里忽然有隐秘的笑意——这泼天之血，就尽情地洒下来吧！把这明月，把这月宫、这灵鹫山、这所有上下三界，全部一起湮没吧！

——他无所谓，只要能得到力量！

“铮。”一声轻响，灭魂剑从孤光背后跃出，在空中几个流转，跳入他手里。青衣术士站在堆满了子弟尸体的宫门口，冷淡地微笑着，回剑——然而不是杀向底下围攻上来的听雪楼人马，而是忽然一挥手，将左右同守大门的两名拜月教副坛主一举制住！

周围子弟骇极，然而却瞬间发现自己连惊叫都惊叫不出来——仿佛被什么术法定住了身形。他们各个如同木雕泥塑一般立在原地，无法移动分毫。

玄黄色的灵符。

那道由护法发下来的“护身符”定定地贴在了他们的身上，定住了所有人。

“拜月教左护法孤光，特来迎接听雪楼主入宫。”长剑挥出，划了一个优美的弧线，将层层堆叠的尸体推开，剑尖上带着子弟们飞溅的血，轻轻下垂点地。青衣术士微微躬身，在洞开的宫门口微笑着轻轻开口，看着山道上。

仿佛接到了什么命令，山道上听雪楼的人马已经停下了手，无数激战中的人却居然不发出一丝声响，无声地分左右如潮水般退开，让出一条路来。

路的尽头，一顶软轿由四位青衣童子抬着，从山道上悄无声息地走上来。

“咦？”这边忽然情势大变，听雪楼人马也是蓦地一怔，当先抢攻的几人停下手来。然而看到倒戈的人，一个穿着湖蓝衫子的少女陡然间皱起了眉头，脱口低低惊呼了一声。

孤光没有留意说话的是谁，只是看着山道上远处的一顶轿子。然而听雪楼当先抢攻的湖蓝衫子少女却怔怔地盯着他看，看了许久，终于忍不住跳了出来，走到尸体堆积如山的山门旁，提剑护着自己，微微仰起头看着青衣术士，终于，开口问：“是你？”

“哦？”孤光怔了一下，一直到蓝衫少女走到面前才看见她，忽然间，忍不住的笑意就溢出了术士冷漠阴郁的唇角——呵，原来是她。

那朵雪白的梦昙花。

“你说我是谁？”孤光蓦地笑起来，低头看着那个走到面前来打量着他的蓝衫少女，用一种他自己都想不到的语气反问。真是奇怪……怎么说这个女孩都不该再认得他，那朵梦昙花，已经汲取了她心里关于那一日的所有记忆。

弱水果然被他问住了，一时间居然怔了一下答不上来。背后的同伴看到她贸贸然地走出去，到那个敌友未分的人面前，都替她捏了一把汗，低叱着让她小心。然而蓝衣少女提剑防备着，却依然有些纳闷地看着孤光，忽然冲口道：“我认得你。”

孤光猛然一怔，但是不等他反问，弱水又摇了摇头，眼神里有些迷惑：“但是，但是……我又是什么时候认得你的？”想着想着，蓝衫少女自己都有些迷糊起来，最后，听了同伴的劝告，她有些无奈地往后退，一边用剑护住自己，看着孤光，最后说了一句断语：“我记得你似乎还不算是坏人……”

“啊？”青衣术士脱口惊诧了一下，脸上有受宠若惊的神色，忍不住就要大笑出声——一个内心能开出纯白色梦昙花的人，居然说他这样的人还不是坏人？果然是……

然而，不等他笑声落地，山道上那一顶软轿已经到了宫门外，四位俊秀的青衣童子放下轿，让白色软轿落在血污狼藉的地面上。

周围听雪楼所有人的眼睛蓦然升起了敬慕之意，低下头去，齐齐单膝跪地：“拜见楼主！”

孤光也是不自禁地吸了一口气，看着那顶泼天血腥中一尘不染的软轿，再回头看看宫门，眼神中忽然有冰冷的笑意——终于到了，终于到了这一天！

传说中，由三代以前占星女史预言的拜月教“灭天之劫”，今日就要实现了吧？

“萧楼主，一切都进行得很好——我方才是从青龙宫那边过来的，已经同样收拾了负隅顽抗的子弟。”青衣术士微笑着，眼神冰冷邪异，躬身对着软轿里的人禀告，“——这些人已经无力抵抗，楼主也不用多费力了。那边碧落红尘两位护法已经顺利地夺了青龙宫门，正等待着楼主一声令下，就全力攻入神庙。”

然而，轿子里的人却迟迟没有出声，也没有下令下属从毫不设防、洞开的朱雀宫门涌入。

连青衣术士的眼睛都有些疑惑起来，孤光刚要开口问，萧忆情的声音却蓦然从软轿里传来，带着一贯的病弱，然而语调里面却是有极大的疑虑：“先不能攻入！孤光，你说阿靖已经被你放下山，可为什么直到如今我还没有她的消息？”

孤光的神色蓦然一变，脱口低呼：“什么？她没下山？”

“灵鹫山下都是我的人，无论把守哪一个路口的子弟，都没有见到她下山！”修长秀气的手指从轿中探出，掠开帘子，萧忆情抬头看着青衣术士，眼神顾虑重重，“你说她已经逃脱，可是她人呢？”

“可我已经解开了她的穴道，调开了人手——而且分明已经听到靖姑娘逃脱的消息了。没有道理……没有道理她目前没下山！”青衣术士眉目间都是重重的疑虑，忽然间抬起头，不敢置信地脱口，“难道、难道是她自己不想逃？”

萧忆情的脸色蓦然一滞，清冷的眼底不知道掠过什么样的神色——阿靖自己不想逃？她、她宁可留在月宫？难道……又是为了“那个人”？

没办法找到其他的理由——但是这个念头一起，就仿佛利刃划过他的心底。

“无法确定靖姑娘从拜月教控制下逃脱的话，我不想轻易动兵。”那一刻的恍惚，在听雪楼主的意识里却仿佛过了千劫，然而对着等待下一步指令的下属，他终于颓然坐回轿中，放下了帘子，淡淡吩咐，声音里有掩不住的疲惫，“我不想拿她的命来冒险。”

孤光怔了怔，看着洞开的大门和被自己定住身形的拜月教子弟，忽地冷笑起来："萧楼主，事到如今已经是箭在弦上，不得不发！听雪楼陈兵灵鹫山下，我作为内应已经暴露了身份——你却要临时住手？"

"你没有确认阿靖脱险的消息，就传话给我，导致如今的局面，不能怨我。"轿帘背后，萧忆情的语音萧瑟。然而，仿佛感觉到了青衣术士身上迅速升腾起来的杀气和怒意，听雪楼主顿了顿，淡然却冷酷，"而且，谁说你已经暴露了身份？死人是不会泄密的。"

听到这样的提醒，孤光的眼睛骤然冰冷下去，眼角的余光扫过那些被他定住身形的拜月教子弟，手指缓缓握紧灭魂剑。

只有死人是不会泄密的。

他的手忽然提起，灭魂剑平扫而过，泥塑木雕般站在他左右的两位拜月教副坛主的头颅冲天而起！青衣术士眼里没有一丝温度，将那些看见了这一幕的子弟斩杀于剑下。

"当！"第三剑刺出，忽然间，却有人拔剑反击！

孤光微微一惊，不知道还有拜月教子弟居然没有被他定住身形，然而眼睛扫去，看见的却是那一袭蓝衣——想也不想，弱水拔剑格挡，拦下了他。

灵力修为上远远不如拜月教的左护法，只是接了那一剑，蓝衣少女已经连退几步，脸色苍白，但是看着手持灭魂剑的孤光，此刻身为听雪楼一方之人的弱水，却竟然冒了大不韪，对着那顶软轿单膝下跪："楼主，这些人已经束手就擒，毫无反抗之力——属下以为，将他们压下看管即可啊，一定要斩尽杀绝么？"

"咳咳。"轿中人显然被这个平日显得有些天真活泼的少女，忽然间这般郑重的出言震了一下，微微咳嗽，然而似乎有些沉吟，许久不答话——孤光的身份，那是绝对不可泄漏的，阿靖安危未明，只怕还要借助这位伏兵的力量。如果这样冒险，万一……

"张真人门下，不是为了诛灭苗疆邪教而来的么？"萧忆情的声音传出，些微的诧异。

弱水眉头蹙了一下，回首指指那群泥塑木雕一样的拜月教子弟："可那些人都是普通人，并不会妖术啊！若是为了攻入月宫，拼杀中死了也罢了，但是他们如今已经不能反抗了还要杀，那么不就是——"

"谁耐烦这样——杀完了事。生死代代流转不息，不过草木枯荣而已。"青衣术士眉间泛起了不耐烦的神色，看着圣湖那边越来越大的动乱，知道时间不能拖下去，否则只怕迟早被人发现异常，手一扬，剑光中，人头纷纷滚落。

弱水还在单膝下跪，等着萧忆情的命令，转头看到身后一幕，气急，回身抢过去，一剑格开，却被反震得手中剑几乎脱手。她眼睛狠狠地瞪着他，黑白分明的眸子里满是不可置信的惊诧和失落："你……你这个恶人！"

被这句话一骂，孤光莫名地怔了怔，手上的剑就缓了缓，看到弱水瞪着他的眼神，青衣术士蓦然间叹了口气，停住手："我从来就不是什么好人，小姑娘。"他指向自己心口，苦笑："我心里那朵花，是灰黑色的。"

弱水还没有明白这个人说的花是怎么回事，却听见孤光忽然转过身，对着软轿里的人请命："萧楼主，其实也不必非杀人才能灭口——用梦昙花可好？"

轿帘微微一动，然后，听雪楼主声音有些诧异，却是淡淡地问："也好。可这样一来，对那么多人施法，可要损耗左护法灵力了。"

"不妨事。"孤光将灭魂剑收起，看着瞪着他的蓝衫女子，叹了口气，回答。

萧忆情似乎有些惊讶于孤光的转口，但是依然颔首赞同："那也好，快些解决，不要被拜月教人察觉。"

弱水不明白他们在说什么，只是同听雪楼纪律严明的属下一般，屏声静气地在一边听着——她只明白了一件事：楼主和这个青衣人，不杀那些子弟了。

她笑了起来，正准备对他说什么，却看见孤光的手指蓦然弹出，凭空里，仿佛有一粒粒青色的种子般的东西弹出，落在那些被定住身形的拜月教子弟身上，然后，看到在暮色中奇迹般地绽放在人心口上的各色花朵，弱水再也忍不住地脱口惊叫——

"哎呀，那、那是什么花？"

孤光一连施法，将汲取人记忆的幻力结成的花种入子弟们的心里，微微感到灵力消耗，却回头，对着那个蓝衣少女一笑，回答："那是梦昙花。"

话音未落，青衣术士侧耳听着空气里的什么声音，脸色忽然一变，低叱："你们退开——我感觉得到有拜月教的人往这边来了！快做出被我暂退的样子来……"

“退十丈！”软轿中，一个指令毫不犹豫地从楼主唇中吐出。

令出如山，听雪楼所有人马，站上了朱雀宫台阶的，立时纷纷后退。孤光看了那些刚被梦昙花汲取了心里此日的记忆，而一时间依旧呆滞的拜月教子弟，反手重新抽出灭魂剑，挡在宫门口，一人一剑，对着听雪楼大军。

来的人，竟然是一直守在神庙的玄武坛坛主。

“听雪楼的人住手！大祭司有话相托，叫萧忆情出来听！”黑衣的玄武坛主，看到宫门口半人多高的尸体时，还没有抢近，已经忍不住大呼，托着一件物事奔过来。

看着过来的人，青衣术士手指再度握紧，眉间有杀气闪现——来一个杀一个，决不能让这边的情况漏了半分出去！

然而，灭魂剑正准备挥出，孤光眼睛忽然凝滞了，看着玄武坛主手中的东西。

听得“大祭司”三个字，软轿里的人终于再也坐不住，撩开了帘子，长身而起。然而，萧忆情没有问迦若要说的是什么话，眼神也已经大变，看着奔到朱雀宫门口的坛主，和他手里捧着的东西——

一柄绯红色的剑，在暮色中流转出清光万千，仿佛临风绽放的蔷薇。

萧忆情脸色苍白。血薇剑！

孤光暗自起的杀心终于强自按捺住，回首看了一眼听雪楼主。

“大祭司说了，听雪楼如果要强行攻入，月沉宫倾之时，便是剑折人亡之日！”显然是受了嘱托，要凭着信物来阻止这边的屠戮，玄武坛主跑得不停地喘息，神色肃穆地在宫门口停住，将血薇剑举过头顶，一字一字传话，“到时，萧楼主若要找血薇剑的主人，便只能问圣湖下的累累白骨了。”

萧忆情看着那柄阿靖片刻不离身的绯色袖剑，冷漠的眸子里陡然有火焰幽暗燃烧。

“迦若呢？他为什么不过来？”他手指暗自握紧，指节泛白，然而声音却是冷定的，问。

玄武坛主喘息微定，看着朱雀宫门前听雪楼黑压压的人马，也不禁暗自惊心，然而一想起祭司大人，唇角就有了镇定的笑意：“祭司大人在青龙宫击败了碧落红尘护法，重新夺回了青龙宫，关闭了宫门。”

碧落红尘？

萧忆情手指更加握紧，脸色微微一冷：碧落红尘联手，都被迦若击败，这位大祭司的术法，又到了何等可怕的境地？如今阿靖落在他手上……岂不是……

“他待如何？”楼主忽然间反而松开了手指，冷笑。

玄武坛主依旧保持着那个双手举起血薇剑的姿势，显然迦若也交代过他对于那把剑不可轻辱，所以毕恭毕敬地捧着，低眉垂目，一字一字回答：“请楼主于明夜子时，一人一刀，赴灵鹫山最高顶与祭司大人相见！”

茫茫彼荒

“禀教主——听雪楼人马已经撤回灵鹫山下。”朱雀宫方向来的传讯子弟气喘吁吁，匍匐在神殿的大理石台阶下禀告，血汗纵横的脸上有掩不住的喜悦。

然而，一直站在祭坛上，惴惴不安向着宫门方向眺望的女子，眼底却蓦然闪过复杂的光芒。摆摆手让子弟退下，明河笑了笑，转头看着一边同样惊诧的占星女史冰陵：“你看，居然这么简单！只要我们手里还有舒靖容，听雪楼力量再强也不敢逾越分毫。”

顿了一下，拜月教主眼神是复杂的，微微叹息：“那个人，那么重要？”

银白色长发在夜色中飞舞，冰陵手持金杖，仰首望天，却不回答教主的话，只是一味心中默算，连连惊诧地摇头：“不可能……怎么可能是这样？轨道、轨道……”

“轨道已经交错了，这一战却忽然消弭，是不是……”看到女史的眼神，明河笑了起来，仰头一同望月，然而神色里却是复杂的。

“不是！不是交错了，而是——”冰陵眼神更加惊讶，她闭了闭眼睛，似乎不敢相信此刻眼前看到的星象；再张开眼时，看了片刻，她蓦然颤抖着，吐出了一句话，“轨道消失了！轨道……居然忽然消失了！”

占星女史看着象征着宿命的漫天星辰，不由自主地脱口惊呼，蓦然拉住了拜月教主的袖子，脸色苍白：“教主！怎么回事？怎么回事？祭司呢？快派人去找祭司大人！他、他是不是刚被听雪楼主杀了？他的星，为什么忽然间就不见了！”

听到那样急切的询问，拜月教主的脸色蓦然也是一白。

“啊，想不到冰陵也会算错。”然而，不等两个女子底下的谈话再继续，熟悉的声音从祭坛下传来，犹如回声一般缥缈不知所源。明河冰陵双双回首，看到了一袭白衣从圣湖边拾级而上，额环中的宝石在清冷的月光下闪烁，“我没事。”

迦若已经从青龙宫返回，白衣上溅上了不少血迹，然而眉目间沉静邪异一如往日。

“迦若，听雪楼的人都已经撤了！”看见他返回，明河欣喜难掩。

不知道为何，一眼看见毫发无伤归来的大祭司，占星女史却激灵灵打了一个冷战，不自觉地往后退了一步，细细打量着白衣披发的迦若，忽然间难以相信地脱口而出：“你、你——你是死人还是活人？方才，轨道交错的刹那，你宿命里的那颗星已经凭空消失了！——你，你究竟……究竟是什么？”

“我什么也不是。”对着那双观测天地的眼睛，祭司唇角浮现出一丝冷笑，“我也不知道自己算是活着还是早已死了？我是流离于三界之外的孤魂——冰陵，虽然你足不出户在圣湖边观星二十五年，可你的力量还是远远不够，所以你看不透我的宿命。”

“我的星在十年前，就已经是个幻影而已了……”白衣祭司的眼睛微微阖起了一下，不知道掩藏了什么表情，然而等到再度睁开的时候，眸子里却是雪亮，“所以，什么宿命，什么轨道，什么注定都是空的！我命由我不由天，即使是逆天悖命，我也要改变所谓的‘宿命’！”

那样的话，让占星者倒抽一口冷气：她终其一生所追求的，不过是想拥有看到命运轨道的能力——然而，作为拜月教的大祭司，却居然说出这样大逆不道的话来！

不等惊诧的冰陵出声反驳，迦若已经转过头去，冷冷看向一边的拜月教主，忽地冷笑起来：“明河，你做的好事！这次整个拜月教差一点就是灭顶了！”

在他冰冷的眼光下，高傲如拜月教主，都不由自知理亏地低下头去，手指抓紧了孔雀金的长袍，咬着嘴角不说话。

“没有下次了！不然不要怪我违背诺言，撇开手不管——我安排好的计划被你打乱得一塌糊涂！”看到明河这样的表情，迦若叱到一半反而有些不好发作，眉间聚集起的怒意散了开来，忽然叹了口气，问，“舒靖容在哪里？看好了她，不能再出差错了——你们女人真是莫名其妙，干吗打开神龛给她看？你疯了？”

明河的脸莫名地红了一下，不敢抬头看祭司，只是抓着长袍，低头：“我命人在神庙里设了分血大法的结界，她逃不了的。而且——”

拜月教主顿了顿，忽然语气也有些异样：“而且她根本不想逃……抱着那个头颅，安静得死了一样，和她说话也听不见。”

“青冥……”白衣祭司的手指忽然颤抖了一下，反手按住心口，仿佛那里有什么东西噬咬着他的内心。迦若的脸色苍白，脱口低呼。迦若眼里神光流转，神色又变得不可捉摸，他皱了皱眉，举步：“我进去看看。”

“底下是些什么人？”看见祭司举步，明河却指着祭坛底下圣湖边上一些被拜月教子弟押着过去的人，问。

迦若看了一眼，淡淡道：“是我方才夺回青龙宫时，截留杀伤的听雪楼人马。”再顿了顿，祭司出言：“当做人质留着，约束子弟们不要私自屠戮泄愤——孤光护法守住了朱雀宫，让他回来整理宫里残局吧。”

月神像下，万盏烛光，千树蜡炬，闪烁犹如星辰坠落。

高高的神座上，用一整块巨大的和阗美玉雕琢成的月神像，宝相庄严，美丽曼妙，静静地俯视着空无一人的殿上，被结界围困在灯火中的绯衣女子。

外面的天色已经慢慢透亮，淡淡的灰蓝色，湮没了星辰明月。

远山上清冷的风从殿外吹拂进来，重重帷幕晃晃荡荡，宛如白云千幻。

然而，绯衣女子对于身外一切都恍如不见，她一整夜都呆呆地坐在这个空无一人、然而却看管森严的月神殿内，目光空洞，身子僵死般地一动不动，保持着开始时的姿势。

左肩上的伤已经被拜月教的人包扎起来了，血在绯红色的衣服上已经凝固，变成触目惊心的暗红色，僵冷的，一块一块，然而她似乎毫无知觉，只是怔怔地坐在那儿，眼睛一瞬不瞬地看着右臂中挽着的头颅。

那熟悉的、遥远的脸……苍白然而温和恬淡，眉间有着悲悯和洞察的神色。

青岚……青岚！

她想要自己流露出一丝丝的哀痛，然而，却发觉没有泪。十三岁那年，在七日七夜的招魂以后，她流尽了差不多一生的泪，那个孩子从此一夜间长大了——她再也不会哭泣。

然而，既然十年前就已经死了的心，死了就是死了……为什么……为什么还要她再惊喜地以为遇到青岚一次，然后，再度让她重新舔尝永远失去的痛苦。

她怔怔地看着青岚……那脸上凝定的，是十年前的最后一个表情。

那样安宁而舒展，仿佛所有愿望都得到了满足，再无一丝牵念——青岚……青岚哥哥。

她记起八岁那年，第一次怯生生地叫他的名字，伸出手，在少年温和的眼光里，抱住他的脖子，陌上的繁花纷飞漫天。

“别担心，我会永远陪着你的。”少年微笑着，俯下身对孩子说，眸子素净空灵。

青岚……青岚，你就是这样、就是这样地永远陪着我的么？失去了躯体，消散了魂魄，只留下这样残留着微笑着的头颅，在十年后和我重逢？难道——这样就是你守住诺言的方式？

阿靖的手蓦然颤抖起来，嘴角微微一牵，似乎是想笑，然而，依然不说一句话。

月神殿里，寂静如死。

忽然间，有足音哐哐地响起在大殿上，隔着重重雪白的帷幕。那些垂落拂地的帷幕，在清晨的山风里微微拂动，如白云翻涌。

“冥儿。”那个人拂开重重帘幕走过来，轻唤，声音缥缈，宛如空谷回声。

绯衣女子恍惚的神志陡然一震，蓦地抬起头来，看向殿外。

天光透了进来，在满殿光尘中，那人推门而入，一身白衣，恍如一梦。

“青岚！”看见他看过来的眼神，她脱口低唤。然而，话音方落，她低头看见了怀里的头颅，神色便是一冷。一寸一寸，她抬起眼睛，看他，看着这个走过来的白衣祭司，再低头看看那个带着微笑表情的人头。

宛如冰火交煎，生生将心撕扯成两半。忽然间，绯衣女子失声笑了起来。

那是青岚的眼睛……但是，迦若不是青岚。迦若不是青岚！

“上天创造出生命，也许就是要让你亲眼看看这个世界，到底可以残酷到什么地步”——重逢那时，原来迦若对她说的那句话，深意便是如此！

“你没认错……这是青岚的眼睛。”迦若走到她面前，举袖，拂手，清风旋转而起，转瞬神像前万千烛火应手而灭，只余天光淡淡透入，穿过雪白的帷幕。祭司白衣如雪，眸中泛起的却是看不到底的复杂情愫。他在一个蒲团上跪坐而下，俯身前倾，静静看着绯衣女子，直到她那种失控的大笑在他的注视里渐渐中止。

在他那样的眼神里，阿靖忽然感觉到了莫名的熟稔和震惊，手指开始颤抖。

“十年前，青岚给了我这双眼睛，要我替他守护你和青羽逃出苗疆——替他等着，看到十年后你的归来。”迦若的手抬起，按在自己眉间，叹息般地低低道，忽然笑了起来，“好吧……让我来告诉你，我究竟是个什么东西吧！虽然很多时候，我自己都弄不清自己究竟算是个什么。”

“看着我。看着我。”

已经将绯衣女子从神庙带回了居处，然而，白石屋里，祭司却看着神志一直涣散恍惚的阿靖，轻轻唤，神色温和，想重新凝聚起她的意识：“冥儿，看着我——我是谁？”

阿靖的眼神缓缓从臂弯中那个头颅上转移过来，一寸一寸的，最后定定落在近在咫尺的迦若脸上，眸中神光散开了又聚拢，恍恍忽忽——又是什么样的绝望和震惊，才能让一直以来冷定静默的听雪楼女领主变成这样。

“青——”一个字缓缓从绯衣女子的口中吐出，然而下面那个字却被阻住了。阿靖低下头去，再度看着怀中那面目如生的少年头颅，手指微微颤抖，忽然闪电般地抬头，盯了眼前白衣长发的祭司一眼，厉声叱道：“你是迦若！”

阿靖的眼睛，如划开夜幕的闪电般雪亮冰冷。

“那么，迦若又是谁？”白衣祭司无畏于这样的眼神，眸子深处反而有一丝丝温温凉凉、猜不透的笑意，轻声，继续问。

“拜月教的大祭司，操纵恶灵的人。听雪楼此次最强的对手。”看着眼前额环下那双深蓝色的眼睛，绯衣女子眼神慢慢凝聚起来，针般刺人，一个字一个字清晰地吐出来，“还有——是十年前杀了青岚的凶手！”

“呵呵……”听到最后一句话，迦若蓦然微微奇异地笑了起来。他的手回过来，支着自己的额头，垂下眼睛，仿佛又在掩饰眼里涌出的什么神色。然而，陡然间他仿佛不再克制，猛地抬眼，注视着阿靖，轻声重复：“看着我……看着我，看着我！”

阿靖不由自主地看向他，猛然间仿佛看到了什么骇人的景象，手猛烈一抖，手中的头颅几乎失手落地！那是，那是——

“青岚？青岚……青岚！”再也忍不住地，绯衣女子脱口惊呼，下意识想伸手去抓住眼前的人——然而，对面的祭司只是微笑着，看着她，不说话。

“没错，是青岚……你也可以说我就是青岚。”迦若眼里的神光流转，转眼起了微微的变化，却失去了方才刹那间涌出的、让绯衣女子认定是青岚的眼神。白衣祭司叹息着，眉间忽然有说不出的苦痛表情，他的手指指向心口，“青岚也在这里……他就在这里。”

“我什么都知道。那些过往，那些少时的岁月……清晰得就好像发生在昨大，仿佛一转过身，就能看见沉沙谷里满陌的繁花　　”低低的声音，从祭司口中吐出来，仿佛穿透了十五年的时空，将只有两人知道的往昔一一重现，“有个八岁的孩子，伸出手来，叫着我的名字，抱住我的脖子……”

“那种安宁和淡淡的愉悦……”迦若微闭着眼睛，脸上，不知是什么样的神色，“是的，是的……我爱那个孩子。她是那样的孤僻骄傲，看着她的时候会让人忽然觉得心痛——是的，心痛。溪边初见瞬间的感觉，多年后还那样深地留在我心里……那是蓦然间的心痛啊！她说‘爹死了，谁都不要阿靖了’——于是，我笑着，说：‘别担心，我会一直陪着你’……”

怔怔地听着那样的追溯，阿靖看着眼前完全陌生的脸，眼里泪水渐涌。

“其实我已经认识你很多年，冥儿——因为十年来，青岚与我共存。”白衣祭司的眼睛蓦然睁开了，深蓝色的眸子里，居然也有闪亮的光：“在神庙第一次与你交手，看见你的刹那，我心里忽然有个声音发出来，说：是她！是她！——天啊……那是被我十年前就吞噬了的、青岚的声音！

“不像我以往吃掉的任何人，这个少年一直不肯被我消解，固执地在我身体里存在着。”

“我用他的眼睛看到你，我用他的记忆感知你——到后来，我已经不知道，那是青岚的记忆，还是我自己真正本有的记忆！”迦若微笑起来，然而笑容里却是说不出的悲凉。他忽然负手站起，走到那个破碎的神龛前，抚摩着被撬开的残碎的砖，叹了一口气：“冥儿，我告诉你我本来是个什么东西——”

他转过头，笑了一下，不知为何，那个笑容在旁人看来有些可怕，抚摸着神龛上残破的封印，白衣祭司一字一字吐出来自己最大的秘密——

“我是一只鬼降。

我不知道我的元神是哪个人的……我只知道，我活了几百年。拜月教开山祖师辉夜建立教派的时候，我就被做成了鬼降，尸体沉在圣湖的底下——从此，我成了无形无质的鬼降。——你该看过鬼降吧？”

迦若的手指攀着神龛，淡淡地叙述着，回头问了听得惊住的绯衣女子一句。

阿靖的眼神因为惊诧而剧烈变幻——鬼降？迦若……迦若是鬼降？

她在记川拜月教传灯大会上看见过的那种鬼降？那种邪异诡秘、令人悚然欲呕的鬼降？

看着眼前白衣如雪、宛如天人的拜月教大祭司，阿靖无论如何也无法将眼前的人和那只看到过的血鬼降联系在一起。

“是的。我曾经是一个人……但是人的记忆已经因为旷日持久而模糊了。我现在所能记得的，只是辉夜教主将我全身的血放干，然后，刺破她的中指，将她的血滴入我眉间——连滴七次，才能由心控制我的所有行动。”迦若摇着头，手指按着眉间的月魄，宝石璀璨的辉光从他指间透了出来。然而如今已经能操控天地的祭司，声音却依然掩不住一丝颤抖，“从那一天起，我失去了生命，被做成了鬼降。很痛苦……几百年了，我还记得血一滴一滴从身体里流干的痛苦和恐惧！那种阴毒的术法……”

阿靖怔怔地看着眼前的“人”，忽然间心里仿佛被利剑刺痛，抱着怀中青岚的头颅微微低下头去。许久，才道：“那么，你为什么又成了施展这种阴毒术法的祭司？”

“呵，没有办法——”迦若微微苦笑起来，摇头，“我做了几百年的鬼降——我离不开那种邪术。鬼降是没有办法脱离宿主的操纵的——几百年来，我一直是一只没有名字、没有形体的鬼降——拜月教最强的鬼降，被历代教主操纵着杀人……”

他低下头，看着神龛——那些被撬下来的砖是土红色的，仿佛是殷红的血浆。

“我吃过很多人——都是灵力不错、有一些术法根基的人。每吃一个人，我就吸收他们的力量，让自己变得更强。”白衣祭司将苍白的手指放在那些土红色上，忽然间，微微冷笑，眼里的光芒冷酷雪亮，“在那段时间里，我什么都不是……不是人，也不是鬼。我甚至没有名字，也不会思考。我只懂得去杀人。”

“后来我有了自己的名字——迦若，对……就是这个名字。”念着自己的名字，然而却仿佛有一种疏离感。白衣祭司蓦然笑了一下，眼色变得有说不出的温和——然而，却是不同于青岚的那种温和，“我很喜欢这个名字，也很喜欢给我名字的那个孩子。”

“那个孩子，叫做明河，是教主华莲的女儿。”

阿靖微微一愣，抬头看他，却看见迦若眼里另一种的温和笑意——犹如另一个青岚般温和沉静的眼神，居然浮现在这个邪异冷漠的祭司眼底里。

她忽然明白了什么。

“从有了名字开始，我就有了‘我’的意识。呵……那之前，除了奉令杀人，这只鬼降不会思考。”祭司有些自嘲地笑笑，黑发从他肩上垂落下来，掩住他的眼睛，然而他的声音却是平静而愉悦的，浸染了昔日的温情，“她是月神的纯血之子，所以能看到无形无质的我——几百年了，除了宿主，那是第一个和我说话的人。”

“我很高兴有这样一个人……我也知道她会是下一任的拜月教主，很期待她成为我的宿主——那还是我第一次有所谓的‘期待’这种感情。”迦若缓缓回忆，然而陡然间发觉自己说得太多，偏离了主旨，摇摇头，将话题转了回来，“后来，拜月教在那岩山寨发生动乱的时候，趁机灭了这个一直以来在苗疆争霸的宿敌——明河从寨子里带回一个满身是血的白衣少年，那时候，他中了那岩山寨的蛊毒和血咒，显然耗尽了所有灵力，已经快要死了……”

听到这里，绯衣女子眼睛才陡然亮了，抬起头，看着白衣祭司：“是青岚？”

“对……他就是青岚。”迦若摇头，微微苦笑，手指压在自己心口上，叹息，“我从来没有看过这样灵力惊人、天赋出众的术法之人……如果、如果他不死，到如今术法能力也该不在我之下了吧？可惜……”

顿了顿，迦若闭了闭眼睛，手指按住心口，仿佛那里有什么要翻涌而出：“我想吃了他……然而，发现他的意念力是如此强大，虽然生魂将散，却依然不肯将力量转移到我身上——我怕他一旦死去，那一身灵力就要随之灰飞烟灭。于是，我问他，有什么愿望需要实现？他说——”

迦若忽然笑了起来，转过身，看向绯衣女子怀里那颗面目如生的头颅：“当日，那岩山寨群起围攻你们三个孩子——此后，全苗疆的苗人都想杀你和青羽——可那样大的力量居然还留不住你们两个孩子，让你们平安地返回了中原……你知道为什么吗？”

不等女子出声，白衣祭司笑了起来，指向阿靖怀中那颗微笑的头颅：“你看他的表情……看他的表情！他那样高兴。得到我的允诺后，他那样高兴，心甘情愿地被我吃掉——就是为了交换契约，让我暗中保护你们两个师弟师妹平安离开！

“那个时候，是拜月教出手暗中护着你们两个孩子离开苗疆的，你知道么？不然，你和青羽两个毛孩子早就死在这里了，怎么可能逃脱！”

“啪。”再也保持不住平静，阿靖的手臂一松，那颗头颅从颤不可抑的臂弯中滚落。绯衣女子眼神陡然空空荡荡，本来以为干涸的眼睛里忽然有无法抑制的泪水汹涌而来，她抬起手捂住了脸，失声痛哭。

原来，十年前青岚就为了她死了！十年前就死了！

——“我的两位子弟，将来终究都会为了你的缘故而死。”白帝的那一句预言重新响起在耳畔，宛如惊雷，震裂开十年灰冷沉重的岁月之门。

我不信，我不信，我决不信！——那时候，她在心中倔犟地反驳着，毫不退缩。

最多无论如何，我发誓绝不杀青岚……即使他要杀我，我也不还手！我绝不杀青岚。绝不让那个诅咒实现！十三岁起，女孩就在心中暗自咬牙，做了一个决定。

然而……那个诅咒，居然是从十年前开始就实现了！

难怪……难怪她这十年来处处留心地打听，却从来没有他的消息——原来命运早已铸成了。枉费她十年间的牵挂，十年间的挣扎取舍……一切，都根本不以她的意念为转移。命运之轮在无声无息之间，早已从他们身上碾过，留下血肉模糊。

“我吃了他，如愿获得了他的力量，然而，却也不可避免地继承了他的记忆。”看到一直冷漠的绯衣女子这般崩溃般的反应，迦若蓦然吐出轻轻的叹息，走过来，低头看着阿靖，目光复杂得看不见底，“以前被我吞噬的那些人，从来没有这么高的灵力，也没有这么强烈的记忆……”

“那样的记忆冲入我的脑海，将几百年来我简单的记忆全部打乱了……怎么、怎么人会有那样强烈的感情力量？以前我吃过的那些人，他们的记忆都被我消解了，唯有青岚的记忆沉淀在脑海里，从来不肯消失，时不时地泛起——很多时候，我都不明白，那究竟是‘青岚’的记忆，还是我自己本来就有的回忆？”

“第一次看见你，心里忽然就有个声音脱口呼唤：‘冥儿！’刹那间我感到喜悦和震惊……好像我自己真的就是青岚一样！”迦若苦笑起来，摇摇头，看着面前的绯衣女子，眼神复杂，“那一夜你中毒快要死了，我也感觉心灰如死，竟然宁可自己死了——天啊，我……我已经分不清、分不清是青岚的记忆，还是自己的记忆了！”

白衣祭司烦乱地用力按住心口，仿佛要把自己的心挖出来看个清楚：“我终于明白……当日，不是我吃了青岚，得到了他的力量——而是、而是青岚他渐渐吞噬了我啊！”

阿靖怔了怔，抬头看他。额环下的眼睛里光芒复杂地变幻，时而熟稔，时而陌生。

他……他——究竟是谁？究竟是青岚还是迦若，还是……什么都不是？

泪水缓缓溢出眼眶，绯衣女子放下了手，指间是濡湿的泪水——多少年了？多少年没有流下过泪水了？自从十三岁那年的招魂以后，离开苗疆在中原武林血战前行了十年，直至今日的地位——其中甘苦冷暖不计其数，然而，却是十年无泪。

可今日，终于感觉那重重的内心屏障都忽然崩溃，所有的冷醒，所有的意志力完全粉碎了，看着青岚微笑的脸，陡然间，内心忽然软弱到仿佛回到八岁时的灵溪旁……然而，即使她如同十五年前那样，第一次对着陌生人伸出手去，可对方却忽然变成了幻影。

青岚微笑的脸只是幻象，粉碎在她指尖刚接触到他的刹那。

江湖风雨中慢慢冷漠的心，忽然感觉到了十年前那样的刺痛，更加撕心裂肺地灭顶而来。绯衣女子不自禁地弯下腰去，抬手捂住自己的眼睛。

“别这样……别这样。”迟疑着，迦若俯下身来，眼里闪着的是遥远而熟稔的光芒，想拭去她颊边的泪痕——她的泪水滴在他手上，陡然间，手指上居然有灼烧般的痛楚。他仿佛被烫了一下似的，忽然收手、站起，退开。

青岚……青岚，你看到了么？她在哭。你的冥儿在哭。

而你又在哪里？藏在我心里的你，去了哪里？没有人比我更了解你的感情——甚至眼前这个人她也无法全部了解。那时候她太小……她实在太小了，可能还不明白自己曾经遇到过怎样的眷顾，还不能明白你心里那样深沉的感情——青岚，对于你而言，你是不惜用血来代替她的一滴泪的吧？所以，沉睡在我记忆中的你，要借我的手擦去她的泪么？

然而，不可以……这不可以。青岚，我是迦若。

因为有了这个名字，而有了自我的鬼降。

青岚，你有你守护的东西，而我也有我自己的——如今，我已经实现了你的愿望，用你的眼睛看着她平安离开苗疆，十年后又看见她回来和你相聚……你该满足。

——如今，轮到我，来实现我的愿望、守住我的夙愿了吧？

“你别骂了，我知道错了。”神殿内，看见祭司走来，明河低下了头，即使是当了拜月教教主，当他真正动怒的时候，她还是依旧如童年时一般感到畏惧的，讷讷低头，有些脸红，“我、我那时候看见青岚和她的记忆了——想起那样的记忆，也一定留在你心里，就突然……突然……忍不住就想让她那个痴想彻底灭掉！”

“青岚已经死了！迦若只是迦若——是不是？”明河抬起头，颊上的飞红还没有褪，然而眼里却是明澈的，定定地看着白衣祭司。

殿外的风吹进来，迦若的白衣飘扬起来，宛如乘风。他站在殿口，光从外面透入，衬得他宛如剪影，虚幻得不真实。

长久，没有听到他的回答，明河忽然间无端地害怕起来——从来都是如此……从来都是如此！她不知道这个“人”心底真实的想法，根本不知道。

五年前，他们两个人联手反叛，杀了华莲教主。被操纵了几百年的鬼降反噬了宿主，从此天地间再也没有能控制他的东西——他获得了实体，摆脱了无形无质的状况，成了如今丰神俊朗的白衣祭司。然而……不知道为何，对她而言，可以触及到的迦若，却反而比以前更加难以捉摸了。因为，他已经不再是纯粹的“迦若”了。

“迦若？迦若？”等待他回答的分分秒秒内，明河感觉心中忽然有种莫名的恐惧渐渐将自己分解，她忍不住脱口，低低追问，声音发颤。

然而，陡然间眼前一晃，不见祭司举步，已经瞬间移动到了面前。

迦若没有说话，只是低头看着她，眼神温和平静，然而却隐含着说不出的沉痛悠远。

“是的，青岚已经死了。迦若不是青岚。”看着已经由垂髫稚女长成为绝世美女的明河，白衣祭司沉默许久，忽然低声说，“迦若，是明河的迦若。二十年前，二十年后，都是明河一个人的迦若。”

“迦若！”明河意外，陡然间眼睛明亮起来，抬头看他，欢喜地脱口叫出来，脸颊绯红，美丽不可方物，“真的？你、你太好了！”

白衣祭司低头，额环下的眼睛深邃如海，看着她微微笑了起来。

明河的脸在他眼前慢慢模糊，幻化出了那个六岁孩子的模样——二十年前，在圣湖旁边，红莲如火，一朵浮云飘过来，六岁的孩子陡然对着空气发话：“迦若……是你替我挡住太阳的么？你、你太好了！”

漂亮的孩子对着半空张开手来，笑着：“迦若，过这边来！我们来说说话，好么？”

仿佛一阵清风吹过，孩子的发丝微微拂动。然而她对着身边的空气笑了，开始自言自语——是的，那是她一个人的迦若，只有她看得见的迦若。

那个几百年来被人操纵着杀人、没有思想没有实体的鬼降，只有这个孩子是把它当做唯一的朋友看待的——因为她也寂寞。

身为月神的纯血之子，下一任的拜月教主，这个六岁的孩子从小就是一个人长大的。即使她的“母亲”，自从生下她以后就再也没有抱过她，华莲和历任教主一样，只是将生下纯血的女儿当做了术法修习的一种罢了。而作为拜月教历史上唯一集祭司和教主身份于一身的华莲，更是灭绝了所有常人的感情。

偌大的月宫里，只有他们两个是最寂寞的——然而，它已经寂寞了几百年，从来不知道这就是所谓的“寂寞”；而那个孩子虽然只有六岁，可也是一生下来就是一个人的，不知道“寂寞”和“不寂寞”之间的区别。

但是，当那一次它如往常那样奉令杀人回来，掠过圣湖上方时，却听到底下忽然有个稚气的声音说：“你满身都是血哦！不去湖里洗一下么？”

作为拜月教最强的鬼降，它差点惊得从半空摔落——谁？谁居然能看见它？

它看过去的时候，看到了一个粉妆玉琢的孩子，正俯身在圣湖边上玩水，捧了一捧水，抬头对着半空里怔怔看下去的它说话：“看你都是血！你来洗洗吧！”

边说着，孩子一边从圣湖里又掬出一捧水来，对着它泼了过来。

“刷”的一声，它吓了一跳，立刻躲了开去——然而，依旧感觉到了水里那些阴毒怨灵的力量。虽然是最强的鬼降，但对于圣湖里怨灵的力量还是极端忌讳的。它无法相信，这个孩子居然能无拘无束地在圣湖边上玩水！

那么，她、她是——

“我叫明河！你呢？”虽然半空中的它一直没有开口，可它内心的想法仿佛都能被这个孩子听到，那个漂亮极了的孩子扬起头来，对着它笑——果然，是拜月教主的女儿，难怪能无惧于圣湖怨灵的力量，同时能看见它的存在。

可孩子那样明媚的笑靥，让这只刚刚杀了人的鬼降忽然自惭形秽——名字？它从来没有名字。一只鬼降，需要名字么？

“啊？怎么可以没有名字呢？名字里可有一个人的魂魄呢。”孩子虽然小，然而说起这些术法上的事情，似乎了解的已经很多。锦衣的孩子咬着手指，忽然笑了笑：“没关系！我替你取一个名字吧……迦若，好不好？我上午刚看了《迦若伽蓝》这卷书，很好听的名字。”

迦若……迦若？

“迦若，迦若！过来看，这朵莲花好不好看？替我摘下来……”

“迦若，喂喂，我叫你呢！过来看，这段经文是什么意思啊？”

“明天是天灯节，你陪我出去玩好不好，迦若？”

她说得果然没错——名字里有一个人的魂魄。就是这个孩子一声声地唤，将这个早已死了几百年的鬼降的魂魄一丝一缕地从圣湖底下沉睡中唤起，回到它的心中。

有了这个名字，它才知道自己是什么——知道自己是什么，才知道外物是什么。

那个孩子一年年地长大，变得越来越美丽，不再是圣湖边上那个玩水的小姑娘，而成长为明丽绝世的少女——然而它依然是个不老、不死、不活的怪物——她二十多年来都是寂寞的，从来没有什么人可以说话。然而，二十年的孤寂，对于它漫长的永生来说，又算什么？

它很害怕——怕眼睁睁地看着明河变老、衰弱、死去，而自己却依旧是不死的妖怪！

在她笑的时候，她发愁的时候，她蹙眉的时候，它永远只能“看着”——它没有手，没有形体，没有办法感知她。有时候，它想，如果自己有一双手，可以触摸一下那玫瑰花一样的笑靥，那么……就太好了。

“迦若……母亲大人又要你去杀人了？”渐渐长大，也知道了所谓的“鬼降”是怎么回事，明河眼睛里的忧郁却越发深，她总是看着它，叹气。

——决裂的时机却是刹那而来的。集祭司和教主身份为一体后，术法境界到达拜月教空前绝后的强大，华莲教主开始更加不满足地追求“永恒的生”。

——为了修习啖魂返生术，她到后来竟然想将唯一的女儿作为血鼎，炼制丹药！

然而，这一次，华莲教主失算了……她派出去的鬼降，竟然第一次挣脱了她的控制，违背了她的指令。在她要将女儿推入炼炉的时候，明河挣扎中激烈地反抗，划破了教主脸颊边的“月魂”——纯血之子的标志一破，华莲在措手不及中，被自己的鬼降吞噬。

它吃了她的母亲，获得了无上的力量，凝聚了血肉之躯。重生的鬼降，成了拜月教的祭司。从铜镜里，它看到了自己崭新的躯体：英俊而年轻的白衣祭司。

“哎呀！迦若？”它出现在她面前，明河惊喜地叫了出来，忘了提起长袍下摆就跑了过来，被绊了一跤——没有等她跌下，它已经风一般地掠过去扶住了她。

她的手抓着它的手，肌肤上传来温热柔软的感觉——鬼降忽然笑了起来，它，不，他，终于有了自己的手，可以触摸到那个圣湖边的小女孩。在她笑的时候，她发愁的时候，她蹙眉的时候，他都可以好好地守在她身边，为她守住她的教派、她的子民，让她这一生永无灾劫。

——那就是他的愿望。

“你……你今晚和萧忆情定了约？”低下头去，想掩住飞红的脸颊，明河的手指揉着孔雀金长袍的一角，忽然想起了这个事情，身子蓦地一震，脱口问。

“嗯。”迦若垂下眼睛，微微点了一下头，回头看了一下外面的天色——苗疆天气多变，清晨还是明朗的天空，如今已经积聚了漫天的乌云，荫蔽了白日，昏昏沉沉。

看着灵鹫山上变幻不息的风云，祭司的语气也是沉郁凝重的，一字一顿：“这次萧忆情已拔刀出鞘，却被硬生生地扼住了杀戮之令——只怕听雪楼建立至今，尚未有过如此之事。他这一口气积了二十年，要善罢甘休只怕难。”

“我们手上有舒靖容，难道他真的敢攻入月宫？”拜月教主有些担忧，但是却仿佛说服自己一般，低低说了一句，“他不怕我们真的杀了她祭月？”

“最好不要逼萧忆情做出抉择——目前要他暂退，已经差不多将他逼到了最大容忍度了。”白衣祭司负手站在祭坛白玉栏杆旁，沉吟着看天，忽然，不知为何轻轻笑了一声，不等明河发问，他摇摇头，自顾自说了出来，“萧忆情心里恐怕也有几分把握，猜测我是不会杀舒靖容的——只是，即使是听雪楼主，这一次也不敢用舒靖容的命来作为赌注吧。”

眉间神色复杂变幻，仿佛思考着某种重大决定，祭司眼里神色瞬间万变：“一旦那个绯衣女子死了，月宫中必然玉石俱焚，鸡犬不留！成千上万人的血啊……那时候，必然要染红这个圣湖。”

被祭司语气中的寒意震慑，明河打了一个冷颤，喃喃：“天！难道、难道三代占星女史都预言过的‘灭天之劫’，真的要应验在今日么？”

“不止预言……我通过幻力，也能预见。这几年，我透视未来，总是看到灵鹫山和整个苗疆，都是一片无边无际的血红……”迦若第一次说出了自己通过力量看到的未来，眼里的悲悯更重，“明河，我答应过你要守住拜月教，所以，我哪怕粉碎星辰、转移轨道，都要化解开这一场灭天之劫。”

迦若的眼睛里，陡然升腾起了一片神鬼惊惧的亮光，祭司的手用力地握在汉白玉栏杆上，抬头看着灵鹫山上翻涌不息的风云——已经快要下雨了，沉沉雨云积聚在山顶，昏黑一片，不祥而沉郁。

“最多……最多我们一不做二不休，把圣湖里的怨灵放出来！”咬着牙，拜月教主转过头，眼睛投注在月神殿上供着的那个天心月轮，眼里闪过不顾一切的冷芒，“如果萧忆情攻破了月宫，如果你有什么事，那么听雪楼的人也别想有一个活着离开苗疆！”

“明河。”听到那样杀意惊人的话，白衣祭司的手颤了一下，忽然转过头，定定地看着拜月教主，眼里闪过说不出的悲哀。迦若看着明河，一直看到绝美的女子微微有些不好意思起来，在他眼光里低下了头。

“你很美。”看着女子飞红的笑靥，迦若忽然微笑着，出人意料地说了一句。他的手指从白玉栏杆上松开，迟疑了一下，终于缓缓抬起，触及明河的脸。

绯红的脸宛如玫瑰花瓣，温热柔软，细腻如羊脂玉。

明河长长的睫毛陡然抖了一下，惊喜的笑意掩不住地流露出来，然而迅速垂下眼帘去，羞涩地低头，脸上却有了一个欢喜的表情。

那个幸福醉人的神色尚未完全舒展，却蓦然凝定了——迦若的手在触及她的脸后，脸上温和的神色未敛，却忽然迅疾地转向，出指如风，转瞬点了她口、手、足、血、脉五处大穴！

祭司这次出手，用的却不是术法，而完全是白帝门下一路的指法。因为对拜月教主来说，所有的术法都是无效的。

那是“青岚”留在他身体里的力量——虽然主修术法的他武学上还不到一流水准，然而此刻突然间出指点穴，却是快如电光石火，瞬间将拜月教主身形完全定住。

“迦若？”明河根本没有料到祭司会在此刻忽然出手，她下意识脱口，却发现自己已经完全说不出话来了——那个瞬间，拜月教主怔怔地看着眼前的白衣男子，脸色苍白如死。如果不是迦若方才同时封住她的气脉和血脉，心中蓦然如刀绞，只怕立时要呕出一口血来。

“明河……”看见她这样的眼神，迦若眼里有深深的悲悯，仿佛不知道该如何说下面的话，顿了顿，叹出一口气来：“你知道我最怕的是什么吗？不对，不是听雪楼会灭了拜月教，而是圣湖里怨灵这几百年不灭的力量啊！”

“你是纯血之子，从来感觉不到这股力量的阴毒恐怖，而我——几百年来操纵这种力量的我，却了解得清清楚楚……连我都不能不害怕啊！明河，你不知道那是什么样的祸患。”白衣祭司站在祭坛上，看着台阶下那片湖水，眼睛里有深远的忧虑，“我最早的尸身，也是被沉在那里吧。还有萧忆情的母亲……几百年来，这里积聚了多少死灵？太可怕……足以扰乱天地啊！”

“而你，居然要任性地将它们放出来？一旦湖水干涸，死灵逃逸，这才是所谓预言中的‘灭天之劫’！”迦若蓦然回首，定定地看着明河，眼神里，有说不出的决然，仿佛已经做出了一个什么重大的决定，眉目间反而松弛开了，神色平静，“真是罪大恶极啊……几百年了，拜月教就依靠着这样污浊邪恶的力量源泉——操纵者不知道那些沉在湖底的怨灵的痛苦……但是我知道。”

“这滋味我尝了几百年。这一切不可以再继续了，明河。”

那么……迦若，你要来结束它么？怎么可能结束它？几百年了，对于这日益强大的阴邪力量，只能够勉强压制，时时送上祭品安抚，即使拜月教历代祭司，都没有办法消弭它！

明河想问，然而没有办法开口。

祭司笑了，显然直接从她脑海里读出了她的想法，眼神却是从容平和的。他低下头来，叹息着，将双手放到明河的肩上，轻轻拍了拍：“放心，我会守住誓约的——拜月教会保全，几百年的怨毒我也要把它消弭掉……明河，我只是怕你任性，所以要你暂时不要管这里的一切，交给我来处理，好么？”

什么好不好……分明就是料定了我不会答应，才先下手为强！

明河狠狠瞪着他，虽然术法对于拜月教主来说毫无效力，可武学对于她来说却和对普通人一样有效。全身已经丝毫不能动弹，她只能用眼神诱露出抗议不服，无法可想。

“今晚我去和萧忆情见面——事情当有个了断。”迦若叹息了一声，伸手挽住她的手，轻轻用力，已经将她拉起，往神殿密室走去，“明河，你什么都不用担心……有我在。你好好睡一觉——一觉醒来，什么事都解决了。”

白衣祭司的眼色沉静温和，拉着她，穿过重重帷幕走向内堂——拜月教中只有祭司和教主才能进入的内堂。那些绣满了曼珠沙华和凤尾罗的帷幕飘飘荡荡，宛如白云，虚幻无定。

放开我！放开我！我才不要睡……我才不要睡！迦若，你要干什么？

狠狠在心里斥问着，然而明河却没有一丝力气——因为血脉被封，她甚至没有办法停止对于祭司的“逆风”，作为对他大逆不道以下犯上的处罚。

气急，两颗大大的泪珠从颊上蓦然滚落，流过那一弯金粉勾出的弯月。

将明河送入密室，扶她坐下的迦若猛然一颤——那泪水落在他手上，温热而湿润。

“你好好休息，不用担心。”他低头，对她微笑，不敢看她熊熊燃烧着的愤怒的双眸，“很快，什么事都不会有了……都会解决了。”

迦若！迦若！

眼睁睁地看着密室的门在眼前缓缓阖起，她在内心撕心裂肺地叫着他的名字。然而，那个行出的白衣祭司头也不回，恍如未闻——恍如她叫的不是他的名字。

你要去干什么？你到底要做什么！你今晚要去和萧忆情判生死、决高下么？

可为什么……为什么要禁锢我？你心里、你心里究竟有着什么样的打算？为什么从来不肯告诉我……从来不肯告诉我！

门一分一分地在眼前阖起，她的眼里，终归只剩下了无边无际的黑暗。

白衣祭司从空无一人的大殿穿过，只有那些帷幕在雨前的风里飘飘转转，恍如一梦。

他的袖子被风吹起，飘飘洒洒，和经幡垂幕纠缠在一起，连无形的空气中，都仿佛有什么在尽力挽留着他离去的脚步。然而祭司的脚步丝毫不停，“嘶”一声轻响，雪白的长袖解不开缠绕的结，生生撕裂。

出得神殿，仿佛什么终于卸下，迦若在门槛外顿住脚步，回视那一扇关上的密室的门，眸中，不知道是什么样的神情——忽然间，身子微微一倾，等举手捂时已经来不及，殷红的血从指间溢出，溅落在白袍上。

“呵，人的身体，原来这样……这样的娇贵么？”举起手，在眼前看着，指间血迹淋漓。白衣祭司却忽然笑了起来，眼神冷淡，充满了轻蔑，“真是不好用呢。”

灵鹫山上，密云不雨。天色已经暗淡得犹如黄昏到来，雨前的风吹在脸上，湿润清新有如泪水。惊雷一次次地劈下，然而却无法照亮人内心最深处的黑暗。

“风起——雨来！”仿佛无法忍受雨前这样的气氛，白衣祭司忽然脱口召唤，站在神殿台阶的最高处，手指指向高天，作起法来。

风雨呼啸，闪电的光芒陡然照耀了天地。

空山夜雨

“以澜沧为界，勒住你的战马！如果你不想她成为月神的祭品的话——否则，月沉宫倾之时，便是剑折人亡之日！”

只听得到话语，然而，努力地看着四周，他却无法看到任何清晰的东西。一切，仿佛是虚幻而扭曲的，似乎隔了一层袅袅升起的水雾——他只看见白茫茫的一片，是无数穿着白袍的人影，一起一伏，不停地做着机械的膜拜状，奇怪的诵唱之声如波涛般传入耳膜——

声音带着奇异的音韵和唱腔，如潮水一样慢慢漫进人的耳膜，从耳至脑、至心……让他渐渐有昏昏沉沉的感觉，一时间，似乎时间都已经静止——他无法回答，只有冷汗涔涔而下。

“时辰到了，祭典开始！”不知过了多久，那个声音毫不留情地宣布。

忽然间——四周变成了血红！火！是四处燃烧的火！

他看不到她——然而却清楚地知道，她被火海吞没了！她在火里……她在火里！

“阿靖！阿靖！”冷定如他，终于也忍不住脱口惊呼出来，拨开迷雾，四处寻觅着，对着那虚空中的声音厉声喊，“住手！放她出来，放她出来！我答应你们！”

“迟了……已经迟了……”

“焚烧一切的红莲火焰一旦燃起，将烧尽三界里的所有罪孽……”

“住口！让她出来！”慌乱之下，他想斩开重重的迷雾，却发现那却是如水一般地毫不留痕迹……他不知道她在哪里，然而，他知道她在火里……在烈焰的焚烧里！

“放她出来！快让她出来！”他开始失去了控制，一直往火焰的深处冲去——然而，眼前的火焰变成了一张张人脸，跳动的、恍惚的、扭曲的，对着他笑。

他手中的夕影凌厉如风，划开重重烈火迷障，将那些幻象一斩为二。

一刀，又一刀……

他的手控制不住地继续划落，然而刹那间他的脸色却苍白——那一张脸……那一张脸是……是母亲！是二十年未见的母亲，依旧保持着沉湖之时的美丽绰约，对着儿子伸出手来，微笑。

震惊。

然而他已经停不住杀戮的手，夕影刀划过去，将那个迷障划破——然而突然间，那个被截断的幻象却真的流出了鲜血！

那血，溅在他脸上，蒙住了他的眼睛。

所有的东西看上去都是一片血红……漫天漫地的血红。

母亲的脸忽然变了，在血泊中倒下的面容，变成了另一个女子——

时间仿佛忽然间停住，连天地都仿佛空寂无一物，他不可思议地看着自己刀上滴下来的血，一滴，又一滴，美艳不可方物。迟了……都迟了！

阿靖！阿靖！隔了很久，似乎用尽了所有力量，他才喊出她的名字——只是短短两个字，却已用尽了他毕生的眷恋。晚了……只是晚了。

霍然惊醒，冷汗湿透了重衣，肺腑里似乎有刀剑绞着，他剧烈地咳嗽起来。

“别吵了！”外室，碧落剑眉一挑，忍无可忍地对着蓝衫少女叱道，“你不见这里有多少事要忙？烨火不会有事的！她一个小丫头，拜月教能把她怎么样？”

听雪楼陈兵月宫门外，却忽然收兵撤走，楼中士气陡然低落——楼主对此不做任何解释——靖姑娘的血薇剑出现在拜月教人的手里——张真人和明镜大师自从那次和迦若交手后，一直没有恢复过来——青龙宫门外，那个鬼魅般的白衣祭司出手如此可怕，击退了他们的联手进攻，好多听雪楼子弟受伤后被俘，红尘为他挡了一招，至今垂危……

二楼主南楚坐镇洛阳总楼，不能遥顾苗疆；靖姑娘落入敌手，红尘护法危在旦夕——如今，碧落陡然觉得沉沉重担就直压到了肩头，让向来洒脱对万事都不上心的他，也不禁心烦。

偏偏，张真人的子弟又为了区区小事来喧哗。

“你怎么知道她不会有事啊？我师妹被拜月教抓走了！你们难道不去救她回来？”弱水也急得发火，毫不畏惧这位听雪楼的第一护法，“我要去见萧楼主！是不是因为我们不是听雪楼的人，你们就不管死活了？怎么说，师父和我们是萧楼主请来的！你们……”

她的话说到一半，却忽然被碧落用眼神阻止——有剧烈的咳嗽声从内室里传出。

“楼主？楼主？”侧耳细听，听雪楼的大护法忽然间有些不安，站了起来想进入内室，却在门外迟疑着顿住了脚步——没有楼主的命令，任何人都不能擅入！

发病的时候，萧楼主绝对禁止别人靠近他身侧三丈——除了那个绯衣女子。

然而，此刻靖姑娘却无法再照顾这个病人。

极力压制着的咳嗽声断断续续传来，苦痛郁悒，听得站在门外的碧落蹙眉低头，长长叹息了一声，眼里都是复杂的钦佩和担忧，转头看着蓝衫少女：“别再让楼主操劳心力了——被押作人质的是靖姑娘，烨火不会如何的。”

弱水怔了怔，也不做声了，然而依然为师妹的处境忧心如焚。

“咳咳……”忽然，沉默之中，内室的门开了，外面的阳光照入门扉后的人脸上，苍白如纸，嘴唇却是反常的红润，仿佛刚刚吐了一口血。

“楼主。”没料到楼主会忽然开门出来，碧落连忙低头，单膝跪地。

“咳咳……起、起来。”萧忆情扶着门扉，剧烈地咳嗽，断断续续吩咐，“替我……替我去叫墨大夫……快。”一语未毕，他再度咳得微微弯下腰去，虽然用手捂着嘴，可黑色的血还是淅淅沥沥地从指间渗出，衬得听雪楼主的脸色更加苍白得可怕。

“是。”碧落不敢多耽搁，看了旁边的弱水一眼，连忙退下。

蓝衣少女看着听雪楼主，眼神止不住地忧心，终究是口无遮拦，弱水脱口惊呼出来：“萧楼主！你、你……你可要好好养病。你活不长了。”

“呵……”低着头，等那一阵咳嗽平息，萧忆情听到了弱水的惊呼，却低低笑了一笑，不以为意地摇头，“不妨事。每次……每次都这样的，习惯了就好。”

“可你的元神……你的元神都在溃散！”修习过道家的养生术，在楼主咳嗽的时候看出他魂魄几乎散出躯体的景象，弱水眼睛里忧心忡忡，“楼主你还不养病！你的寿数、你的寿数真的不多了！”

听到术法中人的预言，听雪楼主眼神闪了一下，却依旧微微摇头，笑：“如若我都去养病了，你的师妹怎么办？”

“楼主！”明白萧忆情方才听到了自己的嚷嚷，弱水蓦然叫了起来，“你要救烨火！求你了，你一定要把烨火从月宫救出来！”

“咳咳……放、放心。”只是平息了片刻，剧烈的咳嗽再度让他的声音断续，萧忆情勉力点头，眼神却是冷定的，“张、张真人是我……是我请来的，咳咳，听雪楼断无、断无不顾你们的道理……”

那个瞬间，这个眼前病弱的人仿佛有说不出的力量，让弱水陡然间呼吸停顿了一下。

“会、会‘鹤冲天’之术么？”咳嗽着，听雪楼主顿了一下，问。

弱水怔了怔，不料听雪楼的主人居然也知道术法家的旁门，下意识地点头——这本是飞纵传讯之术，修为如她也是能操纵纸鹤的。

萧忆情咳嗽方停，略微颔首，想了想，从窗上撕下一片窗纸，用流着血的指尖在上面写下几个字，交给弱水：“把这个传给孤光，他当为我一力维护烨火，你可放心。”

“孤光？”弱水一愣，想起了朱雀宫门前那个青衣术士，不知为何心里一跳——对了，他是听雪楼这边的人吧？她低下头看去，只见那一张白纸上凌乱地写了几个字：保护烨火。萧。纸上的血迹未干，淋漓恐怖。

“楼主。”蓝衣少女抬头看着听雪楼主，想说一些感激的话，然而萧忆情已经微微摆手，转入内室阖上了门。纸鹤迅速在弱水手中折成，吹了一口气，扑簌簌振翅飞去。

凭窗断断续续地咳嗽着，苍白清俊的脸上有沉重的负累，眉间忽然有些自嘲的笑意：今日……自己居然说了这样意气为重的话？呵，如果换了往日，哪里会为一个丫头动用孤光那样的重兵……只是，听到弱水的话，念及同样是有重要的人沦为人质，才蓦然间心软了吧？

萧忆情看着纸鹤飞上碧空，咳嗽得弯下腰去。伸手入怀，想去拿一瓶药，然而手有些颤抖，一个不稳，瓶子落地碎裂，药丸散落满地。他的手扶住窗棂，想起以往这时候在身边的那人，陡然心中一痛，捂住嘴弯下腰去，然而已经来不及，一大口鲜血冲口而出。

“楼主！楼主！”门外墨大夫来不及禀告，急忙箭步冲入，近身之时忽然惊觉，不敢再走近萧忆情身侧一丈，站在一边看着地上那一摊血，脸色惊惧。

“不妨事，不妨事……咳咳。”身为病人，却安慰起大夫来，萧忆情微笑着直起身，眼前微微有些模糊，连他自己也感觉到这一次发病异于往日，然而听雪楼主的脸色却依然冷定，扶着墙坐入软榻，对着发怔的墨大夫招手，示意对方可以靠近，“给我一丸‘凝神丹’。”

墨大夫陡然惊住，下意识地脱口：“不行！”

听到手下人居然敢直接反驳自己的命令，听雪楼主眼神蓦然冷凝如针。

“凝神丹是靠损耗元神来暂保气脉——楼主血气衰竭如此，哪里当得起！”墨大夫毫无畏惧，根本不当对方是君临武林的听雪楼主，只是教训病人般斥责，“楼主目前必须立刻调息静养，不可再劳心劳力——否则哪里能活得下去！”

“调息静养？”萧忆情眼神一变，冷冷一笑，清秀的眉间杀气聚集，“阿靖在他们手里，让我怎么调息静养！今晚我要去见迦若！你不给我药是不是？——碧落！”

不再和固执的医生浪费时间，听雪楼主击掌，唤入待命于外的大护法，随手一指墨大夫，吩咐：“制住他，从他身上拿凝神丹给我。”

声音未落，碧落的动作快如鬼魅，干净利落。

“楼主！楼主！”毫无武功的大夫被制住，眼睁睁看着自己的病人将拿到手的丹药和着残茶一饮而尽，却仿佛是自己喝下了鸩酒，墨大夫的脸色苍白而激动，忽然间暴怒起来，“他娘的！你以为二十年来是你一个人在受苦么？受老楼主所托，这么多年我穷尽了心力。他娘的！早知道你自己不想活，老子早就不管你了！……老子不管了！你去死吧！”

“我不会去死的……”喝下药，闭目运气调息，将药力化开，听得大夫这样肆无忌惮地骂，听雪楼主眉间反而泛起淡淡的孤狠，睁开眼睛，扫了一眼墨大夫，“我不会不求生先求死——可我必须死守住我在意的东西——我不想重蹈父亲当年的覆辙。”

那样冷醒而沉郁的一眼扫过来，犹如冰雪，冷入骨髓，连骂得滔滔不绝的墨大夫都怔了怔，顿住了口。老楼主的事情，他也是略知一二的，忽然间，看着萧忆情长大的墨大夫眼里翻涌出了深重的感慨和悲凉，长长叹息，说不出话来。

凝神丹显然发挥出了效力，萧忆情脸色迅速好转，苍白的颊上都泛起了奇异的血色，衬得他眼神亮如秋水。听雪楼主站了起来，步履从容，气定神闲，他打开了门，看着天空，陡然喃喃说了一句："又要下雨了么？变得那么快。晚上要不要带伞去呢？"

碧落眉峰一敛，脱口问："楼主，晚上你真的要单身赴约，去灵鹫山顶见迦若？"

"哪能不去呢？"萧忆情低眉淡淡一笑，摇头，"事情已经逼到了这个地步，我也想和迦若好好再谈最后一次——不然阿靖或许真的会死。"顿了顿，病弱的人扶着门扉看向转瞬间已经阴云密布的天空，静静吩咐了最后一句："碧落，替我看顾好这里的子弟，还有红尘，明日日中我必定回来。"

然而，终归还是顿了顿，听雪楼主加了一句话，眉目沉郁："如若靖姑娘返回而我却未归，此后听雪楼上下须听她一人之令；如果……如果我和靖姑娘都未回——那么，在带人马返回洛阳之前，这边就由你全权定夺吧。"

雨是忽然间下起来的——虽然阴云已经在灵鹫山上空积聚了许久，隐隐有惊雷下击，然而孤光心里却知道，真的要下雨只怕要到天黑才是时候。

可是，陡然间，雨就提前汹涌而下，白茫茫的氤氲在天地间。

"是迦若。"看着窗外的雨气，青衣术士喃喃自语了一句，明白这是祭司召唤来的风云，眸中不知是什么样的表情——羡慕，抑或嫉妒？然而孤光只是负手看着窗外，忽然间眼神一亮，手伸出窗外，一招，半空中有几乎看不见的白光一掠而入，停在他手心。

仔细看了一下身边是否有子弟跟从，拜月教的左护法摊开手心来，看见了里面一只小小的纸鹤——那片纸并不大，可纸鹤却折叠得很精致，依稀还有香气。在接触到那个纸鹤时，青衣术士蓦然一怔，凭着幻力遥感，眼前闪过一个蓝衣少女的影子——哦，该是她……该是她折的纸鹤吧？

"保护烨火。萧。"

只有短短五个字，却是用暗淡的血写上去的。因为在雨中飞来，字迹已经洇了开来，雪白的纸上化开了淡淡的血色。

孤光微微一怔，有些不相信地看着上面听雪楼主的手书——看样子萧忆情又是病得不轻。何况，今天晚上他还要来灵鹫山上赴迦若的约——可这当儿上，居然会托这样一件小事给他？

舒靖容之事还没有解决，如今迦若将她看守得更加紧了，不知道如何才能寻得机会——想到这里，青衣术士眉间有烦乱的意味：该死的，机会倒罢了，最怕的是即使有了机会，那个奇怪的女子自己却不肯逃走。

昨日她怎么……怎么会不逃下山，反而自投罗网地去了神庙呢？

这个舒靖容……这个号称血魔之女，和萧忆情齐名于中原武林的女子，她心里到底有着什么样的想法，才会放弃脱身的契机，反而直冲到白衣祭司面前？

孤光皱眉想着，手指无意识地摆弄着那只纸鹤——

烨火……烨火，大约是那些被迦若祭司扣押截留下来的听雪楼人马中的一员吧？对了，似乎也是龙虎山张真人门下的子弟——是弱水的师妹。

青衣术士想起来了，忽然展眉笑了一下，摇摇头：算了，既然是那个丫头的师妹，照顾一下也好……

风声雨气中，灵鹫山上一片淡淡的青白色，空幻如梦，连那些红莲都不见了，躲入水中。眼前无边无际的白茫茫，陡然间仿佛给了他某种不祥的预感——仿佛这天地，已经到了末路。

忽然间，孤光手指迅速一搓，手指间燃起淡淡的火光，那只纸鹤瞬间化为灰烬。

——有一袭白衣，从祭坛上飘然而下。

迦若。

白衣祭司一个人从神殿出来，在雨中沿着湖边独自行来，发丝白袍在雨中飞扬，恍然间，仿佛天地之间只剩下他一个人孑孑而行。披发长歌览大荒。

孤光站在自己的精舍窗前，看着迦若沿着湖边从远处走来——大祭司今日似乎有什么心事，走得很慢，低头看着脚边的湖水，那一泓碧水在雨云中神光离合。

孤光怔了一下：沿湖的那条道路，除了教主和祭司不允许任何人走——哪怕是左右护法都不许靠近。其实，那个开满红莲的小湖，不过是处理对月神不敬的人尸体的地方吧，像山阴里墓葬多了就积聚了阴气一样，只要有镇得住它的东西——比如神庙在，又怕什么呢？难道会有复生的白骨？

为何……为何祭司每次看着湖水的神色，都是敬畏而沉思的？

青衣术士有些不解地看着迦若俯下身去，仿佛要从水中掬起什么，手指迅速探入水面，然后倏忽抬起——哧啦一声轻响，从风里传来，孤光瞠目结舌地看着、看着有什么莫名可怕的东西从湖面下轰然跃起，追逐着祭司的手指噬咬！

雨密密地下着，那些从未见过的无形怪物咬住了迦若的手指，然而祭司并指点出，仿佛风里有痛苦的嘶喊，那些追逐噬咬的恶灵陡然化为一阵白烟散去。

孤光怔怔看着这奇异的一幕，那些恶灵虽然灰飞烟灭，但是那种阴邪之极的灵力依然在空气中激荡，令他暗自心惊——那是、那是什么样惊人的力量埋藏在圣湖底！

雨中，白衣祭司在湖边独自站了片刻，凝望着烟波四起的湖面，仿佛想着什么重大的事情。终于，迦若再度俯下身去，从怀中取出一只银色的小瓶，在湖里舀了小半瓶水，然后小心翼翼地将瓶子拧紧，贴上封印。

然后，仿佛知道孤光在远处看着自己，迦若回过头，对着精舍窗边的青衣术士微微颔首。

孤光想要避开已经来不及，只好迎上祭司的视线，同样颔首致意。

不见迦若如何举步，只是一瞬，那一袭白衣已经沿着湖边近了数丈，云层阴郁，如铁般地压着灵鹫山，沉沉欲坠。然而苍茫天地之间，一袭白衣飘摇，空灵得如非实形。

青衣术士的眼里，蓦然闪过难以掩饰的敬慕和震惊——那是怎样的无上灵力。

“孤光。”出乎意料，迦若却是直接走向他的窗前，雨丝依然密密而下，大如青钱，然而祭司衣襟上没有一点湿意。迦若似乎是心里有了什么决定，径自走到这个平日素来不大交往的同僚面前，顿了顿，忽然做了一个令人诧异的举动——

“这个给你。”白衣祭司反手，从额环上取下镶嵌的宝石，托在手心里，送到左护法面前，“你拿着月魄——以后，这里，希望你能好好守着。”

迦若的眼睛，看向苍茫一片的月宫，里面不知道是什么样的神色变幻。

孤光怔住，看着苍白手心里那一粒殷红如血的宝石——凝聚了月华、号称拜月教三宝之一的月魄，讷讷片刻，摇头笑了起来：“祭司大人，今夜之战未行，就这般不求生、先求死，可不是什么吉兆啊……”

“呵。”迦若也笑了一下，将月魄握在手心，负手看天，眼神寂寥，“求死？那也要有死可求才好。”

“你心底还有‘善’的存在，这很好……是上窥天道的奠基之处。”白衣祭司不再多说，只是回过头，看着孤光，将月魄扔在他青衣的衣襟上，“我知道你渴望拥有力量……你术法上的天赋也很高，只可惜机缘不够——这块月魄不正是你所需要的么？”

孤光的手微微一震，不易觉察地垂下眼睛，掩饰住自己的内心——他自信祭司是无法看到自己内心的……然而，迦若对于他的想法，又知道得有多少？

他知道自己想借助萧忆情的手，来吞噬他，继承他的力量么？

可是，为什么一贯交情淡漠的迦若，如今却要亲手将象征祭司身份的月魄交到他手上……他这算什么？死战前夕的最后嘱托？

虽然，清辉死后，拜月教除了祭司以外，已经没有人比他拥有更强的力量——如若今晚迦若一去不回，那么拜月教的实际大权必然要落到他手中，可是……对于他而言，对于这些的热情，远远不如对于得到力量的意愿那么强烈。

“我留下了手谕在神殿里，安排好了一切——总而言之，如果没有我在，拜月教的一切，就拜托你了。”

青衣术士还没有出言说什么，等捡起那颗跌落在衣襟上的宝石，抬头看去，迦若身形已经远在数十丈之外。

云沉沉压在灵鹫山上，天青地苍，风雨飘摇。

空茫一片之中，只有那一袭白衣如风般远去。

孤光的心里，陡然泛起说不出的复杂心绪，用力握紧月魄，心念转如电。

“禀大人，她不肯吃东西。”回到白石屋，刚一进去，就听到匍匐在地迎接的子弟中，有一个女弟子怯怯禀告。白衣祭司看了一眼接连几个托盘上丝毫未动的饭菜，眉头微微蹙了一下，却只是挥挥手，示意退下。

子弟们不敢抬头看祭司一眼，膝行着倒退而出，阖上门。

空旷的白石巨屋里，忽然安静得连风的声音都能听到——安静得似乎空无一人。

然而，这个房间里确实是有两个人——除了白衣祭司，还有一个在神龛前垂首静默坐着的绯衣女子，一动不动，宛如雕塑。

"真有些后悔将所有都告诉了你……本来以为，听雪楼靖姑娘应该可以承受的。"迦若在那个沉默的女子面前俯下身来，叹息着，看着她无表情的脸，"但是，看来青岚的头颅对你来说，还是太大的刺激吧？"

绯衣女子依然沉默，垂首定定地看着臂弯中那张微笑的脸，眼神仿佛一直沉浸在遥远的地方，涣散恍惚，对于身外一切恍如不闻。

墙壁上那个破碎的神龛空空荡荡，宛如一只凹陷的黑色眼眶，空洞茫然地看着她。

"当神已无能为力"——那一行字，已经支离破碎，上面暗红色也已经消退。这句话，该是当日青岚用尽了自己的力量，却无法保护师弟和她离开苗疆——神的眷顾已经无法再指望，所以，他才选择了和魔交换契约吧？

如果神已无能为力……那么，便是魔渡众生。

怔怔看着那个神龛，刚撬开神龛时那血污漫溢的幻象也不复存在——然而，她却依然觉得自己坐在一摊无边无际的血污中，满目的只是血红、血红、血红……

站在铺天盖地的鲜血里，一个孩子用有些忧郁飘忽的眼睛四顾，忽然间，对着宛在血中央的白衣少年伸出冰冷的小手，怯生生地唤他。

然而，眼前忽然模糊了——血！铺天盖地的血，忽然从四面八方汹涌而来，瞬间盖住了眼睛！白衣少年温和隐忍的笑容陡然消失，她什么都看不见了……只有满目的血红、血红……在满天的血腥中，她茫茫然地张开手，向四方探着，想抓住一些什么，然而，什么都没有……

什么……什么都破灭了。眼前的婆娑世界，宛如被红莲烈焰焚尽，空寂如死，散如飞灰。

青岚……青岚。青岚哥哥。

她茫然四顾，低下头去——忽然间，看到了那张熟悉的笑脸。

他的头颅安静地靠在她臂弯里，苍白的脸，漆黑的头发，平静从容。

她忽然间失声惊叫出来，掩住了眼睛。

“想不到你居然会变成这样……”看着绯衣女子呆滞溃散、乍惊乍喜的神色，迦若眼睛里闪过的是复杂的光，叹息。他的手指抬起，从房内案上拿起一柄白绫裹着的剑，抽出看了看，绯红色的光芒闪电一样照入他眼里，他忍不住再度叹息——连生死不离的血薇被拿走，都毫无知觉了么？

“你听见我说话了么？”虽然对方对于自己的存在视若不见，白衣祭司还是坚持着和对方说话，忽然间出手连点，解开了她被封住的经脉：“现在你都和废人没两样了……困住你还需要这些么？”

俯身看着绯衣女子，迦若眼神里是冷厉的——然而仿佛冰川下的河流，暗底涌动的是说不出的悲悯痛楚。顿了顿，祭司铮的一声，将血薇剑抽出一半，看了看，然后归入剑鞘，对着木无反应的人说出了几句话——

“今夜，我要用你的血薇，杀了萧忆情。

你听见我说话了么？冥儿，靖姑娘——无论怎么称呼都好。

今夜，我要用血薇去和听雪楼主对决——你的血薇在我手上，你作为最重要的人质押在拜月教——作为牵制那个人中之龙的无形的线，让他根本不敢对我动手。

高手过招，生死一线——即使力量本来在伯仲之间，我如今也有把握胜过他。

听见我说话了么？我，要用你的血薇，削断萧忆情的咽喉。”

极慢极慢地，白衣祭司俯下身来，注视着阿靖，说了那几句话，看到她依然只是怔怔注视着那个死去的微笑的头颅，迦若微微蹙眉，冷冷地说了最后一句话——

“至于你……就抱着这个终将会腐烂的人头，去怀念你的青岚吧。”

雨依然在下，然而天色已经昏暗了。

长衣当风，发丝如缕，负手站在灵鹫山最高顶上看过去，上仰者苍，下俯者莽。天地之间，风雨如啸，仿佛万物皆空，只剩下他孑然一身。

他在山巅想起了一个人的眉眼……可惜，人已不在身边。

夜色如同墨一般泼洒下来，重峦层林尽染，他低下头，看了看手中白绫裹着的剑，眉间陡然不知闪过什么样的表情——就在这时，他听到了山径上空空的足音。

祭司抬起头来，看了看乌云密布的苍穹——虽然遮挡住了视线，然而俯仰天地间的他，依旧能看见天穹背后的星斗。

“正好二更——萧楼主来得真准时。”微微笑着，收回仰望苍穹的视线，笑了一笑，临风回首，看着石径上拾级而上的白衣人，迦若蓦然闪电般回身，剑光如同匹练般划出。

打着乌竹伞从山下独自上来的白衣公子一直在微微咳嗽，声音回响在空山，然而，那样病弱的人对着猝及不防的袭击，反应依旧快得惊人——在剑光流出的刹那，他已经点足掠起，擦着剑尖向外飘出，身形飘忽诡异不可言表。

“好！”迦若深色的眼里闪动着针尖般的冷芒，手中的剑却是接二连三刺出，剑尖上吞吐出奇异的淡蓝色光芒，萧忆情手腕一转，将伞横挡在前——嚓的一声轻响，二十四骨的乌竹伞片片碎裂。听雪楼主眼神也是冷肃的，手指一动探入袖内，然而看见从白绫包裹中破空而出的剑光，脸色却是一变。

“你敢拔刀，她就死！”看到了对方的动作，白衣祭司忽然间冷笑起来，厉叱，手中的血薇剑凌厉不容情，招招夺命，“血薇在我手里——她在我手里！我设了禁忌之咒，夕影刀出鞘，她就会死！”

两句话之间，萧忆情已经接连被逼得退开三丈，血薇剑连续三次划破他的衣衫，逼得他不停步地沿着石径后退。他的眼里已经凝聚了杀气——从来没有人……从来没有人，能够逼着听雪楼主这样连退十步！

然而，再一次擦着剑锋退开时，看到眼前那把熟悉的剑，他的手反而松开了袖中的刀。

血薇……血薇，在迦若手里。

禁忌之咒？他不能拔刀……只能退，不能拔刀！

“告诉你，昨日，是冥儿自己不肯下山回听雪楼去的——”一轮快如疾风闪电的抢攻，手持血薇剑的祭司眼神冷漠讥诮，剑上萦绕着他召唤而来的恶灵，发出诡异如哭的声音，带着淡淡的蓝光，斩向眼前空手不住倒退的听雪楼主人，“她不肯……今天，我已解开她穴道，让她自己走动——但是她知道我要来这儿杀你，却不肯来这里……”

“哧”，一声轻响，心神微微一乱，萧忆情行云流水一般的身形一滞，血薇剑终于在他左臂上划出一道伤，血染红了白衣。

剑上缠绕着的恶灵闻见血腥味，陡然激动，发出嘶喊，蓝光更盛。

“对于冥儿来说，青岚更加重要——那是无可取代的……”控制着血薇，操纵着恶灵，迦若额环下的眼睛是冰冷的，手上丝毫不缓，疾刺萧忆情左颈，“你遇见她晚了七年……那已经太晚了。如果你在她十三岁的时候遇见她就好了……”

“铮——”忽然间，一直只退不进的听雪楼主忽然出手，虽然没有拔刀，却蓦地出指弹向剑身。刺向颈中的血薇陡然震了一下，反弹开来。剑身上萦绕的怨灵被指风所激，发出了一声痛苦的嘶喊，有几缕已经飞散消弭。

“放了她！”直退了十丈，萧忆情冷冷斥问，声音里有按捺不住的激动，让他微微咳嗽起来，“咳咳！你、你待如何才能放了她？”

说话之间，血薇剑又已经连接刺到，心烦意乱之下，恶灵们凌厉的反噬逼得他血气翻涌，然而，他的手在袖中握住了刀柄，却依旧没有拔出来——

“你敢拔刀，她就死！”

从来没有哪一句话，能对听雪楼的主人形成那样大的压力和禁锢，手心渗出了微微的冷汗，然而，夕影刀就在手中，血薇剑招招逼人夺命，他却始终不能拔刀一寸。

又是退出三丈，只退不还手之下，萧忆情已经连遇险境。

“刷”的一声响，剑风擦着他的脸过去，在苍白的颊上划出一道血口，血流覆面。

然而，手紧了紧，手心刀柄已经温热，他依然不曾拔刀。

“她甚至不想回听雪楼——只是为了一个要腐烂的头颅而已！即便是那样，你还是不拔刀？”眼里微微透露出异样，看着左支右绌的对方，迦若忽然冷叱：“你真不拔刀？你不要命了？要知道人命可没有什么能够交换的！”

“咳咳……自然是。”凛冽的剑风中，勉强压下的病症突然猛烈发作，萧忆情脸色苍白，咳得说话都断续，足尖连点，避开剑芒。然而听雪楼主的话却是一字一句不容置疑，“所以……就算我决定在此送命，也不是为了交换什么！”

血薇剑忽然一颤，凌厉的绯红色光芒顿了一下，迦若眼色忽然改变，划出雪亮光芒的剑陡然间凝固成静止，白衣祭司顿住了手，仿佛从未拔过剑。

“说得好！我总算听到了一个理由。”迦若蓦然微笑起来，收剑，垂下指地，陡然间眼睛里带着敬意，对着眼前的听雪楼主微微一躬身，“不愧是听雪楼主……请原谅我方才的冒昧。”

剧烈的咳嗽中，萧忆情也是微微弯下了腰去，然而，他眼里的惊诧还是流露了出来，反而更加用力地握紧了袖中的夕影刀：“咳咳……理由？什么理由？”

“你们被称为人中龙凤的理由。”迦若额环下的眼里，陡然掠过说不出的复杂神色，似是悲凉，又似欢欣，带着这种悲欣交集的神色，祭司莫名叹了一口气，抬手扶着额心上那已经空了的额环，“这也是……我给自己的理由。”

顿了顿，仿佛忽然间杀气完全不见，拜月教大祭司收剑归鞘，忽然间长袖卷起，将血薇远远送向听雪楼主手边。萧忆情咳嗽方定，下意识伸手接住，“铮”的一声入手扣紧，他低头看着这把阿靖随身不离的佩剑，眉间神色忧心忡忡。

“没有什么禁忌之咒——我信口说的。”迦若看见他眉间的忧色，温和地出言分解，“我怎么会对冥儿施用术法……她现在要靠自己的力量站起来，所以来不了这里——萧楼主，老实说，今晚我约你来这里不是为了你死我活的对决，相反，而是……”

他顿了顿，仿佛思考了一下，终于凝重地一字一字道：“我要求你一件事。”

天已经黑了，一名子弟进入白石屋里，给祭司的房间点上烛火。房子里黑洞洞的，死寂无声——那个在这里关了好几天，一直失魂落魄的女子，只怕还呆呆地抱着人头在内室里枯坐着吧？连着两天没吃东西了……一个娇怯怯的女儿家，怎么熬得住？

子弟用火绒点燃蜡烛，执着烛台进入内室，想收拾晚饭时送进来的托盘——然而，看到桌上托盘里的食物居然被吃了大半，负责看守的子弟不由吃了一惊。

他还没有抬头，忽然咽喉就被人卡住，窒息得眼前发黑，手一软，烛台当啷啷掉在地上。

“怎么了？”听得动静，外间的同门惊问，涌入。

那只手放开了他的喉咙，点了他的麻穴，将他踢开。然后，那名子弟只听得腰间长剑噹啷一声，跃出剑鞘——昏暗的火光中，剑身反射出雪亮的光，投射在女子苍白憔悴的颊上。

“都滚开！谁敢拦我谁就死！”绯衣女子看着外面抢入的拜月教子弟，眼里蓦然焕发出寒冷的杀意。

雨还在继续下，将整个天地笼罩在漆黑的帘幕内。

灵鹫山上，风雨如啸，仿佛黑黝黝的密林中有无数野鬼山魈跳跃着欢呼。

然而，在石径上交谈了良久的两个人，衣襟上依然没有丝毫的湿意——仿佛有看不见的伞打开在他们头顶，那些密集的雨丝落到上方，就被阻住。

萧忆情看着手中那个银色的小瓶，眼睛深不见底，不知道他心里想着什么——不错，那是圣湖的水——虽然只是一小瓶，然而一拔开瓶塞，就能感受到强烈的怨念和邪力。

那么……一整片湖水，又该是汇聚成了一种什么样可怕的力量。

“这就是我所惧怕的东西……”看到听雪楼主沉吟，白衣祭司的视线投注在银瓶上，眼里神色是敬畏的，神色慎重，“你身上流着侍月神女的纯血，是月神的半子啊……别人未必明了，但是你该能洞察我说的是什么意思。”

“那么……这真的是你的决定？”沉吟着，萧忆情苍白的脸上淡定如常，然而眸底神色瞬息万变，想起祭司方才那样长的一番话，手指居然有些微的颤抖，“连你……都畏惧么？”

“是。我的力量不够，所以才要求你助我一臂之力。”迦若脸色肃穆，回看着山腰中灯火点点的月宫，和那一片已经隐入夜色的湖水，眼神中有痛苦之意，“那里的力量太强了……几百年了，多少人啊——你的母亲、青岚……那些魂魄都被拘禁在湖底，永不能解脱，凝聚成的是什么力量？”

听到“母亲”两个字，听雪楼主的手一震，顺着祭司的眼光看下去。

许久，萧忆情的目光才停留在迦若脸上，忽然苦笑，摇头：“你要我怎么相信……这事情太诡异了。你究竟是谁？我得到的资料里，一直以为你是青岚……可是，真正的青岚居然十年前就死了！太不可思议了。”

迦若的手按在心口上，仿佛压住了什么翻涌而出的东西，脸上也有苦笑的表情："那些邪术，能让这些不可思议的事现于世上——真是罪大恶极啊……那湖水不是湖水，而是几百年来流不尽的血！总有一天，会脱出控制，让一切成为劫灰。"

"那么，你是要我按你的计划、助你一臂之力？"听雪楼主的眼睛里陡然闪过一丝雪亮的光，看着眼前白衣临风的大祭司——这，居然是个活了几百年的怪物？萧忆情的眼底有说不出的复杂神色，缓缓握紧了银瓶："真是想不到……这就是你的要求？"

"是，这是我第一次'求'人。"迦若颔首，微微笑了起来，然而眼里神色却是诚挚坚定的，"明河必不肯认同我的做法，所以我暂时困住了她——萧楼主，这天地之间，只有你能助我一臂之力了。"

"阿靖在你手上——无论你这番话是真是假，我其实都无推辞的余地。"声音是深思熟虑后的冷醒，然而说到那个名字时，听雪楼主的声音依然出现了难以察觉的微变。

"你看看山下的路上，你或许会相信一些。"迦若的眼睛本来是一直看着月宫的，此时忽然微微闭了闭，不知掩住了什么样的神色，然而说话的时候唇角却是带着奇异的笑意。

萧忆情顺着他的手指看向月宫通往山顶的石径，忽然间手一震，银瓶失手跌落在地上。

"她来了。"迦若的眼睛重新睁开，然而眼里的笑容却是悲欣交集，看着昏暗灯下那个急急拾级而来的绯衣女子，"她终于还是能放下青岚而为你拔剑的……那就好。"

他回看听雪楼的主人，看见对方也在刹那间流露出不可掩饰的震惊欣喜。看着那一袭绯衣，萧忆情的手忽然颤得厉害，心肺都再度纠在一起，压抑地咳嗽起来，感觉肺里的血腥气一阵浓一阵淡地涌出。

"人中龙凤……果然都没有让我失望。"迦若微笑着，微微弯下腰，似乎有些苦痛地按着心口，眼里的神色，即使是听雪楼主也是看不懂的，"那个死讯延迟了十年才传到她耳里……然而，因为有你在，终究还不会成为难以承受的噩耗。青岚如果知道了该很高兴吧？"

顿了顿，仿佛生怕萧忆情再问下去，祭司看了看急速往山巅掠来的绯衣人影，忽然从听雪楼主手中拿过血薇剑，"铮"的一声插入山顶土中。

"我们先走吧。"血薇剑在地上微微摇晃，幻出清影万千，方才刺伤萧忆情后的血沿着剑刃缓缓流下，渗入土中。看着山道上掠来的女子，迦若在雨里蓦地开口说了一句。

听雪楼主怔了一下，然而看到依然无恙的阿靖，脸上的神色却是舒展开来——无论如何，至少有一点确定了，阿靖没有事——那便是目下最重要的一点了。

既然迦若做到了承诺，那么，如今他便要履行自己的诺言。

在赶来的人走近之前，山巅上两袭白衣双双隐去，没入夜色，只余绯红色的剑在雨中微微摇曳。

魔渡众生

雨里依稀还能感受到刚散去的恶灵的邪气，风里还有淡淡的血腥味……然而，在空荡荡的灵鹫山顶上，却是漆黑一片，不见一个人影。

已经……已经结束了么?

那盏夺来的宫灯被风吹得晃了晃，忽然间黝黑中闪出一道绯色的光芒。

急切地喘息着，气息平甫的绯衣女子举首四顾，此时一惊回首，便看到了石径边上斜插入土的佩剑，在风雨中微微摇曳，剑刃上殷红的血迹尚未被雨水冲净，一丝丝的红色顺着雪亮的剑脊流下，渗入泥土。

血薇……血薇。那把被祭司带走的血薇!

“今夜，我要用你的血薇，杀了萧忆情。”

“啪”，手指忽然毫无力气，轻飘飘的宫灯都无法握住，飘然坠地，滚了滚，里面的烛火悄然熄灭——灵鹫山顶上，最后一丝火光也没了，天地间，忽然只剩下一片漆黑如死。

风雨飘摇。大风似乎要吹得人站立不住，大雨如同鞭子一般抽在身上，让人因为剧痛而慢慢麻木，变得毫无知觉。

晚了……已经晚了么?一切都已经结束了?

先是青岚……接着，是他。是他!

就是这把剑、就是血薇——她的血薇，杀了他?在他的手里杀了他?

所有的人都一个接一个地离去了……都是因为自己的缘故。

“冥星照命，凡与其轨道交错者，必当陨落!”

——十年前，白帝的判词恍然间重新响起在绯衣女子的耳畔，恍如重锤击碎心脏，痛得她弯下身子去，全身颤抖。半生浮萍、飘零孤苦，本来一直以为，只是依靠自己的力量存在于这个世间，不畏惧任何艰难困阻。

然而，惊回首，却发觉原来是因为有了这些人的全力回护，才能让她血战前行至今。

十年前，有人为了守住她，而不惜舍弃一切，从躯体到魂魄——那个少年一直是毫无保留、毫无条件地对那个孩子好的，绝对的、彻底的，不求任何回报。

十年以后，还是有人为了她的安全，而践了一个必死的约会——那个人，从来是冷定地谋算一切、不让任何事超出自己控制之外的。他做任何事情，都是为了获得对等的回报；他对任何一个人好，都是有相应的条件的。

然而，虽然明知今夜赴约处尽下风，甚至没有多少生还的把握，他却还是来了。

一样的绝望和痛苦，接踵而来，击中了她一贯冷漠从容的心，那样深入骨髓的绝望，居然和十年前和三日前一模一样！

十年、十年……这中间，她经历过多少，看过多少，自以为懂得过多少。然而，终归发现，自己还是不明白一些事的。

是的。虽然已经不复有当年那样纯澈的、绝对的、毫不保留的感情，虽然已经学会了保护自己，虽然已经习惯了冷定地去计算、去权衡……然而，人的心里，还是始终会有一个地方相同不变。原来依然有人可以这样不顾生死地去守护着她，而自己依然可以感觉到如此深切的绝望和哀恸！所以，无论任何时候，都不要以为自己已经不会去爱了。千万不要。

她伸手去拔起那把片刻不离的剑，然而，才触及剑柄，就仿佛有火烧着手指。

绯衣女子的手蓦然握紧了佩剑，却一下子没有握准，滑下剑柄直握在剑刃上，锋利的剑立时切入掌中。血疯了一样地流出来，沿着雪亮的剑脊急急流下，旋即被大雨冲走，混入原先的血痕里，一并渗入泥土。

她忽然觉得没有力气，甚至无力拔出那把血薇，只是颓然跪倒。在大雨中低下头，将脸贴到冰凉的剑上，长久的沉默。

“我当为你报仇。”不知道过了多久，雨声中，埋首剑下的女子，忽然吐出了一句话。

“护法、护法大人，不好了！那个听雪楼的女子、那个女子杀了好几个看守的子弟，往山顶方向逃了！”

天色刚刚暗下来，外面的雨还是没有歇止的迹象。一个人在雨窗下，看着手心那一块殷红如血的月魄，青衣术士眉间神色却是有些复杂和游移的。然而，还不等他想通今日里大祭司这样交托一切的深意，却听得门外陡然传来子弟气喘吁吁的禀告声。

孤光一惊，蓦地在灯下抬起头来，脱口低低反问了一句：“什么？她逃了？”

“是的……子弟、子弟们都尽力了。但是……拦不住。那个女子、那个女子太狠了……杀伤了好多人，夺路逃去。”显然也受了伤，门外伏地禀告的子弟声音断断续续，“我们找不到教主和祭司……所以来禀告左护法大人。”

“什么？找不到教主？”孤光又吃了一惊，手指下意识地握紧了宝石，顿了顿，终于平静地回答门外的子弟，“你们先各自回去养伤，我就派人去追。”

等得外面的脚步声都远去，在风雨的轩窗下，看着桌上明灭的灯火，孤光低头，有些莫名地蹙眉喃喃自语：“这是怎么回事——迦若托孤，教主失踪，那个女子居然忽地想起要逃走！今天究竟是怎么回事？”

故意踯躅了半天，将子弟们召集起来，先是派人去寻找教主，接着交代了一些琐事。想到那人早该在山下百里之外，接近二更的时候青衣术士才站起来，带了十数个子弟出门去，往后山方向走去，去追那个出逃的绯衣女子。

然而，刚刚走到后边玄武宫旁，孤光便蓦然愣住——

黑夜里，雨丝细细密密洒下，在微弱的灯火里织出空朦一片。在宫门口的一个空间里，那些雨丝却是奇迹般地消失了的——一眼望去，宛如缺了一角。

一袭白衣的大祭司站在宫门口，对着他们这一群往后山赶来的子弟们缓缓伸出手来。是“止步”的手势——刹时，包括左护法在内的所有人不敢再上前半步，一齐俯身拜见。

“孤光，你赶快回去，将所有子弟带出来，去山腰行馆。”刚从山巅回到宫门口的迦若，一开口却是对着行礼的左护法说出了这样的命令，声音凝重冷郁，不容反驳，“三更之前，这个月宫里不许有一个人！明日天亮后，不等教主有令，不许返回这里。”

“……祭司大人？”实在是诧异，孤光忍不住违反了一直以来拜月教任何人不得对教主和大祭司的命令置疑的惯例，“可、可听雪楼目前……”

“听雪楼目前大军压境，我知道。但是我还是要所有人三更之前离开月宫！”不容左护法说完，迦若语气凌厉，打断下属的反问，眼神雪亮，看着匍匐在地的所有子弟，“这是我的命令——祭司的话，就是月神的意愿，谁敢不听么？”

“是。”孤光暗自咬牙，手心紧握着那一块月魄，宝石的棱角硌痛他的手——要忍耐，要忍耐，在没有能力变得比眼前这个人更强之前，只有忍耐。在心里一遍遍提醒自己，青衣术士膝行着后退出三丈，然后站起，带着子弟离开，准备去执行大祭司这个莫名其妙的指令，将月宫里所有子弟清空，迁移到山腰行馆。

“对了，”刚准备退开，忽然耳边又听到白衣祭司的吩咐，顿了顿，“将白日里俘来的听雪楼人马，也一起带走，不要留在月宫。”

“是。”孤光应承着，然而眼里陡然有喜光一掠而过。

迦若祭司这个奇怪的命令，要几千子弟一夜之间大转移，无论怎样的局面纷乱都难免——此时要趁机放走烨火，该是大好时机了。

“多谢。”等到那些人退开，宫门外的树下有微弱的咳嗽声传来，断断续续，“你、你还顾惜着我们听雪楼的人……”

雨丝纷飞，榕树细细的根须在风中飘扬，树下的白衣病弱青年抬起头来，对着宫门口的祭司一笑，眼里有寒焰般的光芒欲灭不灭。然而，萧忆情咳嗽得很厉害，显然方才山巅的一轮交手，已经让抱病赴约的听雪楼主重新触发了病势——用凝神丹勉力保住的气脉有些重新衰弱起来，而元神更为溃散。

“没什么，本来今夜是我有求于你的。”迦若淡淡道，“他们都被我遣开了，我们快去神殿方向吧，三更之后到天亮之前，时间不多了。我们要加紧。”

萧忆情点头，然而剧烈的咳嗽让他一时间无法出声回答。

迦若回身反顾，看着，眼里也有担忧的光——这个人元神涣散得很厉害，都要脱离躯体了。只是不知道凭了什么样的力量，却始终有一息尚自不肯熄，在这个已经因为疾病而衰竭的不像样的身体里挣扎着不肯离开。

这种景象让大祭司都有些触目惊心，迦若迟疑了一下，忽然伸出手来。不知念动了什么样的咒语，祭司修长苍白的指尖上蓦地滴出鲜红的血来，一滴一滴渗入土壤。

奇异的是，这血一入土，土地居然如同水一般微微沸腾起来！

仿佛地底下有什么东西翻涌着，要冒出地面来。

迦若蹙眉，神色慎重，然而口唇翕动，继续念着，血越来越多地流出，滴入土壤。土地如同波浪一般奇异地波动着，终于，那一股力量似乎冲破了什么禁锢，地上陡然裂开一个口。

“啪——”轻轻一声响，土中居然透出一阵奇异的青色光芒。

白衣祭司轻轻喘了一口气，抬头对一边的萧忆情道：“把手伸过来，掌心向下。”

从来没有人这样对听雪楼主说过话，然而，这一次萧忆情只是看了迦若一眼，微微咳嗽，没有说话。他离开了树下走过去，在裂开口的土地边，伸出手去，苍白瘦弱的手因为咳嗽而有些颤抖。

“用左手。”迦若看了他一眼，摇头，“你右袖中有夕影刀，神兵利器，那些泉下妖无法靠近你。”

萧忆情手顿了一下，依然没有问祭司究竟是什么意思，只是换了一只手伸出去。

忽然间，地底透出的青色光芒陡然大盛！光从地底下某处透出，瞬间强烈到能照亮彼此的脸——在光芒里，萧忆情只看见隐约有奇异形状的东西溢出，缠绕在他的左手上，轻轻一绕，一掠而回，缩入土中，光芒也立刻消失，平整的土地上似乎压根没有过什么裂痕。

连听雪楼主都不由微微一惊，看着眼前幻象般的一幕，不知不觉咳嗽已经停止。

“我叩破九冥之门，唤来泉下妖，替你拔出体内阴毒的病气。”迦若的手指垂下，指尖上的血却依旧不停地流着，“你觉得好些了么？”

胸腔之间迫人的寒意和喉间的腥气都消散很多，萧忆情回首抚胸，轻轻吐了一口气，诧然点头：“好很多——我忽然觉得自己的病恢复了一半，起码不像墨大夫说得那样恶劣。”

“也只是暂时的。”迦若摇头，叹息，“你病根太深，缠绵入骨，这样也只能拔去几分，让你气脉不至于那么快涣散——但是，我也只能做到这样了。”

看着对方不停流血的手指，听雪楼主微微蹙眉，迟疑了一下：“这似乎让你大耗灵力——我们不过是不得已才暂时合作，你何至于此？”

白衣祭司不再答话，转过身去，然而眉宇间却有复杂的神光闪动了一下，看着雨丝飘飞的黑夜，忽然间却是一笑，低头往神庙方向匆匆走去。

“自然是为了冥儿。”

这样一句话，轻得不能再轻，消散在雨里。

“碧落大人，如今我们怎么办？”灵鹫山下，驻马严阵以待的听雪楼人马里，传来一个老人忧心忡忡的低问，看着外面雨丝飘飞的暗夜，对身边的碧衫青年道。

——楼主既然走了，那么，按照他走之前的吩咐，这里的一切暂时全归碧落护法处理。

听雪楼主刚走，碧落就传令叫齐了各部人马，在暗夜中整装待发地站在庭外。

虽然大家都不知道出了什么事，但是听雪楼向来号令严明，只要上头一声命令，不问原因大家都会全力以赴——当然，也是因为这么多年来，萧楼主从来没有做出过错误的决定，才让楼中上下对于每一个指令都有饱满的信心。

“墨大夫，你先带着红尘回洛阳。”已经在堂中站了半晌，碧落垂手抚着案上古琴，沉吟着，终于说出了他的决定，“她的伤势太重，我怕不早日送回去好好治疗会要了她的命。”

前几日，在联袂进攻拜月教的时候，为了掩护他，这个同僚受了致命的伤。虽然自从几个月前攻破幻花宫、发现小吟的尸体后，听雪楼四护法之首的他一直心如死灰，在面对拜月教大祭司的时候也毫无斗志，一心求死——然而，看到红尘居然为了掩护他而舍命相救，碧落的心还是被震了起来。

他们本来不相干，本来只是同为一个人效力而已，他们本来甚至没有说过几句话——然而，这个同僚、居然为了不让他死在朱雀宫里，而不惜独挡迦若的分血大法！

虽然不明白是为了什么，但是……既然还有人这样强烈地希望自己活下去，那么，即使是为了这个愿望，他也该好好地生活吧？

何况，如今看来，听雪楼被派往苗疆的所有人马，都需要他的带领。

萧楼主既然赴约去了，生死难料，那么他最后的嘱托，自己即使赴汤蹈火，又怎能相负。

然而，听到碧落这样的安排，墨大夫的眼睛却黯了一下，低下头去捻须叹息："红尘护法的伤……唉，我都不知道能不能挨到回洛阳。"

"铮"，碧落的手指一动，轻抚的琴弦猛然断了，他抬头看着墨大夫，眼神震惊，"什么！墨大夫，连你都这么说？连你、连你都说她没救了？怎么会？"

"嗯，我虽然算是深知岐黄之道，但并不是神仙，没有起死回生的本领。"墨大夫微胖的脸上浮出黯然的神色，"除非那些传说中返魂归魄的仙草灵丹真的存在，不然，即使送她回到洛阳，联合我与秦婉词姑娘的力量，只怕也难将红尘护法救回。"

"仙草灵丹？"碧落震了一下，手指下意识地探入怀里，脸色怔怔。

暗夜里，雨丝无声无息地落下，风从灵鹫山上掠下来，吹起楼角的风铃铁马，叮当乱响。

"禀告护法，人马都已经聚集完毕，请护法大人示下。"正在出神，耳边忽然听到了户外有人禀告，声音苍老低沉。碧落回过神来，看见廊下单膝跪地请命的，是此次随着靖姑娘最先来到苗疆的钟木华。

"钟老。"碧落上去扶起他，老人的白发在他眼前晃动。像听雪楼里其他人一样，他称这位辅助过听雪楼两代楼主的老人为钟老，带着尊敬和爱戴，然而碧落的眼神却是凝重的，"天明之后，如果楼主没有回来，请你带着这里的子弟迅速离开苗疆返回洛阳——一刻都不要耽搁，日夜兼程返回洛阳！"

"是。"虽然也是对这个指令不解——明明昨日，在攻打拜月教的时候形势完全有利于听雪楼，如今应该一鼓作气攻入才对，而不该莫名其妙地撤离——然而，这位经验丰富的听雪楼老人还是毫不犹豫地接受了命令。

"我已经知会洛阳总楼的南楚二楼主，他会派黄泉过来迎接——请你到时候带领大家迅速地离开，退出的时候注意周边，我怕拜月教会趁机追击。"沉吟着，碧落眼里神色凝重，一字一句地吩咐。钟木华也是仔细听着，一字一字都记下来。

“那么，碧落大人……你呢？”终于忍不住，老人问了出来。

碧落顿了顿，摇摇头：“我暂时要留在这里，给你们断后。”仿佛不愿再多说，碧衫剑客拍了拍老人的肩，“钟老，拜托你了——就这样，你先下去吧。”

“是。”钟木华点头领命，转身退出。

“你留下干吗？”在内室里，刚刚探视完红尘的伤势，墨大夫转出来问，眼里神色担忧，“你不一起回洛阳？你不会是要——是要趁机离开听雪楼吧？”

——当年，眼前这个惊才绝艳、剑胆琴心，号称江南第一剑客，一身剑技即使比起靖姑娘来，也相去不远。为了收服他，萧楼主以答应帮他找到所爱女子为代价，将他拉入听雪楼，成为四护法之首。

那只曾经翱翔天宇的白鹰，从此被诺言的链子束缚着，停栖在了洛阳。辅佐着那位人中之龙，经历了多少惊涛骇浪、权力争夺和四方征战。

渐渐地，他原来的名字“江楚歌”已经再也无人记起，而听雪楼大护法“碧落”，取代了他的本名，成为中原武林里震慑四方的名字——他为了听雪楼如今的武林霸主地位，立下了汗马功劳。

然而，幻花宫被灭之后，在踯躅花开放的地方，碧落终于发现了成为干尸的小吟，寻找多年，一切却灰飞烟灭。那以后，他一直心丧如死——难道，到了今日听雪楼遇到难关，碧落护法要在这个时候离开？

“天亮之后，如果萧楼主没有下山——我就一人一剑上灵鹫山！”

墨大夫正在猜测，耳边却听得碧落决然的话语。墨大夫一惊回首，只看见青衣剑客低下头，眼里闪过的光芒却是雪亮：“若不能从迦若手里救出楼主，我江楚歌，也当尽力为他报仇。虽非大祭司对手，也不过一死而已！”

语音未落，手掌一拍琴身，古琴下的暗格陡然弹出，鱼肠古剑闪着幽幽暗彩。

握剑入手，碧落垂下头看着自己的剑，眼中焕发的，是加入听雪楼以后隐忍了多年的热血——那是少年时代，他一人一剑无拘无束游剑江湖，以剑为胆，以琴为心时期的眼神。加入听雪楼以后，为了实现对那人的承诺，他收敛了多少年的羽翼……

“报君黄金台上意，提携玉龙为君死。”手指轻轻拭过鱼肠剑的锋芒，吐出一句轻轻地吟哦，碧落回剑入鞘，看着墨大夫，眼睛亮如秋水，“但是，红尘护法就拜托您了……请墨大夫无论如何想办法救她。”

走出去的时候，碧落顺路看了看依旧在昏迷中的红尘。

只是隔着窗棂默默看了一眼——这个本来不大熟悉的同僚，为了救自己豁出了命来。如今如果知道自己要再次身入重地，有死无生地去送命，一定会再度阻止吧？

你我，虽然同居于听雪楼，同效力于萧楼主，然而，我们从来未曾深交过。

去年冬天，每日我在院中弹琴的时候，都能看见你抱着折来的梅花从廊下走过去……那是我们唯一对彼此还有印象的时候。

红尘……红尘。为什么，你会希望我活下去呢？

“碧落护法，你要去月宫？”正在出神，耳边忽然听到一个声音问，着急而活跃——是日间那个为师妹安全而纠缠了他许久的声音。

果然，碧落回过头，就看见了湖蓝衫子的弱水，一双大眼睛一眨不眨地看着他。

“我要跟你去！我才不跟着他们撤离我师妹还在拜月教手里，我怎么能走！”弱水一着急，说话语速快了很多，让碧落几乎连回话的空隙都没有，“萧楼主人呢？他明明答应我要救烨火出来的！——他人呢？现在去了哪里？为什么忽然间要大家都撤回洛阳？你们不管烨火了是不是？你们不管，我要管！告诉你我非得去把她救回来不可……”

碧落叹了口气，看着面前的少女，忽然觉得头大如斗。

雨丝飘飘扬扬，随着微风在暗夜中簌簌洒落。月宫内黑沉的一片，只有偶尔的灯火亮处，昏黄一团，照出雨丝空朦的一点空间。

站在祭坛下的圣湖旁边，看过去，暗夜里有无数白衣缓缓移动，安静而有条不紊——那是月宫里所有子弟在孤光的安排下，按照吩咐连夜撤离月宫，迁移到山腰的行馆里去。

“拜月教子弟，看起来也是很优秀的。”看到这样迅速而大规模的举动，实施贯彻得如此利落，而这样多的人连夜行动却丝毫不见紊乱，甚至连声响都很少发出，连听雪楼主人都不由自主地发出了赞赏的惊叹，“你管束得很得法。”

“可惜他们都不会武功……也不会术法。”并肩站在湖边，白衣祭司看着那些鱼贯离开的下属，眼里有关爱和悲悯的光，“但他们都是可以用最后一滴血来维护月神不可侵犯尊严的人——如果让他们和你的人拼死一战，这个月宫里都会溅满血。”

“愚蠢的教民……我原先想，长痛不如短痛。与其让拜月教用阴毒的术法祸害苗疆、流毒无数，让一个又一个的人如同我母亲一般地牺牲、沉入湖底——我宁可拼着血流三尺，也要将它连根拔起！”看着脚下暗夜里波光粼粼的湖面，萧忆情的眉间却是涌动着杀气，语气冷如冰雪。说着话，无意识地踢了一颗石子出去。

“小心！”迦若来不及阻止，那颗石子已经扑通一声坠入湖中。

忽然间，黑夜里发出了轻微的咝咝声，仿佛无数毒蛇在夜中蓦然吐信——水面微微激荡开来，似乎黑夜中有什么东西被惊动了。被石子敲开的湖面碎裂，有白色的水气蓦然绽放迸裂，旋风呼啸而来，将临湖而立的两个人裹入氤氲的水气中。

“什么东西？”阴毒的气息迫近，刹那间萧忆情已经拔刀，夕影刀流出一片清光，斩开如水的雾气。风声雨气里，有什么看不见的东西嘶叫了一声，落下的雨丝陡然变成绯红色。

风忽然定住。

听雪楼主飘起的衣袂和发丝是在刹那间顿住的。

很诡异的景象——连风都能在刹那停顿！

雨气和雾气是倒退着收敛进入黑沉沉的湖面的，仿佛一朵缥缈的白色大莲花收拢起来，沉入了那一片湖水中。

“就是我跟你说的那种东西。”一切发生在倏忽间，迦若还来不及出手，就看到了恶灵们在夕影刀下退开，祭司眼里有厌恶和敬畏的光芒，“是我惧怕的——你现在看到了？”

“是很阴毒——似乎未必见得多可怕啊。”夕影刀已经重新没入了衣袖，然而听雪楼主回忆着方才刹那间的力量交锋，沉吟着，眉间却有些不解。

白衣祭司忽然笑了起来，眉间的神色不知道是宽慰，还是讽刺：“当然，对你来说这力量只能感受到五成而已！你身上流着一半的月神之血啊！你的母亲，先代的侍月神女，华莲教主的亲妹妹……继承着那样血统的你，也有着让圣湖恶灵们畏惧的护身符。”

顿了顿，迦若抬手抚着眉心的额环，才惊觉上面的宝石已经被他送了人，不由唇角浮出淡淡的苦笑：“所以我才说，在这个世间，只有你能帮我达成我的愿望了……”

“你怎么不先止住手上的血？”听雪楼主人看见他抬起的手，苍白的手指间，血还在不停地流下来——自从方才祭司作法、叩开九冥之门招来泉下妖之后，他手上的血就没有停过。

“止不住。”迦若忽然笑了，摇摇头，“你不知道吧？我是个怪物……从来没有任何东西可以让我受伤，除非我自己——但是一旦流血，就再也止不住。”

萧忆情忽然怔住，看着他。然而迦若却是毫不在意，随手甩了甩，手上的血珠被甩了出去，落入湖面——扑簌簌一声响，湖上烟波四起，水面仿佛沸腾了一般，无数奇形怪状的东西从水里逸出，血珠瞬间被抢噬得一干二净。

那样诡异的景象，让听雪楼主都看得出神。

“很可怕吧？”迦若淡淡地笑，然后眼里闪过雪亮的神色，“这里积累了几百年的怨毒……死了多少人？还要死多少人？罪大恶极啊——希望，能了结在我们的手上吧！”

“那是……你的愿望吗？”萧忆情不知为何，微微一震，抬眼看着站在身侧的白衣祭司，语气里却蓦然涌现了难得流露的震颤和动摇。

迦若不答，只是微微点头，眼神冷定。

“好。”顿了顿，听雪楼主人忽然叹息地，率先转身走向祭坛，拾级而上，“我尽力而为。”

“多谢。”迦若看了一眼黑沉沉的湖面，随之转身。

两袭白衣无声无息地，沿着大理石铺就的巨大石阶一步一步走上去。风从回廊下吹过来，雨脚斜斜打来，濡湿了两人的衣襟。

夜是静谧的，只有远处那些转移的人马偶尔发出的些微声响。

“迦若。”终于走到了祭坛最高处，神庙在望。然而，听雪楼主却忽然驻足、回身，看着身边的白衣祭司，眼神复杂，忽然叹息般地说了一句，“世人都说我观人测物莫不洞察了然——可我真的不知道，你究竟是什么样的人？你是迦若，还是青岚？”

“我什么都不是。”迦若回答得很干脆，微微笑了一下，眼神却是寂寥的。他抬起手，遥遥对着神殿大门，微微躬身示意，“请。”

月神殿里，重重帷幕后面亮光依然挡不住地透出来，万盏烛光如星辰大海，璀璨夺目，衬得高座在上的月神宝像庄严，曼妙不可方物。

“就是这个？”手指攀上了那个八宝缨络装饰着的神龛，停顿在那个玉雕的轮盘上，萧忆情神色凝重，转头看着一边的拜月教大祭司。

然而，带着敌方的首领进入拜月教圣地的大祭司，却居然毫不防备对方在干什么，自己走了开去——萧忆情看见他在神殿的一侧厢房门前停下，手按在紫檀木的门上，却没有推开。

那个瞬间，听雪楼主看见祭司的手有些微的颤抖。

不过是一扇门而已……然而那个刹那，迦若的眉间却掠过复杂而苦痛的神色，仿佛挣扎了许久，却始终没有稍微加力，将那扇门推开。

拜月教的大祭司，只是将手按在那个门上，长久地凝望——仿佛这样就可以看穿那扇厚重的木门，看进背后那个密室里去。他手指间的血还在不停地流下，紫檀木的门上纵横着他的血，无声无息。

萧忆情看到他这样的神色，不知为何忽然间心里也是一痛。然而，听雪楼主人没有出声询问或者催促，只是收回了目光，看向外面黑沉沉的夜——那里，拜月教的子弟们还在继续撤离，那一袭袭白袍在暗夜里幽然闪动，有秩序地迅速离去。

都离去了……都离去吧！

在这个偌大的月宫，今夜是属于他们两个人的天地，只希望以他们两人联手的力量，能够压制下圣湖里那群恶灵，实现迦若的愿望。

这个迦若……究竟是什么样的人？抑或，不是一个人，又是一个什么样的怪物？

为什么他的愿望……居然是这样？

他说他是吃了青岚而获得力量和记忆，然而，为何又会为了阿靖，而不惜耗费这样大的灵力来为他治病——说起“冥儿”这两个字的时候，他语音里的细微变化无可掩饰。

他究竟是什么……是迦若，还是青岚？

然而，听雪楼主毕竟什么都没有说。许久，他沉默地看了一下外面的天空，目光收回来，看着神殿上的水晶沙漏，忽然不回头地说了一句：“快到三更了。”

迦若的手一震，立时从门上放了下来，回看萧忆情。

“放心，我们定会成功。”白衣的听雪楼主在天心月轮下转过身来，也看着大祭司，清秀病弱的眉眼间忽然涌现了沉毅决然的神色，一字一顿的，“我定然会帮你实现愿望。”

迦若忽然笑了，伸出手去，重重拍了一下对方的肩：“好。我就知道找你绝对没错——听雪楼主言出如山倒，我放心了。”他的手离开萧忆情的肩，留下的是殷红的血印。

“你还有什么其他的愿望？”沉吟着，萧忆情忽然忍不住问，他的眼睛穿过对方的肩膀，看向背后那扇紫檀木的门，“比如门后边的那个——”

“那个人，是你在这个世上唯一的血亲。”白衣祭司缓缓开口，眼神却忽然间变得很奇异，似悲伤，又似欢跃，“我没有什么其他的愿望了……再有，也是希望——”

他顿了一下，看着身边病弱的年轻人，忽然叹了一口气：“希望冥儿和她能幸福。”

“幸福？”怔怔重复了一个词，萧忆情陡然间居然也叹了一口气，唇角浮起的是莫测的笑意，“这个，似乎我也没有能力答允你了。”

“如果你也不能，还有谁能呢……其实我能看到未来，但是——”迦若微微苦笑，眼眸里闪过无奈的光，仿佛想说什么，但是终于生生忍住，“你们在一起，很好。”

“三更了。”顿了顿，似乎觉得已经说了太多，大祭司忽然看着更漏，说了一句，“人也撤得差不多了——我们动手吧。”

萧忆情无言转头，握住了那个天心月轮，手指冷定如铁，毫不颤抖。

在转动那个操控天地的机关之前，听雪楼主蓦然对着拜月教的大祭司说了一句话：“迦若，其实我知道你真正畏惧的是什么——你畏惧的不是圣湖恶灵的力量，而是你自己。”

“护法，护法！那个女人来了！”有条不紊离开的队伍中，蓦然爆发出了慌乱。前方似乎有兵器碰击的声音，冷厉刺耳，子弟们惊呼起来：“那个逃掉的女子又回来了！”

青衣术士本来已经走到了队伍末尾的听雪楼俘虏中，刚刚找到了红衣的烨火，准备趁乱暗自出手相救，然而此刻听到前头撤退的子弟蓦然爆发的呼喊，眉头暗自蹙了一下，只好先离开了烨火，走上前去。

暗夜中，玄武宫门口有些混乱，火把灯笼黯淡的光线下，依稀可见一袭绯衣。纷乱的剑光围绕着她，雪亮犀利。

“怎么回事？她又回来了？”脱口喃喃一句，孤光眉头更加蹙得紧了，忽然间觉得太阳穴突突地跳，痛得要命——天，听雪楼这些人都在搞什么？进进退退的毫无道理可言，让他这样的卧底经常是丈二和尚摸不着头脑。

“让我进去！”混乱中，绯衣女子对着阻挡她的人群厉声呵斥，剑光如同飞瀑一样横空，鲜血飞溅，“让开！我要杀了迦若……我要去杀了迦若！挡我者死！”

左手依旧抱着那个黑匣子，然而阿靖右手提着血薇剑，眼神里的光雪亮得可怕，仿佛要吞噬眼前所有拦住她道路的人！拜月教子弟们哪里是她的对手，一时间堵在宫门口拦截她的子弟已经死了好些，血流遍地，在细雨的夜里淌了开来，猩红满地。

孤光的眉头蹙了起来，眼神渐渐严肃——在所有子弟面前，身为拜月教左护法，他无论如何，也不能让她如此杀人。无论如何，他要当众拦住她！

“好！今天我就要杀了你们，给楼主报仇！”看到一连杀了多人，那些拜月教子弟不但不退，反而越聚越多，舒靖容冷笑起来，撕下衣袂，将左手中的黑匣子缚在背上。绯衣女子腾出了双手，提着血薇剑看着眼前夜色中无数的拜月教徒，眼神冷酷。

孤光排开众人，走了上去，准备拦住这个举动经常大违常理的女子，然而，听到她此刻的话，拜月教左护法却不由得一震，脱口惊呼：“什么？你说萧忆情……死了？”

阿靖此刻也看见了他，眼神陡然凝聚在了他身上，杀气逼人。孤光不知道这个女子受了什么样的刺激，居然看着明知是己方人的自己眼里还有这样的煞气——然而看到手持血薇剑的女子的眼神，连他都不禁打了个冷颤，下意识地将念力集中到右手指间。

就在那个刹间，凝神对敌的青衣术士忽然觉得什么不对劲，似乎空气中有东西瞬间失去了控制，带着极大的危险逼过来——他陡然间觉得心寒，再也不顾敌人在前，蓦地回过身去！

“啊——”身后那些还在月宫内没有撤出的拜月教子弟中，已经响起了此起彼伏的惊呼声，惊骇莫名，大家看着暗蓝色的天空，各个目瞪口呆，“劫灰！劫灰！”

“灭天之劫？”孤光回首看着月宫，眼睛陡然间也是凝滞，带着不可思议的惊惧，怔怔脱口，“红莲烈火？劫灰！”

雨不知何时忽然已经停了，月宫里圣湖方向似乎有烈焰燃烧，烧红了黑夜，半空有什么奇异的东西下落——

那不是雨，竟是一天纷纷扬扬卷起的、苍白的飞灰！
劫灰。
拜月教几代以来暗自传说的灭天之劫，居然真的在今夜压顶而来！

永夜

苍白秀气的手指，却仿佛蕴含着惊人的力量——将那个天下只有月神纯血之子才能转动的天心月轮，一寸一寸地转动。

月轮上有刻痕十二道，然而，每转过一道刻痕，都似乎用了极大的心力。

连听雪楼主那样的人，眼神里都流露出竭尽全力的孤狠和凝注。

身上只有一半的血统，所以，要打开这个天心月轮，另一半的力量只能倚靠他本身的武学修为——将几乎是十二成的力量都凝聚在手指间，萧忆情苍白的手指几乎要抠入玉石的转轮上，强自压制着动用真力而引起的胸间的不适，一分一分地转开了月轮。

当月轮的刻痕转过第六宫的时候，极远极远的地方隐约传来一声轻微的“吱呀”——然而这个极其细微的声音，却让一直站在神殿门口远眺的白衣祭司猛然间全身剧烈一震！

“开了。”迦若站在高高的祭坛上，看着湖面，忽然间低低说了一声。

仿佛是回应他这一句话，铺天盖地的水声忽然间以想象不到的声势漫了过来！

仿佛千军万马奔腾而来，将祭坛上孤零零站着的白衣祭司湮没。

——那是圣湖的水闸第一次被打开，湖水倾泻入地底的声音。

那些禁锢死灵的湖水，几百年来第一次被排入地底。

随之而起的，是那些欢呼着、尖啸着从几百年黑沉沉湖底牢笼里腾空而起的死灵们，挣离水面，在半空疯狂地舞动飞窜，恍如红莲烈火当空燃烧。圣湖的水在流动，剧烈地往地底奔涌，那些死灵浮出水面，先化为红莲，然后纷纷挣脱了水的禁锢，在空气中呼啸着来回，发出火一般的亮光。

空气仿佛陡然凝结，有无形的力量弥漫着，连天上下落的雨丝都被逼得无法坠落！

恶灵升腾而起，飞跃狂舞于空中，氤氲如雾气，有一片一片苍白的灰烬，从天空中飘落。无根无本，无始无终。

天地间空茫一片，仿佛世界的末路，洪荒的尽头。

转过第八宫后，萧忆情忽然剧烈地咳嗽起来，仿佛胸间翻腾的血气终于无法压抑，冲出了咽喉。他咳得俯下身去，手指却依然死死地握住那个转轮——他咳出的血溅在月轮上，忽然间，天心月轮竟然微微亮了亮！

月神之血浸润了它，这个拜月教最高圣物仿佛得到了什么祭奠，转动的滞涩缓和了不少。

海天龙战血玄黄，披发长歌览大荒。

易水萧萧人去也，一天明月白如霜！

蓦然，站在门口看着圣湖的白衣祭司嘴里，吐出了这样的四句口诀——听雪楼主听到那样的诗，眼睛蓦然微微一亮：那是白帝门下的不传之秘——当年高梦非穷途末路时，听过他念起这首诗，然后长笑拔剑自刭。

“我去了。”——看到纷纷逃逸的恶灵在夜空中狂欢跳跃，知道它们一时喧闹后便要四散逃入阳世，只怕从此再也无法控制，白衣祭司不再迟疑，对身后的听雪楼主出言。顿了顿，缓缓道：“接下来的事，就拜托你了。”

萧忆情的手一震，他答不出话来，只是咳嗽着，从月轮下直起身子看着迦若。

漫天的劫灰纷扬而落，迦若站在祭坛边上，手指间的血不停地流，却不曾回头看这边一眼，白袍如风一般飞扬而起。

“咳咳……尽管放、放心。”萧忆情终于挣扎着，吐出了一句承诺。

然而，即使是听雪楼主，在说出这句话的时候，眼睛里也掠过了深切的悲悯和震撼——易水萧萧人去也，一天明月白如霜？月黯星陨，一天劫灰，相送两人衣冠皆似雪！

“好，好！”迦若点头，忽然看着天空，大笑，“有听雪楼主这句话，天下何事不可放心？生死均可相托，信君必不相负！”

他忽然一扬手，手中本来提着的白袍前襟飞扬而起，再也不回头。白衣祭司从神殿高高的祭台上拾级而下，走入漫天的劫灰中，那是义无反顾的坚决的步伐。

萧忆情不再看离去的祭司，他的手指再度用力，一分一分地将那个天心月轮打开。

身体里的血似乎要沸腾起来，冲出胸腔——他知道那是自己强自冒犯拜月教圣物、而让体内流着的并不纯粹的月神之血悖逆，引起了缠绵入骨的恶疾复发。然而，既然答应了迦若，就算是背天逆命，他也要拼着毕生所拥有的力量，将这个转轮打开！

已经转过了第十宫，地底水闸已经大开，站在祭台最高处的神殿里，他都能听到底下圣湖里汹涌的水声——那是几百年来，第一次被排干的湖水！

将那些沉睡的凶灵统统惊起，将那些几百年来的怨毒统统释放——

迦若和他……究竟在做的是什么样可怕而有死无生的事情？

然而，一诺如山重，生死俱为轻。何况是身为听雪楼主的他，和拜月教大祭司的击掌誓约。无论缘起是为了什么，这个约定，一定要尽他所有的力量来守住。

更何况，在这个誓约里，有着让他心神震撼的东西。继承听雪楼、拓地万计，在中原武林驰骋睥睨的他一直有着自己的抱负和理想，也知道那样的信念对于支撑着血战前行的人来说是什么样的意义——所以，如今的他，才能那样深切地了解迦若以身相殉的深意。

“迦若……”忍住胸腔间仿佛要割裂的痛苦，萧忆情缓缓将月轮转向最后一个刻度，陡然间，嘴里吐出一声深沉的叹息。

然而，此时空气中的声音忽然变了！

那些欢呼着、尖叫着、狂喜着的恶灵们，猛然间一齐爆发出奇异的狂啸——仿佛愤怒，又仿佛惊喜——仿佛惊雷下击，整个灵鹫山都能听到那些死灵们的欢呼。

那是因为它们闻到了迦若手指间的血气，注意到了白衣祭司正在走离神殿。

最后一步，是这样毫不犹豫地跨出的——明明知道一旦脱离开月神殿的范围，得不到神力庇佑，就会被满天纷飞的巨大阴灵吞噬。然而，迦若从最后一级台阶迈下，依然从容而坚决仿佛不是去赴死，而是去远游。

空气中有风猛烈地迎面吹来，那是恶灵们感觉到了祭司体内的灵气的吸引，疯狂般地汹涌扑来。那样骇人而巨大的力量，搅起了天地间的旋风。

它们纷纷聚集，对着祭司冲过去，发出恐怖的尖啸。

几百年了……这些圣湖下的白骨们无法解脱，被历代祭司操纵着、奴役了数百年，它们心里的怨毒已经变得让世间所有万物都变色——第一次脱离控制，而且又见到了拜月教的大祭司，死灵们疯狂起来，扑上去噬咬。

面对着前方汹涌而来的怨灵，迦若的脚步反而陡然加快，朝着圣湖中央冲去！

劫灰纷卷而来，漫天漫地。

恐怖的灰白色在瞬间湮没了白衣祭司的身影。

余下的那些无法挤入核心的死灵，在半空盘旋，焦急地叫嚣着。而灰白色形成了一个凝聚的核，核心里那些死灵在欢呼，血色从劫灰里纷扬出来，弥漫在空气中。

然而，那个凝聚的核一直在移动，往着圣湖方向奔去。

那些得了甜头的死灵哪里肯放弃到口的美味，祭司的血和灵力刺激得它们发狂，争抢着围着迦若噬咬，紧紧跟着他的脚步。

已经看不见祭司的身影，浓郁的灰白色包裹了他，然而，在他走过的地面上，血色如同鲜花洒落——那些无法凑上去咬一口的死灵们迅速聚集过来，在地上的血迹边盘绕，将那些血一一吸入，一边发出刺耳的尖叫。

在这样狂乱而震慑的局面中，萧忆情苍白着脸，眼神冷定地将天心月轮转向最后一宫。

“怎么回事？怎么回事！外边怎么了？”陡然间，神殿深处有个声音隔着门叫起来了，惊惶而绝望，“迦若？是迦若么？你在干什么？你在干什么！快让我出去，让我出去！”

紫檀木的门后面，那个女子的声音颤抖得厉害。

是拜月教主么？他在这世上的唯一血亲、他的表妹？——萧忆情咳嗽着，胸中翻涌的血气让他几乎无力握住那个沉重的轮盘，然而他眼里也微微有了闪亮的光芒。

“你在干什么？迦若，迦若！回答我……你让我出去，让我出去啊！”女子的声音继续在里面呼喊，仿佛意识到了什么，渐渐由惊慌转为绝望，“你、你为什么要制住我？你要做什么我肯定不答应的事？……说话！说话啊！迦若！”

外面的恶灵们在欢呼，在沸腾——祭司的血是如此诱人，让那些压抑了数百年的恶灵欣喜若狂。迦若走动的速度已经明显慢了下来，他已经走下了快要排空水的圣湖底。那些怨灵们围绕着他，一路噬咬抢夺着，凝聚成灰色的核。

劫灰还在漫天纷卷而下，湮没了天地和明月。

天际已经透出了微微的薄光——已经过了三更很久了。

拜月教主绝望的惊呼和死灵们疯狂的尖啸同时在耳边萦绕，入耳惊心。然而萧忆情只是铁青着脸，毫不犹豫地，将月轮转向最后第十二宫，一分分全部打开。

“迦若？迦若——”在转轮指向最后一个刻度时，漫天的喧嚣声中，忽然从祭坛下传来一个女子的惊呼声。

那声音入耳，神庙里一直冷定如铁的听雪楼主，脸色蓦然微微一变。

他闪电般回首望向神殿外，那里，满天劫灰纷纷扬扬，苍白的灰烬中，一袭绯衣如同蔷薇般盛开，剑光纵横，一眼望去，惊艳如灰上之珠。

那个绯衣女子显然是一路杀开那些恶灵才来到弥漫着阴毒力量的圣湖边的，她一边挥剑不断逼退那些缠绕过来的恶灵，一边不可思议地看着圣湖里那个翻翻滚滚的灰白色的核心，神色惊惧而急切。

那里，一袭白袍被汹涌的恶灵们围攻噬咬，已经湮没得再也看不见，唯有血色如同雾气般飞腾，散入半空。

“青岚……”在看着不停移动的灰白色的核慢慢地停滞、停顿，知道那个人已经被缠身的恶灵们围攻得渐渐失去了奔走的力气，阿靖的手蓦然一颤，脱口低低唤了一句。

忽然间，挥剑将一只向她扑来的死灵斩成两段，绯衣女子足尖发力，便向阴气最重的圣湖底下奔了过去，转瞬也被浓厚的飞灰湮没。

“阿靖！”站在神殿里看下去，一直冷定的听雪楼主脸色也变了。

“咔哒”，轻轻一声响，天心月轮已经被转到了最后的第十二宫。圣湖底下的水闸完全打开，湖水疯了一样地汹涌泄入地底，方圆不过一里的小小湖面转眼干涸。

湖底露出了累累的白骨，纵横铺就，在漫天劫灰中看去，是暗淡的惨白一片。

那些围着迦若噬咬的恶灵们，敏锐地感觉到了有什么外人进入圣湖，瞬间有些微微骚动起来。在外围的一些恶灵无法抢上去撕咬大祭司，登时转过身来，向着那个居然敢大胆闯入禁地的绯衣女子扑过去。

灰白色的内核被这样一扰，涣散了一些，迦若的身影显露出来。

大祭司全身的白袍已经变成了血红色，肩、背、手、足上到处都是咬着他血肉不放的恶灵，一口一口咬下去，带着无比的怨毒和兴奋。他显然已经耗尽了力气，眼看着湖底水闸黑洞洞的门就在面前不远，然而再也没有前进一步的力量，只是任凭那些恶灵噬咬，用手支撑着铺满白骨的湖底，不让自己倒下去。

此刻，他看到了绯衣女子蓦然地闯入，转瞬被卷入苍茫的劫灰——大祭司黯淡的眼里陡然闪过焦虑的光，几次要站起来，然而力量已经不够。

“萧忆情！”陡然间，他想到了唯一相托的人，用尽了最后的力气，大声呼唤着这个名字，“萧忆情助我！”

远处的神殿里，听到祭司呼声的白衣人手指猛然一震，忽然间长长吐了一口气——

毫不犹豫地，萧忆情忽然出手，青碧色的刀光从袖中如闪电般划出，冷冽如苍穹雷霆。听雪楼主用尽了一生的武学造诣，一刀就将神殿上供奉着的天心月轮斩为齑粉！

“轰”的一声巨响，大地猛然间为之震颤。

地底下仿佛有什么东西要垮了，将整个灵鹫山都震得微微晃动。

圣湖底下，那道由巨大玉石做成的水闸闸门失去了控制，颤了一下，猛然开始沉沉下落。

“迦若！迦若！外面怎么了？你在干什么？放我出去！放我出去！”紫檀木的门里，拜月教主的声音已经因为震惊而变得绝望，拼命嘶喊着，却因为筋脉被封而无力做任何反应，只是在那里一遍一遍撕心裂肺地问。那声音里的急切和担忧，让听雪楼主一贯冷漠的眼里都有了微微的动容。

“萧忆情助我！”劫灰漫卷，白骨累累的湖底，那个白衣祭司被恶灵缠绕着，唤他的名字，声音在灵鹫山空旷的天地间回响，“萧忆情助我！”

两个人的声音交缠着进入耳内，听雪楼主眼里的光如同冷电。

一刀劈碎了拜月教数百年来供奉的圣物，他再不迟疑，隔空挥手，指风破空处紫檀木门被震开，门里苍白着脸嘶声大呼的女子，看到站在圣殿里的听雪楼主，猛然间呆住，意外得说不出一句话。

“神殿要塌了，快往远离圣湖的方向走！”萧忆情隔空解开了明河被封的穴道，冷然扔下一句话，转身就向着干枯的圣湖底掠去，身形迅疾如电。

他的身形刚离开最后一级神庙台阶，那些遍布空中的恶灵也同样察觉到了，瞬间云集过来，想撕咬开他的躯体——然而，仿佛感到了这个人身上有什么惧怕的东西，那些恶灵嘶叫着，却一时间不敢扑过来。

他知道，那是他体内那一半所谓的“月神之血”。

听雪楼主的脚步丝毫不敢停顿，提起了一口真气直奔湖底那一片灰白色最浓厚的地方，那里，翻腾缠绕的怨灵们正在欢呼着享用百年来难得的血肉盛宴。

“楼主！”冲下湖岸的时候，他听得阿靖在叫他，声音里带着深切的欣喜和震惊。

然而，被那些密密麻麻的死灵羁绊着，绯衣女子不停拔剑刺击，却一时间无法走出半步，看到他安然地从神庙中出来，她的眼神却是极度的欣慰和喜悦，脱口：“你没事？我还以为……太好了！”

萧忆情甚至来不及看她一眼，脚步也不敢有丝毫停顿，掠过她身边，急促地向着被死灵们围攻噬咬的白衣祭司方向奔去，眼里的光芒凝重冷定。

那是他答应过迦若的事情——无论如何，今日他一定要竭尽全力做到！

他不敢再看阿靖喜悦的眼神。但此时，她这样难得流露出的感情反而如针般刺痛他的心，连手指在刹那间都有些颤抖……她就在这里，她就在这里看着！看着接下来将要发生的一切！迦若、迦若，无论何其残酷，但我答应你的也必无反悔。

“萧忆情……”看到听雪楼主掠过来，那些恶灵们纷纷有些畏惧地退避。白衣祭司回头看着，眼神里陡然有轻松欣慰的光。血从他的每一寸肌肤里汹涌而出，身上很多地方露出了森森的白骨——虽然感觉到了有人逼近，但还有很多恶灵张开嘴咬着他的血肉，不肯松口。

迦若却是一动不动地任凭那些恶灵群起撕咬，仿佛一个沉入池底的诱饵。

在萧忆情过来的时候，他挣扎了一下，想站起来——然而连这样的力量都已经不够了，血流满他的白衣，祭司的手指衰弱无力，几乎无法支撑身体的重量。

湖水已经完全被排干了，晨曦淡雾中，可以看见黑洞洞的湖底闸门就在前方不远处，宛如地狱张开了大口，吞噬着什么。天心月轮已经被砸碎，闸门失去了控制，在自身的重量下沉沉下落，发出令大地震颤的声音，一寸寸重新合拢。

然而，他连站起来的力量都没有了。

“萧忆情，助我一臂！”迦若回头，对着身后赶来的听雪楼主请求，抬起手，指尖的血如同葡萄般一滴滴下落，殷红恐怖，“助我！”

萧忆情闪电般掠到。两人目光交错，陡然间，听雪楼主眼里泛起晶亮的光芒。

“好。”在漫天的劫灰中，听雪楼主眼色冷冽，猛然间一声清喝，已经抢到了他身侧，在纷纷惊起嘶叫的恶灵中，夕影刀宛如清风卷起，迅疾无比，一刀斩落！

刀锋如电，带着淡淡青芒划过迦若肩头，腔子里的血忽然飞溅而出，头颅被这一刀削断，直飞而出，落向不远处那个黑洞洞的地底闸门内。

“楼主！你——”绯衣女子瞬间惊呆，甚至忘了继续拔剑护卫自己，手上的血薇铮然落地，喃喃脱口惊呼了一句后，猛然省悟过来，“青岚！青岚——”

一刀斩下，毫不容情。

迦若的头颅飞了出去，在空中划出一道弧线。

冲天的血喷涌而出的刹那，圣湖上云集的恶灵们陡然感觉到了无上的吸引和诱惑，沸腾起来，连围绕着阿靖的那些恶灵都顾不得继续留恋，纷纷一拥而上，追逐着那颗头颅，抢夺那对于它们来说具有无上灵力的珍宝。

头颅不偏不倚地落入正在下坠的湖底闸门，后面那些恶灵汹涌追来，挤挤攘攘地叫嚣着追逐噬咬，一直穷追不舍，灰白色越聚越浓，如雾般纷纷涌入那个地下闸门内。

“青岚！”眼睁睁地看着听雪楼主挥刀断首，白衣祭司的头颅脱离身体飞出，绯衣女子嘶声大喊，疯了一样地追过来，然而已经是来不及。

眼看着那颗头颅坠入了漆黑的深渊，她想也不想，便也向着快要阖上的闸门踊身一跃！

“回来！”然而，手臂陡然被用力拉住。下意识地回头，眼前是一双冷漠如冰雪般的眼睛，冷酷镇定，厉声一字一字，“他已经死了！彻底死了！”

阿靖猛然呆住，仿佛听不懂对方这样简单的话一般，怔怔看了眼前的人一瞬。

“他已经死了。”看着绯衣女子这样空洞洞的眼神，萧忆情重复着，声音却已同样空洞。

忽然间，她扬起手，用尽全力一掌打在他脸上！

“你杀了他！你杀了他！”再也无法忍受这样剧烈的变化，绯衣女子仿佛崩溃般地对着眼前的人嘶声大喊，眼神凌厉恐怖，“你就这样杀了他！”

退了一步，听雪楼的女领主铮然拔剑，一剑反击。

仿佛被那一掌打得呆住，听雪楼主一时间竟毫无还手之意，直到血薇剑雪亮的剑锋刺破皮肤，他才惊醒般地后退。然而已经来不及，那一剑刺入他胸口，随着他的退开，划出横贯胸膛的长长剑伤，鲜血淋漓。

萧忆情苍白着脸看着她，眼神冷漠如死。

他始终没有还手，只是点足退开，闪电般地退到已经下落了一半的水闸旁，看着最后一缕灰白色也已经追逐着祭司的头颅进入地底。他忽然再也不管背后的血薇剑，回身背对着阿靖，用尽了全力横掌击在闸门巨石上！

“轰——”大地猛然再度颤抖，巨石被那样一击也是震了震，轰然间迅速掉落下来。

“青岚！青岚！”绯衣女子心神欲裂，扑过去，嘶声呼唤。然而她手指接触到的，已经是死死封住地底的万斤闸门，上面密密麻麻雕刻着奇异的符咒——那是先代拜月教主写下的、镇压禁锢一切阴魂的咒语。

永闭地底。

她的青岚、迦若、拜月教的大祭司……就这样随着所有圣湖怨灵一起，永闭地底！

绯衣女子终于没有一丝力气，手指叩着巨石，把全身的重量靠在上面缓缓跪了下去，头抵住石头的封印，沉默之间，忽然用头猛烈地撞击着，用手捶着石门，失去控制地痛哭。额上流出了血，顺着刻满符咒的巨石流下，纵横恐怖。她肩后缚着的匣子散落，轻轻一声响，那个少年的头颅滚落出来，依然是保持着温和淡定的笑容。

十年未变。

一直以来都那样冷漠骄傲的女子，就这样在漫天的白骨劫灰中，毫无掩饰地失声痛哭。

轰隆的巨响继续从高处传来，巨石沿着台阶滚落下来——那是天心月轮被摧毁后，引起的神殿全面倒塌。一切都摧毁了……无论神力还是恶灵。今日，是清算所有罪孽的一天！

那个从神殿里奔逃出来的绝美女子完全没有听从萧忆情的警告——往远离圣湖的方向奔逃，反而径自冲到了湖边，目睹了方才惨烈的一幕，瘫坐在圣湖边上。显然也已经没有一丝力气，明河甚至没有哭，只是眼睛空空洞洞地看着前面的湖底。

干枯的圣湖一片雪白，那是无数的骷髅和骨架铺满了地面，带着几百年来不见天日形成的幽暗，那些骷髅带着黑洞洞的眼窝、张大了口静默地仰对苍天，那凝固了几生几世的怨毒终于在一刻的尽情宣泄之后永远平静。

最尽端处，那一道万斤闸门死寂地封在那里，阻断了阴阳两界。

神殿还在继续坍塌，不时有碎石落到她身上，然而明河毫不闪避，眼睛空空荡荡。

湖底，累累灰白色的骸骨中，祭司没有头颅的躯体横在那里，然而腔子里却没有多少血流出——仿佛身体里的血，都已经被那些恶灵撕咬殆尽。离那个新倒下的尸身不远，是少年温和微笑着的人头，面容一如十年前。

天色已经微微透亮，淡蓝色的光散落下来，那些苍白的劫灰在光里飘转着，消弭毁灭。

看着眼前这一切，仿佛也终于筋疲力尽，听雪楼主苍白着脸咳嗽起来，手指用力捂住嘴角，暗红色的血还是淅淅沥沥洒落。

迦若……迦若。我答应过的，总算还不负所托。

我们都是能狠下心来的男人，彼此都能为了自己想要的东西而不惜一切——但是，唯一牵挂的就是那些会为你哭泣的人。知道她们即使能洞彻过去未来、拥有举世罕匹的力量，却依然是个女子，无论如何无法接受这样惨烈的计划——所以，你才会先下手制住了拜月教主吧？不让她亲眼看见这样的一幕，那便是你所能做的最后的回护。

然而，终究这一切，都还是不得不在我们最不希望看见的人的眼前进行——如今青冥这样的痛哭、明河这样的死寂，在幽冥那一边的你，还能感觉到么？

你的心底，是否也会感到一丝的歉疚和绝望？

原来，就算尽了全力，还是有些东西终究无法守护。

混乱初起的时候，孤光下意识地和绯衣女子一样，往神殿方向奔过去——然而空中弥漫的恶灵们在叫嚣，盘绕在半空，一阵欢庆之后便蠢蠢欲动地开始攻击起最末一些还停留在月宫内的拜月教子弟。

天色刚刚蒙蒙亮，苍白一片，天光穿透了那些漫天的劫灰射下来，在光影中，仿佛那些恶灵有些畏缩，但是几百年的禁锢刚解除，它们依旧在狂欢中沸腾着，四处寻找可以吞噬的对象。

子弟们四散奔逃，可哪里是那些百年恶灵的对手，在漫天劫灰中，不停地有呼号声响起，空气中有看不见的恶灵缠绕过来，肆无忌惮地噬咬。那些奔逃不及的子弟跑着跑着，血肉便已经消融，最后只余下白森森的骨架轰然倒地。

看着眼前惨不忍睹的一幕，青衣术士凛然住足。

为了获得力量，他可以无所不用其极，然而此刻面对这样的境况，身为拜月教的左护法却无论如何不能扔下自己的子弟们不管。因为他拥有着比眼前这群人更大的力量，那么，此刻他就要担起更大的责任。

“往日出方向跑！去青龙宫门！”肩后的灭魂剑跳出了剑鞘，跃入他手中。青衣术士蓦然拦在一群慌乱奔跑的子弟面前，一剑割断了那些追上来的恶灵，厉声大喝，“不要回头看！不要在阴影里！快跑，去青龙宫！”

灭魂剑一出鞘，仿佛感知到了这个人身上灵力的强大，飘浮的恶灵们陡然都被惊动，瞬间向着孤光扑了过来。

“快走！”子弟们都已经奔逃尽了，孤光看到了不远处的烨火——

这个红衣女子因为手脚上还带着镣铐，行动艰难。青衣术士探过身去，手指划落，不知道念了什么样的咒语，咔嚓一声，沉重的镣铐完好无损地从烨火手上脱落。

“快走！趁着人多慌乱，回山下的听雪楼去。”烨火还没有回过神来，耳边听到了这个拜月教左护法低低的嘱咐，然后，她的肩膀就被猛然推了一下——耳边，一个恶灵正呼啸而过，一口咬空。

烨火抬头震惊地看着这个青衣术士，然而孤光已经来不及再嘱咐什么，那些漫天漫地的死灵扑了过来，白森森的牙齿咬向他的身体，转瞬间将他湮灭在灰白色的灰尘中。

风里那样巨大的阴邪力量，让学过术法的烨火不寒而栗。

——那是、那是什么样恐怖的凶灵被释放了？那种力量居然弥漫于整个天地之间，足够打破这个阴阳界的平衡！

“快走！”缠身在灰白色中，灭魂剑努力划开一道口子，孤光回头看到烨火还怔怔站在那儿不走，不禁厉声大喝，同时一连串地劈杀那些汹涌而上的恶灵，“还不快走！”

然而，只是一个分神，他左腕就被一只乘虚而入的恶灵咬住，森森白骨都露了出来。

“我来帮你！”烨火猛然一顿足，抬手从路边的菩提木上折下一根枝条，念动咒语，指尖弹出之处，树枝顶端登时燃起一点碧荧荧的火光，“金华冲碧！”

龙虎山女弟子惊叱一声，手腕划出。那一点碧火刺入浓厚的白雾里，忽然间激起了半空中莫名的动乱。那些围绕住孤光的死灵们被灼烧着、惊叫着散开来。

烨火趁着这个空当一个箭步抢入，和孤光背向而立，面对着周身立刻去而复返的恶灵。

“喂，你留在这里也没用！你会成为累赘的——”虽然感到背后的压力大减，然而孤光看着眼前无边无际围上来的恶灵，眼神却是忧心忡忡。天，难道张真人座下的子弟都是如此单纯得近乎傻？这个烨火，居然和弱水那个丫头一样的脾气！

“谁说我一定会成为累赘？”菩提枝划出，噗地一声刺穿了一个扑上来的恶灵，然而文静的烨火眉目间却是少见的执拗。她手腕不停顿地刺出，瞬间身前犹如树林婆娑，菩提木织成了重重屏障，将那些死灵阻挡在外，“这是怎么回事？你们拜月教放了这些东西出来？这是——”

她没有精力再说下去，因为那些呼啸而来的恶灵已经让她分心乏力。

“喂，你得先走——”半晌的缠斗，面对着铺天盖地的阴毒力量，灵力已经消耗得差不多了，被恶灵们咬伤的地方痛入骨髓，然而孤光强自支持着，对背后并肩作战的红衣女子道，“听见了没？你给我先走！我答应了萧楼主让你返回听雪楼……”

然而，说出话后半晌，却没有听到烨火的回答。

孤光一惊，奋力一剑逼退自己身前那些恶灵，不顾它们再度尖啸着扑上，转过身去拍了一下烨火的肩膀：“喂，我和你说话呢，快走！”

烨火似乎没有听到他的话，眼神是直直的，可手上的枝条却是毫不停顿地刺出，迅速无比，竟然不因长时间的剧战而有所停滞，看得拜月教的护法都暗自称奇。

然而，在他的手接触到烨火的瞬间，那个红衣女子忽然仿佛失去了平衡，瞬间委顿。

“喂喂！”孤光猝不及防，连忙伸手挽住她，然而烨火身子虽然倒入他怀中，眼神直直的，出手却居然一丝一毫都不受影响！依然是那样迅捷无比地一剑剑刺出，在身前织出一片青色的帷幕，阻挡着那些想要扑过来的恶灵。

“七返闭心术？”看到眼前烨火的情状，青衣术士脸色大变，脱口低呼。天，这丫头……这丫头疯了吗？居然为了保持斗志、不惧任何伤痛，封闭了自己的五蕴六识！

为了让自己不成为累赘，这样勉强而战——这个丫头疯了么？青衣术士的眼前一个恍惚，陡然间闪过的是蓝衣少女同样明媚的笑靥，和那一朵纯白的梦昙花。

短短一刹间的震惊，孤光背后那些恶灵已经汹涌而来，咬住他的后颈。孤光扶着烨火，一时间居然腾不出手来。然而，忽地感觉到了什么，那些恶灵有些惊惧地松开了口。

孤光抱着烨火，手指下意识地攀上自己颈间，有什么冰冷的东西硌痛他的掌心。

他忽然想起了什么，将脖子里挂的那颗宝石握在手里——

月魄。对了，还有这颗月魄，他居然忘了。

是你么？迦若？这些恶灵是你放出来的么？你到底要做什么？

可是青衣术士已经来不及思考，他把月魄佩在烨火身上，一手扶着失去知觉的女子，一手提剑站了起来，一天劫灰纷纷扬扬而下，他眼里忽然有了决断的光。

“嗯……我们一起杀出去吧！”对着已经听不到的烨火轻轻说了一句，孤光嘴角有了一个转瞬即逝的笑容，握紧了手里的灭魂剑，“我把你送回到那个叫弱水的丫头身边去。”

在两人起身的时候，青龙宫门边忽然也是一阵骚动——仿佛有什么人居然逆着奔逃的人流，反而向这个充满了阴邪恶灵的月宫内部冲过来了！

“啊！师妹！”冲入月宫的是一青一蓝两个男女，当先冲入的蓝衫少女一眼看到他怀里的烨火，脱口欢呼出来。然而眼睛随即看到了他身上，欣喜的意味层层泛起，简直是跳跃着奔了过来，“啊，是你！你救了烨火，你多好啊！”

那样明艳照人的笑靥，看得孤光瞬忽间又是一个恍惚。青衣术士一直阴郁冷沉的眼里，也浮现出不由自主的笑意。

那个笑容仿佛是明灯，瞬间照亮他长年灰暗的心境。内心仿佛有什么一直不解的问题豁然开朗——原来，枉他这么多年来心心念念地追逐最强的力量，即使有一日真的能够独步于天地间，又怎能及得上眼前这纯白梦昙花般的笑靥！

“萧楼主在哪里？”一起杀入月宫的碧落，急急冷漠地询问，将孤光瞬间恍惚的神志重新拉回，“我要杀了迦若！”

“在神庙——”想起萧忆情和舒靖容，孤光眼里陡然雪亮，心中突地一跳，不知道是什么样不祥的预感。他回头看着神庙方向，忽然间听到了隆隆的低沉响声，仿佛地底有什么东西突然崩塌了，整个灵鹫山都颤抖了起来！

“天！”孤光脱口惊呼，发现不知何时空气中那些飞散的恶灵都舍弃了他们，迅速地往圣湖方向云集，密密麻麻的，在湖上方织成了浓厚惊人的白雾，云雾最浓的核心里，仿佛有什么不停地移动着，带动那些恶灵往前走去。

碧落已经展动身形，向着圣湖方向掠了过去，浑不以那些恐怖的恶灵为意。

一切都忽然沉寂下去了，天光从云层后透出，丝丝缕缕照射下来，笼罩天地。

那些劫灰依然在空中飘浮着，可是不等落到他们衣襟上，就纷纷在半空的光与影中湮灭了踪迹，就好像什么都没有发生一样。

萧忆情站在圣湖底上，四顾白骨累累，一眼望不到边际。

眼前是第一次在他面前恸哭的阿靖，身后是失去了魂魄的明河——而他一个人站在这茫茫的白骨荒原之间，陡然间仿佛有什么极度悲凉辛酸的利剑，一寸寸刺穿他的心脏。蓦然感到说不出的痛苦，听雪楼主捂着心口弯下腰去，却依然不说一句话。

当所有的语言都已经无能为力，他已不求再在她的面前分解一言一语。

在灵鹫山顶听到迦若和盘托出最终的计划，并开口请求他的援手时，他内心瞬间的震动无以言表——对于一个已经操控天地、俯仰古今的人来说，还有什么能值得他为之付出这样放弃永生、永闭地底的代价？或者说，我不入地狱，谁入地狱——然，那是佛家的慈悲，不料却在这样操纵邪术的大祭司的举止中真正的实现。

那一刀，是他对于那个不知道是青岚还是迦若的大祭司的允诺——那样毫不迟疑、毫不留情的决绝，正是出于对这个最强对手最由衷的尊重。

挥刀斩首的瞬间，头颅脱离身躯飞出，听雪楼主听到了他留在这世间的最后一句话——

“多谢。”

然而，那一句话，和迦若脸上最后如释重负般的微笑，只有他一个人听见和看见。迦若……迦若，想不到，在这个世间，最了解你的，到头来竟然还是我。

只是，又如何对她说明这一切。抑或，说了也无济于事——已经在她面前亲手砍下了那个人的头颅，将她的青岚永闭地底、永世不得超生。她眼睁睁地看着他动手，看着夕影刀齐肩掠过那个人的身躯，看着人头如同流星般划落！

她即使了解了真相，无法再责备他什么，但是心里那样的阴郁却永远不会再散去。

——那将是他们之间永远无法再逾越的鸿沟。

阿靖，阿靖……我还是第一次看见你、这样毫不掩饰地痛哭，放下了一切刺人的骄傲和自卫的矜持，就像一个迷途小孩一般地恸哭。你的真性情，从未在我面前这样流露过。

那个人……对你来说很重要吧？

迦若对我说过，那日你没有下灵鹫山，是因为得知了“青岚”十年前的死讯而神志溃散。然而，现在为了“迦若”的死，你居然还是这样崩溃般地失态——到底，在你内心里，也从来没有法子将“青岚”和“迦若”两个人清楚地区分开来吧？

和那个大祭司一模一样啊。

心里的痛苦仿佛一把利刃，慢慢将胸口切成两半，听雪楼主剧烈地咳嗽起来，俯下身去用手紧紧捂着嘴，然而暗红色的血还是从指间淅淅沥沥洒下，滴入地上的森森白骨。

“站直了，孩子。”陡然间，仿佛有清风吹来，一个声音在耳边轻轻柔声嘱咐，恍惚而温婉，犹如回声，“好孩子，别对任何事低头啊。”

萧忆情蓦然抬头，四顾，然而满目白骨，哪里有半个人影？

“斩下我的头颅吧，萧楼主。我会把你母亲的遗骸还给你，并让她得到解脱——所有的恶灵都会追逐着我而去，然而，令堂的魂魄却决不会……因为她看到了你，必不会为任何东西而离去。如果你感到有清风绕你三匝而去，那么便是令堂魂魄归来，再入轮回。”

陡然间，记起了迦若的话，听雪楼主脸色再也忍不住地改变，脱口叫出声来：“母亲……母亲！是你么？是你么！”

没有声音回答他，只有清风缓缓拂面而来，温柔地吹去散落在他脸颊上的乱发，然后，果然如迦若所言，绕他三匝。

风里不再有那个温柔的声音，只是渐渐远离，消失无踪。

萧忆情失神地站在湖底，眼前白骨森森，却不知道哪一具才是生母的遗骸。即使他独步天下，翻手为云、覆手为雨，如今站在这里，母亲的尸骨就在眼前，他却依旧无法为她收验！

然而，他依旧站直了身子，虽然咳嗽着，却绝不再弯腰。

“楼主！楼主！”出神之际，耳边忽然听到了人声——这一次，确确实实的是有人在叫他。熟悉的声音，那是——

萧忆情不自禁地循声看过去，一袭青衫入目，看到了圣湖边上佩剑携琴的剑客。

微微意外，听雪楼主不禁苦笑了起来——是碧落？碧落居然会不听他最后的安排，为了他一人一剑杀回月宫来？怎么会这样，怎么会这样？

要知道，在他以往的判断来看，这个为了诺言而勉强俯首为自己所用的天才剑客，本该对自己忠心有限，更何况，他毕生要寻找的那个女子小吟已经死于幻花宫水底神殿，他内心早该毫无羁绊——这次逢到他大劫难逃，这个人十有八九该趁机离开听雪楼才对……可如今，完全出乎他的意料，碧落竟然生死不顾地单身闯入月宫来!

他难道不怕拜月教大祭司那样恐怖的术法？要知道，一人一剑闯入这个月宫，分明是有死无生的事！难道……是自己一直以来都错了？

看见地上横倒的白衣祭司的尸体，再看到萧忆情抬头看过来，仿佛终于确定了楼主安然无恙，碧落长长舒了一口气，眉间积聚着的杀气陡然消散，微笑起来，单膝下跪抽剑拄地："恭喜楼主手刃强敌、一统苗疆！"

那样的恭祝，却仿佛一柄利刃陡然插入萧忆情心中。胸口沸腾翻涌的血气再也压抑不住，他身子微微一倾，"哇"的一声吐出一口血来。

那一口血方溅落地面，听雪楼主的身子却蓦地挺得笔直，眼神冷凝。忽然，右手中刀光一闪，左腕中已经被割了一道，流出血来。

殷红的血一滴滴急速渗入圣湖地底的泥土，萧忆情仰望苍天，一字一字对着天地说出誓约："皇天在上，后土在下。我萧忆情在此立誓：有生之年，听雪楼人马不过澜沧，绝不犯拜月教一丝一毫——如违今日之誓，永世不得超生！"

碧落惊住，此刻才看见远处的绯衣女子——他的脸色里有无法掩饰的震惊：靖姑娘……靖姑娘居然在痛哭？那样骄傲、那样能干犀利的女子，居然在痛哭!

眼前白骨森森，天高地广，然而听雪楼的大护法忽然间不知该说什么。

同归

“孤光，我负你。”天色已经黄昏，站在月神殿坍塌的废墟中，手指触摸着横倒的巨大石柱，慢慢将这个巨大变故的前因后果给同盟者讲述了一遍，听雪楼主脸色有些黯然，“你要的东西，我给不了。”

已经让贴身子弟将失魂落魄的教主扶入白石屋子休息，同时下令那些暂时迁往半山行馆居住的子弟不得擅入月宫，这里的一切都是相对隔绝的——在这之前，他们一定要做好这一场浩劫的清理工作。

青衣术士站在神殿里，手指间握着一片镶嵌着蓝宝石的玉石碎片——那是天心月轮的残片，如今灵鹫山上月沉宫倾、神殿坍塌、圣湖枯竭，一切，仿佛都是末世般的景象。

孤光的眼睛有些茫然，看着湖中那些累累的白骨，甚至有些悲悯的意味：原来，迦若祭司不惜以身相殉、付出永闭地底代价的，居然是为了永久地封印这些恶灵。一直以为是驭使邪恶力量、用阴毒术法操纵苗疆的大祭司，竟然有着这样的愿望……

当神已无能为力，那便是魔渡众生。

那一句话，他在大祭司书房的一个神龛上看见过，如今，他才明白其中的深意。即使化身为魔，也要度尽众生——迦若，或者说青岚的心里，居然还有这样隐秘而坚定的愿望。

自己正在出神，所以听到听雪楼主这样的话，孤光一时反而有些茫然。他的眼睛，还是看向湖底的方向，下意识反问：“……我要的东西？”

“迦若祭司所有的灵力，都随着那群恶灵永闭地底——你即使吃了他的躯体，也无法再继承他的力量。”望着一片白骨的圣湖，萧忆情的声音里第一次有茫然空虚的意味，“我无法做到我承诺给你的了。”

“哦。”仿佛这时才想起自己曾经和萧忆情订下的密约，孤光脸色微微一凝，脱口应了一句，眸中浮出了不知是失落还是欢喜的神色。

“但我必然会想法弥补——你还要什么，只要听雪楼能办到，萧某无不尽心竭力。”第一次无法兑现诺言，听雪楼主人的语气里，也有了歉意，许出了这样的承诺。

然而，孤光对于这句话似乎丝毫没有大的反应，也没有想到这样一句话可以给自己带来如何大的权力——他的目光只是一直看着远处圣湖底的人影，忽然笑了笑：“其实我该谢你——我现在得到的东西已经超过我原先预想的。”

萧忆情微微一怔，顺着他的目光看过去，看到的却是圣湖底下的几个女子身影：绯衣，蓝衫、红裙，在苍白暗淡的一片尸骨中分外鲜丽。

绯衣女子依然将头靠在那万斤的巨石上，一整天都没有动一下，仿佛凝固的石像。在她身边，是随后进入月宫的两名女弟子：烨火和弱水。

然而本来平静的烨火，在和师姐赶往这里后，一眼看到滚落在地的少年的头颅——那岩山寨里的回忆蓦然苏醒，红衫少女捧起人头失神地盯了半晌，认出了是谁，忽然崩溃般地痛哭起来。旁边的弱水不知所以，劝了半日也劝不住，只能呆呆地陪在一边，看着平日里文静的师妹失态地大放悲声，又转头讷讷地看了旁边面如死灰的靖姑娘一眼，终于不知做什么才好。弱水的眼神下意识地往孤光这边看了过来，仿佛求助一般。

漫地的悲苦中，只有这个蓝衣少女的眼眸是明净的，那是没有经历过真正幻灭和复生的婴儿的眼睛，纯白得有如那朵梦昙花。

“什么独步天下、无上灵力，即使有了这些又如何？那样睥睨的一生，最后还不是难逃最终的那一日——迦若就是最好的明证了。”看着这令人断肠的一幕，青衣术士眼里却是平静的，仿佛悟得了无上奥义，“能驭万物而不能驭一心，能降六合而不能护一人——这一切，原来并不是什么力量的高低能够决定的。”

孤光微微笑着，平日的阴郁冷狠仿佛冰雪般消融，他抬起手来指着圣湖底下那一袭蓝衫，仿佛誓约一般，对着旁边的听雪楼主轻轻道：“我想，尽我这一生所拥之力，只求能让她永不会如身边那两个女子一般，那就够了。”

萧忆情的眼眸忽然微微一黯，没有血色的唇角浮出惨淡的笑意：“好奢侈的愿望。”

“不要以为连你和迦若都做不到的事，我便不能做到。”青衣术士侧头看着他，眼眸里有淡定、有自信，同样也有淡淡的悲悯，“萧楼主，其实，在这一场‘灭天之劫’里，真正被毁掉的不是迦若祭司，而是你们两个人中龙凤。”

那样平淡的话语，却刺得听雪楼主手指一震，然而沉默许久，看着如血的夕阳，萧忆情的声音却是萧瑟的：“从未开始，何谓完结？”

他看着石闸前垂首漠然而坐的绯衣女子，看着她额上流下的血，看着如铁一般矗立在湖底尽头的闸门，忽然咳嗽了起来，问：“明河教主如何了？”

“也完结了。”孤光的回答淡漠而简单，“她失了魂魄。”

“哦……”听雪楼主咳嗽着，望向那道隔断阴阳的闸门，目光复杂地变幻着，蓦然轻轻叹了口气，“她若是这样，就枉费了迦若这一番苦心了——”顿了顿，仿佛下了什么决心，萧忆情转过头，对身边的拜月教左护法缓缓道：“请你将这句话转告给你们教主——”

在孤光诧异的眼神里，他轻声叹息，仿佛洞察一切地道：“告诉她，迦若真正害怕的，是他自己。永远封印那些恶毒的力量，虽然是他的夙愿，却不是他采取如今这样惨烈计划的原因——他真正恐惧的，是内心里青岚记忆和感情的复苏和侵蚀。最近，他其实已经分不清自我和外身了。他害怕再这样下去，会无法控制——然而，明河是他倾尽一生之力守护的，他怕最后会身不由己地转变，最终会成为对她无可挽回的最大伤害。

所以在‘青岚’的记忆完全侵蚀内心之前，他选择了将自己永闭地底。那是他最后能做的、唯一的‘护’了。我也不得不佩服他……虽然他几可为我至今遇到最强的敌手，然而他内心精神力的强大，连对于自己都毫不容情，却是让我甘拜下风。”

听雪楼的主人缓缓说着，语气不惊轻尘——这个以迦若为最强对手的人，此刻说出的话却仿佛是他毕生唯一的知己。看着孤光震惊的眼神，萧忆情唇角却浮起一抹悲悯的笑意，微微颔首：“你去把这些话告诉你们教主，告诉她，迦若是多么的希望她能够无忧幸福地活下去——若理解他舍弃她永闭地底的原因，她便该好好活着。”

“其实，他已尽力——然而想不到依然无法护得明河周全。孤光，希望你能比我们都强一些，能好好守住你需要守护的人。”一边说着，听雪楼主一边已经缓步走下神庙废墟的台阶。远山上吹来的清风掠起他的发丝，看向圣湖底下累累白骨中那一袭绯衣，他的眼睛有了无法言表的悲痛的意味。

然而听雪楼的主人只是对着台阶下侍立一边的碧落，淡淡吩咐：“已经发讯通知钟老那边了么？今晚我们两人就随他们一起返回洛阳。”

“两人？那靖姑娘呢？”碧落怔了怔，脱口问。

“她不会跟我们一起回去了。”萧忆情的眼神流露出一丝惨痛，然而在下属面前立刻掩饰住，只是淡淡道，“由她一个人留在苗疆吧。弱水和烨火毕竟不是门下子弟，她们什么时候愿意走由她们自己决定——拜月教不会为难她们。我们走自己的好了。”

“是。”震惊于楼主此刻的从容镇定，碧落迟疑了一下才回答。

“萧忆情。”站在祭坛上，看着举袂离去的听雪楼主，孤光终于忍不住脱口叫了一声。然而，在看到白衣楼主应声回头时，孤光仿佛又不知道说什么好似的，顿了顿，终于轻声问：“你真的要放弃？”

“由不得我不放。”听雪楼主微微咳嗽着，清俊的脸上忽然浮现出深深的疲惫，长叹一声，“这些年……这些年，想要抓住的那只手总是我伸出的，她却是一次又一次地推开。这一次，不由我不放手了——我怎么和青岚比？他已经死了，我怎么能再和不知道算是迦若还是青岚的那个人相比！”

他再度咳嗽起来，却是笑笑转头，将手巾收起，低声：“何况，一直伸着手，我也累了。”

看着他重新转过身去，孤光的眼神投向湖底白骨中那一袭绯衣，黯然：“十年来撑着她的柱子已经倒了，你如果在这时候也放手，她恐怕就完了。”

“孤光，谁也救不了谁的。”不等青衣术士的话说完，萧忆情的语调却是淡然地响起。

听雪楼主站在台阶底下回眸反顾，神色冷如冰雪，“人，必须自救。”

暮色笼罩大地的时候，圣湖底上却是一片火光，宛如红莲盛开。

“抱歉，无法识别出令堂的骨殖，只能在一起一同火葬了。”手下将所有的白骨拢在一起，搭了一个个塔形的堞堆，孤光看着白衣楼主执着火炬，俯下身点燃了白骨下的木材。火烈烈燃烧起来，由下而上透了上去，将那一堆堆的骷髅吞没。

夜色里，那些火堆宛如一朵朵莲花，焚尽三界邪恶的红莲烈焰。

烨火尚未从悲痛中恢复，而弱水却已经赶来，站在火堆旁，默默念起了超度经文。

萧忆情一袭白衣如雪，火炬明灭映着他苍白清秀的脸，听雪楼主眉间的神色却是复杂得看不到尽头，怔怔望着那一堆堆的白骨在烈火中焚烧为灰烬。夜风吹来，绕着火堆旋舞，有片片的飞灰吹到人脸上，宛如劫灰一闪而灭。

——这其中，有无母亲安然长逝、湮灭入轮回的芳魂？

原来，一切，都不过如此而已……都不过如此而已！

"事已全毕。我们走吧。"将火把扔入最后一个白骨的堞堆，萧忆情再也不去看那些骨殖一眼，回首对着碧落招呼，眼神冷冽，"不要让钟老他们久等。"

"真的……不和靖姑娘一起走？"碧落终究还是忍不住，再度问了一句。然而很快就看到因为这句话，让楼主的眼睛冰冷如雪，不发一言地转身走开。听雪楼大护法暗自叹了一口气，只好跟着转开了身子。

话是斩钉截铁地落下，萧忆情最后望了一眼夜色里那一袭绯衣，终于还是忍不住轻轻走了过去，站到那个女子身侧，静静看着她。

阿靖还是没有抬头看他，她已经安静下来，不再哭泣也不再呼喊——然而这样死一般的寂静，反而让他这个知她甚深的人暗自心惊。她的手按在巨石上，已经冰冷，却仿佛固执地想通过这块厚厚的石头，来感知阴阳那一面的灵魂的讯息，不肯放下丝毫。

"我走了。"安静了片刻，他终于俯下身，淡淡说了一句，"你自己珍重。"

她还是没有说话，也没有抬头。

"以后如果要杀我报仇，就到洛阳总楼来——我等着你。"听雪楼主的眉目之间弥漫着说不出的萧瑟和冷意，然而话语却是平静得出奇，"我时日无多，希望你能趁早来。"

绯衣女子额角抵着冰冷的巨石，上面密密篆刻着的经文符咒印入她光洁的额头，混着鲜血，形状恐怖。有一滴热血，从额角流下，淌了很久很久，才划过她清丽苍白的脸颊，停在腮上，冷凝如冰。

萧忆情低头看了她许久，胸中仿佛有无数声音在呼啸着，要挣脱出束缚而喊出来，可他还是什么都没有再说，只是抬起手去轻轻拂过她的脸，手指上沾了那一滴血，放入口中舐去——那样微微的苦涩。

然后，他再也不看她，转身离去。

“我这里有梦昙花。”在看着萧忆情走过身侧的时候，孤光忽然没头没尾地说了一句，默默摊开了手：手心里，是小小一袋幻力凝结而成的花籽——汲取人内心的记忆而绽放的梦昙花。

“不要让这几日的事情，成为你们之间永久无法逾越的深沟。让人中龙凤这个神话破灭，真是遗憾。”青衣术士的眼神飘忽而诡惑，看着萧忆情神色一动，停下脚步，“我也想知道，那样的女子心里开出来的花，是不是血色的蔷薇？”

萧忆情的眼神也有些飘忽，看着那包花籽，迟疑了一下，最终还是忍不住伸手拿起。

“对她来说，忘了反而最好。那样残酷的记忆，有生之年如果都时刻记住，那的确是生不如死。”孤光的神色虽然阴郁，可是眸中依然有一丝的诚意，“来让这一切就像没有发生过一样，如何？——现在我们有这个力量。”

他的眼光，看向了不远处那个绯衣的人影。

萧忆情不答，眸中神色复杂激烈地变幻，片刻间的沉吟后，手指忽然加力，只是一搓，便将那些幻力凝结的花籽碾得粉碎！

“不行。”听雪楼主长长吐出一口气，冷然转过头去，“青岚心念生死如一，迦若倾尽一生之力——这一切，怎能用这些术法来轻轻抹去，就当没有发生？”

“虽然她可能永远不会原谅我，但至少希望，她还不至于鄙视我。”

听雪楼主径直而去，只留下那样决然的话犹在耳畔。青衣术士有些意外，又有些发怔，看着离去的人中之龙，不自禁地唇边漾出一丝笑意来。

“哎呀！萧楼主！你、你好好再劝劝靖姑娘……别走！”超度的经文还没念完，看到这样诀别的一幕，弱水再也忍不住地叫了起来，奔过来拉住孤光的袖子，急急摇晃着，“你也劝劝他们啊！别、别让他们两个就这样分开——”

“喂，别拉、别拉！……我袖子都要破了。”孤光叹着气，把自己法衣的袖子从女孩抓紧的手指中小心抽出，看着远去的人，眼睛里却有淡淡的敬意，颔首，“如若他方才接受我那样一劳永逸的安排，我也不打算用这个真正能有希望解决问题的法子了……”

“啊？你真的有法子？”弱水惊喜地跳了起来，再度抓着他的袖子想问，然而孤光已经抢先一步把袖子事先抽开，“我知道你一定会想法子的！你多好啊！”

青衣术士侧过头，在夜色火光中看着蓝衣少女明媚的笑靥，心头忽然间也是一朗，笑了。

“希望这个法子能管点用吧。”将那一块号称拜月教三宝之一的月魄从袖中拿出，握在手里，孤光喃喃地叹了口气，红宝石如血般在火光里闪亮，妖异而神秘，“这块月魄伴随了迦若祭司多年，应该凝聚了祭司的心神。”

俯视着手心里那一块月魄，拜月教左护法手指缓缓握紧，闭上了眼睛，仿佛看到了手心里传来的幻象：“我试试将其内的‘记忆’读取出来展现给舒靖容看。希望，她能知道迦若最后真正的心愿，知道萧楼主那一刀的缘由。”

“嗯，靖姑娘是个很讲理的人！不会再怪萧楼主的。”弱水满含希望地看着他，用力点头，然而眉目间却是依然忧心忡忡，“但是你们教主可怎么好……她好可怜。听了你转述的话，她虽然开始肯吃东西了，但是眼睛……眼睛里面像空洞一样，看上去真可怕。”

“那是没有办法了……魂飞魄散，要我如何设法？”孤光叹气，有些无奈地摸摸弱水的头发，“丫头，你以为我真的有起死回生之力啊？”

弱水咬着手指，却忽然间眼睛亮了：“迦若只剩了躯体，青岚只有头颅……如果——！”

蓝衫少女欲言又止，低下头去，迟疑地皱眉：“哎呀，这等奇怪的念头……师父知道了一定要狠狠骂我，说我要入魔道了。”

怔了一下，孤光恍然间明白了这个女孩眼光里的含义，大大吃了一惊，然而目光瞬间雪亮，脱口道：“是了！我怎么没想到？虽然不能起死回生，但是不死不活的法子我还是有很多的啊……好，就是这样！”

“嘻。这可不是我告诉你的啊！”弱水见孤光已经会意，欢喜地笑了，拍手，“是你自己想出来的念头！师父也不会怪我了。”

“水儿。”看到她的笑靥，孤光眼神却忽然一凝，唤道。

“嗯？”毫无察觉对方称呼的改变，仿佛听得自然而然，弱水应了一声，询问地看他。

孤光的神色却是凝重的，看着夜色中明灭不定的火，忽然缓缓问了一句：“如果你师父说我是个邪道妖人，那怎么办？”

“可你不是坏人……”弱水怔了怔，神色也黯淡下来，垂下了眼睛，想了想却是这样回答，坚定如铁，“那么就是师父说错了。”

取舍之间，居然如此毫不迟疑。难怪那朵梦昙花，会绽放出雪一样的颜色。

孤光点点头笑了起来，拍了拍她的肩，抬起手指，掠过她额前垂落的发丝，慢慢拢上去，忽然微笑着俯下身去，在她光洁的额头上轻轻吻了一下。

“哎呀。”蓝衫少女宛如受惊的小鹿般跳了开来，脸颊转瞬飞红，“你这个坏人！”

“楼主，真的走了么？”此次从洛阳来的全部人马，已经整装完毕，从灵鹫山下出发，然而碧落微微摇头，依然忍不住叹气问了一声，看向一边同样劲装骑马的听雪楼主。

萧忆情还是在不住地咳嗽——然而，让墨大夫奇怪的是，虽然经历了一场生死恶斗，归来的楼主，病势居然反而比去之前有所好转。但是大夫一看到楼主眼里的神色，就不由打了个冷颤——眸中深处、那样郁结压抑的色调，竟然沉重冷硬如铁。

“出发。”拨转马头，听雪楼主冷然下达指令，马蹄声嘚嘚响起，人马开拔。

离开灵鹫山。离开苗疆。离开这片碧蓝天空下，纷乱的过往一切。

然而，在头也不回地领着队伍离开的时候，心里却有深入骨髓的痛意，仿佛有什么看不见的丝线，将他的心生生系在了这里，每策马离开一分，就被血淋淋地扯裂开一分。

陟彼高岗，汝剑铿锵。
溯彼深源，草野苍黄。
上仰者苍，下俯者莽。
汝魂何归？茫茫大荒！

隐约间，听到有歌咏之声从灵鹫山顶的云雾中飘来，悲凉凄切，仿佛回声一般缥缈不可捉摸，一阵一阵随风吹散入耳畔。萧忆情猛然勒马，回首看向隐入云中的月宫——那是……那是拜月教子弟，在为迦若唱挽歌祭奠？

呼彼迦若，其音朗朗。

念彼肢干，百热俱凉。

岁之暮矣，日之夕矣。

吾欢吾爱，得不久长？

果然。果然是迦若的葬礼吧？只是这样的歌词，深味其中哀苦悲凉，又是出自于谁之手？那朵蔷薇，命运的纺锤？然而那人心丧如死，目前应该依然不可思想和行动，又如何能再执笔写出这样的挽歌……

想及此处，他的手几乎握不住缰绳，在天风浩荡中，黯然策马北归，耳边那诵唱的声音如缕不绝：

水色深瞳，已敛已藏。

招魂不至，且玄且黄。

上仰者苍，下俯者莽。

岁月淹及，失我迦郎！

岁月淹及，失我迦郎！[①]

永失所爱……然而，死别比之生离，又不知哪个更为残酷？

萧忆情跟着楼中人马一起往北而返——想来，回去正好是洛阳鲜花盛开的时节，然而那样的繁花和繁华，在他看来却已是死灰。

苗疆天高云淡，碧空如洗，透出一种奇异的鲜艳的蓝色，风里有落花和歌声。

他策马缓缓而归。

拜月教大祭司死了，神殿毁了，圣湖枯了，白骨成灰，生母解脱……他所有出征的意图都已经得到了满足，一切仿佛都已经圆满。然而，有谁能知道他在这里失掉了什么？

他终其一生想守护的东西，却最终如同指间流沙一般划落无痕。

“吁……”出神的时候，前方忽然有勒马的声音，他发觉队伍忽然停了下来，仿佛遇到了什么阻挡，不再继续前进。萧忆情的眉头不禁微微蹙起，控缰上前查看：“怎么停下了？”

① 此首《挽歌》为小椴所写。

“楼主……”子弟们纷纷让开，然而大家居然第一次不畏惧于他的目光，眼里都是微笑的光。连在前面带队的碧落，这几日因红尘垂危而一直紧锁的眉峰也展开了，看着他，微微笑了起来，也勒转了马头，给他让出路来：“楼主，有人拦路。”

“谁？”他策马过去，来到队伍前面，然后一句话未毕，忽然怔住——

前方从灵鹫山上下来的斜斜的小径上，一袭绯衣如血。那个女子坐在马上，一手控缰，拦在队伍前进的大道上，苍白憔悴的脸上没有一丝的表情，只是淡淡看向这边，眼神似喜似悲，深得看不到底。

那个刹那，他忽然觉得无法呼吸。

她为什么回来？难道是……孤光把那块月魄里凝结的“那个人”的记忆展现给了她，令她明白了这一切的前因后果么？

“恭喜楼主和靖姑娘平定苗疆，同去同归！”静默的刹那，为了打破这样凝滞的气氛，碧落忽然下马，单膝下跪，大声恭祝——那句话得到了全体听雪楼子弟的群起回应，所有人纷纷翻身下马，抽刀拄地，齐声共祝：“恭喜楼主和靖姑娘平定苗疆，同去同归！”

同去同归。

在那样的祝颂声里，萧忆情闭了一下眼睛，仿佛平定着内心什么激烈的感情。最后，他只是默然策马，缓缓走向她，将手默默放在了她的马头上。是的，无论中间有过什么，但是这个开头和结束却是美好的……无论如何，至少，如今他们还在一起，同去同归。

绯衣女子看了他一眼，自始至终也没有说一句话，只是待到他走到身侧时勒过马头，沉默地和他并肩按辔缓行，一起北归。

澜沧江就在不远的前面，渡过了澜沧，再往北走，便是中原，便是洛阳。

繁花似锦，繁华如梦。

生死相随，同去同归——将来，在武林传闻里，在那些江湖人眼中，这便该是又一段人中龙凤的佳话了。

然而有谁知，虽然同归，在两人的心里，却有一些东西永远留在了苗疆，再也无法回来。

［完］

完稿于二〇〇二年四月二十二日凌晨五时二刻

图书在版编目（CIP）数据

护花铃 / 沧月著 . — 长春 :北方妇女儿童出版社, 2011.1
ISBN 978-7-5385-5250-8

Ⅰ. ①护… Ⅱ. ①沧… Ⅲ. ①长篇小说－中国－当代 Ⅳ. ①I247.5

中国版本图书馆CIP数据核字(2010)第250438号

护花铃

作　　者：沧　月
出 版 人：刘　刚
责任编辑：王天明
封面设计：熊琼工作室
内文设计：IvymarkTypo
开　　本：710mm × 1000mm　1/32
字　　数：200千字
印　　张：8.75
版　　次：2011年3月第1版
印　　次：2013年4月第8次印刷

出　　版：吉林出版集团
　　　　　北方妇女儿童出版社
发　　行：北方妇女儿童出版社
地　　址：长春市人民大街4646号
　　　　　邮编：130021
电　　话：总编办：0413-85644803
　　　　　发行科：0413-85640624
网　　址：http://www.bfes.cn
印　　刷：三河市万龙装有限公司

ISBN 978-7-5385-5250-8　　　定价：29.80元